失得人

再谋心

连翘 ——

著

江苏凤凰文艺出版社

图书在版编目（CIP）数据

不识郡主真面目 / 连翘著. -- 南京：江苏凤凰文艺出版社，2025.1. -- ISBN 978-7-5594-8953-1

Ⅰ. I247.5

中国国家版本馆 CIP 数据核字第 2024FD8410 号

不识郡主真面目

连翘 著

责任编辑	项雷达
特约编辑	金　渔
责任印制	杨　丹
装帧设计	桃　乐
出版发行	江苏凤凰文艺出版社
	南京市中央路 165 号，邮编：210009
网　　址	http://www.jswenyi.com
印　　刷	天津旭丰源印刷有限公司
开　　本	880 毫米 × 1230 毫米 1/32
印　　张	11
字　　数	300 千字
版　　次	2025 年 1 月第 1 版
印　　次	2025 年 1 月第 1 次印刷
书　　号	ISBN 978-7-5594-8953-1
定　　价	42.80 元

江苏凤凰文艺版图书凡印刷、装订错误，可向出版社调换，联系电话025-83280257

目录

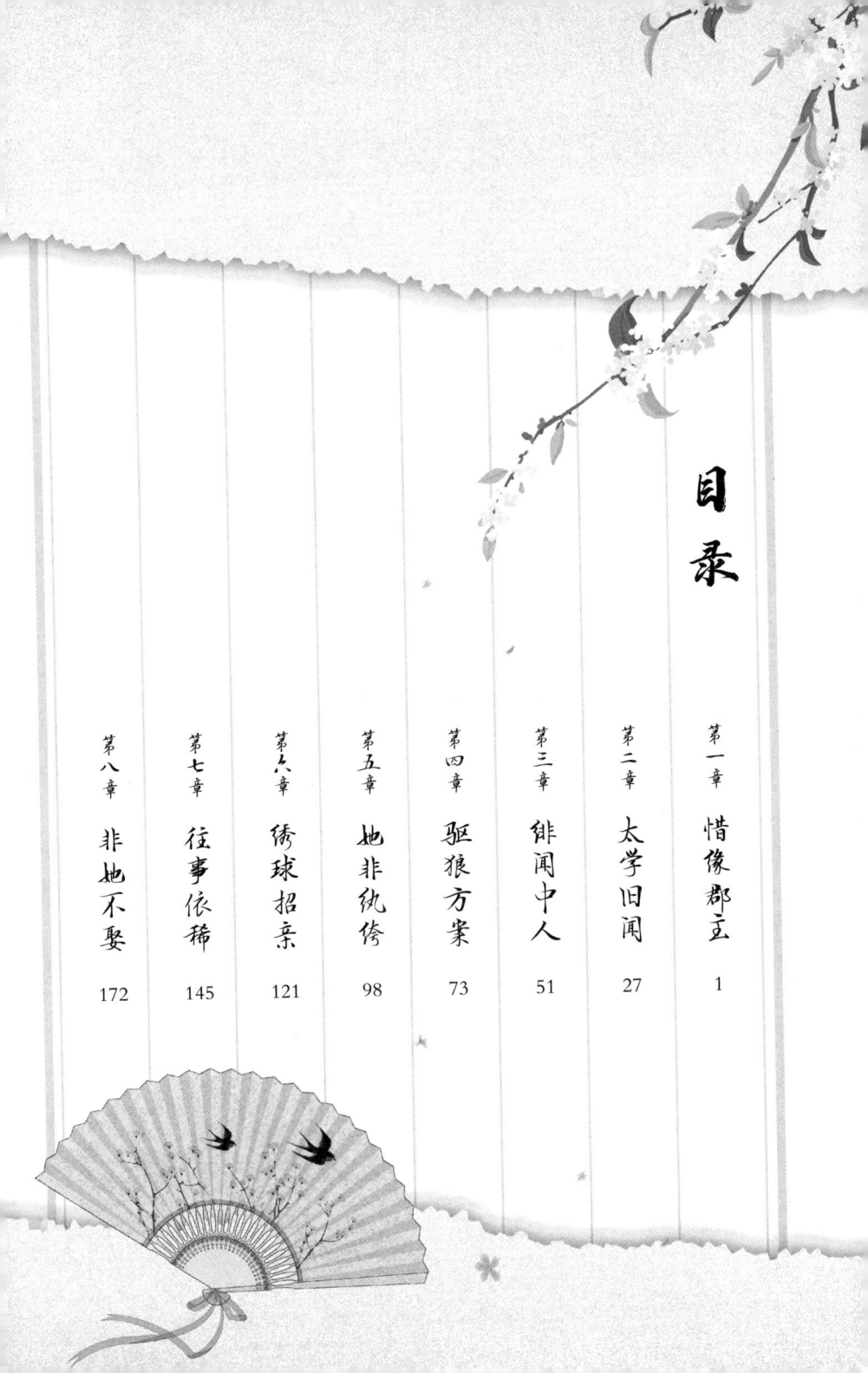

第一章 惜像郡主 1

第二章 太学旧闻 27

第三章 绯闻中人 51

第四章 驱狼方案 73

第五章 她非纨绔 98

第六章 绣球招亲 121

第七章 往事依稀 145

第八章 非她不娶 172

第九章 栾树辞行	200
第十章 天罗地网	225
第十一章 事与愿违	252
第十二章 戏台对质	276
第十三章 事出反常	298
尾声 心之所向	318
番外 情愿被缚	321

第一章
惜缘郡主

岐国国都，汴梁。

一场春雨刚刚下完，地面还有些潮湿，陆万嫌就大摇大摆地上街了。

方圆十里内所有听闻此事的人，心、肝、脾、肺、肾均齐齐一抖，关窗的关窗，拴狗的拴狗，就连家家户户还未婚配的俊俏小郎君也都恨不得把脸涂黑了去。

猛虎下山不可怕，汴梁有名的女纨绔影响力比猛虎大。

毕竟猛虎最多要人性命，而陆万嫌，她在胡作非为方面简直"才华横溢"到炸裂，绝对可以给人一个由身到心、从肉体到名声"包你毁彻底"的一条龙体验。

不幸中的万幸，今日陆万嫌没带狗腿随从，也没在街头游荡，她出了家门后脚底生风，直奔太学。

太学里。

汴梁纨绔之一的翟不缚正好来给表妹送文房四宝，没想到一抬眼，就看到了不远处的缪临正在和一名学子讲话。

缪临的身影十分好认，脊背时刻挺直，举手投足间尽是文人风骨，让人一看就移不开眼。

等他结束谈话，转身独行，翟不缚就小跑几步追了上去，一把搂住了他的肩膀："呦，瞧瞧这是谁啊？我的缪大人！"

缪临年纪轻轻，就已经去了枢密院任职，是缪氏门阀出了名的麒麟子，前程不可估量。光是本事大这也就罢了，他还日角珠庭，霞姿月韵，长着天神一般高洁出尘的面孔，见过的人无一不被他吸引眼球。

而翟不缚这样的纨绔，按理来说是沾不到缪临的一丝衣角才对，可奈何两人是昔日太学同窗，哦不，加上陆万嫌，他们三人都是昔日同窗，关系自然不比寻常。

缪临很自然地从翟不缚的臂弯挣脱，翟不缚却笑嘻嘻的一点也不在意："缪临，城东新开了一家酒楼，要不要一起去试菜啊？"他挑了挑眉，格外风骚地提示："我听说，那里的小娘子一个比一个好看，会弹琴会跳舞，可好玩了。"

"我还有事。"缪临一本正经地目视前方，淡淡地拒绝了。

"有什么事能比吃喝重要啊！对了，你来太学干吗？"

"一些私事。"

缪临平素一贯波澜不惊，是个修养甚佳、知礼守礼的君子，但也正是因为太过正经了，显得没什么趣味。

换成以往，翟不缚肯定就放过他了，可最近，汴梁一点新鲜事都没有，翟不缚看上去真的快要闲死了，只能缠着眼前人。

"喊，神神秘秘的，你真的不陪我去喝喝美酒、看看小娘子醒醒魂吗？"

话问出来，翟不缚自己都有点心虚，毕竟如果缪临真的同意和他去欣赏小娘子，就不是"醒魂"的问题了，而是"惊魂"！

这两人话还没说几句，就听见不远处走着的几名学子正在七嘴八舌地议论着什么。

一个说："若不是他们夫妻恩爱，只得了这一女，那女纨绔也不能如此嚣张，目无王法。"

另一个道:"真希望能有哪位英雄挺身而出,把她娶了,让她少祸害岐国的少年郎了!"

还有人语出惊人:"这你就不知道了吧,那女纨绔身份显贵,姿色又上佳,但放眼整个大岐,却无一人敢娶!"

又有人问:"为什么?"

那人说出真相:"除非你是奔着英年早逝去的!"

周围一片哄然大笑。

翟不缚也笑了,他还用胳膊肘撞了撞缪临:"你知道他们在说谁吧?"

缪临点头,一本正经地说道:"建章王之女、你我昔日的同窗、现廷尉司典簿陆万嫌。"

翟不缚还记得,在入太学的前夜,他娘特地牺牲了打马吊的时间,给他上了一堂课。课题名称也非常接地气且实用:在太学,哪些人可以惹,哪些不可以惹。

陆万嫌的名字就放在了第一个,而且他娘还在她名字后面画了五个圈,意为头号不能惹之人。

陆万嫌是建章王的独女,也算是郡主,但大家却很少把她视作郡主。

一是因为,现今待在汴梁的郡主有不下十几位,街上随便撞个贵人,头衔多得都能吓死人。要是提起郡主,大家可都想不起陆万嫌,可一提女纨绔,除了她,没别人。

二是因为,陆万嫌酷爱闯祸,曾被官家三度褫夺封号又三度复立,实在不知道唤她郡主时,她到底还是不是郡主。

翟不缚在太学认识陆万嫌后,发现两个人竟然脾性相投,从此就全身心地当她的马仔了,后来他的名字后面就被他娘画上了四个圈。他娘还将课程内容收集成册,高价卖给了一起打马吊的牌友,一时间火爆全城。

此时,翟不缚不由自主地叹了口气:"阿嫌被她外祖父安排进廷尉司,纯属去混脸熟的,你可别用做官的那套来评判她。"

不破郎君真面目

见缪临没有反应,他又说明道:"诚然,阿嫌与我一样是个纨绔,做不得好官,但听见他们这样编排阿嫌,我心里还真是不得劲。若这儿不是太学,我定上前揍他们一顿!"

"行当端,坐当正,身为女子,她总做一些不合礼法的事情,自然也难逃他人编排。"缪临神色坦荡,仿佛是在认真评价,不带一丝偏见。

翟不缚本想为阿嫌辩白几句,但又一想,缪临向来以恭谦肃正的形象行走于官场,若不是有着同窗之谊,估计都不会多看他和阿嫌一眼。

罢了罢了,缪家家规甚严,他理解不了他们这些纨绔子弟的快乐。

就在这时,只见一名学子慌慌张张跑来,通知大伙儿一句:"那女纨绔又来了!就在太学门口!"

仿佛是听到"狼来了"一样,学子们立刻化作绵羊,都噤了声,调转了方向小跑而去,生怕慢一步就落入狼口。

"说曹操,曹操就到了!"翟不缚开心得双眼一亮,就像逆水行舟一般,从学子当中艰难地穿行而过。他不经意间一侧头,竟看到缪临也没有离去,还和他一起做了逆水之舟。

翟不缚哈哈一笑,调侃他道:"缪大人,我决定邀阿嫌一同去试菜,你到底肯不肯赏脸?"

如果翟不缚眼睛没花的话,他看到传说中那个持身周正、温润端方、不喜鬼混的缪大人,似乎是点了一下头?

陆万嫌倚靠在太学门口的墙壁上,嘴里叼着一根不知从哪儿摘的野草,看见翟不缚从太学里出来,她本还想直起身打个招呼,谁料紧接着又看见了缪临。

少年郎一身翩翩白衣,如墨的青丝皆拢于玉冠之中。他目如星辰,温润如玉,仿佛置身于画卷,让人只看一眼,就忍不住开始欣赏。

陆万嫌顿时没了开口的欲望。等翟不缚来到她身边,她也目不斜视,装没看见一般。

"阿嫌,小爷我现身,你不兴奋就罢了,这又是什么反应啊?"翟不缚伸出手指要弹她的脑门,陆万嫌机警地闪过,吐出野草,并还给他一脚。

翟不缚捂住被踢到的小腿原地蹦了几下,连连呼痛,连五官都扭曲了。

陆万嫌没忍住笑出了声,可当她发现缪临在看着自己时,又立刻绷住脸收了笑容,打了个生疏的招呼:"缪大人。"

缪临微微颔首:"陆典簿。"

陆万嫌已经习惯了缪临对她的称呼,再说她也不太喜欢别人叫她郡主。

因为她太皮,总惹祸,外祖父把她塞进廷尉司做了一个芝麻大小的文官,意在打磨她的性子。外祖父还特意交代下去,廷尉司所有上级官员都能使唤她。这样的压迫与耻辱,再唤她一声"郡主"的话,听上去就颇为不顺耳了。

她现在只是陆万嫌,就只想做陆万嫌。

陆万嫌幽幽地瞄了缪临一眼,他身材颀长,腰背挺直,衣袍一角处绣着的银丝鹤羽栩栩如生,倒是很符合他的性子。

"阿嫌,你在这儿干吗呢?"翟不缚问。

陆万嫌没答,还一个劲地往太学里瞅,翟不缚也伸着脖子朝里望,身躯都快要遮住她的视线了。

陆万嫌一脸不爽地将翟不缚推开:"你俩没事就快走,不要影响我办事。"

她今日穿着一身翠绿的长衫,款式偏精干保守,方便挥拳跳跃。毕竟她是出来搞事情的,要是穿得太柔弱,会显得气势上不太够。

翟不缚看不懂她的装束,只觉得她浑身绿油油的,颜色不是很讨喜。他好奇地询问道:"不是说今日有世家小姐们的游园会吗?全汴梁叫得上名儿的世家女子都去了,热闹得紧。你怎么没去?"

"不想去呗。"陆万嫌回答他,又哼了一声,满不在乎地说道,"那些人聚在一起,总是搞些曲水流觞、吟风咏月这样的风雅之事,我不喜欢。"

"那你喜欢什么？"翟不缚又问。

"很明显。我喜欢在太学门口蹲人啊。"

不得不说,"蹲"这个字就用得很灵性了。只听陆万嫌继续说道:"太学如今新进了一批儒生,一水的俊秀,看上哪个就拦住哪个,然后拉出去一起玩嘛！"

说完,陆万嫌用余光扫了扫缪临,想看看那般正直的人听见她的荒唐言语,到底会做出什么反应。

可惜的是,缪临从不会顺她心意,从认识的第一天起,她就知道了。她想看的,向来都看不到。

翟不缚嬉皮笑脸地弯腰凑近:"不是吧？阿嫌,我怎么觉得你是专门来找某个人的？啧啧,才几日不见,你又勾搭上谁了？"

陆万嫌一胳膊肘将他推开,随口打发:"真不骗你,我是随缘蹲人。"

看她没个正形,翟不缚也乐呵地斗嘴:"呵,我就不信你能得手。太学学子都满腹经纶,难道就没人学一学宁死不屈的精神？"

"有啊,上回有个不愿跟我走,跳了莲池。不过最后还是我跳下去捞的。"陆万嫌一脸不解的神情,右手背砸着左手心,略带惋惜道,"唉,你说他图什么？那衣裳被水浸湿,贴在身上,我要是不看两眼,那还是人吗？"

翟不缚果断摇头,得出结论:"你不是人。"

陆万嫌故意无视缪临的存在,只和翟不缚聊起来。按理说被如此冷待,缪临若有点自知,就应该自行离去。可他面上一丝尴尬之色都没有,很淡然地负手而立。

不急,不躁,不嫌烦。

不知道的人看过去,还以为他们三个都是至交好友。

谁跟他是好友了？啊呸！陆万嫌朝缪临翻了个白眼,但缪临正好侧头,装作没看见。一口老痰卡在陆万嫌喉中,是咳不出来也咽不下去。

不多时,陆万嫌等的人终于出现。

一个学子迷迷糊糊地夹着书本朝太学门口走来,正要出门,陆万嫌突然伸手撑住墙壁,堵住了他的去路。

学子先是一愣,接着看见旁边的缪临,便行了个礼,唤了一声:"缪大人。"

翟不缚眯着眼睛辨认了一下,突然双手一拍,想起来:"缪临,方才与你聊天的不就是他?"说完,他看看陆万嫌又看看缪临,"你们俩今日怎么了,不约而同都在找他?他谁啊?"

陆万嫌蹙眉看向缪临,但缪临只是歪了下头,对她微微眨了下眼。

她一个猝不及防,没料到不苟言笑的缪大人也会有对人歪头眨眼的时候,突然像被堵住了嘴,说不出话来。

高手,这绝对是高手!等她办完事,再好好跟高手过招!

翟不缚仰着下巴追问那学子:"你到底谁啊?"

"学生栾树。"那人又行了个礼,书生气息十足,长得也白白净净,倒是符合陆万嫌一贯的审美。

陆万嫌朝栾树笑了笑,又用手指微微抬起了他的下巴:"小郎君,想不想与我认识一下啊?"

她这姿态与那戏本子里强抢民女的恶霸无甚差别,栾树从没见过这种阵仗,一时语塞:"你……"

陆万嫌嘴角斜起,拍拍他肩膀:"咱们大岐的四大奇女子,知道位居榜首的是谁吗?"

栾树试探着问:"你该不会想说是你吧?"

陆万嫌站直了身子,双手摸了一下两侧鬓角,自信地一挑眉:"正是在下,陆万嫌。"

接着她又问了:"你知道我爹是谁吗?"

"官家的结拜义弟,建章王。"不等栾树开口,缪临就没眼色地抢答,他吐字慢悠悠的,像是在给新生讲学。

陆万嫌没看缪临,继续发问:"那你知道我姨母是谁吗?"

缪临继续插嘴道:"中宫皇后。"

陆万嫌:"知道我外祖父是谁吗?"

缪临:"当朝宰执。"

陆万嫌赶紧摸上自己的脉门,每次见缪临,她都要随时给自己把把脉,怕一个不留神被他气中风了!

她现在问的是栾树,可缪临总是抢答,他到底在瞎掺和些什么啊?

陆万嫌恨恨地瞪了一眼翟不缚,翟不缚却一脸无辜地耸耸肩,他又堵不住缪临的嘴巴,被瞪得委实冤枉。

陆万嫌心道,她向来不爱和缪临一起玩。可自读书起,翟不缚就总拉着缪临加入他们的"搞事大业",还说是他爹偏要他和缪临学习怎么做君子的。这辈子他是做不了君子了,但若能把缪临拉下水一起做纨绔,他爹就没话讲了。

这种办法也就翟不缚能想出来。

陆万嫌还记得,在太学时期,缪临总和他们一起出入。每每她和翟不缚饮酒作乐、赌钱闹事、欺良霸善时,缪临总在一旁默默旁观,不多说话,就好像是一尊屹立不倒的磐石,任凭流水风雨冲刷,我自岿然不动。

但陆万嫌知道,陪玩的是他,跟夫子说实话害她受罚的也是他。

这算什么君子,简直是小人行径!

当时她就把这话分析给了翟不缚听,力在阻止他再拉上缪临一起玩。可翟不缚不但不听,还说缪临一直是洁身自好的方正之人,不善于扯谎,次次都是夫子问他,他才说的。

听听,这论断,搞了半天人家告黑状也是身不由己,万分委屈呢。

真是气煞她了!

第一章　惜缘郡主

陆万嫌转过身面向着缪临，一脸不忿："缪大人，我在和小郎君说话，你插的什么嘴？"

缪临道："我只是怕你进入正题太慢，耽误了大好春光。"

陆万嫌呵呵一笑："那可真是劳驾了，多谢。"

"不客气。"缪临摊手做了个"请"的手势，示意她继续。

陆万嫌觉得自己又有点上不来气了，她极力暗示自己，不行不行，一定不能暴躁，还有小郎君在一旁。这栾树不同于往常那些，她必须耍点花招……

再转过身去看栾树时，陆万嫌挂上了招牌笑容，笑得见牙不见眼："小郎君，他说得没错，建章王是我父亲，中宫皇后是我姨母，当朝宰执是我外祖父。我是我们家的宝贝独苗，你若跟了我——"

陆万嫌正在抛洒鱼饵，给对方画大饼，可才刚落笔，翟不缚也传染了缪临的没眼色。

他突然插嘴道："阿嫌，有没有人告诉过你，做纨绔也要讲究一下原则。"

陆万嫌："什么原则？"

翟不缚："坑爹可以，注意尺度啊！你将你家底说得这么清，万一有朝一日被一锅端了，如何得了？"

这话一出口，连缪临都强忍不住，笑了一下。

陆万嫌真的好想打人："端你个头！你到底站哪边的？"她清了清嗓子，高声道："我倒要看看谁敢抄我的家？让他放马过来！我以一己之力就能把他摁趴下！"

她又看向栾树，表情转换飞快，瞬间又柔情蜜意起来："所以，小郎君，你想不想——"

说话间，她也顺便朝栾树的手摸了过去。

不知人生是不是有一些潜在的规律，她每次要说到重点，就会有人打断。

陆万嫌正说着，手也将将要与栾树肌肤相触，面前就突然横插过来一本书册，正好挡住了她的手。

她蹙眉抬眼，好死不死，又是缪临。

缪临手持书册，伸出一只胳膊，将栾树护在身后，仿佛铁了心要做这拦路虎了。

陆万嫌蹙眉，有些急眼："缪临，你要干什么？我的火气已经有点上头了，你给我注意一点。"

缪临面色坦然地回答："手不能拉，于礼不合。"

陆万嫌恨不得当场吐出一口血来。缪临明明才二十出头，却不知是被什么浇灌长大的，总故作老成，讲究个礼法严明。

"于礼不合、于礼不合，这四个字我都要听倦了！"陆万嫌崩溃道，"我拜托你了，缪大人，仁义道德、恪守规矩，这些词挂在嘴边很容易，做得到吗？难不成你就没有抓过女人的手？"

缪临双眼直视着她，理直气壮："没有。"

陆万嫌眼角一抽，完了，棋输先着。

这话真是问错了。像缪临这么守律法礼教的人，还真的很难行事荒唐。要怎么才能转移话题呢？

好在翟不缚就像自己心腹一般，总能在最需要的时候，强行搅局。

他震惊地握着缪临的双手："不是吧缪临，你也太可怜了，过得也太惨了！"他拍了拍胸口，豪气道，"别说了，今晚小爷我坐庄，一定让你抓到小娘子的手，好好感受一下春天般的温柔！"

趁那位太学学子乖乖不语之际，陆万嫌一把拽过他的胳膊，朝前走了几步，相邀道："小郎君，不要管这些闲杂人等，走，我请你喝酒去！"

栾树满脸都是犹豫："这……"

"有何为难？我陆万嫌叫你去喝酒，难道是害你吗？"她伸手拍拍栾树的脸颊，安抚道，"是喜欢你呀，傻瓜。"

她这声安抚语气缱绻，似情人一般充满勾人的魅惑，似乎与栾树相识多年，言语间爱意满盈。可只有她自己清楚，这是她第一次见栾树。

陆万嫌向来都是直抒胸臆，喜欢谁就绑在身边，不喜欢了，又一脚踹开。但对待眼前的栾树，她有着最大的耐心。

她正拉着栾树要走，突然间就感觉到了一股阻力，一回头，就看见栾树的另一只胳膊被缪临拽住了。他的手指似乎用了力，关节有些泛白，但面上不动声色。

陆万嫌龇了龇牙，满脸烦躁。

什么情况？这日子还能不能过了！

只见缪临看着学子，平淡地发问："栾树，你不是说夫子今日留的课业繁重，你听不懂，要私下前去请教吗？"

这人说话一副若有其事的样子。

那栾树一听，马上挣脱了陆万嫌，双手一合告辞道："对对，我有功课要去请教夫子，抱歉了郡主，我不能陪你喝酒了！"说完，他就像身后有一万只野狗狂追一般，火速消失在陆万嫌的视野尽头。

陆万嫌环抱双臂，叹了口气，不过也没再纠结，转身就走。

翟不缚跟了上来，一把搂住了陆万嫌的肩膀："阿嫌，他不喝，我喝！就算你要我陪你喝到地老天荒，我也不会说一个'不'字，怎么样，够兄弟吧？"

"谁要你陪啊！"陆万嫌肩膀一抬，把翟不缚的胳膊掀开了。

翟不缚被迁怒，也很不爽，他换着法地安慰着："别生气呀，都怪缪临，他放走了你的小白脸，今晚就让他请客，我们掏空他！城东新开了一家酒楼，我们就去那儿吧？"

听翟不缚这样讲，陆万嫌顺势回头看去，没想到缪临就跟在他们身后，保持着两米远的距离走着。他身姿端正，沉稳冷静地对着陆万嫌说了三个字："好，我请。"

"就不怕被我掏空？"陆万嫌挑眉。

"无妨。"

缪临拿出钱袋，扔了过去，陆万嫌稳稳地接住了，倒是有着别样的默契。

陆万嫌打开钱袋瞅了瞅，笑了一下："城东新开的酒楼不必去了，新开业肯定有优惠，没趣味。既然缪大人请客，我们就去汴梁最贵的地方。"

所谓汴梁消费最贵的地方，当属春风得意楼。

那里与众不同，整栋楼建造在船上，纸醉金迷，歌舞昼夜不绝，是出了名的销金窟。贵族子弟最爱流连其间，听琴曲琵琶，看舞姿翩跹，家底不厚的人是万万不敢迈上那楼船的。

陆万嫌兴致满满："去春风得意楼，我带你们看花魁娘子开开眼。"

翟不缚拍手附和："好啊好啊，好久没见她了，走！"

两个人快快乐乐地结伴走在前面，路过一只吃食的野狗时，翟不缚还不忘顺脚踹了一下，野狗都被突如其来的一脚踹蒙了。

跟在他们身后的缪临，无奈地摇了摇头。

没办法，招猫逗狗、寻衅滋事、赏酒品美，若哪一日漏做，这些纨绔子弟心里就好像少了点什么似的。

这是一种病，学名一个字：贱。

盛世下的汴梁是嘈杂与绮丽的岐国都城，入夜后没有宵禁，比白日还要繁华快活。快到惠济河时，庞大的楼船已经映入众人眼里，欢声笑语不断飘来。他们三人结伴而行，陆万嫌突然胸中升起一股诗意。她感慨地看着前方，吟诗道："落日照楼船，钱要全花完。若留一个子，就是大混蛋。"

"好诗！好诗！说掏空就掏空，钱袋里一个子都不能留！"

翟不缚专业捧场后也感慨了起来："喂，自从你们进了官场，咱们三个就没有这样走在一起了。"

缪临走在最左侧，夜风吹来，陆万嫌的发丝偶尔扫在他的下颚上，有些痒。只要再多离她半步远或者伸手拨开头发，就能制止住这痒，可不知为何，缪临没有这样做。

"缪大人，春风得意楼你去过吗？"陆万嫌突然侧头，眼睛在落日的映衬下非常明亮。

第一章 惜缘郡主

"不曾去过。"他道。

陆万嫌嘴角一斜，介绍起来："春风得意楼呢，建造在船上，今夜驶出，明早靠岸。沿途可以观赏汴梁的夜景，走特别路线的话，还能看到漫天星斗。只是……"她单眨了一下右眼，意有所指道，"你夜不归宿，能行吗？"

对她这样的纨绔来说，出来玩一夜，听曲看舞，酒醉谈心，算是正常事。她的问题有些恶意，也有些刁难缪临的意思。

缪临若说"不行"，太过拘谨；说"行"，又显轻浮。

翟不缚插嘴解围道："肯定不行啊。没关系，等后半夜，我安排一艘小船，载你回岸上。"

他们都知道，缪临身上背的是缪家六世清名，做同窗时走得近些，他爹说不得什么。可自从缪临进了官场，忙得很少再见，此番再和他们一起胡闹的话，恐怕回去就得被罚跪祠堂。

"我没有夜不归宿过，但今夜可以破例。"

缪临的语气特别正经，仿佛和那些腌臜事划开了界限。

陆万嫌心头痒痒，还是没控制住问出了心声："破例的理由呢？该不会是为了我吧？"

缪临看向她，犹豫了一下，像是临时变换了说辞："不便扫兴而已。"

陆万嫌"嗯"了一声："算你识时务。我告诉你啊，异域歌舞是楼船里最大的卖点，不仅是花魁娘子，连舞女都个顶个的撩人，你这回一定要好好欣赏。"

"那稍后就要劳烦陆典簿为我一一讲解其中玄妙了。"

可以，很好，这很缪临。只用两三句话，就把想要搞事的陆万嫌牵着鼻子引做了导游。

"对了，忘了问你，你晕船吗？"陆万嫌光顾着说话，没看清脚下，一个不慎就要扑向前方。

翟不缚手疾眼快想要拉住陆万嫌，可缪临出手比他更快一些。他不仅抓住了陆万嫌的胳膊，还拽着她一旋身，和她面对面了。

咦？这是什么奇怪的气氛？

翟不缚摸了摸下巴，恍惚间觉得自己有点多余。

缪临很少和陆万嫌面对面离得这么近，因为这不合礼法，陆万嫌也很及时地退了一步，重新站稳。

缪临并不晕船，但方才传入鼻腔中的那一股与众不同的少女香气，倒是让他觉得有点晕。

陆万嫌尴尬得要死，恨不得捶爆自己的脑壳，羞恼之际，只听见身后悠悠地传来了一声：

"缪大人。"

三人一齐回头，不知什么时候一辆马车停在路上，窗帘并未拉起，从里面传出一个懒洋洋的声音："缪大人成日和这些纨绔子弟混在一起，就不怕辱没了缪氏门楣？"

翟不缚瞬间怒上眉梢，指着马车跳脚大骂："谁啊你？有本事下车来！钻在里面乱放什么臭屁呢！就不怕小爷我拆了你的车——"

翟不缚有冲上去拆车的势头，缪临却伸手拦住。

他不疾不徐地回应起车内人："只要君子持身端正，俯仰无愧天地，褒贬自有春秋，阁下不必为我多虑。"

车内人笑了两声，语气依旧缓慢，仿佛大病之后提不起什么力气。

"缪大人有出淤泥而不染的心，在下佩服。"接着那人又命车夫继续行进，"走吧。"

看着马车慢慢驶离，翟不缚双眼充满火气，恨不得追上去卸了他的车轮子，陆万嫌却在这时笑了起来。

"你笑什么？认识他啊？"翟不缚问。

陆万嫌苦笑着揉了揉眉心，道："马车里面是徐庚寅，此人传言和我有一腿。"

"有个鬼啊！"翟不缚骂完又问，"什么时候的事？我怎么不知道？你眼光没那么差吧？"

翟不缚发出了疑问三连。

第一章 惜缘郡主

陆万嫌耸耸肩,歪了下头,头上一枚比较朴素的簪缨随之摇曳了起来:"不仅你不知道,我也是听了传闻才知道的。"

"哦。"翟不缚点点头。

不过还没过片刻,他马上反应过来,又高声发问:"不对啊,你跟他没一腿的话,怎么可能光听声音就能辨认出来?"

闻言,缪临也立即抬眼看向了她。

陆万嫌心中一惊,翟不缚什么时候变得这么精明了!吃错药了吗?

他们两个都看着她,仿佛在等着她交代。尤其是缪临,那脸色就好像被人下套一夜输光了所有家产的富商一般。

陆万嫌有点汗颜,戏本子里被夫君当场抓奸的戏码估计都不会有现在的诡异气氛。

她尬笑一声,辩解道:"徐庚寅的声音听上去中气不足,定是肾亏无疑,这么有特色的,听过一次就不会忘了啊。"

这样一说,倒也有几分道理。翟不缚和缪临这才继续朝前走。

陆万嫌几步跟上,只听翟不缚边走边抱怨:"现在汴梁这些闲人,就爱嚼舌根,恨不得编排你的男人有三千万,走到哪里都能碰见。"

"没办法没办法,天妒英才嘛。这点非议,我承受得起。"

"可徐庚寅方才说你是淤泥,你怎么不打他?"

陆万嫌简直服了:"翟不缚,我看你真的是脑子不好。咱俩今天家仆护卫一个都没带,他可是领军打过仗的,在战场上长枪穿人头就跟穿糖葫芦一样,你打得过吗?"

翟不缚瞪大双眼:"肾亏的人还能这么厉害?"

陆万嫌:"……"

前几年徐庚寅确实比较骁勇,但从一次兵败后,他受重伤退了下来,一直休养至今,没能恢复往日神采。

陆万嫌信口胡诌他肾亏,没想到翟不缚却放不过这话头了。

翟不缚不甘心认怂,指着缪临说:"但我觉得缪临打得过。他文武双全,在汴梁有谁不知?"

不识郎君真面目

陆万嫌用胳膊肘推了一下翟不缚，如果条件允许，她其实更想用手指去搅一搅翟不缚的脑浆："那咱俩每次和别人掐架时，缪临出过手吗？"

翟不缚想了想。好像缪临从来都是作壁上观，从不引战，也不参战。

记得在太学时期，有一回他遇上了硬骨头，即使有阿嫌出手相帮，他也落了下风。那时缪临就在现场，他纹丝不动，眼睁睁地看着阿嫌挂彩，看着他被对方打得掉了裤子……

唉，往事不堪回首。

翟不缚摇了摇头。

陆万嫌像摸狗头一样，轻轻拍了拍翟不缚的头："这就对了嘛。在汴梁做纨绔，总要有点演技傍身。该横的时候要横，该尿的时候也要尿，聪明人不要当场硬干，要学会在背后放冷箭。"

她对着缪临一挑眉："缪大人，你觉得我说得对吗？"

缪临目视前方，一派淡然："我不是聪明人，我听不懂。"

陆万嫌和翟不缚不由自主地对视了一下，纷纷咽下喉中的血。

礼、乐、射、御、书、数，门门功课考第一的人说自己不是聪明人，还有没有天理了？

还有，缪临从不扯谎的传闻，还可不可信了？

三人来得及时，再过半炷香的时间，楼船就要开了。

翟不缚推开眼前的闲杂人等，大大咧咧地进了春风得意楼的大厅。

也不知是何吉日，今夜客人竟如此之多，大厅里坐得满满当当，楼上的包房雅间里也传来热闹的响动。

陆万嫌环顾了一下，最终走到了临窗的座位，踢了一下桌角，命令道："起开，我要坐这里。"

那桌客人也来头不小，穿金戴银的，一个人就搂了两个小娘子，看上去就不太好惹。

第一章　惜缘郡主

许是在漂亮小娘子面前被拂了面子，那客人不甘心地一拍桌，刚要站起身来骂，翟不缚一个箭步近了他的身，大手微微一压，就把他的脸按在了桌上。

"没听见郡主让你起开吗？你要是耳背，我就帮你通通。"他拾起桌上一根筷子，说着要往那男客的耳朵眼儿里戳。

这时掌柜一阵小跑过来阻止："原来是惜缘郡主和翟公子啊，是什么风把你们吹来了？"掌柜点头哈腰，满脸都是讨好和畏惧的神色。

他吞了吞口水，做了个"请"的手势，又道："郡主，我们这儿有上等包房，是专门给您预留的。"

陆万嫌掀起衣摆，坐在了桌旁："不必，就这儿了，风水好。"

掌柜赶紧用袖子擦拭桌子，端走了碗碟残羹，并推了推那个仍被压在桌上的男客："快快，赶紧让开，这可是惜缘郡主。"

那男客一听，马上没了底气，翟不缚刚一松手，他就弯着腰换座位了。

缪临几不可闻地叹了一口气。

陆万嫌一听缪临叹息，心情就莫名大好。她眉眼弯弯，对着掌柜扬了扬下巴："给我来一道'冷翠青葱段配盐渍蒸豆碎'，再要一份'白酒乡村浓酱汁焗鸡胸肉'，还有'酸甜番茄片配黄油鸡蛋粒'，以及'珍珠蒜蓉微煎玉白菜'，最后再烫一壶好酒来。"

缪临的神色带着一分想要探索奥妙的不解，但他没有说话。

翟不缚热情地对缪临解惑道："嗨，阿嫌刚点的是大葱蘸酱、红烧鸡块、番茄炒蛋和炒大白菜。"接着他伸出一根手指敲着桌面，也跟着加单，"掌柜的，再上一些瓜果点心，不用我说了吧？最贵的，都往这儿端。"

"是是是。"

掌柜连连点头哈腰，正欲退下之际，那位看上去清风拂月、与其余两位风格明显不搭的公子也缓缓开了口："我要一壶雨前龙井。"

翟不缚屏息，一动不动，宛如死人。

因为他知晓，阿嫌定会马上骂人，严重点可能还会掀桌，他要乖一点，不能被波及。

果然，陆万嫌眉头一皱，侧头嫌弃："缪临，来春风得意楼你喝茶？这么格格不入，是想跟我们作对吗？"

"我从不饮酒。"缪临摆出一副稳如泰山的样子，"君子之交，以茶代酒，又有何不可？"

气氛一时凝固。

即使歌舞正浓，这里也仿佛刚刚下了霜。

翟不缚偷偷换了一口气，马上又屏息。

陆万嫌冷哼了一声，道："行行行，你想喝什么就喝什么吧，懒得管你。"

翟不缚立马侧头，很是震惊。咦？阿嫌不仅没有掀桌骂人，还妥协了？

今天是什么日子？天下红雨了？

"翟不缚，你那什么表情？"

"我眼睛里映照着你呢。"翟不缚往陆万嫌那边凑了凑，"阿嫌，明天我叫上家仆，你也带些人，咱们去打徐庚寅。我想了想，还是咽不下这口气。"

陆万嫌瞪他一眼："你还能不能行了？整天就知道寻衅滋事。"

翟不缚不满："喂，你在太学门口堵儒生，也没有比我强到哪儿去好吗？"

陆万嫌道："我跟你不一样，我那叫友好交流。"

话题扯到此处，陆万嫌就不能不问了，她对着缪临故作轻松地笑了一下："你呢，缪大人，你找栾树是要做什么？"

缪临停顿片刻，也侧头对上了陆万嫌的双眼。

"我也是友好交流。"他说。

"…………"

春风得意楼近来排了新舞，据说教舞的技师是掌柜花高价从外邦请来的。舞名"勾魂",试图让所有赏过此舞的人流连忘返,魂牵梦萦。

宣传搞得好,所以陆万嫌对此揣了极大的兴致。

她寻的座位不错,朝左转头,能看到窗外星辰以及岸边灯火连绵;朝前方望,又能看到勾魂舞,简直是神仙宝座。

没过片刻,旧的舞者们就躬身退场,排箫声响起,美酒点心都已就位。

一群光着脚、穿着奇异服饰的少女上场了,她们人人手上都提着道具,面露喜悦,跳的舞颇为"另类"。果然放眼整个大岐,无人可匹敌。

陆万嫌没控制住,一口酒喷了出来,连缪临朝她递上帕子她都没顾得上拒绝,接过帕子就盖住了自己的眼睛。

救命,她是不是离瞎不远了。

翟不缚沉吟了片刻,开口说话了:"虽然看着这些小娘子们提着人头雕像跳舞,在观感上不是很正常,但是漂亮就有任性的权利嘛,只要小娘子们跳得开心,我就开心。"

他大手一挥:"有赏!"说着他掏钱买花,大赏银钱,整套动作行云流水,可谓豪爽。

陆万嫌有话都不知道从何说起,一个个舞女提着人偶的头,好好一个勾魂舞被她们跳成了地府聚会,也是惨。

就这,还满场欢呼,看客们是不是都被大门挤坏了脑子?

世风日下啊世风日下。

翟不缚一边喝酒吃菜,一边抬了抬下巴示意缪临:"喂,你觉得第二排左起第三个小娘子如何?是不是很有异域风情?"

缪临微微摇头,他对异域歌舞无甚兴趣。他稍稍移目,看向了陆万嫌。

陆万嫌此时正用手帕覆眼,整个脑袋都后仰枕在椅背上,一副生无可恋的样子,比舞蹈可有趣得多。

"陆典簿，你喜欢他什么？"缪临也不知道自己为何会突然这样问。

丝毫没有准备就被点了名，陆万嫌一时间有点不明所以，她摘掉帕子，蹙起眉头："啊？哪个？你说谁？"

"太学学子栾树，你喜欢他什么？"

"我知道我知道！"翟不缚举起手，想要抢答。但陆万嫌比他更快一步："拜托，这种很明显的事情也值得你刨根问底，非要弄个清楚吗？"

这句话的言外之意就是"关你什么事，管得宽"。

她以为缪临听得出来她的言外之意，能够闭嘴。不料缪临给自己斟了一杯茶，缓缓送到嘴边，说道："闲来无事，听听也无妨。"

陆万嫌点头："那我就实话实说了。"

缪临道："好，你说。"

陆万嫌伸出一根手指，只说了一个字："脸。"

接着她又道："没办法，郎君清逸，蔚若云霞，实在令人移不开眼。"句句说的是栾树，但她的眼直勾勾地看着缪临，又像是在点评他。

缪临："……"

翟不缚嫌弃地嗤了一声："呵呵，阿嫌，不得不说你这眼神一向有问题。那个栾树还不如缪临长得好看，脸白得没有丝毫血色，注定是你生命中的一个过客。"

陆万嫌很是认可，也表现出了一脸的无可奈何，说道："没办法，我就吃这一口。我对他一见倾心，心生爱慕，即便他会成为过客，我也不能放过。"

翟不缚道："你病得不轻，人家都不怎么理你。"

那是因为他不明白，矜持害羞又不爱搭理人的小郎君有多迷人罢了。

陆万嫌莞尔："一缠二骗三救美，过不了几日，他再坚守的本心，也终究会被我拿下。对付男人，我向来有秘诀。"

翟不缚不以为然："这算鬼的秘诀，直接打晕了往床上一扔不就好了。"

翟不缚可是汴梁出了名的浪荡子，一年到头身边能换好几个女伴。他最信奉速战速决，抛出示好之意，对方接受就相处看看，谈一谈风花雪月；如果对方不理，那他也完全不纠缠，只道是双方无缘。

所以他最看不惯陆万嫌百般心思花在小郎君身上，多浪费时间。如果能靠花钱搞定的，就赶紧搞定；搞不定的，就赶紧换个人搞定。

陆万嫌和他三观不同，提点他道："翟不缚，你这就不懂其中趣味了。"她用余光看了一下缪临，继续道："强扭的瓜，毕竟不甜。"

缪大人无动于衷，就像没听到一般，慢慢品着茶。那姿态淡然到，就像是有泰山崩于前，他也能安静品茶，眉头都不多皱一分。

翟不缚朝陆万嫌"呸"了一声："少来了，你明明口味重，最爱吃苦瓜。"

仿佛真的吃到了苦瓜一样，陆万嫌咽了一下口水："你拆台拆得很开心哦？"

不知是碰巧还是有意，花魁娘子还没看到，春风得意楼里就又上演了一出新戏。有一名少女哭哭啼啼地摆脱身后追捕，直朝陆万嫌这桌奔来。

翟不缚条件反射地起身，伸出双臂就要接，但陆万嫌一把将他按得坐下来。

几名打手和一个老汉跟着少女过来了。老汉嘴上骂骂咧咧，和少女拉扯起来。

陆万嫌听了一会儿，明白了这女孩被她爹卖进了楼里，钱都收了，她又不愿意了。身边的客人们均是一副看热闹的样子，没有人想要管。

少女哭泣着扑跪在地上，拽住了缪临的衣角："这位公子……"

陆万嫌微微叹息，她才刚说过要用英雄救美那招设计栾树，眼前就真来了同样的戏码。在她心里，缪大人作为一名好官，是务必要插手此事的。

也许这将要成为缪临的高光时刻。今后，他的义举将传遍汴梁，他也会成为无数少女的春闺梦里人。然后眼前这位可怜人就会打着"报恩"的旗号，哪怕是成为侍奉左右的婢女，也要赖在他身边，成为日后缪夫人的头号劲敌。

早就说了，这出戏她看过。多么流畅又熟悉的剧情，全都装在她的脑中。

缪临扶住那小娘子的双臂，将她扶了起来。

陆万嫌心道，来了来了，熟悉的台词要来了。

却不承想，缪临扶起人后，又独自坐下了，还一本正经道："抱歉，我的银钱都上交给身旁这位姑娘了，已无钱再赎你。"

于是那小娘子以及周围一众人等，都随着缪临的目光朝着陆万嫌看过来。

陆万嫌大惊，心想自己只是个吃瓜看戏的，为什么缪临要这样对她？

她看向小娘子，问了一句："你为何要先向他求救？是觉得我和翟公子不像好人？"

"我……"

陆万嫌不屑地瞥了她一眼："实不相瞒，我确实不是好人，我是来这里享乐的，没兴趣当救美的英雄。"

翟不缚屁股都没有再移动一下，因为桌子下，陆万嫌正狠狠地踩着他的脚。

事件很快平息，小娘子被一群打手拉了下去，那个老汉也笑嘻嘻地一边数钱一边往门外走。春风得意楼的船舱里就设了一个赌场，混迹着这些没有底线的赌徒。

陆万嫌移开了脚，起身道："我去趟茅厕。"

"去吧。"翟不缚赶紧活动了活动自己麻木的脚丫子。

陆万嫌却拉着翟不缚的衣领，拽他一起："你不是也很内急吗？"

"啊？有吗？"

"有啊。"

翟不缚眼珠子一转,就不开心了:"阿嫌,你到底有没有把我当男人啊?上茅房都要拉着我一起,让别人看见,我的脸还要不要了?!"

"废话怎么这么多!"陆万嫌改拧他的耳朵,拽着朝外面走。

"哎哎哎,轻点轻点!"

缪临看着他们离去的背影,放下茶杯,微微笑了一下。

时值盛夏,但晚风还是比较凉。

较为偏僻的甲板上某一处,有着衣衫猎猎响动的声音。

紧接着,"扑通"入水的响动又盖过了风声。

翟不缚拍了拍手,即便他的"作品"没有压出一个完美的水花,可他浑然不在意,他在意的是自己身边那名正摸着下巴沉思的少女。

他们站在阴暗处,楼船上的灯光和皎洁月光都照不到,但少女的眼睛却亮晶晶的,仿佛可以装满盛夏繁星。她淡定得根本不像刚刚揍了人的模样。

翟不缚想了一会儿,才开口道:"阿嫌,我们要打人直接打就好啦,干吗搞背后偷袭,还给他套麻袋?他都没有看见我们的脸,这样打人一点成就感都没有。"

原来被扔下船的,正是刚刚卖女换赌金的黑心爹。

陆万嫌嘴角一斜,道出她的言行准则:"你傻啊,我们是纨绔,搞英雄救美路见不平的戏码就乱套了!就应该背后搞偷袭!"

干一行爱一行,身为纨绔,怎能行好事?这是陆万嫌通过人生经历总结出来的真理。

她以前不是没救过被恶霸欺压的少女,但后来那少女嘤嘤嘤跑走,跑之前还撂下一句:"我就算是被恶霸玷污,也绝不会为你做事!"

她以前不是没扶过老奶奶回家,但后来进了门,那老奶奶就举起了刀,撂下一句:"老妇我虽行将就木,但绝不会为你做事!"

不识郎君真面目

她以前不是没给过落魄书生银钱助他大考,但后来那书生中了探花,扔给了她双倍的银钱相还,末了还撂下一句:"钱已还你,我绝不会为你做事!"

瞧瞧,她陆万嫌做好事,不会有人信,反而都觉得她图谋不轨、另有目的。

拜托,你们醒醒好吗?她出了名的闲人一个,并没有那么多事非要你们去做。再说了,怕她干什么?就凭她做的那点坏事,根本就上不了台面!

翟不缚听了阿嫌的话,受了启发似的点点头:"也对哦。"

陆万嫌俯视了一下河面,那个老汉头套麻袋,双手扑腾得正欢,他喊救命的声音也完全被船上的欢闹声掩盖。

陆万嫌又吩咐道:"扔一块浮板给他。就一块,别多扔。让他在河里冻一夜,冷静冷静。"

说罢,她又想起什么:"哦对了,这事千万不能告诉缪临。"

虽然常在一起玩,但智商上面的鸿沟是如何也跨不过去的,翟不缚又一脸莫名,问了一句:"为什么?"

陆万嫌说:"缪临和我们的关系,就是老鼠屎和汤的关系。"

翟不缚听了顿时很不爽:"喂,你怎么能长他人志气,说自己是屎。"

"他是!他是老鼠屎!"陆万嫌愤恨地打了几下翟不缚的脑袋,想把他脑袋里的糨糊拍出来,"是他要坏了我们这一锅好汤!不能让他得意地以为我们被他影响着变好了,我们要坚定地走纨绔道路,决不能动摇,明白吗?"

"明白。那被卖的小娘子怎么处理?"

"你去找人赎了,记得打缪临的旗号。"

"不是吧,你要给他被窝里塞人啊?"

也不怪翟不缚跟不上阿嫌的思路,实在是她的思路太奇特。英雄救美的下一步便是以身相许。若打着缪临的旗号,那个被赎的小娘子必会找上缪氏的大门。此举到底是何意?

第一章　惜缘郡主

陆万嫌叹了口气，似是有些发愁："人，拥有弱点才值得信任，相识这么久，可我始终觉得他与我们之间隔着云雾。"

"有吗？"

"你不觉得他无欲无求，总是让人摸不到底吗？"

"你好端端地摸他的底干什么？"话刚一出口，翟不缚就眼珠子一转，恍然大悟了，"哦，我知道了，都包在我身上，我一定给你办妥！"

他飞快地跑走，陆万嫌点点头，很是满意。

看来有时候做兄弟，不一定要思路契合，只要听话，一心为你，就足够了。

陆万嫌紧了紧衣衫，外面的凉气让她有些承受不了了，她回到大厅，重回座位。此时，桌上的瓜果点心像是没怎么动过。缪临就安安静静地坐在那里，手里正翻着一本书。

真是神经，曲不听，舞不看，酒不喝，来这脂粉豪奢之地，他竟看起了书。

书有什么好看的？

陆万嫌闷了一口酒，这酒滋味绵软，不怎么得她的心。她偏爱烈酒，呛喉辣眼的尤为喜欢，早知就自带酒水了。她的府邸梅树下，可埋了好几坛"神仙醉"呢。

"解决了？"缪临目不斜视，依旧盯着书，莫名抛出这样一句。

陆万嫌再斟了一杯，想都没想便答："嗯，解决了。"

突然，她倒酒的手一顿，抬眼蹙眉："你问什么解决了？"

缪临合上书本："自然是内急之事，陆典簿以为我说的是什么？"

"没。"

"做善事并不丢人，何必隐藏。"

陆万嫌一拍桌子，嗓音都提高了起来，道："谁说我做善事了，恶人自有恶人磨，她爹就算把她卖上一百遍，我都不会插手的！"

"我说善事与她爹有关了吗？"

"……………"

"怎么这么容易就招了,陆典簿,你也太经不起诈了。"

"............"

陆万嫌此时的脸色,黑得就好像包龙图打坐在开封府似的。她起身,又道:"我还要去一趟茅厕,缪大人去吗?"

方才说上茅厕是借口,这次是认真的,尿意比烦躁之意更胜。

"不了,陆典簿请便。"缪临道。

第二章
太学旧闻

等解决完内急后,陆万嫌重回座位,却没看见缪临,桌旁只坐着翟不缚,他正在往嘴里扔花生米。

"缪临呢?"陆万嫌不解道。

"我有礼物送给你。"翟不缚起身,将一个物件塞入陆万嫌手心,"喏,放在这间房里,你拿好钥匙。"

陆万嫌低头一看,钥匙上还连着一个挂牌,上书三字"春风醉"。

陆万嫌见状十分疑惑。

见陆万嫌不动,翟不缚拉起她的手腕,直接上了三楼,领着她来到一个雅间前,而门牌上正好写着"春风醉"。

这里是掌柜专门为陆万嫌预留的房间,生怕她何时来访没了房,会将他的楼船凿出个洞来。陆万嫌当然知道"春风醉",她只是不明白翟不缚为何突然做出这种奇怪的行为。

翟不缚用下巴指了指她手心的钥匙,说道:"开门,进去吧。"

陆万嫌问:"你这是干吗?"

"何必明知故问,我把缪临放倒了,他就在房间里面,任你处置。"

陆万嫌没喝多,但觉得大脑一时有点晕,感觉传入耳朵的话里,到处都是知识盲区。

"你有病啊？！"

"我看你对那些王族公卿的子弟都没什么兴趣，对那些低贱的小白脸也没个常性，唯独对缪临很上心，总是对他翻白眼。"

总和对方过不去就是想和对方过下去的意思，翟不缚今日才将将勘破。

作为陆万嫌的心腹和好友，只要阿嫌高兴，他愿意为她做一切事情，包括出卖缪大人的一切。

陆万嫌无辜得都快要泣血了，她吼道："我那是翻白眼而不是抛媚眼啊！兄弟！你快去找神医看看你的脑子吧，求求了！"

"别解释那么多。"翟不缚索性拿过她手心的钥匙，将门打开，又推了她一把，"上吧，阿嫌。"

陆万嫌："………"

讲道理，这个时候若是转身就跑，今后她在兄弟面前的威信何在？脸面何在？

房中不过是缪临而已，又能怎样？

她才不怕，只需走走形式，就能轻而易举解决此事。

心中是如此想，但她迈入门中的那一步明显带着点虚浮，要不是翟不缚伸手扶了她一把，陆万嫌可能在没睡到人之前就先给人跪了。

翟不缚侧头："你慌什么？"

陆万嫌道："我慌了吗？"

翟不缚垂眸盯着他们肌肤相触的地方，陆万嫌也低头看去。

原来在他扶住她的那一刹那，他的大拇指已经非常干脆利落地搭在了她的脉门，顺便就给她把了个脉。

"跳得很快。"他道。

陆万嫌一把将他掀远："你好烦。"

她背着手在房间内转了一圈，原本打算找一些诸如"房间摆设气质与她不符"一类让人生不出兴致的借口，然后叫醒缪临，自己闪人。

第二章 太学旧闻

却不承想，观赏完房间，她就语噎了。

"春风醉"这雅间不仅名儿取得好，也非常的名副其实，万物摆设皆以碧绿色为主，四处洋溢着春的气息。

绿得情真，绿得意切，绿得别具一格，令人心折。身着绿衫的陆万嫌身处其中，恍然间觉得到了自己的主场。

陆万嫌秀眉一蹙，眸光流转望向了里间挂着绿色薄纱的床榻。缪临此时平躺在床上，她的视线扫过他的长腿、细腰、宽阔的胸膛，不禁感慨他这皮囊保养得倒是不错。接着她的视线又落在了他被捆缚在床头的双手上，这双手如玉竹般骨节分明，白皙修长，一看便知是个不沾阳春水的世家公子。

不不不，不应该往这儿看！

陆万嫌摇了摇头，视线定格在缪临手腕系着的麻绳上。

看来翟不缚是非常了解强抢民女民男的步骤，一点都没出错。就是不知道他哪里找来的麻绳，难道一直随身携带，随时准备搞大事？

"你给他下药了？"陆万嫌问。

"哪能啊，别看他外表文质彬彬，其实内里精得跟猴一样，我就算下药，他也不能上当。"翟不缚很自豪地笑了笑，"我给他灌酒了。"

陆万嫌很疑惑："缪临不是号称不饮酒的吗？"

翟不缚理所当然道："我叫掌柜的取来了你的存酒，就是上回你在这儿和人掐，最终赌气花了高价拍下的那坛'富阳春'。我刚讲了一下那酒背后的故事，缪临就说他要尝一尝。"

那是酒吗？那是她的嫁妆啊！

她还打算有朝一日带心上人来此一起畅饮玩乐，结果翟不缚不打招呼就开了她的酒！

她痛彻心扉，痛断肝肠，简直想痛哭一场。

"这下我终于知道缪临不饮酒的原因了，这家伙，三杯就倒，说明什么？说明他命中注定有此一劫！"翟不缚拍了拍陆万嫌的肩头，鼓励道，"阿嫌，不必多虑，尽管上吧。"

说罢，翟不缚转身离去，还非常利索地关了门，生怕打扰房中的

不识郎君真面目

好事一样。

陆万嫌走近床榻,叹了一口气,伸手去解绳索。

天怒人怨翟不缚,这小混蛋竟然系的是死扣!他脑壳里装的是烤脑花吗?系这么紧怎么解,真绑假绑都搞不清楚吗?

由于专注力全放在了解绳索上,陆万嫌完全没有注意到,自己的脸和缪临贴得那么近。

于是缪临一出声,她一低头,就对上了缪临还略带迷茫的双眼。

他们呼吸相闻,气氛一时凝滞。

"嫌儿……"他的声音很小,但陆万嫌却精准地捕捉到了这两个字。她猛地起身,退下床,所有描述惊讶的词语都无法正确形容她内心现在的震惊。

"你叫谁呢?"

"嫌儿"是什么鬼?真是想要吓破她的胆。

绳索已经松了,缪临轻轻一挣,便坐了起来。他眼眸转动,看向四周,半天才回过神来,重新看向陆万嫌。良久,才从嗓子眼里吐出三个字:"陆典簿。"

不知为何,陆万嫌的脑子里想起看过的一出戏,里面那位大哥的女人,泣着泪控诉着渣男:"你昨天还叫人家小甜甜,现在就叫人家夫人了?"

陆万嫌眯起双眼,震惊之情渐渐散去,反而有些想笑,她吐槽道:"缪大人,你这一会儿'嫌儿'一会儿'陆典簿'的,好生善变啊。"

"抱歉,是缪某唐突了。"缪临用手揉向太阳穴,微微摇晃了一下头,像是真的有些不清醒,正在极力清醒中。这姿态竟有几分我见犹怜,仿佛刚刚从魔窟中被解救出来,还搞不清楚眼前的状况。

陆万嫌撇开目光,遥望窗外天际,以免自己春心荡漾。天知道,她最受不了这种画面,即便那人是缪临,她也受不住。

稍微歇息了片刻,缪临终于可以顺畅思考,第一个发问就直奔主题:"我为什么被绑在床上?"

陆万嫌干咳一声,替自己辩解道:"我提前说好啊,这可不是我的主意。灌醉你的是翟不缚,绑你的也是翟不缚。我刚才只是想替你解开绳索,没想干什么其他的。"

"翟不缚?"缪临的语气平缓,但依旧能听出来他的不信任,"他为何要这么做?"

缪临就差将"你是幕后主使者,一定是你让翟不缚做这等混账事的"这句话刻在脸上,他肯定认为她才是满肚子坏水的那个,而翟不缚脑子不好,充其量只能做马仔。

陆万嫌闭了闭眼,略一沉思,随即睁开双眸,眼里尽是精光。她将实话说得像假话一样:"翟不缚以为我觊觎你,所以才总对你翻白眼,他说这就是爱而不得了。我好说歹说他都不听,非让我把你睡一睡,把心结解了。"

两人之间突然出现了漫长的沉默。

许久后,缪临才莫名地轻笑一声,问道:"那你怎么不睡?"

"我不敢。"多么真挚又卑微的三个字,完完全全不该是一个汴梁纨绔该说的词。但她说了,说得义无反顾,没有回头路。

缪临点了点头,竟然还有一丝赞赏:"我还以为你总是不成体统,为所欲为,不料却也懂得悬崖勒马,孺子可教。"

他这话一套一套的,陆万嫌见过那么多烦人的嘴,还是属缪临最能说。

陆万嫌大大咧咧地往桌前一坐,对着榻上的缪临摆了几下手,诚恳道:"不敢,是真的不敢。缪大人恪守礼教,我可不敢碰,生怕碰你一根毫毛,你就会摁住我的头拉我去拜堂成亲。"

"不会。"

"嗯,你确定?"她眉头微皱,语气里带着些不可思议,"你什么时候转性了?"

缪临道:"直接成亲不合礼法,要纳采、纳吉、纳征、亲迎,一步都不能少,还要互换生辰贴,最后才能押你拜堂。"

陆万嫌简直无力反驳:"……您可真是太会抓重点,太懂礼数了。"

说话的语气虽是玩笑,但陆万嫌敢对天发誓,字字发自肺腑,她真的不敢碰缪临。

别人不懂其中缘故,但她陆万嫌是吃过一堑的人,绝不会在缪临身上犯第二次错。

外头的天色已经彻底黑了,这间房就点了两盏灯,灯罩还是绿色的,光线透出来,有着几分奇怪与旖旎。

灯光下,缪临开口说道:"翟不缚说,那坛富阳春是你的嫁妆,你要带你日后的夫君来尝,是吗?"

怎么突然又提起富阳春的事了,不提她都忘了,一提她就很肉痛的好吗!

"是视作嫁妆。"陆万嫌装作无所谓的样子,纠正道,"但没关系,你俩喝了便喝了,我有的是钱,还能再买。"

一个成年人就是要学会将自己的心碎伪装成不动声色,万万不可叫他人了解了真正的你,不然隐患就来了。

"酒不错。"他称赞道。

"你很有品位。"陆万嫌客套地回赞。

有一些往事浮入脑海,就快要占据她的思维,但陆万嫌攥了攥拳,抵挡住了那混乱的思绪。往事不可追。

过去的日子,现在再拎出来咂摸,也咂摸不出什么新鲜的味道来,所以她已经与缪临划清了界限。

她最擅长的莫过于跨过障碍,跨不过的,她就粉饰障碍,假装障碍不存在。

既然人已经醒了,再继续孤男寡女共处一室,他一定会感觉很不适。

陆万嫌有心替缪临着想,起身准备离开,可才迈出一步,就被缪临叫住了:"且慢。"

陆万嫌顿步回首,摸了摸鼻梁:"缪大人还有何事?"

缪临下了床,穿上了鞋,由于酒意还残留一些,所以他的脚步很不稳。快走到陆万嫌身前时,他还微微晃了一下。陆万嫌条件反射地后退了一步,生怕沾染一丝他的气息。

她的后退有些伤人,显得他们的关系格外生疏,缪临逼着自己转移注意力,去忽略这一点。他坐在了桌前:"我们聊聊。"

聊聊?

这两个字可真是稀奇。他跟她有什么可聊的?

心里如此想,但陆万嫌还是坐了回去,她白皙纤细的手指提起了桌上的茶壶,冷静地斟了一杯,推到缪临面前:"缪大人,你该不会是想跟我聊聊风月,要自荐枕席吧?我已经表过态了,我可不敢碰你。"

缪临没有喝茶醒酒,他垂眸盯着桌面,像是在斟酌如何开口。

这副样子简直是要逼死好奇心很重的陆万嫌,她问道:"你到底想干什么,何不直言?"

缪临这才抬眸直视她:"好,那缪某便直言了。近日汴梁出现了一篇文章,笔墨大胆,竟是在为屈夫子鸣不平,陆典簿可有读过那文章?"

陆万嫌果断答道:"没有。"

缪临又道:"屈夫子前些时日就关在廷尉司,枢密院亲自出面过问,将他的案子定了性。他是北荣来的细作,一直在大岐潜伏,传送情报。"

陆万嫌点头:"此事我知道啊,廷尉司的刑讯手段你应该有所耳闻,那个北荣细作已经凉了,孟婆汤都不知道喝了几碗,骨灰也都能开花结果了。"她顿了一下,"你跟我说这些干什么?"

原以为二人是聊风月,聊往昔,甚至是聊聊翟不缚那家伙今夜会不会喝醉了又抱着别人的大腿喊娘。但她万万没想到,缪临在跟她聊正事。

不识郎君真面目

缪临显然不觉得气氛有什么问题，微微醉意让他的语速变得缓慢了些，语调也没那么僵硬严肃，仿佛是在聊菜市场的菜价是否正常。

"据我方暗探上报，屈夫子藏有一枚印鉴，那印鉴能调动北荣三十万骑武军。事关紧要，可几番查找都一无所得。"

"哦？"

"陆典簿，你在廷尉司，有没有见到可疑的人和屈夫子接触过？"

话到这里，陆万嫌就想笑了，他是在怀疑她，还是想利用她？

她陆万嫌如果能这么容易被套路，也就不配长这个脑子了。

"缪临，虽说你在枢密院任职，但也只不过是个副承旨。你们枢密使大人都没有来盘问我，你又是何出此言呢？"

"作为朋友，我只是跟你随便聊聊。"

陆万嫌笑笑，眉梢眼角俱是轻蔑："好啊，那作为朋友，我也可以坦白地告诉你，我虽在廷尉司日日点卯，但其实就是去混日子的，那里犯人太多了，我没有兴趣去一一关注。有那份精力，我还要留着找我的小郎君玩呢。"

缪临略一皱眉："你觉得我会信你的鬼话？"

他本就眉目俊朗，一双眼睛很深邃，盯着人的时候显得有些严肃，甚至有些古板。此时此刻，恍惚间，陆万嫌觉得他的眼中好似闪过了一丝焦虑和烦心。

他在烦什么呢？这并不是这个天之骄子该有的情绪。

陆万嫌试探性地问道："你觉得哪句是鬼话？有关屈夫子的，还是有关小郎君的？"

"全部，你现在说的话，没有一个字是真的。"

她听了有些不快："你以为你很了解我？"

"比你想象中更了解一些罢了。"

唉，现在的小郎君，真是越来越难骗了。

陆万嫌索性耍起无赖，苦笑道："我说的都是真的呀，我的缪大人！在做事方面，我向来能偷懒便偷懒；在感情方面，我也向来是这么随便。你难不成没听过有关我的传闻？"

缪临却一脸坚定:"所信者目也,而目犹不可信,传闻荒唐与否,我心自有明断。"

"随你如何明断吧,楼下花魁娘子要上场了,我就不陪缪大人闲话了。"说完,她便起身欲走。

可没想到,缪临却突然拉住了她的手,连语气都加重了些:"陆万嫌!"

"不是说,你没有抓过女人的手吗?是我眼花?还是你觉得我不是女人?"

陆万嫌看着他,唇边浮过一丝坏笑,竟突然荒唐地带着他的手往自己胸部按:"要鉴别一下我说谎了吗?"

缪临立即挣脱,脸色煞白,半天才吐出两个字:"自重。"

陆万嫌哼了一声,翻了个白眼:"你抓我的手,倒叫我自重,这世上还有没有天理了?看你这动作自然又顺手的样子,真不敢相信这是你的第一次。"

从没抓过女人的手,这可不就是第一次。但好像得到他的第一次,并不是什么值得开心的事。

陆万嫌又道:"缪大人,如果你有火别找我发,让翟不缚把小娘子都让给你吧。"

"陆万嫌,你说话非得这么咄咄逼人吗?"

"缪大人,你非得管我在廷尉司的闲事吗?"

"我记得我们以前的关系不是这样的。"缪临的眼中似是流露着失望,又有几分痛苦几分为难,"就因为我拒绝过你的表白?"

陆万嫌:"…………"

真是不想听什么,他偏偏提什么。

她当时是怎么表白的呢,怕是再过上五十年,缪临也会记得那一幕。

当时下了一场雨,雨里有黄酒、青蟹以及金线菊的香气。

她因课上睡觉被夫子留了堂,他落下了一本书,折回去取,正好与她四目相对。

平日里若没有翟不缚在其中调和,他俩便很少单独说话,他一直觉得陆万嫌好像看不惯自己。这时碰上,不开口寒暄几句的话又显得他冷漠无情,以后相处起来会更别扭。

他正在组织语言,想着如何打破沉默,这时便看见陆万嫌对他勾了勾手指。

"喂,你能不能别急着回去?"

她的声音清脆,带着一些英气,与一般女儿家相比洒脱利落得多。

"你想我留下?"缪临问。

"是。"她笑着点点头,"翟不缚没有义气地去给刘家小姐送蜜饯了,不愿意陪我,你陪我如何?"

她前日才带了赵家公子去踏青,昨天又和王氏子弟对弈到日落。再往前算,上个月,伴在她身侧的是国公家的嫡长子。这些人都在太学中,也都与她脾性相投,一起无心向学,胡作非为。

她没个常性,和他并非同路人。他明明很清楚,可不知为何还是脱口而出了一个"好"字。

也许是看在翟不缚的面子上吧。他这样说服自己。

因为平素太过认真与正经,他总是与大家格格不入,几乎没有朋友,是翟不缚向他伸出了手,毫不见外地拉着他一起玩,才驱散了他的孤寂。

她是翟不缚的挚友,那他理应待她好些。

缪临坐在了她身旁,正要拿起她面前的书册,想要给她讲一讲。

这时,她的胳膊突然就搭上了他的肩膀,他不解地侧头,少女毫无征兆地微弯了一下双眼,抬起下巴,贴近了他……

就是在那一个雨天,伴随着雨打屋檐的滴答声,他被夺走了初吻。

他又惊又惧,在她舌尖正要继续探下去时,便一把推开了她。

从出生至今,他还从没见过这般荒唐的女子,完全不顾礼法,太过肆意妄为。他甚至不知她是在何时偷喝了酒。她不是在留堂吗？口中的酒气又从何而来？

"缪临啊，我对你生出了些兴趣，你要跟我玩玩吗？"

被推开后，她并没有恼，而是一手支着下颚，一脸玩味地打量着他，就好像猎人在看落入猎兽坑的狐狸。她的从容，是因为她知道狐狸跑不了。

缪临故意不动声色，即使内里已经翻江倒海："玩玩？"

"玩玩。"陆万嫌点点头，"就是那种不以成亲为目的、随时由我喊停、你也不必负责的玩法。你喜欢什么我都会买给你，想去哪里我也都会陪你。跟我在一起，你会很快乐的，我保证。"

她给他描绘了一个蓝图，画下了一个大饼，仿佛只要他点头，快乐便会如影随形。

可明明不该是这样。

缪临挑眉："你就是这样看待男女之情的？"

"对啊。"

"是'非我不可'，还是'谁都可以'？"

"我现在挺喜欢你的。"陆万嫌看着他，眨巴眨巴眼，一副理所当然的样子，"但也不算是非你不可吧……你要是拒绝了我，我总要换别人啊，难不成一辈子吃斋念佛，再不近男色了？"

心态这种东西真的很玄妙，他以为自己能够稳住，一切都还能够控制，但指不定何时突然一下就崩了，崩得猝不及防，又无可抵挡。

缪临几乎是带着一丝恼怒地开口道："那恕我拒绝！"

陆万嫌听了，表情也没太大意外："好吧。"她这副坦率的样子反倒令他感到了一丝戏弄，甚至说是一丝屈辱。她提出想要跟他玩玩，可她明明未打招呼就已经先玩过了。

"你就不问我为什么拒绝？"缪临道。

陆万嫌摇了摇头："不用了。我只看重结果，不那么在意你的心路历程，你拒绝我的表白，我就接受喽。希望没给你带来困扰。回见。"

她起身走入了雨中，没有撑伞。

缪临喉头哽了哽，看着她离去的背影，没有说话。

次日，陆万嫌没来太学，据说是淋雨得了风寒。这次风寒也伤得太久了，足足有三个月，她都没有再来太学。

时间拉回今日，缪临之所以这样翻旧账，是因为自从表白事件后，陆万嫌对他的态度就不一样了。

如果说之前她对他态度平淡，不甚在意，偶尔心情好时还有点友善，甚至还说过喜欢，那么自那以后，她就开始挑他的错了。

她总教唆翟不缚，让翟不缚不要带他一起玩。他们开始不对盘，时有辩论，偶有争吵。这种相处方式令翟不缚都一头雾水，不明所以。

出了太学后，他好久没有再见她了。只是偶尔听到别人议论陆万嫌又拆了谁的铺子，拐走了谁家的狗，为谁一掷千金，带谁春游踏青。

年少荒唐时做了太多奇怪的事，影响了陆万嫌的风评，她知道自己现在要遭到报应了。

陆万嫌一脚踩上了凳子，做出不屑状："对，也不对。不就是个表白。缪临，你是不是忘了我是谁？我是陆万嫌，我陆万嫌决定放弃的事，就会放弃得干干净净，对你的兴趣是怎么上来的，我就有本事怎么把它压下去。你不要提这个，没有意思。"

说完，不等缪临回复，她又重复了一遍："不要再提了。"

她永远不会让他知道，她为了那次表白，还专程回家洗了个头，甚至还喝了一口外祖父的藏酒壮胆。

什么留堂不留堂，当时的夫子是外祖父的得意门生，她就是在上课时光脚跳大神，那夫子都不会皱眉，罚她什么。

她布置一切，全是因为年少时的喜欢。

可是，缪临非常明确地拒绝了她。

陆万嫌有时候会想，她看他越来越不顺眼的感觉，是不是都来自被拒绝以后?

无论是不是,现在的陆万嫌,已经对他没有想法了。

有的只是——

防心。

陆万嫌没有再看缪临的表情,她甩了一下衣摆,开门走了出去。

翟不缚在门外不远处放了一把椅子,此时正坐月子似的瘫在椅子上,一条腿搭在椅子扶手上,他一边抖,一边哼着不知名的小曲儿。

真不知道他在这守门是为了什么,怕缪临逃跑,还是怕她搞出人命?

"喂,翟不缚。"陆万嫌唤了一声。

听见陆万嫌的声音,翟不缚很意外地起身,迎了上去:"这么快你就完事了?"

她叹了口气,笑言:"嗯,有点累,年纪大了,不行了。"

"不是吧,我认识几个医师,要不要引荐给你调理调理啊?"

翟不缚话音未落,"春风醉"的门再度被打开,缪临长身玉立,腰间玉佩上的流苏根根垂顺,一副未沾一丝污浊气息的模样。

翟不缚上下打量了一下,还是有点不敢相信:"缪临,你——"

"年纪大了,稳妥为主。"缪临道。

"天哪,你们两个……"想了半天,翟不缚终于找了一个恰当的用词,"体质太差了!连我都看不下去了!丢人!"

楼下掌声雷动,欢呼声不停,看来是花魁娘子明月出来了。

明月是春风得意楼的头牌,是个清倌。有人说,清倌的满腹才华和卓绝才艺不过是覆盖在人性上的一层薄纱,一旦有了合适的买主,她们照样会抛下原则,陪床卖笑。

但明月不是这样的。

陆万嫌听过宫中的闲话,据传太子不惜和皇后娘娘翻脸也要带明月进东宫,他那万般痴情,放在任何女子身上都是福泽一桩。可没想到第一个不同意此事的就是明月。

不识卿真面目

明月根本不想嫁人。

这倒和陆万嫌的想法很像,所以陆万嫌还挺欣赏她,因此也曾一掷千金,只让她为自己弹唱。但她更多时候则是和明月聚在一起嗑瓜子聊汴梁的八卦。如果说翟不缚这个百事通收集的八卦都是官宦大事,那么明月讲的八卦就全是情感琐事。

陆万嫌从明月口中听过无数的鸳鸯错配,譬如哪家的大家闺秀瞎了眼看上了一个伪君子,哪家的痴情大冤种被骗得当掉了裤子。团圆幸福的爱情没得聊,聊的都是那些不幸的,越聊就越让明月和陆万嫌不期待爱情。越聊她们俩越惺惺相惜,就差拜码头做姐妹了。

为什么最后没拜呢?还不是因为明月是个风月场上的人精,她认为眼下这样的关系正好,既不用担心关系太差得罪陆万嫌,又不用担心关系太好被迫卷进什么大事件里,简直就是完美关系。

的确是个聪明的花魁。

此时站在"春风醉"门前的三人,在楼下传来的欢乐声中,各自心怀鬼胎。

可能翟不缚的"胎"怀得不太稳,所以缪临才刚刚轻笑了一下,他就立刻警惕了起来,狐疑地看向他:"你笑什么?"

缪临道:"我笑你还是那么天真可爱。"

翟不缚:"……"这是汴梁最新的骂人话对吧?

缪临又道:"翟不缚,你何时见我伤过女子名节?"

翟不缚脸一白,这才反应过来,原来阿嫌和缪临在一起戏弄他。

缪临是个君子,有时候冷不丁地开个玩笑,语气都是磊磊坦荡的,让人一时难辨真假,不过带来的冲击力也属实不小。

翟不缚好生委屈,这月老可真难做:"什么情况?你们两个关系理不清楚,也不能欺负媒人吧?诓我做甚,好玩吗?"

天知道他是怀着怎样的心情为最好的两个朋友当看门狗的……

陆万嫌瞪了他一眼:"翟不缚,你的嘴要是不会用,就尽早捐出去,别在这儿叭叭叭地污染我耳朵。"

翟不缚闭了嘴。

接着陆万嫌又向缪临一拱手，言语中尽显隔阂："今夜多有得罪之处，还请缪大人见谅。"

缪临点头："好。"

"那么……要一起去看花魁娘子吗？"她抬眸看向他，那视线摆明了就是不想一起。她就差在额头上贴出"别跟上来"四个大字了。

君子又何必强人所难呢。缪临微微摇头："不必了，我就在这里休息。"

"一个人有什么好休息的，你在家没睡够吗？"翟不缚没控制住，插了一句话，结果瞬间被陆万嫌捂住了嘴。他觉得自己真的是一点地位都没有了。

陆万嫌对着缪临笑了笑："那我俩去看，就不打扰你了。"

她每次要逃离、要和他分开时，笑容就特别甜，那双桃花眼微微一弯，看谁都像是满目含情。

缪临心中叹息，伸手道："请。"

银色月光下的惠济河安静又壮阔，在汴梁人心中它甚至比得上大海。

楼船静静地航行在河面，船上载着表面太平实则暗流涌动的岐国中最后的荒唐。

陆万嫌和翟不缚从楼梯上下来，准备去看明月。

翟不缚心里还是好奇，不由得发问："阿嫌，你说缪临这么守身如玉，到嘴的鸭子不吃，还把你给放生了，归根结底是不是因为'他不行'？"

陆万嫌伸出大拇指："你发现真相了。"

也不怪别人喜欢乱编排陆万嫌，她那随心所欲的一张嘴，其实也没少编排他人。

她永远不会告诉翟不缚，她才是那个渔夫，是她主动放生了缪临这条大鱼。大鱼有时不好消化，吃了喉咙还会卡刺，当以小心为妙。

不识郎君真面目

翟不缚是纨绔中比较另类的一个,思维总跟别人不在一个点上。得知缪临不行,他仿佛比缪临还要痛心,看陆万嫌的时候一副百感交集的样子,安慰说:"阿嫌,苦了你了。"

"你现在知道了,就别再把缪临往我屋里送了。"陆万嫌伸手点了他一下,视作警告,"若再这样,我们兄弟没得做了,懂?"

翟不缚有点委屈,蔫眉塌眼得像只可怜的小狗:"懂了。"

他沉默了一下,又为自己辩解道:"我这也是为你好,最近你拦的那些人,没一个有下文的。我就是怕你寂寞。"陆万嫌的快乐翟不缚不懂,但是她的寂寞他很懂啊!

陆万嫌捂住双耳:"快闭嘴吧你,听你说话我就脑仁疼!"

谁说男女之间没有纯友谊,对翟不缚这种心比海还大的人,谁能把他当正常异性看?更没法产生一丝丝不纯洁的心思。

他们刚刚下楼来到大厅,就见明月坐着秋千从空中慢悠悠地荡下来。

明月的胆量比常人大了几分,那秋千说到底也就一条绳子,从三层楼高的上面一荡而下,绿衣翩然的她宛如仙女下凡。那张小巧玲珑的脸点着朱唇,虽然神情淡漠,但艳夺天光,隐隐勾人。

陆万嫌欣赏地点了点头:"明月坐在上面一点也不觉得硌,厉害了。"

翟不缚也很赞赏,但抽空瞥了一眼陆万嫌:"美是美,只是……近来汴梁的流行色我看不懂,怎么一水都是绿色?"

他们俩回到座位上,陆万嫌也喝了几杯富阳春,眼睛立刻迷离起来。

明月扭着水蛇腰跳下舞台,经过众多饮酒的男客身边,惹得男客们纷纷伸出手,想要将她搂入怀中。但她舞姿灵巧,笑容带冰,像条狡猾又高傲的泥鳅一样,穿梭花丛。男客们无一人得逞,连明月的袖角都碰不到分毫,可都已然沉醉其中,被她勾得神魂颠倒。

翟不缚撞了撞陆万嫌的胳膊,问道:"喂,阿嫌,你看明月的眼皮上涂了什么啊，闪着光，就好像小星星一样。"

陆万嫌用迷离的眼神望过去，此时明月正随着乐声起舞，她的绿衫更宽松一些，袖子一扫，围在看台周围的看客们就全吸了吸鼻子，做陶醉状。

"在你眼里，明月姐姐连眼屎都闪光。"陆万嫌说着醉话。

翟不缚悠悠地扫了一眼陆万嫌。纯粹是因为有了对比，才有了嫌弃。

"你这表情是什么意思？"陆万嫌问。

翟不缚不想和陆万嫌打嘴架，他大手一招，一个跑堂端着托盘过来了。

春风得意楼之所以能傲立全汴梁的声色产业链顶端，就是因为创办者脑子灵活，想尽了办法捞钱。看客除了能给台上的人送花外，更能送些昂贵的小礼物。

"我打算送明月一支发簪。"翟不缚举起托盘上的一支发簪，问陆万嫌，"你觉得这个好看吗？"

陆万嫌点头："好看。"

"这个呢？"

"好看。"

"这——"

"好看。"

翟不缚"啪"的一声把簪子拍在了托盘里，怒目看向陆万嫌："我问哪个你都说好看，你是托儿吗？春风得意楼是不是还抽油水给你？"

陆万嫌喝了酒，脾气好了很多，她举起那些簪子全都插在了自己头发上："我都戴给你看，你自己感觉。"

翟不缚愣了。

陆万嫌在她心里一向都是最好的朋友，他小时候甚至看过她穿开裆裤的样子，她闯祸被外祖父吊打眼泪鼻涕齐飞的时候他也不是没见过。

不识郎君真面目

陆万嫌所有狂、酷、尿、惨的经历，他都陪着走过来，别人说陆万嫌漂亮的时候，他真的是完全没感觉到。

可今天，他觉得把簪子插了满头、像刺猬成精一样、喝了酒脾气变得很好的陆万嫌，好像有一点……好看。

"是不是都还可以？"

见翟不缚呆了，陆万嫌晃了一下头，又展示了一次。

"……嗯。"翟不缚对跑堂点头，放上一沓银票，道，"都买了。"

"好嘞，多谢尊客，尊客慷慨——"跑堂高声道谢，躬身退下。

"看来我这个展示效果不错呀。"刺猬精开始拔刺，顺嘴自信地说道，"你说，全汴梁最好看的女人是我吗？"

翟不缚条件反射一般地开口："不是你。"

瞬间，一把匕首卡在了他的喉头。

他伸出两指拨开匕首，笑嘻嘻地继续道："——还会是谁呢？"

天知道，他有多想掀开陆万嫌的袖子或者裙摆瞧一瞧，她之前将匕首一直藏在了哪里。

明月身价颇高，等她跳完这一曲，陆万嫌便掏出一沓银票，让她前去"春风醉"给缪临弹首小曲。等了片刻，没见明月返回，陆万嫌稍稍松了口气。

一切尽在掌控。

夜再深了一些后，楼船上的人还是嬉闹不停，不少客人举止开始变得轻浮。翟不缚捧着脸喷喷两声："阿嫌，我有点看不下去了。"

"我也有点看不下去了。"陆万嫌起身，在桌子周围翻了翻，表情平静但动作迅捷。

翟不缚的视线跟着她，一头雾水："你在找什么？"见陆万嫌拿着一条支窗木回来了，还在手里颠了两下，他依旧不明白，"你为何拿——"

话还没说完，支窗木便打在了翟不缚后颈上，他蒙了一下，便徐徐倒在了桌上。满室欢闹，这个时辰的客人大多酒醉了，倒也没人注意到此处的一点小动作。

陆万嫌临走时,摸了摸翟不缚的头:"抱歉哦。"

四下无人的角落,一艘小船缓缓现身,一个身披披风、头戴兜帽的身影轻轻一跃,跳上了小船。

夜风甚凉,眼见小船与楼船渐渐拉开了距离,站立在船头的女子摘下了兜帽,正是夜里开溜的陆万嫌。

陆万嫌此时神色比月色还冷淡,她缓缓从腰间取出了一个物件,眯起了眼。

那是一枚刻着北荣文字的、能调动北荣三十万骑武军的印鉴。

陆万嫌翻墙入内,脚步轻巧地落在了地面。太学院的"和光同尘"牌匾就在她身后侧方。

太学护卫不严,世家公子放课后便会离去,只有一些寒门学子居于北苑,以此为家,因此无人看护。他们不用交学费,只需每日打扫太学和修整图书,便可抵食宿。

陆万嫌紧了紧披风,转过长廊,可一抬眼,便看见一个人提着灯在等她。

那人身材颀长,宽肩挺秀,目光平静地看着她,像是算到了她一定会来。

缪临。

是本该在惠济河楼船雅间休息的缪大人。

竟是他。

陆万嫌打晕翟不缚,不过是因为办完事还要回到翟不缚身旁,造成一个从来没有离开过的假象。按照计划,这一晚很多人在楼船上看到了陆万嫌,她和朋友开酒、销金,到次日清晨才离开。

所以现在,陆万嫌感到异常意外。

她想做的事,竟然没能逃过缪临的眼睛。难道真如他所言,他对她了解至深……

可又怎么可能呢？他们从未有过走心的交流，他如何能看得透她？

陆万嫌压抑住内心的剧烈起伏，转眼挂上了笑容，故作不好意思道："这个时辰，缪大人不是应该在楼船上吗？"

"这话同问陆典簿。"缪临道。

陆万嫌勾了勾唇，开始编："哦，是这样，我收到家中信鸽报信，说是家中出事，就快些回来了。怕扰了你和翟不缚休息，就没跟你们打招呼，别介意啊。"

缪临伸了胳膊，让灯光照得远了些，提醒陆万嫌此地不是她家，而是太学。

他的脸色不太好看，对方总说这种很容易被拆穿的话，到底是想羞辱他的头脑，还是根本就觉得不重要。

莫非是因为他无关紧要，所以连借口都不必费心去挑，是吗？

"从惠济河到郡主府并不经过太学，陆典簿出现在此，是想找栾树吧？"似乎猜到了陆万嫌的疑惑，所以缪临又提示了一句，"你白日放弃得太快，太不像你，我算到你还会来找他，而且很急。"

陆万嫌无意识地舔了舔嘴唇，接着笑道："哎呀，被缪大人看穿了，我心中想他得紧，夜不能寐，就直奔太学而来。"她挑了下眉，眼中尽是挑衅，"难道不可以吗？"

这个时辰，翻墙而入，孤男寡女，所有的关键词都将汇聚成三个字——"不可以"。

不可以，这怎么可以？

陆万嫌料想对方一定会用"礼义廉耻""品德规矩"好好说教她一通，可等了半天，缪临却一个字也未讲。

他就那样平静地看着她，看得她都有点发毛，仿佛她就是一个爱编造谎言的骗子。

为了不被这样不舒服的视线打量，陆万嫌转了身，放弃去找栾树。有缪临在，她也没办法和栾树进行什么有效沟通。

可她才刚走出两步，缪临的声音就在背后响起："那篇替屈夫子鸣不平的文章，是栾树化名所写。"

陆万嫌的脚步一顿，但没有回头。

缪临继续道："你找他，是不是觉得屈夫子案有蹊跷之处？你要查什么？我陪你一起。"

她神色震动，心跳声如擂鼓。原以为那匿名文章只有她能查到正主，没想到缪临竟也知道。他不仅知道，还知道她所行的目的。她都表现得这般好色纨绔了，难不成是演技出了问题？

那他到底知道多少……

知不知道能调动敌国三十万骑武军的印鉴，就在她身上……

为避免纠葛，陆万嫌一直没有转身或者回头，她微微仰首看着无边天际，语气不羁："缪大人似乎是忘了，我是汴梁纨绔，吃喝玩乐才是我最关心的事。什么疑点案情，什么细作印鉴，我一概不关心，也不想沾惹。"

"陆万嫌。"他叫她，声音郑重。

陆万嫌却迈开了步子，抬手摇了摇，以示告别。

缪临望着她离去的背影，一向平静的双眸中似乎浮上了一层焦虑与担心。

她，终究是不信他。

陆万嫌回到了郡主府，夜里不知为何起了雾气，将府中的亭台楼阁、水榭曲廊、假山幽径都轻轻笼罩，虚幻得仿佛是进入了梦境。

一个黑衣少年破雾一般地现身，朝陆万嫌一拱手："郡主，您回来了。"

官家的兄弟姐妹甚多，因此公主、郡主遍地走，并不稀奇。但她爹是建章王，官家的结拜义弟，深受官家喜爱与器重，连带着陆万嫌这个独苗都沾了光，被封了一个惜缘郡主，有着"人活于世，最当惜缘"的美好寓意。

她不仅拥有一座宽敞豪奢的府邸，还有两千府卫护她周全。而眼前的少年，便是她最常使唤的府卫之一，名叫倦野。他性格跳脱却有眼色，听从她的一切调遣。

倦野很自然地卸了陆万嫌的披风，垂首跟着她进了书房。

陆万嫌屁股刚沾椅子，倦野就端了热茶放在她面前。陆万嫌的指尖轻敲着桌面，缓缓道："倦野，你暗中盯住栾树，查他平日行事，看他都与何人见面。"

指尖突然停住，陆万嫌侧头看倦野，他平日活泼爱笑，此时却一脸严肃，很认真地听着安排。

陆万嫌道："对了，做事记得避开缪临，他好像知道了什么。"

"要不要动手？"倦野问。

陆万嫌赶紧出言制止："不要动缪临。"

倦野垂眸盯着鞋面，声音里带着无限的敬重："属下领命。"

"你退下吧。"

"是。"

倦野私下消化了很久，才接受了自家郡主对待缪大人不太一样的事实。

郡主能够在一个人身上用心已然很难得了，以往她身边不是王公子就是李公子，要么就是聒噪如鸡的翟公子，还有一些看过就忘的贵族世家。郡主与那些人表面玩闹，但从未放在过心上。一旦他们有所冒犯，郡主私下派他去揍人时也从未犹豫过。

他思索着，是因为缪大人长得格外好看吗？但郡主本性爱美，喜新厌旧，缪大人再好看也不至于让郡主如此上心。

罢了，总之以后要把缪大人当成一个人物来对待，这样就不会出错了。

离天亮已经没有多少时间了，陆万嫌一大早还要去廷尉司点卯，因为外祖父特意交代过，如果她不按时到岗，她的月例钱就会减半。平素她消费水平甚高，月例减半的威胁算是戳到了她的命门。

作为一个纨绔，没钱，是万万不能的。

所以陆万嫌不敢脱衣上床，怕太舒服了就容易睡过了头，她支着脑袋缓缓闭上双眼，想着稍微歇息一刻就可以出门了。

不知何时，陆万嫌眼前出现了一个画面，是廷尉司的监牢。

突然，一双被拔了指甲的手扶住陆万嫌的肩头。她惊恐地瞪大双眼，面前的老者用浑浊的眼睛望着她："匕首给我！"

她认得他，他是屈夫子。

屈夫子已经受尽了非人的折磨，他发丝尽白，再也没有了往日的儒雅。陆万嫌还没来得及做出反应，腰间的匕首就被屈夫子夺了去。

他好像很怕会被谁监视，左右观察了几下，才战战兢兢地松了手，开始解自己的囚服。

陆万嫌看见他浑身遍布各种伤口血痕，唯有一个伤口像是旧伤。屈夫子没有犹豫，将匕首插入那个伤口，血喷了出来，他连眉头都没皱一下。

原以为屈夫子要自尽，陆万嫌慌张地正想张口叫人，下一刻屈夫子一根手指伸过来，竖在了她的唇间。

接着，匕首一剜，一枚拇指长的印鉴被剜了出来。

屈夫子满手是血，将带血的印鉴塞入陆万嫌手心，他语气虚弱，可字字坚定："我虽是北荣人，但最不想看到两国交战、百姓涂炭，这枚印鉴能调动北荣三十万骑武军，但拥有它的，其实是一个岐人。"

陆万嫌非常意外："大岐的人，却掌握着北荣的军队，这是要谋逆造反吗？"

北荣和岐国连年征战，也就是近两年才慢慢有了和谈的打算，双方都在休养生息，明面里还算平和。可若在这个时候，岐国朝中出现了通敌的叛徒，联合北荣要陷岐国于危难，那百姓们又要遭受战乱之苦……

"郡主，这枚印鉴是我在一个北荣暗探身上截获的，印鉴还没来得及到达它主人手中……我不知道这个人的势力范围已经伸到了哪里，所以不敢贸然向任何人交出印鉴。"

"你为何相信我?"

"在这监牢里,唯有你对我存有一分敬重,你是个善良的人……"

屈夫子双眼缓缓闭上,缓了口气,又猛然睁开:"你要将那人找出来!一定要拦住他的计划,莫让岐国和北荣再起战事啊!"

"可我只是一个纨绔……"陆万嫌捏着印鉴的手指紧了紧。

屈夫子嘴角含笑:"能写出《旌旗无光》的人,绝不可能一辈子都是纨绔。郡主,请救万民。"

他的小腿骨已经被打断,但此时他竟忍着痛在她的面前缓缓跪正。破烂的囚服两袖被轻轻一甩,屈夫子双手交叠在身前,弯腰将头伏到地面:"郡主,请救万民!"

第三章
绯闻中人

"郡主,郡主……"丫鬟灵璧在叫她。

陆万嫌猛地睁眼,她还坐在桌前,灵璧正拿着手帕为她擦拭着那一头的汗。

她方才竟然睡着了。

"郡主,你做梦了?要不要奴婢拿书来,你对照着把梦解一解?"

灵璧之所以说出这样的话,是因为自己的主子夜夜做梦,几乎是靠着《周公解梦》规划着每一日的行动。周公说她要见血,她便规避利器;周公说她要破财,她便早早准备好钱财;周公说她要遇小人,那日见的每一个不顺眼的人都难逃郡主的一脚心窝踹。

陆万嫌沉默了好久才终于开口:"不必劳烦周公了,我知道这个梦的意思。现在什么时辰了?"

灵璧回道:"卯时。"

闻言,陆万嫌又声音微弱地叫了一声:"倦野。"

"属下在。"一个身影迅速地出现在门前,对陆万嫌拱了下手。

"送一匣金锭给栾树,就说是我相邀。既然勾引没用,那我们就利诱好了。"陆万嫌看向倦野,倦野点了点头。

陆万嫌又道:"对了,牵匹马来,我快赶不上廷尉司点卯了。"

不识郡主真面目

倦野一个闪身，便消失在她的视线中。

等陆万嫌洗漱完毕，换好了官服，一匹西域好马就已经系在了府门口。

说句实在的，这匹马的来路其实不正，属于陆万嫌黑历史中的一个战利品。那时有很多外邦使团入驻鸿胪寺，陆万嫌在路上与西域使团相遇，就打上了这匹马的主意。只因这匹马的屁股特别大，让人感觉拍上去会特别舒服。

陆万嫌喜欢得不行，但是想着为了邦交，如果硬抢硬骗的话，闹到官家那里她肯定吃不了兜着走。

于是她当场想到了一条毒计。

她假装自己的坐骑受了惊，朝西域使团一路冲去，计划碰个瓷什么的，却不承想还没接近使团，她就摔下马背反被马踩，当场碰瓷失败没再起来。

鸿胪寺卿王行知闻讯赶来时只说了三句话。第一句是："要什么？"

像是早就见识过太多这样的事件，陆万嫌一出现，除了作死搞事，便无大事。

陆万嫌颤颤巍巍地抬起手指，遥指了一下西域使团里的那匹大屁股马，于是鸿胪寺卿闭眼微叹，说了第二句话："给她。"

大屁股马被人牵来，鸿胪寺卿对着手下抬了抬手，说了第三句："把郡主抬走，这马十倍估价，再将今日损失造账成册，拿去找樊宰执要钱。"

陆万嫌腰伤好了后又被外祖父吊起来狠抽了几鞭的事情就暂且不表了。

陆万嫌摸了摸眼前的马，隐约觉得自己有点腰疼，她深吸了一口气，翻身上马，两腿一夹，奔了出去。

敢在长宁街御马的必定是贵人，一路摊贩食客闪让躲避，陆万嫌很快便赶到了廷尉司。

她刚扶着腰坐下,直属上级廷尉司直就捋着胡子过来骂人了。

"陆典簿,你又迟了!"

"迟了吗?"

廷尉司直盯着她,直勾勾的眼神让她饱受煎熬。她恍惚想起了上一回挨骂,只因她顶了两句嘴,廷尉司直就跟喝多了茶一样,亢奋得像只鸡,不断追着她连骂了三天。

"你说得对,我迟了,我错了。"认错态度这般良好,他总不会有话讲了吧?

"你太令我失望了,昨日你告病没来,你的府卫还说你病入膏肓,眼瞅着就要喝孟婆汤了。结果呢?"

陆万嫌心想,倦野,你骗人的时候不要原封不动地重复我的话啊!

只听见廷尉司直继续痛心疾首道:"结果你却大摇大摆地出现在街上,还带着缪氏麒麟子一起去逛青楼!如此行事作风,怎堪廷尉司重任?我可告诉你,缪临他娘哭了一夜,他爹一大早就已经联合同僚上奏参你了。"

陆万嫌:"……"

还好没有嫁给缪临,不然家里鬼哭狼嚎的,放眼过去全是难题啊!

陆万嫌的父亲建章王,封地在岐国的西南边陲小城邬塬,离汴梁十万八千里远。那里虽然瘴雨蛮烟,但在他的治理下别有一番特色,百姓安居,是以他们夫妻俩平日里只忙着情情爱爱,对独女管教无方。于是陆万嫌就和野生的没什么两样,从小便自有主张,万事不喜与人商量。

自从到了年纪来到汴梁入太学读书后,她便单独开府了。外祖父的府邸离郡主府很近,她这里只要有一点风吹草动,外祖父就会带人带鞭来郡主府抽她。

而缪临他爹可是当朝参知政事,地位不低。现如今廷尉司直给她通了气,说缪参政已经上奏参了她,可以预见老当益壮的外祖父将于几个时辰之内出现,又要对着她操练筋骨,皮肉遭难的程度难以预估。

此时不跑,更待何时?坐以待毙向来不是陆万嫌的风格。

"大人,我浑身疼!这次是真要病了!"陆万嫌立刻捂住肚子,又开始发挥演技。

廷尉司直点点头,万分理解道:"疼是应该的,一听闻缪家儿郎好好的正路要被你带歪,我的心肝脾肺肾也抽痛。"

"我真的错了,放我一天假吧?我这就去他府上负荆请罪!"

廷尉司直的白眼差点没翻到后脑勺:"你的话可信不可信?"

陆万嫌竖起三根手指放在太阳穴处,发誓道:"我保证句句属实,如果我再搭理缪临,我日后的夫君就谢顶,大人,这下你可以放心了吧?"

"为什么要用你日后夫君的头发起誓?诚意在哪里?"廷尉司直对着陆万嫌吹胡子瞪眼。

陆万嫌解释道:"拜托啊大人,夫君谢顶,对我这种追求完美夫婿的人来说,已经是人生最大的打击了,你还想怎么样?"

说得好像也有几分道理,廷尉司直终于点了点头,准了她的假。

陆万嫌提腿就撒,一会儿外祖父来打人,定然寻不到她。

不过这个廷尉司直是不是买官上来的,怎么这么好骗?

陆万嫌怎么可能成亲。

她这辈子都不要成亲。

不然费尽心思败坏名声图的是什么?

倦野抱着宝剑守在一棵树旁,见陆万嫌出了廷尉司,忙跟了上去:"郡主。"

"栾树收下金锭了吗?"

"收了。"倦野犹豫片刻,很是艰难启齿,"但他转手就上交给了夫子，宰执大人这会儿怕是已经得了信儿了。"

陆万嫌一掌拍向自己脑门："……"

流年不利啊，被缪临他爹上书喷完，太学的夫子肯定也要告状，外祖父近日是不会叫她好过的了。

倦野从怀中掏出好几个帖子，又道："属下刚才回了趟府，灵璧说这些都是今日送来的帖，邀你去玩。"

陆万嫌接过，一封封看去，无非就是什么赵家公子、王氏子弟还有国公家的嫡长子那几位，再加上一些想要跟她结交的新人，她没什么兴趣赴约。

看到最后一封帖子，她才露出了笑容，对倦野道："于今邀我去听戏，可真太是时候了。"

"对，灵璧说了，于将军的人也来过府上，特地给郡主留了帖。"

所谓的于将军，是殿前司副都指挥使于今，也是大岐四大奇女子之一。她背后没有党羽靠山，功绩和根基都不深厚，但深得官家器重。

大岐女子可为官为将，但满打满算超不过十人，因此她们这些女人之间，难免会生出几分惺惺相惜之情。

陆万嫌眼珠一转："反正外祖父的毒打逃不掉了，不如抓紧时间放松一下。"

陆万嫌这次没有再骑马，她让倦野把马牵回了府，独自去戏院赴约。

她到的时候，于今正抓了把瓜子在嗑，戏台上的戏已经演了过半。陆万嫌入了座，笑嘻嘻地问于今："你今日休沐？"

"对呀，好想你呀。"

即使休沐，于今仍旧穿着一身利索的男装。她从不穿长衫长裙，说是奸人太多，随时要做好干架的准备，不能被衫裙所累。

陆万嫌此时穿着廷尉司典簿的官服，只是摘掉了官帽，头发还盘得高高的，显得万分精神。

她当职期间满街乱窜的事情,所有人都见怪不怪了。

"你没叫姬雀一起来听戏吗?"陆万嫌环顾四周,问了一句。

于今大叹一声:"别提了,咱们的姬史官偷偷乱写话本的事情东窗事发了。"

"啊?不是吧……"陆万嫌转念又一想,"但这事我姨母应该早就知道了,我见她看的好几本话本都是出自姬雀之手。"

"你说得没错,皇后娘娘是早就知道,也早就默许了。"于今一脸无奈,提高声线道,"但她新写的话本竟然画风一转,用了悲剧结尾,皇后娘娘原本正读得开心呢,看到男主角死的那一瞬间,硬生生把簪子掰断了……"

陆万嫌回忆了一下姨母常用的簪子,那可是用金子做的,她在心中为姬雀点了根蜡烛。

岐国四大奇女子,各有各的奇葩之处。

譬如明月位卑人轻却拒绝太子求爱;于今作为猛虎武将,天天想细嗅蔷薇,俨然一个恨嫁狂魔;而姬雀身为史官却天天沉迷写话本,毫不在意祸从笔出。

陆万嫌觉得自己和她们比起来正常许多,起码那些奇葩行径只是她的表象。

这时于今递了把瓜子给陆万嫌,两个人都将姬雀抛诸脑后,看起戏来。

陆万嫌也嗑起瓜子:"台上那女人怎么哭这么惨,遇见负心汉了吗?前面演的什么?"

台上一男一女正撕心裂肺地抱哭在一处。于今讲解道:"这出戏近来特别流行,没想到你竟然没看过。那位是王郎,哭的女人叫珍娘。你没来的时候,他亲了珍娘,接着表明了心迹,结果挨了一大巴掌。"

"你看过了,还要再看一遍?"陆万嫌不解。

"闲来无事嘛。"

"珍娘不喜欢他吗?"

第三章 绯闻中人

"喜欢啊。"

陆万嫌嗑着瓜子,含笑地看着台上:"喜欢还扇他?怕不是脑子有问题哦?"

于今摆手道:"唉,这你就不懂了,顺序错了呀!要先确认对方心意,这是礼法。"

陆万嫌一愣。

于今继续道:"后来那王郎还说,她想要的一切他都能给予,会保她开心无虞,唯有一条不能做到,那就是他不想与她成亲。"

陆万嫌:"……"

"你听听,这说的是人话吗?连我听了手都痒痒,我没冲上台一掌拍死他都算我仁慈。"

陆万嫌自己都没有注意到,她把瓜子皮扔进了嘴里,瓜子仁扔了。

"奇怪哦阿嫌,你今日怎么不爱说话?"于今问。

陆万嫌尴尬地笑了一下:"这出戏若早几年排出来就好了。"

"为什么?"

"没什么。"她接着打听,"那后来呢?"

"什么后来?你说这出戏的结局啊。"仗着自己已经看过了一遍,于今摆出了一副说书的样子,侃侃而谈,"后来珍娘发现了王郎的真心,就追了上去纠缠不放,放话说'亲都亲了你还这么对我?'王郎闻之大喜,遂喜结连理。"

等等,等等!这剧情走向有点不对啊!陆万嫌挑眉问道:"可是王郎不是不想成亲吗?"

于今点点头:"以前是这样,但是王郎过了多年,办完了想办的事,就改变主意了嘛。"

不知为何,陆万嫌眼中仿佛看到了缪临来追问她的画面。如果缪临让她为那一吻负责,她又会作何回答?总不能也闻之大喜,遂喜结连理吧……

她偶尔也能回想起几年前的那天,缪临听了她的表白缓缓垂下了眼睑。

他不高兴，一点都不高兴，所以这个"喜"字，是绝对不会实现的。

"所以说，不要乱亲人！"于今拍了一下桌，问向座位离她近些的那位小倌，"这出戏讲的就是不要乱亲人的寓言故事，我说得对吧？"

小倌呆了一下，斟酌道："……呃，这样理解也不是不可以。"

王郎和珍娘冰释前嫌，很快就演到了拜堂成亲的桥段。戏院里虽然看客不多，但一时间也能听见好几处传来隐隐的低泣声，也许是谁为有情人终成眷属喜极而泣，又或者是哪位女子触景伤了情。

见那个小倌和于今搭上了话，剩下的一个小倌自然不甘人后，他一手拢着袖子，一手执起糕点，慢慢地举到了陆万嫌嘴边，说道："要尝一下核桃酥吗？"

陆万嫌的汗毛立刻就卷了起来，对此十分反感，但于今请她听戏，还找了陪聊小倌，她拂了对方的好意终究是不好。

陆万嫌是按捺按捺再按捺，这才终于按捺住了自己的嫌弃之心。她就着小倌的手咬了一口核桃酥，点了点头。

那小倌主要的任务是陪客聊天，陪高兴了，得到的赏自然也多。他看了一眼戏台上的喜庆，找起了话题："小娘子可有心上人了？"

陆万嫌双目中泛起愁绪，回道："谁还能没个心上人，我曾经也有过的。"

桌旁三人都一起看向了陆万嫌，于今尤为兴奋，马上腾出手来倒了一杯茶，预备以茶佐话，听一下八卦。

陆万嫌继续道："我呀，那时的梦想就是有机会可以做心上人的身边人。没想到，他嫌弃我，拒绝了我，于是我就换了梦想。"

于今只忙着追问："谁？那人是谁？我认不认识？"

于今和陆万嫌要好起来的时间不算长，只是听闻过陆万嫌一些拈花惹草的风评，没想到那万花丛中竟还隐藏着一个男主人公，她有点激动。

陆万嫌故作洒脱,叹息道:"唉,过往种种不过就是年少荒唐,不必再提了。"

于今还想说什么,那娇弱小倌就已附和道:"小娘子说得对,过往只是过往,要向前看才是,眼下的快乐才是最重要的。"

陆万嫌愣了一下,她虽然不喜欢这些小倌的举止,但这句话是没错的。她一时间凝神品味小倌的话,没发现身边的异常。

"陆典簿每日都要寻欢作乐,可真是一刻都不得闲。"随着一声儒雅的男声响起,缪临掀了珠帘,走了进来。

一袭清雅白衣衬得他恍若神仙,头顶有玉冠束发,没有一根发丝凌乱。他朝她走来的每一步都自带气度,眼尾微微一挑,便能将戏院无数陪客小倌都踩入泥中,反正不似凡俗。

陆万嫌几乎是瞬间推开了肩旁的小倌,站起身脱口而出:"不是你看到的这样……"

于今很疑惑:"你干吗跟他解释?"

"对哦,我干吗跟他解释。"陆万嫌这才发现自己的失误,赶紧坐下,又跷起了二郎腿抖了抖:"缪大人,你出现在此,有何贵干啊?"

于今就是再瞎,也能看出陆万嫌这腿抖得可太不走心了,节奏明显有点乱。

难不成,这位缪大人就是那位隐藏的主人公?

不能吧,缪大人从来做事说话都留三分余地,怎么可能拒绝陆万嫌后,害得陆万嫌马不停蹄地就把梦想改了?这没道理啊。

于今满腹疑问,抓了一把瓜子边嗑边看。

缪临的眼尾随意地扫了一下那两名小倌,虽然眼神并不凌厉,但"看眼色"是小倌们的生存之道,他们很快起身,垂首退了下去。

缪临这时才说:"我专程来找你,是想向你道歉。"

"道什么歉?"陆万嫌瞪着眼睛,明知故问。

缪临又道:"昨夜之后,家父不听我的劝阻,写了参你的折子。你不用担心,我会让此事平息的。"他顿了一下,神色中带有一丝柔和,"我心中有愧,你想要我如何补偿?"

陆万嫌摆手:"不必。"

"那不成,定然是要补偿的。"于今津津有味地嗑着瓜子,还要忙里偷闲插一句嘴。这出戏明显比台上演得好看许多。

陆万嫌一脸苦闷地用手点了点桌子:"好吧,非要补偿也行,我想要你离我远一点,最好别再见到了。"

不知是在警告对方还是在提醒自己,她又接着道:"缪临,你知不知道我已经起过誓了,若再见你,我日后的夫君就得谢顶。你快些回家吧,省得你爹又要磨墨提笔,上书参我。"

听到了她话里话外的不悦,缪临竟笑了一下,好像还挺开心。

转瞬间,缪临又薄唇轻启:"今日由我来作陪,不知于将军与陆典簿介不介意?"

于今一听,赶紧用袖子把桌上的瓜子皮拂到了地上,招呼道:"行啊,坐,人多热闹。"

"喂!"陆万嫌用眼神示意于今。

"怎么了嘛,缪大人来都来了,你见也见了,誓言已破,你未来夫君必秃无疑!"于今满不在乎道,"既然已成定局,倒不如只看眼前,大家都放松一点。"

这是能放松起来的样子吗?

和缪临共处,她每一处毛孔都充斥着不适。更何况,缪临竟还坐在了离她最近的位子上!唉,她都快要调整不好呼吸了。

戏台上的戏子已经下了场,于今拿出戏单递给缪临,本意是想让他点出新的来看,但顺嘴说了一句:"你来晚了,刚刚那出戏讲的是——"

"别说!"陆万嫌火速按住了于今的手背,拼命地眨眼,语气放软,像是在求饶,"不要说。我来点一出新的,刚才那出戏不好看。"

"不如让我来点。"缪临接过了戏单,好看的食指顺着第一行慢慢划下来。

第三章 绯闻中人

陆万嫌侧头一把抓住了戏单,大拇指稳稳地盖上了《王郎与珍娘》这个名字。她故作好奇地把戏单朝自己这里拽了拽,说道:"我们一起选。"

缪临点头:"嗯。"

陆万嫌庆幸之时,只听缪临又道:"你不用遮住《王郎与珍娘》,那出戏我看过,我们选别的……"

陆万嫌的手指像被火烫了一样赶紧松开戏单,她一脸泫然欲泣,恨自己欲盖弥彰。

只有聪明人才知道,在人生的漫漫长河中,其实开心和难过这两种情绪并不会维持很久,唯有"尴尬"一直不会消失,每一回想起,都能让人恨不得回到此时掐死自己。

缪临随手选好了一出戏,通知下去后,戏台上又有人登场,咿咿呀呀地唱了起来。

于今很热情,叫小二上了壶新茶。转眼茶来了,她就先为缪临倒了一杯:"早就听闻缪大人喜欢喝茶,这戏院的茶品质差了点,但是拿来解渴还是可以的。"

缪临眉目清朗,神色柔和,他微微颔首道谢,姿态优雅地端起茶盏放在鼻下闻了闻。

陆万嫌当即一个白眼飞了出去。

于今在桌下踢了她一脚,陆万嫌又把眼珠转了回来,忍不住非要发声:"你闻什么闻啊?"

缪临嘴角上扬,茶入口中,接着放下茶盏,道了一声:"这茶的味道好似一个暴躁的女子,第一口很涩,但回味悠长,涩中也能品出甘甜。"

"你真的做作得可以。"

"陆典簿过奖。"

这气氛真是让人尴尬到窒息。

陆万嫌起身来到窗边,想着透口气。可窗户离桌子很近,她能感觉到背后的视线时不时扫在她身上,若目光能化成箭矢,这会儿肯定能把她的官服穿透了。

哎呀,好烦,是不是快要下雨了,怎么就这么胸闷气短的呢……

陆万嫌随意望着窗外,看到一辆马车停在了药铺前,有两名侍从进了药铺,马车里毫无动静,就像没人一样。但陆万嫌知道,徐庚寅在里面,那是徐府的马车。

果不其然,没过片刻,药铺老板就亲自出来迎接,车帘被掀开,徐庚寅搭着侍从的手,从车上走了下来。

他姿貌端华,眉目如画,青丝被风拂起,发上插着一根木簪,但衣衫很是简朴。没走两步他就咳嗽了起来,身旁侍从立刻为他拍了拍背。

陆万嫌根本就想象不到,这样的他当年是如何鲜衣怒马,于战场斩杀无数敌军的。

他那时绰号"阎王愁",就是收割太多人命,导致地府人员爆满、阎王都发愁的意思。而如今他也叫"阎王愁",是因为阎王总是在发愁,到底是今天还是明天收了这个病秧子的命。

"你看什么呢?这么专注。"于今起身来到窗边,也伸了脖子望了一下,"呦,徐庚寅。"

她突然把双手放在嘴边扩音,大声喊了一声:"徐庚寅——"

对方闻声停住了脚步,转头朝这边看了过来,于今又抬手挥了挥,尤为热情地喊道:"你身体好点了没——"

病弱的徐庚寅看向于今,微微垂首行了个不标准的礼,接着他再一抬眸,竟是冷眼看着陆万嫌。陆万嫌愣了一瞬,没等她想明白,徐庚寅的眸中突然又加了些力度,原本的寒冷破冰变为灼灼烈火。

随后他回首,在侍从的搀扶下,进了药铺。

等会儿!即便陆万嫌是人嫌狗厌的汴梁纨绔,但也没晃到他眼前去,他对她哪来这么强烈这么分明的情绪?瞪她干吗?有病吧!

于今也察觉到了,忍不住发问:"阿嫌,你惹徐庚寅了?"

"没有啊……"

"可是他看你的眼神很不一般，若目光是刀片，你怕是已经被刨成了薄如蝉翼的鲜切羊肉片了呀。"

废话，她当然也敏锐地察觉到了，但在此情此景之下，于今你也太没心没肺了吧，干吗这么直白地说出来啊？

自己惹过的人太多，一时间陆万嫌还真的不敢确定。她想了又想，才一个箭步回到桌旁，看向缪临："缪临，你说会不会是翟不缚真带人打他了？我当时可是劝阻过的，你要为我作证。"

她行事荒唐，但是教唆人殴打病患的锅，她可不想背。

缪临摇头，中肯地道："翟不缚不会去打他。"

"为什么？"

"他打不过。"

于今也跟着凑了过来，八卦地询问着事情缘由。陆万嫌简要地跟她讲了一下那夜偶遇徐庚寅，被他比作淤泥的事，于今听了笑得满地找头："放心放心，翟不缚那面瓜，就算以多欺少也打不赢徐庚寅的，徐庚寅真犯不着迁怒于你。"

"有道理。"陆万嫌搓着下巴，"那……"

"会不会是因为你们之前的绯闻，累及他名誉，所以他烦你？"于今幸灾乐祸道。

说起绯闻，陆万嫌着实委屈。

因为这个绯闻男主角，好像也没怎么正面跟她说过话。她的大脑里，根本都搜寻不出这个人来。

当时好像是听说，徐府上藏了她的画像，被前去探病的人无意翻了出来。自那日起，徐庚寅就和陆万嫌的名字捆绑了一阵，陆万嫌得知绯闻的时候，一时半会儿都没反应过来徐庚寅是谁。

但她觉得，肯定是画师有问题，她派倦野夜探徐府偷了画，现在画还放在她屋里。那画上的女人眼睛清澈得就像小鹿一样，题字却说这是陆万嫌，这是想气死谁？

"谁让你总是胡闹。"缪临明明说得平静，但不知为何却听得出几

63

分宠溺。

陆万嫌真的快怄死了:"你是不是想说这是我的现世报?"

"没有。"缪临凤眸似月,此时微微垂眼,"我是想说,你可能招惹了人而不自知。"

于今沉吟片刻,也跟着添柴:"难道这就叫贵人多忘事?阿嫌,你是不是哪天喝大了把徐庚寅逗了,但是醒来却给忘了?"

这些人到底对她有多大的误解,陆万嫌拍着桌子愤愤地澄清:"我要是说自己很纯洁,你们一定是不能信的,那我就另外说一句,这句你们一定得信——"

当他们都看向她时,陆万嫌干咳了一声,继续道:"我喝不大。"

缪临:"……"

于今撑着下巴,对此不甚在意,她由衷地感慨起来:"不管怎么说,徐庚寅属实命惨,我们能帮就多帮一下,能体谅就多体谅,他都没有朋友。"

陆万嫌不禁发问:"没有朋友,呵呵,那去探病又翻出画像的是谁?"

于今道:"嘴巴那么大,那是大嘴蛙,不算朋友。"

缪临也点了点头。他很赞同于今的话,于是也提起了徐庚寅过去的那段经历,语气里尽是惋惜:"昊龙口一战,北荣骑武军发挥骑兵优势设伏围歼,对抗的那支岐军迟迟等不到来援,几乎是全军覆没,徐庚寅的父亲就死在那场战役里。"

陆万嫌后来也知道了此事,徐庚寅在战场上眼睁睁地看着父亲牺牲,自己也被敌军重伤。他被抬回汴梁,足足用药吊了一个月才睁眼,而且还听说,他睁眼后就被官家叫进宫述职,想将打了败仗的责任推到死去的徐老将军身上。

最坏不过马革裹尸还,可因为调查的延误,徐老将军尸体都快腐败了还没下葬,甚至连一副完好的棺木都不让准备。作为徐家的独生子,作为大将军之后,作为战场上为数不多的幸存者之一,徐庚寅的心情可想而知。

第三章 绯闻中人

徐老将军最终得以下葬,那时好像是个冬天,徐庚寅在墓碑前跪了三天三夜,后来就一直病恹恹的,过得也很清贫。

"你们的意思我懂了。"陆万嫌总结道,"徐庚寅好可怜,所以他瞪我骂我嫌弃我,我都不能走心,要用古道热肠的心包容他,呵护他,对吧?"

缪临正经地点头:"尽量包容,呵护就不必了,总之务必不要前去骚扰。"

"务必不要骚扰"这种提醒,真的是很扎心了。

陆万嫌有种不被人理解的失落,但不好的风评又是她自己一手造出来的,怪不得别人。她紧接着又鄙视了一下自己的失落,短短时间内,她的内心戏一波三折,比戏台上的大戏还要丰富。

没过多一会儿,倦野来报,说樊宰执已经进了府里,还派了几个近卫出来逮她。

陆万嫌一得知此信,就觉得自己"在劫难逃",外祖父连近卫都派出来了,这顿毒打跑不了。

倦野拱手汇报着这一切,缪临没有看他,但于今的眼睛亮了亮,连手上的瓜子都忘了嗑。

倦野长得不白净,肌肤甚至有些黑,还是个单眼皮。若放在往常,倦野混迹于百姓之中,于今大眼望过去,一时半会儿都很难把他找出来,他就是这么普通。

但今天离得近了些,于今又觉得他是不普通的,他对陆万嫌的忠诚像是给他加了一层光晕,不出彩的五官又耐看了起来。这个小府卫,兴许往后会大有作为。

"阿嫌,你这小府卫功夫怎么样,够不够格保护你,不如让我来帮你试试吧?"

于今根本不是询问的语气,因为话音还未落,她就已经抽出腰间长鞭朝倦野甩了出去,倦野一个低头旋身,拔出了宝剑。

"倦野,不得无礼。"

只要陆万嫌开口,倦野必听,他立刻听话收了宝剑。

于今悻悻然，陆万嫌解释道："一个小府卫，怎配和你出手切磋。要是败于你手，回去再卧床几天，就太耽误事了。"

倦野重新回到了陆万嫌身侧，他半是试探半是建议道："郡主，不如你主动回去自陈吧，这样宰执大人下手能轻一些。"

犯一次错挨三鞭，但是她已经累积了两错，再罚得轻，又能轻到哪儿去？算了，就这样吧。

陆万嫌扶着桌子起身，可能是起得太猛了，恍惚间她眼前一黑，身子跟跄了一下。

缪临几乎是条件反射般地伸出手，但倦野比他快了一步，先将陆万嫌的胳膊扶住了。

倦野还关切地问道："郡主没事吧？"

陆万嫌摆摆手："我没事，起得猛了。"

接着主仆两人一起朝门口走去。缪临却跟在了后面，说了一句："陆典簿，我跟你回府。"

有毛病？她的惜缘郡主府岂是谁想进就能进的？

陆万嫌刚想拒绝，缪临就走到了她身前，对她说道："我想去跟宰执大人解释一下。"

"你可饶了我吧，别跟我搅在一起！我这个二世祖败家子坑自家就算了，还去坑你们缪家，那九泉之下的列祖列宗都会不得安宁的！"

于今很想插一句嘴，阿嫌你都长到现在了，你家列祖列宗估计早就习惯了，不仅不会不得安宁，说不定还聚在一起拿你当下酒菜抒发心情呢。但是这个气氛下，于今选择乖乖看戏，乖乖闭嘴。

缪临还在坚持："就让我跟你去吧。"

陆万嫌依旧摇头："不行，你要是跟我回去，我外祖父会打我打得更狠，你信不信？"她突然言语卡壳了一下，好像想明白了缪临的意图，"我知道了，你的目的就是想让我挨最毒的打！是不是？"

"我不是那个意思……"

"好了别说了，可以了，咱们就此别过。"

第三章 绯闻中人

陆万嫌又开始了她最拿手的逃避之策,她伸出一根手指,指着缪临道:"我警告你缪临,为了我日后夫君的头发,我们就少见面,少牵扯,算我求你了!"

语毕,她用手背将挡路的缪临拨开,带着倦野离开了戏院。

缪临本想跟出去,但于今一边缠着鞭子一边笑着说:"缪大人还是留步吧。"

缪临回身,于今又缓缓道:"我发现你方才看戏时,一直在偷瞄阿嫌呢。"

"于将军可能看错了。"

"唉,管不住心,都是从管不住眼开始的。"于今笑容中带着阴谋满满的味道,"阿嫌最贪新鲜,昨日喜欢小猫今日又喜欢小狗,你若包容得了她招蜂引蝶、喜新厌旧的心性,倒也未必得不到她的人。来日方长啊缪大人,先得人,再谋心。"

于今不讨厌缪临,缪临有着世家麒麟子的贵气,又有着还未褪去的少年纯真感,若他能成为阿嫌万花丛中反复流连的那一朵。她也愿意出手相助。

她觉得只要缪大人参考她的意见,就能把阿嫌安排得明明白白。从花心到专心,这样的阿嫌未必就见不到。

缪临若有所思,片刻后摇摇头:"于将军的话恕缪某不能认同。男女感情本就该一心一意,没有这个前提,一切就不必开始。"

这就是他的固执死板之处。

如果她的眼中没有满满地盛着他,"喜欢"两个字无论多想说出口,他也会咽回去。

于今问:"那你今后有何打算呢?"

缪临道:"但你也有一句说得非常正确,来日方长……"

缪临朝于今稍稍颔首,示意自己要先行离去不能再陪,于今也点头回礼,又做了个"请自便"的手势,接着目送着他离去。

人走后,于今不禁低笑,世人都说枢密院副承旨缪大人多么完美多么优秀,说到底,还是少年。

他缺乏的是那一份不择手段的"成熟"。

缪临走在长廊上,左侧的背景环境仿佛变成了那年的太学课堂。陆万嫌搭住了他的肩,贴上了他的唇,右侧一晃,又浮现了刚才的画面。陆万嫌毫无留恋地注视着他的双眼,说着"就此别过"。

左侧右侧,中间不过隔着几年,他的每一步,都好像踩在这两段时光的交界边缘。

然而他并未停步。

陆万嫌对他所做之事,一句年少荒唐就想揭过,断不可能。那么我们——

来日方长。

陆万嫌回了府,丫鬟灵璧、灵缇都已经在院中垂首候着了,整个惜缘郡主府充满了山雨欲来风满楼之感。

她甚至猜到,灵璧已经请好了大夫,就在那间屋子里候着。小厨房里可能已经提前熬上了药。大家都习惯性地做好了准备,就差她挨打了。

她带着沉重的心情迈入了正厅,外祖父没有抬眸,正捻着茶杯盖,缓缓拨弄着杯中茶叶。

"外祖父,"陆万嫌赶紧掀起衣衫下摆,规规矩矩地跪下,"我知错了。"

"惜缘啊,你骚扰太学学子干什么?好歹也是一个郡主,这样胡闹,是要做国之蛀虫吗?"说到这里,宰执大人依旧没有看她,语调也幽幽的,听上去不像动怒,与以往差别很大。

陆万嫌这心里更加忐忑:"我……我偶尔遇见一位,觉得他长得好看,这才做了糊涂事。"

"太学院聚天下英才,是为官家培养栋梁的地方,你下次少去。"

"是……"

"对了。"樊宰执放下茶杯,故作不经意地一抬眼,"你拿没拿北荣的印鉴？"

真是一个平地惊雷！

屈夫子虚弱的声音好似回荡在陆万嫌耳际："郡主，印鉴的主人一定会来找，不要相信任何人……"

不要相信任何人。所以明知缪临的正直本性，他最不可能通敌，可在他提起印鉴之时，陆万嫌还是起了提防之心，现在，她外祖父……

陆万嫌心中翻起了巨浪，但硬是装作不动声色："外祖父为什么这么问？"

岐人尚武，言论也相对自由，大多数青年男女都曾在酒桌上大放厥词，设计过攻打北荣的计划。大家对北荣恨之入骨，只要和北荣扯上一星半点的干系，再高的高门，顷刻间就能崩塌，神仙难救。

樊宰执蹙起眉头瞧了她许久，慢慢说道："廷尉司有个叫张二的人，来找老夫卖消息，说屈夫子死前见的最后一个人是你。"

那个张二，陆万嫌还有印象，听说是乡下老母亲生病，没怎么和大伙告别就连夜回乡了。现在看来，张二见过外祖父，以她的了解，外祖父今日这般拐着弯地提点她，也就能证明那张二现在多半不在人世了。

"可能是我吧。"陆万嫌镇定地点了点头，先承认了下来，"死刑犯行刑前夜，廷尉司给他们都送上了断头酒，我们一群人也都喝高了，据说我还穿梭于各个监牢跳舞来着。"

"是吗？"

"是的呀，兴许我就进了屈夫子的监牢，但他那晚一头撞死在墙上，真的跟我没关系。外祖父可要帮帮我，我也是第二天酒醒了才得知此事，我没有害人啊。"

陆万嫌装作害怕惹麻烦的样子，用真实的话将局面锁死，那天喝倒了一片也是事实。

樊宰执沉吟片刻，没有言语。

不识邱山真面目

陆万嫌仍是表现得匪夷所思起来："再说了，廷尉司对屈夫子用尽了酷刑，他都没有说出印鉴的去向，又怎么可能将那么重要的东西交给我呢？谁不知道我是权倾朝野的樊宰执的外孙女？谁不知道我是个不学无术没有一点本事的纨绔？"

她这样一说，也确实动摇了樊宰执的疑心。

他审视着陆万嫌，似乎在确认着她有没有撒谎。

陆万嫌最擅长演戏，她轻轻自嘲："他要是给了我，我定然要上交换些赏赐回来的呀，不然留着干吗？外祖父这问题问得真是好没道理啊。"

樊宰执没好气地道："典簿只是廷尉司的一个闲职，老夫塞你进去，只为让你长长见识，混混资历。到时候也好调你去枢密院。家族里不需要你出任何力，只要你不叛国，其他随你。"

陆万嫌的思绪陷入了瓶颈，就好像在打一副叶子牌，却缺东少西，串联不到一起。

外祖父问出那话，可能只是提醒她莫要辱没了家门，就像她心中的恐慌一样，她也是担忧当朝宰执有了不为人知的计划，会毁掉这高门望族。

他们疑心彼此，其实都是怕对方走错路，目的是一样的。

也许是自己多虑了。

陆万嫌跪着向前挪了几步，靠在外祖父膝头，忽然笑道："真的吗？一切都随我？那我杀人放火都行？"

外祖父的手落在了她头顶，声音也从上方传来："可以。"

"不是吧外祖父，之前你对我可没这般宽容的。"陆万嫌啧啧两声，继而轻叹，"可千万不能违背原则，不然就成了溺爱，溺爱可是会出逆子的。你还是打我吧，这样我安心一点。"

樊宰执笑了笑，又摸了两下她的头，就像在给一只调皮狗顺毛："我话还没说完，你可以杀人放火，然后我也可以打断你的腿，就这么简单。"

确实是很简单呢……

第三章 绯闻中人

陆万嫌笑嘻嘻地送外祖父坐上了马车，见马车扬尘而去，她随即转身。

那一瞬间，她原本笑着的脸突然严肃了起来，表情暗得就和阴天了一样。

"郡主，"倦野的身影从阴暗处闪了出来，对着陆万嫌一拱手，汇报道，"翟公子刚刚来过，说要问你在春风得意楼里你抛弃他先行的事情，我把他拦了。"

"嗯。"

她没时间搭理翟不缚，就让那家伙快快活活地做个傻白甜吃喝玩乐，也挺好。

陆万嫌快速进了书房，拧转了一下砚台，墙壁轰隆隆地向外推出了一个暗格。暗格十分隐蔽，便是眼最尖的暗探也无法察觉。

北荣的印鉴就放在这里，放在一起的还有栾树匿名写的那篇文章。

这一天时间过得很快，此时天色已经逐渐转黑，再加上可能是暴雨要来，更显得天光阴沉。倦野拿了一个烛台过来，为陆万嫌照亮。

陆万嫌又细细扫了一遍文章，栾树不仅为屈夫子鸣不平，而且分析得有理有据，从各个方面说明屈夫子是当代和平使者一般的存在，绝不是北荣细作。他指出细作另有其人，而且北荣细作们深入大岐多年没有被清除，定是有通敌的岐人从中斡旋。

都是为了打探情报，大岐也派了不少人去北荣。大岐做此事的人叫暗探，暗探司直属枢密院，由枢密院调配安排。而北荣来的情报人员都隶属北荣大内惕隐司，被这里的人称作细作，多少也带点贬低的意思。

那篇文章的观点独树一帜，在所有人痛骂屈夫子、以被屈夫子授过课为耻的时候，它缓缓掀开了当前和平局势下歌舞升平的面纱，原来面纱之下是这么风起云涌。

"栾树的身份来历，你调查清楚了吗？"陆万嫌问道。

倦野点头，恭顺地回答道："是。他与屈夫子并不相识，也从未接触过。"

"这就奇怪了。"陆万嫌搓了搓下巴,"屈夫子北荣人的身份已是铁板钉钉,他的心迹从未说与任何人,唯独说给了我,栾树为何会知道呢?为陌生人翻案,将自己陷于危难之中,他这样做图的是什么?"

"郡主,你也挺身蹚入了这摊浑水,也许你们不约而同,为的都是同一件事。"倦野顿了顿,再开口时音色都带了几分敬重,"是为了两国不要再起干戈,为了心中的大义。"

接着他话锋一转,伸手将暗格里的几个纸团拿了出来,示意陆万嫌:"不只你与栾树,还有缪大人,他也是同路人,不是吗?"

陆万嫌看着纸团一时有些恍惚,暗格里放着她最保密的东西,不能示于外人,而这纸团,是太学时期她偷偷收藏起来的,缪临的作废手稿。

她嘴上没句实话,行事作风也很难从心,甚至连她自己都经常忘却,缪临到底是一个什么样的人。

是的,倦野说得没错。

在感情上也许她和缪临终归陌路,但在大义上,缪临一定能与她同行。

这件事,也许真的应该告诉缪临了。

第四章
驱狼方案

雨是夜里下的。

惜缘府上下都已经进入梦乡,唯独书房还亮着光。

桌案上,纸团已经被一一抚平,纸面上是用端正楷书写出来的《旌旗无光》。

陆万嫌作出这首诗时,岐国和北荣正逢交战,岐军连胜几场,全汴梁世家子弟都在雀跃着。但她思维跑偏,不仅作诗描绘了战争的残酷,还隐喻当朝频频兴战,打完东边打西边,打了和,和了打,不胜其烦,甚至说高官全都是不顾百姓的战争狂热分子。

理所当然,那首诗刚作出来就被夫子给禁了,夫子还连夜跟她外祖父告状,导致她被抽了三鞭。

那鞭子是祖传老鞭,专抽败家子。第一鞭抽在她屁股上,想让她下不了床;第二鞭抽在她腿上,想让她出不了门;第三鞭抽在她手上,想让她短时间内提不了笔。

但这三鞭却激起了陆万嫌的叛逆,她倔脾气上来,捂着屁股瘸着腿,第一时间去了太学。

陆万嫌游说翟不缚帮她抄诗一百遍。翟不缚抄得手都快要断了,就去找缪临一起帮忙,缪临并未拒绝。

不识郎君真面目

凑够数后,陆万嫌将《旌旗无光》糊满了太学院的大门。也正是因为这件事,她第一次被官家褫夺郡主封号,贬为庶民。

她还记得当时的情形,翟不缚嘴上说着"不要这样不要这样""妄议朝廷是要死人的",手下却抄个没停。陆万嫌坚信自己死不了,姨母、外祖父,还有他爹建章王,任何一个人出马都能保下她。

她瘫在椅子上骂爹、骂娘、骂现况,屁股下足足垫了五个软垫,可还是时不时龇牙咧嘴地抽痛一下。

缪临就像一棵小白杨,笔直地站在一旁,听她说着漫天的废话,从来不带一丝不耐烦,也没显露出半点不悦,她不清楚这是他的修养使然,还是因为别的什么。

也就是这次,她对缪临燃起了异样的心思。

随后,就是那次失败的表白。

外面风雨凄凄,陆万嫌的脑海里铺天盖地都是回忆。

她喜欢缪临,只是她不愿成亲。她看历史传奇看得太多了,自古权臣世家,盛极必衰,大多难笑到最后,逃不脱一个死局。所以,她又何必牵扯另一个人进来,带着他的九族与她共赴荆棘之路呢?

用喜欢、爱的名义裹挟对方的人生,这样的事她做不出来。

陆万嫌辗转反侧了一整夜,窗外弯月如钩,高悬于天穹之上,安静又令人迷惘。待公鸡报晓的时候,她从床上爬了起来。

丫鬟灵璧和灵缇前来侍奉她洗漱更衣,她顺口说:"你们去备些厚礼,我要去缪府一趟。"

没想到灵璧顿时"咯咯咯咯"地笑起来,就像一只得了鸡瘟还坚守岗位努力下蛋的老母鸡,她边笑边说:"郡主,你是要去给缪大人下聘吗?"

陆万嫌:"……"

"这可是你头一回登门拜访缪大人,奴婢给你梳个'含春髻'吧?"看见了陆万嫌的皱眉与白眼,灵璧立即捂起嘴,将嬉笑调成了震动,浑身抖如筛糠。

第四章 驱狼方案

"你……"陆万嫌想要说什么,但话到嘴边又咽了回去。

灵璧听懂了她的欲言又止,她说道:"郡主,缪大人是个宝,那些世家女子不仅百般勾搭他,还装柔弱,有的人还装过假正经呢。李家千金为了博取缪大人的眼球,甚至专门编出了新的发式。"

说着,她又"咯咯咯"地笑了起来:"但是都没用,缪大人看她们的眼神就好像在看一棵白菜,不带任何感情色彩。郡主可要将他牢牢地抓紧了。"

陆万嫌一时语塞,还好丫鬟灵缇没有这么疯癫,此时提出了反对意见:"灵璧,我觉得以咱们郡主之姿,缪大人还不一定配得上呢。"

陆万嫌立即点起了头,但灵璧又用胳膊肘撞了一下灵缇,说道:"虽然咱们是跟着郡主混的,但凡事还得要客观看待!"

她拉着灵缇的手,放在了对方的心口处,问道:"灵缇,你摸着良心说,缪大人要家世有家世,要学识有学识,要脸蛋有脸蛋,要身材有身材,甚至还有好多钱。咱们郡主吃饭用盆,喝酒用碗,人际往来全靠骗,月俸都不够塞牙缝的,甚至睡觉还打呼噜。那样完美的缪大人配咱们郡主,怎么说也都算绰绰有余了吧?"

灵缇竟然被说服,犹豫了起来:"你这样一说……"

陆万嫌顿时伸出双手,将她二人一手掐住一个脖颈,前后猛晃了起来:"喂!你们两个!说我坏话的时候可不可以不要当着我的面!我长了耳朵,听得到!"

灵璧被掐住脖子,声音都颤起来,但她仍旧一脸坦诚:"对……不起哦郡主,奴婢……也是个有原则的人,我从不……在背后说人坏话,一般都当面说……"

"倒还真的是好品质呢!我可真是谢谢你了。"

看来府上的丫鬟该换一茬了,这一个个的还能不能行了?!

"倦野!"陆万嫌一吼,倦野瞬间就从窗户翻了进来,身手利索迅速:"属下在。"

"备些礼送去缪府,我一会儿便到。"

陆万嫌松开了两个丫鬟,对着铜镜,又理了理自己的头发。

不识郡主真面目

倦野脚步有些迟疑，迈出去两步又退了回来："郡主，要不要再随礼附赠一封情书，缪大人看了一定高兴。"

陆万嫌闻言满脸疑惑。她这个郡主当得是不是有点憋屈了？怎么府里随便哪个人都敢妄加揣测她的心思了？

换人，一定要换一拨！等找个良辰吉日，她要将他们统统打包扔回邠塬老家种地！就不信治不了他们了！

缪府。

下人来报的时候，缪参政当时还在做晨间清理，正清理着鼻毛。"惜缘郡主"这四个字刚传入耳朵，他就吓得手一哆嗦，差点把剪刀戳进鼻孔。

他诧异地问道："你说谁登门了？"

下人重复："是惜缘郡主带着厚礼登门了，现下正在前厅坐着喝茶。"

缪夫人瞬间泫然欲泣："那现在去官衙击鼓叫人，还来不来得及？"

"那也得等她拆了我们的家，打伤我们的人，才能报官啊！"缪参政站起身，鼻毛也不修了，他忧心地来回踱步，"定是因为我联合同僚上奏参她，她气不过，前来寻仇的。"

"寻仇事小，我是怕她看上我的临儿，那可怎么办哦……"缪夫人继续忧愁道，"我儿若真娶了这个混账，缪家危矣。"

"没错，我可是亲眼见过，上回皇后娘娘寿宴，那个女纨绔拿起宴席上的食物就往嘴里塞，别家的女子都是点到为止，她可是当场把供奉来的地方菜系吃了个遍。后来她还溜去尚食局，把刘掌膳特意给官家炖的人参鹿血羹喝了一缸。唉，咱家后院的猪都没有她能吃！"

缪夫人一听却琢磨道："也不知道她腰那么细，那些东西都吃到哪里去了……难道是有什么独家瘦身秘法……"

缪参政攥起拳头下了决心："夫人放心，这样的女子是断不能与我家临儿相好的！我就是一头撞死在她面前，也绝不会让她的色心得逞！为夫去也！"

缪夫人伸出手虚拦了一下，想要让老爷顺便问一下那瘦身秘法，但还没说出口呢，自家老爷就已经如离弦的箭一般飞奔出去了。

此时在正厅中坐着品茶的陆万嫌，心里还美滋滋的。她别的优点没有，就是偶尔能拉得下脸，认得了怂。如果廷尉司直知道她真的来缪临家"负荆请罪"了，他那张老脸一定会感动得挂满泪痕。

没过多久，缪临他爹就出来了，陆万嫌刚起身叫了一声"伯父"，他就寻了个最近的位置坐下，把她晾在了当场。

见他脸色依旧不好，也许还在生气中，陆万嫌赶紧从礼品中拿出一份茶叶："伯父，这是朝廷贡茶，早就听闻你爱品茗，特地想着送来给你喝。"

缪参政哼了一声："郡主有心了。"

陆万嫌继续寒暄："伯父，你知道长宁街古玩巷的瓷瓶做得有多好吗？"

"听说过。"

"我家有，明日就给你搬过来。伯父，你知道南境的食物有多美味吗？"

"不知道。"

"我明日就去找人给你捎！伯父，你知不知道汴梁新来了个舞姬，她的舞蹈跳得特别好，不如我带你去——"

缪参政忍不住打断："郡主，你就不能聊些有深度的话题吗？你今日来我府上，所为何事啊？"

"那个，缪临……"

陆万嫌话还没说完，对方就立即暴走了："我就知道！你对我家缪临起了歹意！！！"说完，作势就要往墙上撞，"那我就不活了——"

陆万嫌没见过这阵势，吓得心头一紧，赶紧冲上去拦人："不是不是，全是好意！"

原本是想拉缪临入伙，结果稍不注意就差点和他产生杀父之仇，

不识郎君真面目

这命运安排得也太跌宕起伏了点吧？

缪参政寻死觅活的体力，一看就没少在朝堂上以死进谏过。什么叫忠骨啊，这也忒硬朗了吧，陆万嫌差点就没拽住。

她慌张地解释："伯父，你这是干吗呀？我只是想问问缪临在不在家。"

"不在，他不在！"

"那他去哪儿了？我找他有点正经事。"

陆万嫌格外留心，若是伯父再有撞墙的势头，她就立刻上前充当肉垫。

"不知道！"缪参政怒瞪着陆万嫌，头发一甩，颇有气节，"你就当他出家了，别再骚扰他了！"

陆万嫌心想，她真的很诚心的，送来的厚礼都用油布遮着，一滴雨水都没沾。可是缪临他爹还是视她为吃人的猛虎一般。被视作猛虎倒也没错，但她是吃饱了饭来的，没胃口再吃人了呀！

外面还下着雨，雨淋在大地上，就像淋在她心里。

缪府外，倦野撑着伞在等她。陆万嫌就像一只颓丧的狗，无比丧气地走下了台阶。

倦野上前为她撑伞："郡主，你怎么了？"

"缪临不在家。"陆万嫌幽幽道，"怪不得近两年碰瓷多如海，缪临他爹脾气臭得都能施肥了，差点当场把命送给我。"

倦野一惊，瞪大了眼睛。

只听陆万嫌继续说："我哪敢要。他自己想被送上西天也罢，好歹也算是另类的追求，但那突如其来的一吓，差点把我先送走。"

倦野无言以对。

虽然这场"负荆请罪"没有请明白，但这并不妨碍陆万嫌回廷尉司给上级汇报，顺便再混上一天，完成一个芝麻小官的日常任务。

有了这样的想法，陆万嫌便带着倦野漫步在雨中，走入街头，朝着廷尉司的方向行去。

第四章 驱狼方案

要不怎么说老天爷会玩呢。她诚心登门人不在,结果一个晃眼,就看到缪临和一个女人走进了铺子。缪临一身青衣,风姿楚楚,一看就是青年才俊。身旁的女子身姿颀长,只比缪临低半个头,两人看上去身形极为登对。

他还为女人打着油纸伞,伞上画着的一枝寒梅渐渐隐入伞骨,露出伞下一张极俊美的脸。

"郡主,那不是缪大人吗?"倦野伸手指着。

陆万嫌不仅看到了缪大人,短短时间,也把和他一起的女人上下打量了个透。

那女人穿着一身金色的袍子,发簪是金的,项链也是金的,十指全戴着黄金戒指,乍一眼看过去,还以为是黄金成了精,简直快要把陆万嫌的双眼闪瞎,闪到她根本无法看到她长什么样子。

陆万嫌心中飘过无数骂人的话,句句都比她的心还脏。

好生气。

为什么要让她看到这种劳心费神的画面?她都准备将背负的重大秘密告诉他了,结果他却不识好歹,大雨天还不忘和女人逛街。而且那女人还比她高,比她白,比她身材好,比她有钱,你说这是不是要气死人?

"倦野,你看清那女人的脸了吗?我和她谁好看?"最后的关注点就是长相了。她不想输。

倦野顿了一下,非常灵敏地嗅到这是一道送命题,关乎着他还能不能活着离开这里。

对方小姐是什么样的他哪里敢细看,只敢压低声音十分诚恳地道出一句:"自然是郡主好看,她穿金戴银,亮得吓人,品位太土。"这话倒也不能说是溜须拍马,陆万嫌能活成全汴梁的传说,自然不全是因为她总做混账事,还因为她的脸蛋是真的好看。尤其是她生气时骂人的样子,那份另类的美别有一番风韵。

陆万嫌听了倦野的话,并没有立即高兴起来,还是冷哼了一声,命令道:"那你现在去买几头大蒜送给那个人,告诉他,下雨天吃着大蒜赏美女最好不过,防寒抗冻。"

"⋯⋯⋯⋯⋯"

"怎么?我这话没道理?"

倦野面无表情,心如死灰:"郡主有理。"

得了令,倦野把伞柄塞给陆万嫌,正要闪身准备去旁边的铺子里买蒜。结果陆万嫌又突然叫住了他:"回来,算了,继续去廷尉司吧,不用理他。"她心想,缪临真该去感恩上天,去感恩玉帝,毕竟这年头像她这么理智的小娘子已经不多见了。

倦野是见识过自家郡主喜怒无常的善变性格的,原以为自己早就习惯了,但今日才发觉,郡主总能将善变这一特质升华到一个新境界,让人摸不着头脑。

去廷尉司必须从首饰铺门前经过,没办法,两人只能继续前行。陆万嫌故作轻松地路过,但是没控制住侧头往里面瞄了一眼。

这一眼,正好和那个人对上。

缪临在铺子里还没待多久,心中就升腾起一种不祥的预感,他无意识地抬眸看向门外的雨幕,下一刻,不祥的预感便应验了。他看到了陆万嫌,陆万嫌也看到了他。

她的表情酷酷的,就好像谁欠了她八百吊钱不但不打算还,甚至还想再借二百吊钱凑个整一样,从眉梢到眼角都透露着不爽和厌烦。

缪临刚迈出一步,想要上前打个招呼。陆万嫌脚步未停,装作没看见他一样转回头目视前方,缓缓走掉了。缪临怔了一下。

见他情绪不对,身旁的小娘子关切地问道:"缪大人,你还好吧?"

"嗯。"

小娘子走到几匹布料前,伸手摸了一下,微笑道:"缪大人,这布料素雅大气,很适合你,不如我买下给你做件衣袍吧?"

缪临面无表情地道:"多谢你的好意,我不缺衣袍,我们还是谈正事吧。"

小娘子抬手摸了一下自己的黄金发簪,低笑道:"好吧,今日你

第四章 驱狼方案

陪我逛街,算是满足了我的小小心愿,至于你问我的问题,我也正好想清楚了。"

小娘子又拿起一件名贵的玉饰走到镜子前,一边欣赏着,一边继续道:"你怀疑得没错,暗中举报屈夫子是北荣细作的人,就是我。"

枢密院亲自插手了屈夫子案,自然留下很多案卷。缪临查了查,总觉得案卷上的匿名举报人有些蹊跷。那人将自己的怀疑描述得非常详细,其中不乏一些只有日积月累相处下来才能发现的细节。

屈夫子自小就来了岐国,生活习惯都已经和岐人无异,而且他性子孤僻,喜好独自钻研学问,朋友尤其少。被廷尉司带走后,前来探监的人都没有几个。

探监的其中一人便是眼前这位小娘子——屈夫子的学生之一。

小娘子浅笑:"最后那两次登门授课,屈夫子非常焦虑,心神不宁,好像惹上了什么麻烦。课后他离去得很匆忙,连最喜爱的那支狼毫笔都忘了装,我也正好疑心,便亲自去送笔,结果偷听到他和一个男子的争吵——"

她当时躲在窗外,里面的争吵很是激烈,对方说屈夫子不该偷拿他的东西,还说了一句"惕隐都监有要履行的职责"云云。她当时就觉得不对,"惕隐都监"是北荣的职位,所以她回去后便写了匿名信派人送去了枢密院。

虽然对方是她的老师,但她身为岐人,决不允许北荣人在她们的国土上作乱。

缪临听了后,用清朗的声音询问道:"惕隐都监?那你有看清他的样子吗?"

小娘子又道:"本来想在窗户纸上戳个洞看看的,但怕被他们发现就作罢了。那个男人很年轻,虽然在争吵,但感觉他还是对屈夫子很尊敬。我在想,也许屈夫子就是北荣的惕隐都监,那个年轻男人是他的属下,在提醒他完成什么任务……"

缪临摇摇头,但什么也没说。他心里一直觉得哪里奇怪,北荣惕隐都监手下掌管细作万千,拥有情报无数,这么重要的人怎么会轻易被抓？而且就那么恰好，在北荣细作的据点里，他和一群人被廷尉司一网打尽？

直到现在见了举报人，缪临的脑子才有些清明。

屈夫子一直不辩解也不招供，他要保护的，便是真正的北荣惕隐都监。一个跟他很熟悉又很尊敬他的年轻人。据大岐暗探所报，屈夫子拥有一块蜂蛇图腾的印鉴，很可能就是从这个年轻人那里偷拿的。

那屈夫子又把印鉴给了谁呢？

缪临不知道的是，只是因为他给举报人撑了一下伞，就错过了一个身带印鉴、本想要拉他入伙共谋大事的陆万嫌。而她之前所说的"不想再见他"的那句话，今天差一点点就能食言了。

缪临打着伞回了家，才刚入府，就看到了庭院中一地的礼品，有的被装在箱中，有的放在托盘上，只用一块红布盖着，从缝隙看进去，隐约还能看见宝物闪耀的光彩。这些东西像是不被珍视一般，细雨淋在上面，也没有下人在意。

缪临随手拽住一个下人询问了一下，下人的眼中就闪起了泪花，言语中断断续续好像提到了陆万嫌的名字。就连平日里对他最好的厨娘，也踩着小碎步冲过来抓住他的胳膊痛哭了一回，一边骂着陆万嫌，一边惋惜着他的命运。

他这才搞明白，陆万嫌今日上门送过礼，所以全府上下如临大敌，认为她看上了自家高洁清贵的少爷。少爷的前途、少爷的贞洁、少爷的一切……都将危矣。

缪临这才想到，方才偶遇时陆万嫌为什么要瞪他，肯定是在他府里受了一些气，她那脾气是断然忍不了的，估摸着也不会让他爹娘占到什么便宜，兴许这会儿老两口正在心伤垂泪，唉……

他一边想着怎么去哄爹娘，一边进了内厅，但一抬眼，就发现爹娘正坐在案前写着什么。上前一看，标题倒是醒目：缪家驱狼方案。

老两口看都不看自家的好大儿一眼，已经沉浸在了对人性的操控布局之中。

第四章 驱狼方案

缪夫人讲道："……所以老爷，人性就是好玩，就是喜欢这个追逐的过程。就跟你在外狩猎一样，狩猎的乐趣在于你的猎物是在动的。"

缪参政立马把笔一撂："动的？啥意思，难道要我们临儿死给她看？"

"糊涂啊老爷。"缪夫人继续道，"我的意思是，应该让临儿就范。"

"娘……"缪临的声音中带着一丝无力。

缪夫人一把将好大儿拽着坐在了他们身边，一边展示着"驱狼方案"，一边道："我和你爹将这件事盘了一盘，发现每一个措施都留有隐患，但唯独这一招，似乎靠谱。你被那女纨绔看上，你越不屑越挣扎，她越觉得有意趣，从此纠缠不休。但我们可以反其道而行之，她一追你，你就顺从，那时她定会觉得索然无味，肯定就会去寻找下一个猎物了。"

缪临轻咳一声："娘，我想你是误会了，陆万嫌没有看上我。"

缪参政顿时一拍桌子，气呼呼地道："她怎么可能看不上我儿，我儿是缪家麒麟子，四书五经六艺无一不精，她但凡长了眼睛，肯定就会看上你！若非如此，她干吗突然前来送聘礼？"

缪临苦笑："兴许只是赔礼……"

"不！"缪参政摆手，坚定地说着自己的看法，"她那是以送赔礼之名，行送聘礼之实。你去看看她送的都是什么，她都快把家搬过来了。百年之后我若是带着这些礼品一起下葬，我那坟发出的金光估计都能直冲云霄！她就是对你有想法！"

"没错。临儿，你在枢密院一心建功立业，对男女之事没有太多钻研，可是娘日日习读话本，我太知道了。我冥冥之中就是有一种感觉，这个全汴梁最离谱的郡主，想要给咱们缪家生孩子。"

缪临闻言心中满是震惊和不解。不能再听下去了，缪临感觉到自己的头在隐隐作痛，他随意编了一句还有公事要去枢密院一趟，就起身速速出了门。

缪参政看着缪临离开的背影，眼中不由自主地露出赞赏之情：

"咱们的临儿就是太优秀了,所以才会引狼入室!"

缪夫人也附和着点了点头:"别说了老爷,没时间了,我们夫妻二人要抓紧时间将'缪家驱狼方案'再细化一遍,肯定用得上。"

"嗯!"

缪临离家后,当然第一时间就想去找陆万嫌,但还没走几步,就有人带了帖子来,让他去太学代为主持一下吟诗宴,而且十万火急。

原来,之前要主持吟诗宴的那位大人昨夜在歌坊吃酒,醉后便宿在了那里,被他家夫人知晓,闹了一天非要和离。那位大人觉得此情此景实在不宜再去吟诗宴,万一他不慎哭出来影响了儒生们作诗的意境就不好了。所以,他才赶紧给缪临递帖。

缪临抿唇轻笑,摇了摇头,他去是可以去,但这位大人怕是想得有点多,他若是泪洒吟诗宴,保不齐太学学子们会被激发诗兴,若能留下几首好诗,这位大人也算是为岐国做出了贡献。

陆万嫌身在廷尉司,心在菜市场。她摔本子扔笔的,一会儿叹气,一会儿冷哼,一会儿嗤笑,给了同僚很大的压力。大家去找她询问工作时,她虽然也理人,但似乎不是很有耐心,全程就只有三句话回馈:"有事?""所以?""没空。"

偶尔还买三送一,附赠对方一个"滚"字。

这是她陆万嫌头回在廷尉司发脾气,也是她第一次生动地给同僚们诠释什么叫"有靠山"。

酉时刚刚一到,陆万嫌就一通小跑奔了出去,对着倦野大手一挥:"我们去太学!"

倦野在一旁欲言又止:"郡主,有些话属下不知当讲不当讲。"

陆万嫌根本不想听:"别磨叽。"

"不去找缪大人了吗?"倦野不解,"可以问问他那个女伴是何身份?郡主不用先急着生气。"

"我生气了吗?没有啊,我开心得很。"

倦野再劝:"或许那女子只是个路人,跟缪大人问路来着。"

第四章 驱狼方案

"不可能！她一身富贵，还能迷路了？想要给她领路的怕都能排成长龙。"陆万嫌冷笑一声，那笑声里阴风阵阵，"又或许，人家是在问通往缪大人心里的路怎么走呢。"

倦野沉默了，总感觉在郡主生气的时候不能多说，真是多说一句，她便加一段戏，然后更生气。

陆万嫌大手一挥："他有小娘子陪能怎样？走，我们去找栾树，我也有小郎君陪。"

她现在是发现了，再聪明再正直的男人，一遇见好姿色的异性，那良心就比煎饼里夹的薄脆还要薄，还要脆。还腆着个大脸给对方撑伞，她是没有手吗？还冒雨相陪，她是没有狗吗？

呵呵，缪临已经脏了，她不会再去找他了。

什么共谋大事，他还忙着给小娘子撑伞呢，哪有闲情逸致和她一起。朝中的毒瘤她来挖，濒临战祸的百姓她这个纨绔来拯救。就让缪大人好好谈情说爱吧。

喊！

日沉时分，鸡都开始归巢了，雨却停了下来。空气中弥漫的全是泥土的味道，路上到处都是水洼。陆万嫌一路行来，脚步踩得重，鞋面都快湿透了，鞋底也沾了不少泥。

她带着倦野刚刚翻墙入了太学，没走多久，倦野就脚步微顿，凑在她耳边小声道："郡主，有人跟踪。"

陆万嫌走到旁边的台阶上，一边狠狠地剐蹭着鞋底的泥，一边没好气地下令道："把他抓住，弄死！"

倦野犹豫："万——……是宰执大人派来的……"

说得也是，外祖父派人跟踪她也不是不可能。陆万嫌改口道："那就把他抓住，往他屁股里塞辣椒，辣死他！"

"……属下领命。"

倦野飞一样地消失不见，陆万嫌独自一人伴着黯淡的天光往北苑移动。栾树就住在太学北苑。或许是太过专心脚下的路况，就连前

不识卢山真面目

方树上突然跳下来一个女人，正好落在她的前面，她都没有看见。那女人轻功上乘，落地无声，腰间缠着长鞭，后腰还别着一把小巧的弓弩。

陆万嫌走着走着就撞进了对方怀中，她后退一步，骇然出声："大姐你谁？！"

于今比她高一些，此刻捂着被撞痛的胸口："阿嫌，我长得就那么没特点吗？"

陆万嫌这才擦亮了眼，认出来眼前穿着殿前司官服的人，正是她的好友，于今。

"这个时间了，你在太学干什么？"她好奇地发问。

"唉……"于今先是叹了一口气，才继续说，"今日有几个大臣来太学举办吟诗宴，意为选拔太学人才，我奉官家之命保护他们，缪大人也在呢。不得不说，文化人就是屁话多，从早到晚拽文弄字说说说，都不嫌累的，我这会儿逃出来缓口气，正巧碰见你了。"

陆万嫌秀眉一蹙，呵呵，他白日里约会相陪，傍晚了吟诗作对，看样子行程很满。不愧是当今官家看重的朝中新贵啊，体力好，精神足，有两把刷子。

陆万嫌刻意忽略掉于今嘴里的"缪大人"，转移对方的注意力："搞这么晚，让上面给你加钱。"

"加钱我就不指望了，能加个餐就行。一会儿还会有临池夜宴呢，官家让我多留意，免得大臣们宴上喝大了掉池里。"说完，于今觉得不对又摇了摇头，"我寻思官家其实也不是很在意那些大臣掉不掉池里，最主要的是别让他们耍酒疯拉着太学学子跳池就行。"

"自古诗酒不分家，有诗下酒，人生幸事也。"陆万嫌还优哉游哉地感慨了一下。

于今左瞅瞅右瞅瞅："对了，你的那个小府卫呢？怎么没见他跟来？"

陆万嫌道："我派他抓跟踪狂去了。"

"有人跟踪你？是不是倾慕你？"于今的脑子不同于常人，能把每一次在违法边缘的试探当作是爱的表现,她羡慕地捂住胸口,抒情道,"不瞒你讲,我最近也有了情况。"

"什么情况?"

"我总感觉我的胸口有一只小鹿在乱撞。"

陆万嫌一听就上前想要解开她的衣服:"让我看看!"

于今打掉陆万嫌的手:"光天化日之下,你注意点影响!我是说心中的鹿,不是真的有一只鹿!"

"我知道啊。"

"那你还扒我衣服!"

"你说说看,我来帮你分析分析这只鹿来自哪里,家住何处,身高、八字、籍贯,以及你跟他成亲后会不会一不小心克个夫。"

陆万嫌斜眼看于今,眼里尽是戏弄,继续说道:"或者我再分析分析,那只鹿长得像不像我家小府卫。"

于今搔了下鼻头,有些不好意思地辩解:"别胡说八道,我问起他,真的只是一时好奇心起,八卦而已。"

"你八卦就八卦,怎么杀伤力跟扒人家祖坟一个效果,拜托你克制一下,放过我的府卫。"

倒不是陆万嫌有意阻姻缘,实在是倦野不可以。他不仅是惜缘府的府卫,还是她爹建章王特地割爱送过来的暗影卫之一。

建章王早年秘密打造了一支暗影卫队,若不是陆万嫌被官家"扣"在了汴梁,只能在汴梁开府生活,他也不会特派一队暗影卫掺入府卫中保护女儿。

当年陆万嫌看着面前一排的高挑小郎君,他们忠诚地宣示着暗影卫的职责:不能谈情,不能婚娶,眼里心里都只能有主人。

陆万嫌立马就炸了!什么意思?眼里只能有她?难不成这一队暗影卫成了她的后宫了?让这些大小伙全部因为她而终身不娶,像话吗?她扶额,头很疼,她爹这是在造孽啊,怪不得她这么倒霉,这就是因果报应啊!

时间回到今日,倦野仍用府卫的身份隐藏着自己,但那孩子还在遵循着暗影卫的规矩,他就是一颗封闭了情感的小石头,谁撞上去谁伤心。

于今好歹是陆万嫌的朋友,她绝对不能让朋友把一池春水付诸东流了。

常年习武的女人来去都很直爽,马上就换了话题,她盯着陆万嫌发问:"那你这个时间来太学做甚?"

"找男人。"陆万嫌非常果断,也非常诚实。

于今愣了一下:"你逗我?"

"我看起来像是在开玩笑的样子?"

"那缪大人怎么办?"

陆万嫌语速飞快,极力撇清关系:"你怎么总在我面前提他?张嘴'缪大人'闭嘴'缪大人'的,收了他多少钱?"

于今暗暗一笑,钱肯定是没收,但她就是莫名其妙打心底里有个感觉,若阿嫌此时移情别的小郎君,缪大人肯定不会轻易放过此事!小郎君肯定也不会有好果子吃。先问一下名字吧,说不定以后还有机会给对方上坟。

"你要找的男人叫什么?"于今问。

"栾树。"

陆万嫌看起来漫不经心,但噙着笑的桃花眼里全是钩子,任何男人见了都可能难以逃脱,会被这钩子钓到岸上。

她搂着于今的肩膀,带着她一起走:"你跟我一起去,我让你欣赏一下这个太学学子有多好看,长得是不是能胜过缪临。"

于今撇嘴:"你是什么时候瞎的?还能有人胜过缪大人?想什么呢?"

即使于今对缪临一点点意思都没有,但她也不得不承认,缪临可谓是枢密院的门面担当,只凭那一张脸,便能骗吃骗喝骗上骗下了,得亏他没有称帝的野心,不然说不定天下都能被他骗过来。

此时的陆万嫌完全没有预料到,接下来的事情会以超乎自己想象的方式去发展。

她带着于今去见栾树,刚走到路口就停下了脚步。往左是北苑的方向,往右是筹备酒宴的地盘。按理说,这个时间栾树作为学子中比较优秀的苗子,该是被宴请的人之一,陆万嫌该去酒宴的方向找人才对。可是,她突然吸了吸鼻子,好像闻到了奇怪的味道。

她抬头眯起眼细看去,见北苑方向隐隐有烟在上升,陆万嫌大惊,忙指着让于今看:"于今!北苑好像走水了!"

于今一看到,就赶紧将食指弯起放在嘴边,吹了一声哨,然后严肃地叮嘱陆万嫌:"我已通知了手下集合,这就去带人打水灭火。阿嫌,你待在这里,哪儿都不要去!别让我操心!"

于今叮嘱完就转身跑走,她动作利索,给人一种可靠的安全感,仿佛只要听她的话,北苑的火就会灭掉,也不会有任何人受伤。

有人跟踪,北苑起火,这一切都太巧合了,陆万嫌实在无法做到视而不见,万一北苑还有遗留的学子没去酒宴上呢……

再万一,那个人会是栾树呢……

陆万嫌只在原地停留了片刻,就拔腿奔向北苑。

北苑的火烧着了两头的房间,正在朝中间蔓延,这火放得简直刻意,根本不能用"意外"来解释。

即将被烧到的那间房门窗紧闭,与旁的房间相比多有异样。陆万嫌迅速拿出手帕捂住口鼻,然后当门一脚,破门而入。

白烟扑面而来,陆万嫌忙用手掌扇了扇,奇怪,这房里竟然布满迷烟。迷烟不要钱的吗?放这么多,用的差不多都是致死量。

迷烟是汴梁纨绔的基础道具。陆万嫌对众多品类的迷烟早已很熟悉,但这一次闻到的迷烟味道却很是特别,它夹杂着一股桂花香气,因为好闻,让人稍不留神就会放下防备多嗅几下。

又是火又是迷烟的,凶手是谁?到底想要加害何人?

陆万嫌来不及多想,赶紧满屋找人,最终在书架后方看到一个面朝下趴在地上的儒生。她的心猛然一跳,那儒生腰间挂着的玉坠她记得,也正是看过这块玉坠上的画像,她前几日才能在太学门口堵住栾树。

"栾树!"

陆万嫌叫着上前,她单膝跪地,将人翻过身来,又用手指测了一下栾树的鼻息。

人还活着,但已经被迷烟放翻了。

此地不宜久留,陆万嫌将栾树的胳膊搭在自己肩头,硬是用尽了力气将昏迷不醒的人拽了起来。栾树作为寒门子弟,营养有些跟不上,身子很是单薄,陆万嫌带他出去原本一点问题都没有。可是,才迈出去三四步,陆万嫌脚步一踉跄,视线开始模糊。

眼前仿佛出现一个男人的轮廓,看不清脸,但能感觉是个年轻人。他身穿黑色盔甲,有四支箭穿过盔甲深深插在他的胸膛上,鲜血滴滴坠地。他朝着陆万嫌伸出了右手,嗓音沙哑地问了一句:"为什么?"

"你是谁?"陆万嫌回问。

对方没有说话,她猛地摇头,那人又不见了。

陆万嫌心知,这幻象定是因迷烟而起,也不晓得这东西是何处产的,效用竟然这般大。即使有大门通风,她也并未多耽搁,可还是被遗留的迷烟迷了个正着。火势即将向此间蔓延,她怕是救人不成,自己也要折在里面了。

陆万嫌向来是个不会坐以待毙的女人,她拔出腰间的金错刀,猛地往手心一划,剧烈的痛感让她保持了意识清醒。她咬着牙一步一顿,终于将栾树带离了危险之地。

在冲出门的那一瞬,她看见于今带着人跑来救火,也看见了奔跑而来的倦野。

她正要挥手,就见于今神色一变,大喊一声:"阿嫌,小心!!!"随后她头顶轰然一痛,有什么东西砸在了头上。她还没来得及大骂老天,就已经两眼一闭,晕倒在地。

第四章 驱狼方案

接下来几日，禁军一直严守太学，调查纵火凶手，于今则是将陆万嫌救栾树的事情压了下来。很多人都知道北苑着了火，也知道于将军时不时带走学子去询问，他们以为栾树也是被带走询问的学子之一，却不知他此时已经住进了惜缘郡主府。

翟不缚三天两头去找缪临，这回终于带来了他花重金买来的一手消息。

"缪临，阿嫌为了救那个太学小白脸，深入火场不说，为了在迷烟中保持清醒，还用刀划伤了自己的手！出来后她还被落下来的牌匾给砸了！"翟不缚气得来回踱步，根本就不给缪临说话的机会，一个人就演完了一场戏。

"原本我想，她对栾树英雄救美，回头让栾树放几个二踢脚意思一下感谢感谢，这事就算翻篇了。可你知道不知道，阿嫌把栾树安顿在郡主府了！"

缪临正在临帖的手顿了一下，一滴墨从笔尖滴落，在宣纸上渐渐晕开，变成一个难看的黑点。

他知道一些陆万嫌救栾树的事情，但这些细节他还是第一次听说。他是真的没有想到，陆万嫌对自己也那么狠，她的刀那么锋利，下手的时候一定很疼吧？

"缪临！"翟不缚见他愣神，大喊一声。

缪临这才抬头："哦，你继续说。"

"阿嫌在外面玩玩也就罢了，怎么能把那样的小白脸领进府里？栾树算是个什么东西？他有什么资格受到阿嫌与众不同的对待？！"

缪临将笔挂在笔架上，勉强挤出了一个笑来："走，我们去惜缘郡主府。"

"我去过了，府卫直接把我拦了，说他们郡主近日不见客。"

"我们不见郡主，去见栾树。"

翟不缚不得不在心里感叹一声，自己还是太年轻了，怪不得缪大人是传说中的麒麟子呢，这都能找到一个完美借口，他怎么就没想到呢。

不识郡主真面目

缪临微微歪了下头,像是在认真思索:"翟不缚,我们去探望栾树,送什么东西好?"

"这还用问?"翟不缚吼出声来,"送他去死啊!"

陆万嫌醒来时,灵璧、灵缇正用守灵的姿态守在床边哭哭啼啼,而倦野跪在不远处,垂着头,像是犯了错自责的小孩。

"啊,好痛……"她捂着脑袋,缓慢地坐起身。

灵璧忙将自己的一张泪脸塞满她整个视野:"你是谁?"

这突如其来的发问……陆万嫌一敛神色,用食指点住她的额头,将她掀远:"灵璧你又犯什么病?"

灵璧的眉目中浮起一抹欣慰,她终于擦干泪,又哭又笑道:"大夫说,磕到脑子砸到头的都有可能会失忆。我和灵缇时刻守着你,怕都怕死了。万一郡主真的不记得了,我们还怎么做你的陪嫁啊?"

"陪嫁?呵呵,你们想跟着我一起嫁给谁啊?"

"当然是缪大人啊!"灵璧坚定地点头,完全没了刚才的悲情,"缪大人是汴梁最英俊的美男子,不知道有多少个女子在漫漫长夜之中辗转反侧,只为想出一个能和他相遇的点子。但他眼里没别人,总是盯着郡主你啊!郡主定要好好把握啊!"

陆万嫌两眼一黑,府里丫鬟没教好,是她之过。

"纠正一下,那叫瞪,不叫盯。"陆万嫌微叹一声,视线透过窗户看向遥远的天空,目光幽深且暗含忧伤,"而且你们不觉得相较于'陪嫁',你俩更适合'陪葬'吗?"

两个丫鬟顿时都沉默了。

陆万嫌掀开被子下了床,在灵璧、灵缇的左右搀扶下,她走到了倦野面前,伸手摸了摸他的头:"我没事,我依旧是你们聪明伶俐、头发茂密的小郡主,没失忆,都记得。"

倦野一动不动,依旧垂着头:"让郡主受伤,是我之过。"

陆万嫌知道他在哭,唉,这个哭包。每回她有个意外受个伤,倦野都会自责地跪好几天,化成一个水做的男子。

第四章 驱狼方案

她接着问起栾树。灵璧告诉她,于将军来过,将栾树安排在了客房,大夫说他并没有什么大碍。

陆万嫌点点头,张开双臂,灵璧、灵缇有眼色地拿来衣服,为郡主更衣。

倦野见状,垂着头起身退下,陆万嫌却突然开口叫住了他:"倦野,去查出北苑着火那日,在太学的都有谁?一个都不要漏掉,写份名单给我。"

"是,属下领命。"倦野抬起头,双眼通红。

"还有,"陆万嫌已经穿好了华丽的郡主服饰,是随时都能会见要人的那套,她接着问,"大岐的将士有着黑色盔甲的没?"

倦野有些不明白,犹豫了一下回复道:"近几年禁军以及大岐的一众军将士兵,装备的都是银鳞胸甲,黑甲应该是旧式规制,据说经历过几次败仗,不太吉利,就都换了。"

换了?那她看见的身着旧式黑色盔甲、身中四支箭的男人到底是谁呢?

为何在迈出门时,她仿佛又看见了徐庚寅?

不,转念一想,那人又不像徐庚寅。和平日里病弱惨白半垂着头的徐庚寅相比,她看见的这个身段如松鹤挺拔,眼神如寒冰般阴冷。他站在门外望着她,就像是在看一座即将倒塌的雕像。但几乎是眨眼间,他又不见了。

幻象吧。皆是迷烟带来的幻象。

但陆万嫌觉得有哪里不太对劲,只是暂时还理不出头绪。

"你去查名单吧,顺便查一下那个时间段,徐庚寅在哪里?"

"郡主怀疑……火是小徐将军放的?"倦野一脸不解,试探着问道。

陆万嫌思忖了片刻,还是不确定地摇了摇头:"我不太确定看到的是不是他,兴许是幻象吧,你先查一下再说。"

倦野领命,躬身退下。

陆万嫌屏退了丫鬟,穿着正式的服饰,向客房的方向走去。

一路上她都在心里合计着,到底怎样才能让栾树相信她,让他承认那文章是自己所作,对她掏心掏肺,没有隔阂地交流。

就在快要接近客房时,她突然顿住脚步,喊了一声:"谁?!"

一个蒙面人瞬间从客房窗外飞跃而起,上了屋顶,疾驰而走。陆万嫌想也没想,也跟着跃上了屋顶,顺便俯身下令:"抓刺客!——"

府卫们迅速奔出,翻墙的、上房的、出门的,呈三面夹击式分别追了出去。

而陆万嫌本人在房顶不停地追着蒙面人,脚下就像跳房子一样,不知疲倦。

可惜的是,她服装没选对。怪就怪在她光惦记着如何让栾树对她放下戒心了。自从经历过北苑走水的危机后,她本就不该再掉以轻心,就不该穿这些除了美丽外别无用处的衣服,不然也不至于被拖慢脚步。

府卫中毕竟有些人之前是建章王的暗影卫,追击一个刺客没什么难度。

陆万嫌眼睁睁地看着自家府卫一掌击碎了蒙面人的胸骨,那人连腰都直不起来了,她鼓着掌向前跑去。但万万没想到,胜利就在眼前时,她一放松踩中了一块不结实的瓦片,突然脚下一滑,瞬间就从屋顶摔了下去!

"郡主!——"府卫们异口同声地惊呼,也是趁他们分神之际,蒙面人及时逃走了。

陆万嫌灰头土脸,扶着老腰从地上爬起来,接连踹了一拥而上护她安危的府卫们几脚:"管我干什么,还不快去追!"

见郡主没事,府卫们这才离开继续追击。

陆万嫌也正准备再去追,突然有人拽住了她的袖子。她一回头,眉头就皱了起来:"徐庚寅?"

徐庚寅额头绑着一条白色抹额,着装颜色灰扑扑的,腰间还缠着

第四章 驱狼方案

一条款式不太常见的腰带。他整个人身上有股不食人间烟火的气息，那是一种伤春悲秋、又在人间流连忘返的飘飘仙气。但也可能，这只是一股没睡醒、成天也不知道想干什么的颓废气息。

这样的一张厌世脸，再加一双厌世眼，让人感觉他好像随时都不想活了，不仅如此，他还想把你一起带走。陆万嫌疑惑，又生了防心，于是问道："徐庚寅？你在这里干什么？"

徐庚寅松了手，又指了一下自己背后："惜缘郡主，这是徐府后门。应是我问你，郡主在这里干什么？"

陆万嫌退后两步，这才看清，这一条小巷确实是徐府的后门所在之处，只不过他家太贫穷简朴，后门连个牌匾都没挂。

"哦，是哦。我还在忙，先走一步了。"

陆万嫌没打算停留，正准备提步去追蒙面人，徐庚寅却叫住了她："惜缘郡主，你跟着一起，府卫还要分心照顾你，又是何必？"

毫不夸张地说，地府阎王什么腔调，他就什么腔调，阴森冷酷中带着点践。都这副病秧子了，还践个什么劲儿呢？！

陆万嫌转头一瞥，语气不太客气地道："小徐将军，你恐怕不知道，这是我府邸头一回进刺客，我岂能安心坐着等消息？"

徐庚寅一听，厌世眼微微一眯，竟然笑了。那苍白的面容上露出的笑意极浅，却像濒临死亡的人看到了甘泉，笑出了对人世仅存的一丝留恋。

陆万嫌莫名将这笑容看进了心里，反复琢磨了一回。

"你笑什么？"她问。

"没事，在下只是有点跟不上惜缘郡主的思维。"说着说着，徐庚寅就咳嗽了起来，感觉都快要把肺吐出来。

陆万嫌听得胆战心惊，还不留痕迹地后移了一些距离。她生怕一个不小心，手上接块肺……那就真的是有理也说不清了！

徐庚寅咳了一会儿，好像缓了过来。陆万嫌心思一转，有点友好地凑上前去，试探着说："对了，我认识一个神医，专治体虚之病，要不我带你去看看吧？"

徐庚寅道:"这怎么好意思?"

陆万嫌本想腹诽一下算了,但还是没忍住将吐槽的话说出了口:"你得了吧。前些时日你还当着缪临的面,在大街上对我指桑骂槐、阴阳怪气,现在还知道不好意思了?"

徐庚寅没有否定她的话,但是依旧拒绝她:"谢郡主好意,可在下诊金不够,不必麻烦。"

陆万嫌翻了个白眼。瞧瞧,瞧瞧,这个人虽然运气不好,但是命也硬,这样作都死不了,也算是个传奇人物了。

她伸出手去搀扶住徐庚寅,根本不给他挣脱的机会,显得格外热心。她还友好地拍了拍徐庚寅的手背,哄小孩一般地轻声劝:"别怕,有我在,不用你花钱。"

徐庚寅顿时合上了一半眼皮,从眼缝里斜着射出一道复杂的目光。

陆万嫌坦然承受那眼神的凌迟,觍着个大脸不仅对他又笑了一笑,还拍了拍他冰冷的手背。

她在内心对着老天澄清了一下:这可不是揩油,摸男人棺材板一样阴森冰冷的小手,绝对不属于揩油的范围!

那神医自然是陆万嫌的心腹,她要让神医看看徐庚寅是真的虚还是在装病。今天徐庚寅就算就地躺倒装死,她拖也要把他拖去神医那里,她一定要查他。

有体力有精力搞事的人,她全部要查,一个都不能放过!万一虚弱只是他伪装的保护色,而实际上的他生龙活虎,甚至走着走着还能突然上房顶呢。

此时,徐庚寅的面上波澜不惊,或者说是面色惨白。他的表情依然带着"我不想活了"的坚持,毫无求生欲,看得人怪闹心的。

他垂眸看了一下陆万嫌搭在他手背上的手,又抬眸看着陆万嫌的笑眼,疑惑道:"汴梁纨绔以做善事为耻,郡主为何要为我花钱?"

——因为我贱。陆万嫌没有立马开口,为了不让对方拒绝,她眨巴眨巴眼,含着笑,连声音都放柔和了:"徐庚寅啊,我们之间的关系……还需要说这些见外的话吗？"

徐庚寅眉毛一挑，问道："不知郡主指的是什么关系？"

好一个"不知"，句尾语气和他的眉毛一样还带着上挑，似乎在引诱着对方来确认。若换成任何一个女子在这样的场合，定会被这家伙勾得小心肝晃上一晃。

但陆万嫌可不是常人。为了不打草惊蛇，她骗人的谎话张口就来："徐庚寅，你私藏我的画像，我又关心你的病情，你说我们是什么关系呢？"

她顿了顿，语调温柔又缠绵："你找的大夫都不行，都多久了，你身体一点起色都没有。若你信我，便跟上我。"

陆万嫌欲擒故纵，慢慢松开徐庚寅的胳膊，依依不舍地离开。她在心里暗暗数了三声，果然，在第三声里，身后响起了轻轻的脚步声，徐庚寅跟上来了。

天啊，陆万嫌真的都要佩服自己了，仅凭着画像就能推演出徐庚寅对她有意，然后便利用他的这个"有意"，去摸他的底。

到底是什么样的鬼才才能想到这么肮脏的套路？这条毒计之毒，怕是即使缪临在场都没法破解了吧？

第五章
她非纨绔

陆万嫌带徐庚寅去了一处民居，门口对联上写着"但愿世间无人病，何愁架上药生尘"，搞得真像个民间神医的私人医馆一样。

但只有陆万嫌知道，这神医是个酒鬼，有回施针因手抖给她兄弟扎了个半身不遂。她带人找神医算账时，一个不经意间，慧眼识英试出了神医的真才实学，这才不再追究，还把他收入麾下。

神医只要不喝酒，啥毛病没有，最擅长破那些奇闻秘术，不管中什么毒都能轻松解掉。而且他鼻子还特别灵，烧成灰的药渣他都能清晰地闻出来这是什么药，有什么功效。

两人进入正厅的时候，神医没在，下人跑去叫他。只见桌上放着无数红线，应该是神医外出给闺阁女子们看病时，用作悬丝诊脉的。

陆万嫌看着乱七八糟的红线，心头就好难受，好像不给它理清楚就憋得慌，于是她拽出一头往外抽。徐庚寅的注意力也随着她的动作而走，伸手揪起一根红线。

也不知道怎么就那么巧，陆万嫌轻轻一拽，发现自己和徐庚寅拿的正是一根红线的两头。

她看向他，他也看向她。画面一时凝滞，空气都不再流动。

这算是什么糟糕的尴尬场面，陆万嫌眼前一花，甚至觉得徐庚寅的眼神变了，从"我不想活了"变成了"我爱上你了"。

天哪，还能不能行了这个男的？

陆万嫌内心槽点无数，想吐却开不了口。难不成徐庚寅真的偷偷爱着她，爱她哪里？爱她打架揍人的姿势好，还是爱她不停调戏太学生精力足？

爱她还要骂她瞪她嫌弃她，这般纠结的爱意，可真是让人无福消受啊。

"要不要这么巧！"神医姗姗来迟，捋了捋黑白相间的山羊胡，笑得见牙不见眼，继续道，"你们俩红线都可以随便牵了，还要月老干吗？"

陆万嫌脸一黑，多亏她心中的敬老思想救了神医一条狗命，不然她定要出手卸掉他的下巴，把他的肠子从嘴里扯出来，再用红线将他的肠子系成一节一节的。

她干咳一声，扔掉红线道："你废话怎么这么多，帮他看一下。"

神医点点头示意："好嘞，快坐快坐。"

"那就有劳神医了。"徐庚寅坐了下来，虚弱地递出手腕。

神医望闻问切一番，眉头皱得仿佛能夹死一只苍蝇。接着他将陆万嫌拉到了屋外，用只有他们两人能够听见的声音说道："郡主知道我一生果断，说干就干。你说吧，让我怎么弄他？下什么毒，中什么蛊？你要留他三更死，我便不会让他活着过五更，你吩咐便是。"

陆万嫌感到莫名其妙："你的心好脏啊，我让你给他看看病，你怎么还动了杀人的心？"

神医捋了捋胡须："你哪能这么好心，你看他的眼神里都没有星星，我觉得你就是不想让他活。"

话说到这里，陆万嫌也不想再编了："刚刚有刺客入了我府，刺客追丢了，他出现了，我有些疑心。"

神医摇摇头："他寒气入体，药石难医，就算让我悉心调理，也活不过五年。别说行刺，他剑都提不起的。"

"难道是我多心了？"陆万嫌琢磨了一下。

不识郡主真面目

神医笑笑："郡主能关注他，倒也不是一桩坏事，他看你的眼睛里有星星，好像要把短暂的生命奉献给你。你刚刚腻味，他就差不多死了，你又能再换。你懂我的意思吧？"

陆万嫌："……"

神医又道："只要夫君换得快，没有悲伤只有爱。"

这回敬老思想没有阻挠住陆万嫌，她抬脚就踹了过去，可惜神医躲开了。

她破口大骂："你跟星星过不去了是不是？我看你是喝多了，满眼冒金星还差不多！"

在陆万嫌的授意下，神医花了两炷香的时间为徐庚寅扎针逼寒气，并约定好，每个月初一到十五，日日不落来看病，诊金都记在陆万嫌的账上。

完事后，陆万嫌将徐庚寅送回了家，两人站在家门口，又不知该说什么好。

最后还是徐庚寅先开了口，这会儿他的眼睛睁大了一些，眼珠黑漆漆的，盯着她连转都没转一下："惜缘郡主出手相助，在下万分感激，但在下不喜欢欠人人情，身上也没什么好物，这条腰带送你。"他卸下自己的腰带，递了出去。

这腰带不是汴梁的款式，倒像是出自哪里的少数民族，质量非常好，上面有很多绣花和珠子，还可以在腰间缠绕两圈，又长又结实，就是用来上吊也不会有什么问题。

陆万嫌心想，徐庚寅这人真的是可以，随身携带上吊凶器，把"不想活了"的精神思想贯彻始终，这么目标专一的男人完全值得敬佩与称赞。

陆万嫌将腰带接过，笑着对徐庚寅说："你这个观点和我的很像，我也不喜欢男女之间欠来欠去，一来二去搞得磨磨叽叽。戏本子里与这些类似的桥段，我都是跳过不看的。"

陆万嫌将腰带缠绕在腰间，洒脱又果断："行，这腰带就当抵了诊金，我收了。我们两不相欠。"

"嗯。"徐庚寅对她点点头。

别看只是简单一个"嗯"字，但这个字的发音语气貌似有点得偿所愿的意思，就好像他在黄泉路上终于找到了一起前行的同伴，要携手去干了那碗孟婆汤。

陆万嫌手都有点哆嗦了。她赶紧对他摆摆手，脚底抹油般走掉了。

她边走还边在心里为自己的疑心道了歉。徐庚寅只是一个病人，他命运凄苦，就像缪临和于今说的那样，能帮则帮，务必不要骚扰。

看着陆万嫌离开，徐庚寅也进了门。

他缓缓而行，走过回廊，路过生机勃勃的满壁爬山虎，最终推开了书房的门。

一个蒙面人站在书房正中央，微微躬身，对他拱手行礼。

徐庚寅眼皮一垂，说话的声音依旧缓慢，但分明少了几分虚弱，多了几分尽在掌控的狠绝："大人可要小心，她已经回去了。"

"多谢小徐将军。"蒙面人直起身，未多停留，便提步出门。

可才走了两步，蒙面人就捂住了胸口，被击碎的胸骨带来的剧痛一直没有缓减，他慢慢喘息，吞下了喉中涌出的血，继续朝外走去。

徐庚寅看着蒙面人的背影，微微眯起了眼，居然露出了个带着点荒凉的笑。

这边厢，陆万嫌刚刚进家，灵璧就小跑来报，说栾树锁了门，因为恐惧而不让任何人进入。

想想也是，短短时间内他被迷倒放火，这会儿又遭遇刺客。一个寒门学子，没见过这样的阵势，所有的反应都实属正常。

府卫们还在外面搜寻刺客，看这个时间，应该不会有什么好消息传来了。

陆万嫌自己吃了粥，本来想换衣服来着，最后想了想作罢，还是以这身端庄正式的郡主服饰等着栾树找她吧。

如她所料。

等到了傍晚那阵，栾树才重新打开门，托下人来请陆万嫌。

陆万嫌得了消息，一个人去了客房，栾树见她进来，谨慎地站起身。他防备心很重，手指屈起捏着袖子，好半天才叫了她一声："惜缘郡主。"

"坐。"她单手一伸，彰显尊重。

接下来，陆万嫌坐在栾树旁边，从自己的太学生活入手，跟他从音律聊到书法，从绘画聊到武术，从"莲花池边涮脚以哪种姿势好"聊到"膳房大娘舀菜手抖的毛病好没好"，从"曾经被太学的大鹅追出二里地"聊到"大鹅的肉质鲜美，味道也相当奇妙"……

她使出了浑身解数，都快要给对方唱歌跳舞大展才艺了，这才打开了栾树的心房，让他相信自己真的不是一个色狼，而是一个有内涵、有文化、有思想、有本事的正经人。一个和他站在相同立场、要为屈夫子翻案的伪装者。

栾树的脸色自然是变幻了好几番，但最终他笑了。

"郡主真的跟我想象中的不太一样。"

很好，非常好，这就是陆万嫌想要的效果。她要让栾树相信她的纨绔都是假的，她是一个可以与之并肩作战的战友。

接着栾树又问："那郡主为什么觉得屈夫子不是北荣细作呢？"

"因为屈夫子死前见的最后一个人是我。"陆万嫌道。

栾树几乎是脱口而出："那屈夫子给你什么东西了吗？"

有什么东西在陆万嫌的脑中一闪而过，但她没有抓住，她反问栾树："你问这个干什么？"

栾树眼神清澈，年少斯文，也比陆万嫌小好几岁，看上去应该不是心机重的人，但陆万嫌依旧用审视的目光看着他。

栾树被盯着，也觉得自己有点越界。他忙解释道："学生只是……只是有些好奇。"

陆万嫌没有回答，而是转而向栾树打听他文章中的一些细节。

第五章　她非纨绔

栾树终于说了一下不为人知的事情，这可比倦野调查回来的信息充实得多。原来栾树虽然没有见过屈夫子，但他与屈夫子以文会友，做了笔友。

他们相识于一个地下诗文会，进入那里的人都要遮面和匿名，这样才能不受限制、不计后果地表达心中的所思所想。

在做笔友的那段时间里，栾树无意中看到屈夫子为了赚钱而临的书帖，和笔友的字迹对上了，于是屈夫子就在栾树这里露了馅。

露馅之前，屈夫子就在信中讲过，岐国有人里通北荣，北荣的大内惕隐司已经派了要员过来，他们带着一枚重要的印鉴，准备交给这个里通北荣的岐人；他会想方设法从中阻止。

屈夫子还说，像栾树这些有思想敢说真话的岐人，才能拯救表面和平实则已经千疮百孔的岐国。

"笔友这事，还有谁知道？"陆万嫌问。

栾树想了想，说道："缪大人来找过我，他也猜到了……"

原来缪临比她更早一步，他也觉得屈夫子案有问题。

陆万嫌心里突然有了底。有栾树做人证，屈夫子一定能够洗清细作的罪名，他是维护两国和平的使者才对。

"你匿名写了文章，既然我和缪临都能找到你，那就会有更多人可以找到你，你的处境太危险了。"陆万嫌对栾树交代道，"但我可以保护你，放眼全汴梁，明暗两边目前还没人敢动我，我这里是最安全的。你就和我待在一起，直到屈夫子翻案那一天。"

"嗯，一切听凭郡主安排。"栾树微微俯身，翻起桌上的杯盏给她倒茶，"学生已无人可信。万望郡主不要欺我、负我。"

"栾树，凭你的学识，原本可以待在太学平步青云羡煞旁人，你为何要揽这样的事？"陆万嫌问道。

栾树笑了笑："因为世间有恶，不得不除。"

陆万嫌百感交集，那种欣慰的感觉还不待抒发，只听外面传来声音："郡主！郡主！"

灵璧小跑着进了客房，上气不接下气道："缪大人来了！"

不识郡主真面目

陆万嫌刚咧开嘴角，觉得他来得正是时候，灵璧就又跟了一句："缪大人带着翟公子，说要见栾树。重点是，翟公子还穿着骑服，额间绑着黑色头带，看样子是来打人的！"

陆万嫌："……"

得知翟不缚也跟着来了，陆万嫌的脑子里各种电闪雷鸣。实不相瞒，陆万嫌在败坏名声的路上一直都危险重重。有危险的时候，翟不缚就是她的好兄弟和守护神，而没有危险的时候，翟不缚就是最大的危险。

她赶紧叮嘱栾树："你不要出来，把门锁上，必要时可以用衣柜顶住门！"

栾树有些疑惑："郡主，如果他们是你的朋友，我何必怕？"

"没时间解释了，你听我的就行！"

陆万嫌一路小跑着迎了出去，灵璧赶紧关闭房门，贴上封条迷惑敌方，动作流畅一气呵成。

而在房中坐着的栾树，缓缓地抚上了自己的胸口，他闭上眼，吞咽了一下口水。

细细看去，他的额间，全是汗珠。

翟不缚这家伙脑子异于常人，他允许陆万嫌玩，甚至还会主动带着她一起浪，给她介绍好玩的对象，但他不允许陆万嫌认真。

他的经典语录就是："阿嫌你可以玩玩，但一定不能走心带回家。

"小白脸都没有好心眼。你一旦嫁了，人生就不会再有快乐了。

"小白脸就好比妖姬，你取乐就行，千万不能认真，不能让妖姬祸了国。"

通俗点讲，就是家很神圣，脏东西绝对不能领进门，能进惜缘郡主府的除了他翟不缚，就只能是阿嫌的未来夫君。

陆万嫌曾经把一个小郎君领回家吃瓜，翟不缚闻讯赶来，在门口就掰折了小郎君的胳膊；她曾将一个公子带回家取她的绣帕相赠，翟不缚当晚就给那公子来了一套针灸……

第五章 她非纨绔

没有一个小郎君能全须全尾地进出郡主府,翟不缚立志要做她的门神,说要为好朋友的人生把关负责。

栾树住进她家,她能跟缪临解释。但她并不想将翟不缚牵扯进屈夫子一案来,可她又要怎么解释呢?

陆万嫌一边头脑风暴,一边朝前厅奔去。

果然,刚跑了一半路,缪临和翟不缚就出现在了她眼前,他们相遇在花园正中间。

缪临穿着一身月牙白的衣衫,从上到下都带着一股禁欲气息,多看他一眼都能让人绝情断欲。而翟不缚呢,确实如灵璧所说,他穿着黑色骑服,带着一股杀气。

这一黑一白,都没有笑颜,陆万嫌恍惚间觉得自己见到的是黑白无常。

"呃,早啊二位……"她抬起手,打了个招呼。

翟不缚喷了一声,没好气地道:"你竟然还笑得出来?你给我听着,你可以倒霉,可以发霉,但你不能好端端地为了闲杂人等给我'没'了,知道吗?"

陆万嫌点头:"放心,好兄弟,我一定'没'在你后面。"

翟不缚道:"行了,别废话了,你赶紧叫栾树出来,我要听一下他的遗言。"

陆万嫌眨巴眨巴眼,问道:"谁是栾树?我不认识啊。"

"你给我装傻是不是?!"翟不缚吼了一声,嗓音穿透云霄。

接下来他就开始了他的表演,他先是扬言要给陆万嫌十二个时辰的贴身保护,接着又针对栾树入府的事来来回回说了无数遍"不可以",不过都被陆万嫌装傻忽略了,气得翟不缚脸都好像大了一圈。

稍后他们换了场地,毕竟晒着太阳发脾气容易头晕,所以就都转移去了凉亭。

缪临的屁股就跟粘鼠板似的,一坐下,就与石凳紧紧地合为一体,没有动过一下。

陆万嫌非常无奈地看着缪临:"缪大人!你一句话不说,来干吗呢？看热闹？"她朝翟不缚那里抬抬下巴，示意道，"我觉得你该劝他一下。"

缪临终于开口，却是说了一句不相干的话："手给我。"

"啊？"

陆万嫌没反应过来，只是条件反射性地把右手伸了过去，以为他要给她什么东西。

缪临轻叹一声，伸手抓住她的左手腕，把她缠着纱布的手掌拉到了眼前。陆万嫌想缩回手，缪临却没放手，还开始拆她的纱布。

捏着她手腕的手用力很重，拆她纱布的手又着力很轻，这一重一轻之间，陆万嫌的魂都有点想飘了，她感觉到自己的头顶在冒热气，脸烫得简直可以烙饼。

翟不缚还在凉亭里踱步，就像一个操心的老父亲一样痛心疾首道："阿嫌，我不想说教，但我真的忍不住要给你匡正一下审美。像栾树那种小白脸，肩不能扛背不能骑手不能提，我一屁股就能坐死两个，你图他什么？至于把他带回府吗？哥哥对你真的很失望！你要是嫁给这号人，大婚时我就让他血溅当场！"

陆万嫌根本就没听进去几句，在翟不缚的聒噪声中，缪临显得那么冷清高贵，没有对比真的就没有伤害。他就像一朵天山雪莲，正在被他们这两只绿头苍蝇玩弄花蕊。

拆掉纱布后，露出了陆万嫌那有些严重的刀伤，缪临打开一直束在腰间的纸包，极有耐心地往她的伤口处倒药粉。

他的心头，远没有表面这么淡定。他明明知道陆万嫌接近栾树是为了查案，这会儿却又有点不确定了，心里还有点发酸。

他真的很想问一下陆万嫌，这伤是为屈夫子的案子受的，还是单纯为了栾树。但他不能问，翟不缚还在这里，他和陆万嫌不约而同地不想拉这个傻白甜下水。

药粉接触到伤口时并不疼，反而有点痒，陆万嫌笑了一下。

傻白甜立马回头瞪着她："笑点在哪里？"

她不好说真话，不想把朋友之间帮忙上药的正常事件带到不正常的联想里去，只好说道："翟不缚，你说话太好笑了，一把年纪了还自称哥哥，也是够不要脸了。"

"你不把我当哥，你把我当什么？"翟不缚问。

"我若是老大，你就是小弟；我若是十方诸佛，你就是扭着腰肢大叫'快来抓我快来抓我呀'的小白蛇；你，反派、配角、路人甲他哥，死于话多。"

陆万嫌灵感充沛，一个不注意还搞起文学创作来了，每一句都说得那么押韵。

啧啧，她应该喊倦野拿笔记下来的。

翟不缚满面愁苦，指着陆万嫌开始骂人："缪临，你看看这女人长的一副什么心肝？你还给她上药？你就应该给她下药，用老鼠药药死她！"

缪临微微一笑："你消停一会儿，我已经下了药了，这皇家秘药刚开始不疼不痒，一个时辰后有她好受的。"

"你认真的？！"陆万嫌急了。

缪临望着她的眼睛，悠悠地说道："疼就忍一忍吧，毕竟陆典簿闯火场救人时英姿飒爽不让须眉，想来是能忍住不哭的。"

听听，听听，这说的是人话吗？陆万嫌闷了一口老血。

缪大人堪称当之无愧的泼冷水大师，她才刚刚感动于他的关心，还因此心脏狂跳，差点没忍住就老脸一红，结果呢，现在只恨不能咬断他的喉管，让他快点赶赴轮回。

缪临知道陆万嫌这个表情一定是在心里狠狠骂他，但没办法。只有这秘药才能让她的伤口快速愈合不留疤。他不希望看到她的身上留下为别的男人受伤的痕迹。

如果可以，他想挡在她身前，替她拦住那些艰险。

如果陆万嫌真的是一个什么都不操心的纨绔，对他来说倒还是好事。

可她不是纨绔。

他了解她。

不识郎君真面目

翟不缚知道陆万嫌是个故事大王,净会瞎编,嘴里没有一句实话。他也懒得和她废话,撂下一句:"阿嫌,我不管,我告诉你,栾树要是住你府上,我也住!我天天盯着他!盯到他死,盯到他头七过完!"

说完他转身就走,陆万嫌猛地一把抓住他胳膊,紧张兮兮地道:"翟不缚你疯了?!"

这位老哥从来不走寻常路,真的是不疯则已,一疯惊人。她好想知道,他是不是还要搬发明刑具的东西进来,盯着猎物好干活什么的……

翟不缚转头看着陆万嫌,笑容里带着些奸猾,又隐约有几分傻气:"阿嫌你知不知道,小时候我们家养的猪在被拉去宰杀之前,也是你这种表情呢。"

"兄弟,听我一句劝,你要是打他,不准打脸,不准捅肾……"陆万嫌做出最后的挣扎和劝告,大不了打起来后她再冲过去拉架。

"那我可就没地方下手了。"

翟不缚从她手里抽出胳膊,接着疾步而去,真的是一副要跟栾树死磕到底的样子。唉,他怎么就这么爱操心啊,陆万嫌真担心他会英年早秃。

缪临这时竟流露出了一丝淡淡的笑容。陆万嫌一脸崩溃的望过去,骂道:"身为君子,你这样幸灾乐祸真的合适吗?"

缪临歪了一下头,还是一副纯洁的白莲花模样:"有什么不合适的,君子也有笑的权利。"

陆万嫌愤愤地往他对面一坐,又道:"翟不缚才不会想着要住进我家,这是你给他出的主意吧,缪大人?"

缪临倒也不隐瞒:"是。"

"为什么?"陆万嫌明知故问。

"你应当知道为什么。"缪临拆穿她的心思,接着说道,"监视栾树。"

"哦。"

第五章　她非纨绔

"之前你去过我府上，留下了很多礼，找我是有什么事吗？"

陆万嫌心里问候着缪临，不提还好，一提就想到他给那位黄金成精的女子打伞，还陪人家逛铺子的画面了。她脸上挂着假笑，隐隐地咬牙切齿道："没别的事，就是下个聘。"

"好好说话。"

缪临平日里温声细语，说话办事气韵卓绝，此时此刻的一句轻斥，陆万嫌竟然产生了一种非听话不可的念头，于是她乖乖地交代："北荣印鉴在我身上。"

缪临愣了一下，他不是没有过这种猜想，可当真相恍然揭露，他的心绪一时还有些复杂。

陆万嫌坦诚道："屈夫子不是细作，他跟我说，北荣的大内惕隐司派了要员过来，要将这枚印鉴交给一个岐人，被他中途截获了。"

缪临淡淡地点头道："的确是要员，惕隐都监都亲自来了。"

陆万嫌垂着眼皮，盯着自己的鞋面，对自己的能力有些不自信，但她也知道自己不能退缩。她徐徐地说道："我不知道屈夫子为什么要将北荣印鉴交给我，也许只是一个美丽的误会，因为他说我本质上是善良的……"

缪临道："也没错，你甚至为打死过的蚊子立过碑，在我这里……已经足够善良了。"

"拜托，我那是闲的！"

缪临没说什么，嘴角轻轻扬起。

"屈夫子还说，印鉴的主人一定会来找，他会露出马脚的。"陆万嫌缓缓抬头，定定地看着缪临的双眼，"你那时帮我抄写《旌旗无光》，说明你是赞同我的，对吗？有人要引起战乱，要造反谋逆。这个人藏得太好了，你愿不愿意跟我一道，把这个人找出来？"

缪临问道："你的意思是，你想与我做搭档？"

"对啊对啊！"陆万嫌连连点头。

敌人在暗，他们不知道那把巨锤将于何时砸下来，又将砸向何处，砸到什么程度。此刻陆万嫌尚能平安，还能毫不恐惧地跟他说这些，仅仅是凭借着运气。

他当然是要帮她的，不管是为了百姓，还是为了私情。但一切事情都要谋划，需要比敌方更加小心地潜伏。

良久，缪临叹了一口气："想做我的搭档可以，但我有条件。"

"啊？"她有点意外，有点不情不愿，试图用交情来感化对方："不是吧？我们一同上的太学，之前也一直一起吃饭一起玩，我们的关系不比别人铁吗？为什么你还要跟我谈条件啊？"

"无规矩不成方圆，今后的行动，一切都要以我为主，凡事听我安排指挥，你不可冒进，不可独自做决定。"

"呃……行吧，我以后多跟你商量就是了。"

缪临又对她伸出手："那第一件事，就是你先把印鉴给我。"

陆万嫌想都没想便摇头："不行，这么重要的东西必须留在我手里，不然我不能安心。"

缪临想了想，随即妥协道："印鉴你留下的话，栾树我就要带走。"

陆万嫌又条件反射般地拒绝："那不行，万一还有人要杀他呢？你知道的，他是证人。我不盯着他保护他，万一他有什么闪失，我怎么交代啊？"

"如果只是证人，我比你更适合保护他。"

"不行。是我拉栾树入坑的，我还有好多事情要和他探讨。他要是住进你府中，我还怎么见他？我一登门你爹娘就又要反应过激了！而且我心脏也不好，老这样一惊一乍的，我怕案子还没查明白，我就先下去陪屈夫子了。"

缪临平静地看着陆万嫌，之前的隔阂再次出来了。

"陆典簿，'不行'这两个字，我真的不想再听了。"

陆万嫌摸了摸鼻头，自己也觉得说出去的话不太像话，但是又没有别的办法。

"如果你要与我联手，一切就要听我的。"缪临轻描淡写地说明了要求。

第五章 她非纨绔

如果没有印鉴的事,让翟不缚贴身盯着栾树,他应该翻不出什么花来。可是在现在这种境况下,无论如何都不能让北荣印鉴和陌生人同处一个空间。栾树虽然是历经曲折住进了陆万嫌府中,但保不准也是经过周密谋划的。谋逆之人胆大包天,什么卑劣的手段都会使用。以陆万嫌现在的处境,她稍有不慎,非死即伤。

缪临继续道:"不然合作的事,我拒绝。"

"缪临!"陆万嫌急了。

他淡然地看着她,仿佛一切都交给她来决断,但这明显就是逼迫。

陆万嫌心中的那股烦躁之意又上来了,她有些反胃,她最讨厌缪临的就是这一点——看似温和,轻言好语,实则极有主见。他不听话!从来都不听话!一点都不听话!

在正经事上,翟不缚这个友人是可以不问为什么就听从她的摆布,与她同担责任的。但缪临不同,他太有原则,他讲究是非对错,他处处都要压制她,他想让她听话。

聪明人都是这么强势的吗?谁家的谦谦君子像他这样?

见陆万嫌好久都没有点头答应,缪临起了身,就要离去:"陆典簿,我给你时间考虑。如果你不愿意万事都听我的安排,那你我就分开查吧。"

陆万嫌紧锁眉头,原本应该"并肩"的关系,咋还被她整成"竞争"关系了?!屈夫子若泉下有知,不知道会不会被再度气死?

"如果你想通了,印鉴和栾树,选一样送来。再会。"缪临对她微微一点头,视作告别,然后便要转身离去。

陆万嫌真的不知道老天爷到底在给她布施什么样奇怪的命格,这一天天的,她就光抓别人胳膊阻止别人离去了,一点新鲜感都没有。她心里是这般想着,但抓人的手还是倔强地伸了出去。

奈何缪临轻轻一侧身,陆万嫌便没能抓住,她突然气性上来,伸手出招和缪临打了起来!

不识郎君真面目

缪临毕竟是文武全才，他背起一只手，独手去挡陆万嫌的招式。她太急太躁，虽然下手挺狠，但缪临轻易转身，便将她的狠招一一化成了绕指柔。

陆万嫌越打越气，觉得对方完全不把自己放在眼里，她猛地一脚踹过去，却忘记了凉亭就建在池塘边上。缪临闪了身，她便直直扑向池塘里。

千钧一发之际，缪临抓住了她的腰带，但没有拽她回来，只是阻止她掉下去而已。

又来了，又是不动声色的威胁，仿佛只要她不乖，他就要松手。

陆万嫌活到这个年纪，从来没有见过缪临这样的男人，他真的是有毒，表面上看云淡风轻，一派君子之风，切开来看内里全是坏水！

有毒，太有毒了！

缪临从到来之时就光注意看陆万嫌的脸和伤处了，没顾得上打量她的衣装，这一刻，他突然发现自己手中抓着的腰带手感不太对。才认真看了一眼，他就皱眉了，音量都不由自主地提高了些："陆万嫌，这腰带谁给你的？"

听惯了缪临叫她"陆典簿"，突然被直呼姓名，陆万嫌一时还有点难以习惯。她能感觉到缪临此时是真的生气了，但是那又如何，她可比他气性大得多！

"关你屁事！"

陆万嫌一个旋身，猛地抓住缪临的手臂，靠着下坠的惯性一把将他也拽进了池里！

呵呵，跟我斗，跟我谈条件，那您老可等好了！

池水冰凉，瞬间就淹没了缪临的脖颈，继而是耳朵、眼睛、额头。

他的世界一片雪白，只剩下一股浓浓的窒息感，他不断地下坠，下坠……

第五章 她非纨绔

如果在一炷香之前有谁告诉陆万嫌,今天这日子,不宜抹脖、跳江、投湖、上吊、切腹、吞金等各种自尽之举,起床前应该看看皇历,心里打个底,这样再出什么事情就都不会感到意外了。

惋惜就惋惜在,她忘了看皇历。可就算看了,那也是绞尽脑汁都不会想到,自己主动跳个水,竟然差点化身杀人凶手!

一个男人,门门功课第一的朝中新贵缪大人,竟然不会水?

说出来谁能信?!

陆万嫌眼看着缪临径直入水,半天都没有浮上水面,接着就着急了。她从夫子那里学到过有关溺水的知识,大家都以为拼命挣扎、不停地扑腾、喊着救命才可能是溺水,实则在水中安静地直立下沉才更恐怖。

她在心里将各路神仙恭恭敬敬地问候了一遍,然后一个猛子又扎入水中,去捞缪临。

唉,这一天天的,早知如此,就不该手贱了!

就在缪临以为自己就要葬身水底的时候,他听到了破水声。

陆万嫌朝池塘深处游去,因为养了荷花,池塘的水质不怎么好,入眼一片浑浊,但她依然看到了缪临缓缓下沉的身形。她手脚并用,快速游过去抓住了他的手。

缪临闭着眼睛,他的意识已经逐渐模糊,手也渐渐发软无力。在半梦半醒间,他感觉到有一张温润的唇贴了过来,给他渡气。

陆万嫌真的是一点别的心思都没有,全在想着救人,可才渡了三口气,缪临就睁开了眼睛,搞得陆万嫌撤也不是,继续也不是。

她离开他的唇,伸出手指朝上方水面指了指,意思是要带他上去,让他配合。没想到缪临缓过一口气,就又拽住了她的腰带,还开始解了起来。

陆万嫌大为惊疑,命都不要了也要先解下她的腰带,这是一种什么样的精神?这人简直是已经魔怔了!

陆万嫌艰难地将缪临带出水面,她"噗"的一声吐出一口水,都怪缪临在水中的奇怪动作,不然她这个浪里小白条怎么可能还被呛了

不识卿之真面目

一口水？！

她回头瞪着缪临，此时他坐在岸边，举着那条腰带，正就着阳光细细地看。她本来想发火，不知为何又突然不想了。

或许是阳光照射下湿身的缪临格外动人，他的唇色带着水渍，让她后知后觉想起水下渡气那一幕，不严格地算，这应该是他们之间的第二次接吻。

陆万嫌突然觉得自己的血液有点沸腾，升起了潮，还翻起了浪。

可惜旖旎向来短得像梦境，因为缪临突然看向她，眉峰一挑："这是巫溪族的求爱腰带，上面的二十一颗珍珠代表男方今年二十一岁，三颗翠石代表他目前有宅子三所，两颗玛瑙是说婚后要一起生两个孩子。如果女方看上了男方，便会收下腰带。"

缪临半合上眼，又跟了一句言不由衷的祝福："恭喜你了陆典簿，这么快就要嫁了。"

陆万嫌顿时觉得自己喉咙有点卡，她呕了两口，又吐了些水出来："你是不是在逗我？"

"你觉得呢？"缪临冷漠地道。

陆万嫌几乎是脱口而出，因为她根本不相信缪临的话："你在开什么玩笑，徐庚寅家里不是没落了吗？哪里来的宅子三所？！"

她真的是在认真分析。在她的逻辑里，只要腰带的情况有一点偏差，就代表缪临想太多了，这腰带没有被赋予重要的意义，只是人家的随手相赠用来偿还诊金的。

可她刚说完这句话，缪临的脸色就变了，他起了身："这是徐庚寅给你的？"

陆万嫌抿了抿唇，没再说什么，她默默地攥起袖子，拧了一下水。

只听缪临又道："不是跟你说过，不要招惹他吗？"

她招惹了吗？这话问得连她自己都要迷糊了！

"你把腰带还我。"陆万嫌朝他伸出手去。但对方却没有动作，一副根本不想给的样子。

此时翟不缚大叫着朝她跑来,边跑边叫唤:"阿嫌!"

等离近了,看清他们两人全身浸湿的情况后,翟不缚又笑得像朵花一样,兴奋地大叫:"完了!阿嫌,你们俩坠入爱河了!选缪临是没错的,你就应该嫁给缪临!"

陆万嫌无奈:"你是不是有病?"

翟不缚絮絮叨叨:"人家都说,一同经历过危险的男女特别容易相爱,因为心脏在害怕时的怦怦声和相爱时的小鹿乱撞声极为相似,他们会分不清,以为自己爱上了对方。"

"放心,我分得清。"陆万嫌清了清嗓子,画了一下重点,"大岐儿郎千千万,又何必招惹缪大人,徒惹心烦。"

"哦?是吗?"缪临抬眉。

陆万嫌怕被看出心中的那点窘迫,赶紧冲过去抢腰带:"腰带你还我!"

她还要还给徐庚寅,顺便问个清楚呢,放在缪临手里算怎么回事?

缪临松了手,神色像是失望至极。他迈着大步从陆万嫌身侧走过,连带起的风都凉了。

凉了啊!

陆万嫌搓搓胳膊。翟不缚啧啧两声:"你这话也太伤人了,什么大岐儿郎千千万,你也不愿选缪大人,说出口时就不牙碜吗?如果我是缪临,我的这颗小心心肯定马上就伤透了!"

陆万嫌眯眼轻哼一声:"你做不了缪临,人家缪大人心硬着呢,不愿和我同流合污的。"

"唉……"翟不缚长长地叹了口气,"阿嫌,你什么时候才能醒悟,好好做个动真感情的正经女人。"

见对方没有回答,翟不缚又道:"我在跟你说话,你好歹给点反应。"

陆万嫌耸肩道:"我有反应啊,我翻了个白眼,你没看到吗?"

"…………"

不识郡主真面目

折腾了一天，陆万嫌真的是又累又困，只想早早上床。她让翟不缚自便，以为他转悠转悠觉得没什么意思就会回家去，但没料到他毅力大过天，玩了一晚上猫捉老鼠，成功把栾树从贴了封条的房间里找了出来。

不过也没闹出什么人命，他只是噼里啪啦地说教一通，便忘了要送栾树过头七这茬。

倦野也前来汇报，说当日出现在太学的所有人员名单里并没有徐庚寅。陆万嫌的思绪更加乱了，难道当时那迷烟还有旁的功效，会让她产生幻觉？

徐庚寅，徐庚寅，仿佛所有的迷雾都笼罩在他身上。

清晨的时候，陆万嫌还陶醉在睡梦里，灵璧和翟不缚就出现在她房中，想办法叫她起床。

灵璧很是纳闷地开口："怎么叫都叫不起来？郡主是不是睡昏迷了？"

翟不缚哈哈一笑："叫她起床，人声、敲钟和鸡鸣都不顶用。"他从背后拿出一个油纸包，坐在床边慢慢拆开，继续道，"还是得拆包装，哗啦哗啦的声音一响，她肯定就说话了——"

陆万嫌突然就坐了起来，盯着翟不缚手里的食物："你吃什么呢？"

翟不缚像是意料之中般看了灵璧一眼："你看吧。"

好兄弟的默契就显现在这里了。

陆万嫌伸手就要夺："给我吃点。"

"这不是给你吃的。"翟不缚伸手指了一下桌子，上面竟满满当当地放着美食。

陆万嫌下了床，走到桌前，一脸愁闷。大清早就吃这么硬的菜，会不会一整天都消化不良啊？

翟不缚这时用手指指着其中一盘，介绍道："阿嫌，这都是我为你做的菜。这道菜名就叫'春去秋来，我用感情喂养你，你积攒了厚厚的秋膘，却说我烦'。"

陆万嫌翻了个白眼："这只不过是一盘红烧肉啊，起这么长的菜名不觉得浮夸吗？"

"不浮夸，一点都不浮夸。"翟不缚又指向另一道菜，"这道菜名叫'你是禅，你秀色可餐，你与美食相比，你赢在先'。"

"一盘白灼芦笋，都和禅意联系起来了，你还能不能行了……"

"这道呢，菜名叫'取我软肋，小火慢炖，沥干水分，加以佐料，煎炸至金黄出锅，端至你面前吹凉，然后你却说你吃素'。"

这年头猪大排都能拿来作诗了？陆万嫌已经不想吐槽了，只能鼓起掌来："这种菜名创意，真真要七窍玲珑心才能想得出来啊！翟不缚你在创新这方面一向很有才华，我早知道。"

"过奖过奖，我的才华在你面前根本不值得一提呀。"

"哦？我有什么才华？"

"你的口才一流，只要你想，每一句都能把人噎死，而且你不仅会睁眼说瞎话，还会往人家最心软的地方戳刀子呢。你还会……"

陆万嫌顿时将翟不缚掀了出去："你给我闭嘴！"

等她吃完早饭，灵魂才彻底苏醒。这个翟不缚，怎么真的住在她家不走了？难道不是开玩笑吗？陆万嫌顿时闹心得挨屋乱走。

走着走着，她就发现翟不缚竟然有了扎根的房间，客房里那床单铺得如水面一样平整，一般的女人可没这个本事的。

陆万嫌忙把灵璧叫来，还没露两手廷尉司的拷问绝活，灵璧就老实交代了。叛变的家伙就是她，她不仅给翟不缚铺床了，还给他端茶送水，伺候得很是周到呢！

这简直就是纵容！

灵璧垂着头，向陆万嫌解释起来："郡主，昨天你睡了之后，翟公子托人送来两斤熘肥肠，说是提前感谢一下我们未来几日对他的照顾。那熘肥肠好香啊，我这一感动，然后稍微一松懈，就被攻陷了……"

就这点出息！

陆万嫌指着灵璧的脑门点了点："说到底，你还是觉悟不高。两斤熘肥肠都能把你给腐蚀了！你说说你还能成什么气候？"

灵璧可怜兮兮地认错道："郡主我错了。"

陆万嫌又提点起来："我告诉你灵璧，你是我郡主府的人！你要上点档次，要求要高一点！以后起码十斤起，再帮他安顿铺床，知道了吗？"

说着说着陆万嫌就纳闷了，以前翟不缚过来作妖，也经常贿赂灵璧和灵缇这些丫头们，可那时她们都能挺得住啊。

灵璧此时不好意思地挠挠后脑勺，她也在反思着这件事，小心翼翼地说道："郡主，不知道为什么，翟公子以前贿赂我们的时候，我紧张得连个屁都放不出来，现在……"

"现在怎样？"

"现在可以放一点了。"

"……"陆万嫌继续给丫鬟立起规矩，"你们这是被循序渐进地腐化了！记住，以后一定要坚定信念，保持警惕心理，加强心防建设，和翟不缚斗争到底！千万不要再栽到两斤熘肥肠上！你祖上要是知道了，就算诈尸也要爬出来掐死你这个丢人的东西。"

灵璧猛点头："是！我记住了，我会提醒大家的。"

陆万嫌这才露出满意的神色，灵璧起身就想撤退，结果又被陆万嫌一把抓了回来，她摊手道："拿出来，你袖子里藏了什么？"

"啊？郡主怎么知道……"

拜托，那里鼓鼓囊囊的，长了眼睛的都能看到吧！

灵璧缩了一下脖子，从袖口掏出一本书，书名差点没闪瞎陆万嫌的眼。

"《如何征服英俊少男》？！哪儿来的？"陆万嫌提高声线问道。

"这是翟公子创作的，他说他的发明帮助了广大男子，现在也要为广大女子谋福利，于是写下了这个。这上面全是测试题，能够测试出女子的魅力。"灵璧单眨了一下右眼，有点诱惑的意思，"郡主，你想不想测一下？"

陆万嫌本来想销毁这垃圾读物，再教育丫鬟一番。这下一听，竟然还萌生了一丝兴趣。

"这还用测？本郡主的魅力肯定是满分。"

灵璧却像没听到一样随手翻开一页，念出题目："以下女人的哪些行为在男生眼中特别加分？"

陆万嫌想了想："那必定是静如姣花照水，动似弱柳扶风吧？"

灵璧摇摇头道："没这个选项。选项甲，会飞；选项乙，相信光；选项丙，有钱且年迈；选项丁，会独自砌墙盖房。"

"……我选乙。"

"奴婢也是。咱们这就看下答案哈。"灵璧翻到后面看答案，惊讶地吸气道，"妈呀，郡主，答案竟然是丁，可是女人为什么要会独自砌墙盖房啊？"

陆万嫌也蒙了："奇怪，怎么可能有人不相信光？我还不信我答不对了，下一题。"

灵璧继续念道："请听题，如果一个男人面前出现了：甲，妖娆美艳女子；乙，清纯可爱女子；丙，邻家温柔女子；丁，白月光前女友，请问这个男人会选择谁？"

"我选丁，白月光最好！"说完，陆万嫌又摇头改口，"不不不，谁不喜欢妖艳美女呢，还是选甲才对。"

结果灵璧又一翻答案，五官顿时皱起，没有说话。

"正确答案是什么？"

灵璧还是没有说话，像是在怀疑人生。好奇心勾得陆万嫌受不了，她一把抢过来一看，不由得拍桌怒骂："竟然是个多选题！甲乙丙丁，他竟然全想要！好贪心啊！"

灵璧扁了扁嘴："翟公子好像是有点懂男人的。"

"他懂个鬼！"陆万嫌很心塞，翟不缚这家伙住进府中还不出两天，就将全府的风气带歪了，真是让人不省心。

不识郡主真面目

陆万嫌决定择日不如撞日，现在就去徐府还腰带，省得夜长梦多。可当她刚取了腰带，还没迈出大门呢，宫里就来了人，说是皇后娘娘要召见她。即刻，马上，不得有误。

她右眼连跳几下，直觉感到哪里不对。

什么情况？姨母不会是怀了吧，千年老树终于结果子了？

陆万嫌一直不怕姨母。姨母雷声大雨点小，每次召见她，从进了宫就开始让她吃，吃过上午，下午继续。吃完也就到了该离宫的时候了，简直是喂猪般的温暖。

如果她能不催婚就更好了。

唉，虽不怕姨母，但事发太突然，这紧迫感搞得陆万嫌还真有点紧张。她只好把腰带放下，打算从宫里出来后再去徐府。

她出门时，灵璧像一只快乐的蚂蚱一样蹦跶过来，将一个东西递到她手里。她介绍道："郡主，这是奴婢给你买的'护膝利器'，你绑到膝盖上。若是皇后娘娘罚你，你就可以跪过去抱住她的大腿，求情效果加倍。"

陆万嫌顿时将"护膝利器"扔到灵璧脑袋上，训斥道："都跟你说了不要被翟不缚骗钱，他卖什么你都买，你是不是傻？！"

灵璧眨巴眨巴眼："郡主怎么知道奴婢是从翟公子那里买的……"

废话！除了他，谁还会发明这种神经兮兮的东西啊！

她实在懒得啰唆了，直接上了轿，留下灵璧一人在风中凌乱。

第六章
绣球招亲

陆万嫌坐着轿子到了宫门前，这四个轿夫是灵璧新挑的，因为上一拨轿夫被陆万嫌压出了肩周炎。这件事搞得她接连几天心情不甚美好，一直质疑着自己是不是又胖了。

刚一出轿，陆万嫌就看见了于今，她带着禁军正在宫门口巡视。

看见她过来，于今顿时有点慌，感觉就像被吓到了一样。陆万嫌很少能看见于将军有这种表情，懒懒散散地走了过去："你怎么了？"

"阿嫌，其实我有个事要跟你说。"于今斟酌了半天，一直看着她的表情。

陆万嫌越发好奇了，还不由得先猜测了一番，不会是于今又把她的小府卫给怎么了吧？

"你说啊，怎么扭扭捏捏的？"

"是这样的，宫里此时正在进行相亲宴，世家子弟都来了，要给几位公主择良缘。"于今说完，盯着陆万嫌，小心翼翼地接了一句，"缪大人也在。"

缪大人也在。

缪大人也在？

缪大人也在！

陆万嫌脑中就像被雷电重击,搅散了她的脑花,这五个大字瞬间铺满了她整个脑海!

"缪临在相亲?!"陆万嫌还是觉得难以置信。

什么情况,昨天还祝福她马上要嫁了,今天他就紧跟一步?男人都这么有攀比心的吗?!

于今没有回答,而是反问陆万嫌:"你今日进宫何事?"

陆万嫌虽不爽,但还是回答道:"姨母找我。"

于今立刻转了一下眼珠子:"皇后娘娘是不是要趁此时机让你搭个伙充人头,也给你介绍一个小郎君?如果有哪位公主选走了缪大人,你也不必往心里去。那么多世家子弟,说不定你也能撞见别的桃花呢。"

陆万嫌听了顿时斜眼看她:"当大部分人关心我飞得高不高、累不累时,只有姐妹你,关心我飞过的时候能不能撞上桃花。"

于今嘿嘿一笑。

陆万嫌不知道姨母是什么意思,但知道她疼爱自己的心是真的。姨母才不会让那些公主和自己一起选夫婿,这也太瞧不起她了,所以陆万嫌一点都不怕。

她双手猛地拍了拍自己的脸,将脸蛋打红。

于今疑惑地歪了歪脑袋:"干吗自残?"

陆万嫌撇了撇嘴:"你懂什么,这叫上点妆。以我多年的经验来看,我认为气色才是最好的胭脂。你看我现在气色怎么样呀?"

于今欣赏了一番,点点头:"这个颜色很棒啊,细腻红润有光泽。"

陆万嫌眨巴眨巴大眼睛,装起可怜卖起萌:"是不是楚楚可怜?"

于今又点点头,发出了大咧咧的赞叹:"的确可怜,令人怜惜,好想给你捐钱。"

陆万嫌摆手:"捐钱就不用了,我要的就是这种能激起姨母内心起伏的效果。不管她召见我干吗,我都要努力混过去。"

当然,这只是其一。

第六章 绣球招亲

另外很重要的一点是,她还要从万花万叶中穿行而过,她一定要有好气色,可不能输给那些公主!

有了于今的小报告,陆万嫌进了宫之后心里就有了底。

看见缪临和太子哥哥进行着射箭比赛,并且引得场边众女齐齐鼓掌时,她也能够做到心里骂人的同时表面云淡风轻。

当今太子并非皇后亲生,他生母是早年受宠的惠妃。奈何惠妃娘娘患病早逝,没能享尽天伦之乐。太子自小就被抱来养在无子无女的皇后膝下,是皇后娘娘看着他一点一点长大成人的。虽说皇后娘娘对他宠溺有加,但两人之间到底还是隔了些什么。

太子越大,翅膀就越硬,时常与皇后娘娘顶撞。上回太子偏要娶春风得意楼的明月做太子妃,皇后娘娘就被气得小病了一个多月。好在明月志不在此,拒绝了太子,不然宫里铁定还要闹得人仰马翻。

陆万嫌原本打算从御花园外围绕行,不去蹚这趟浑水,可才走出几步,就听见公主们和一群世家女子称赞起缪临来。

原来缪临接连射出了三箭,箭箭都中了靶心。

好几位世家子弟射箭都比不过缪临,他的技艺甚至超越了太子,简直是风头无两。女孩子们聚在一起窸窸窣窣地讨论着,像极了一窝眼睛发亮的兔子。

陆万嫌停住了脚步,瞬间一肚子火气。

这个缪临,谁人不知他知礼乐、习射御、通书数,他是想把自己的优秀依次展示一番? 真是想做驸马想疯了,怎么这么能显摆!

陆万嫌还没来得及有所动作,就被一只突然伸出来的手抓住了胳膊,一个猛拽,那人就将她拽进了灌木丛中。她侧头一看,只见一个穿着文官服饰、拿着书册和毛笔的女子正对她挤眉弄眼。

"姬史官,你躲在这儿干吗? "陆万嫌惊讶道。

姬雀鼓起一张小圆脸,愤愤地道:"陆万嫌,咱们相公现在被潮汐公主盯上了,你不知道吗? 相公刚才射了三箭,潮汐公主瞬间春潮涌动,我们得想个办法把她的春潮压下去! "

陆万嫌半眯起眼:"我什么时候跟你共用一个相公了?"

"缪临啊!就是缪大人啊!"姬雀差点吼出来,说完还伸头朝外面看了看,见没人关注这里,她才敢继续对陆万嫌道,"你不知道他今天在相亲吗?"

知道的人还真是多呢。陆万嫌轻嗤了一声,很是不屑:"刚在宫门口遇见于今了,她给我提过醒。"

陆万嫌并不想继续这个话题,那个死男人爱相亲不相亲,与她何干?她随手拿过姬雀手上的书册翻看,顿时双眼瞪圆念了出来:"缪临捏住了她的下巴,呼吸吐在她的脸颊上。他低声说道:'我虽然不能给你承诺,但是可以给你快乐啊,宝贝!'这是缪临说的话?我要瞎了!"

姬雀夺回话本,强装镇定地道:"这是文学创作,是艺术,你不懂。"

陆万嫌这才注意到书册的封面,上面竟然写着《缪大人与他的落跑甜心》,她惊悚地指了指书册,又指了指姬雀,试图确认道:"这是你写的?"

姬雀一本正经地道:"艺术是不能用凡俗的眼光去看待的,你不懂。我且问你,你觉得咱们相公和潮汐公主般配吗?"

拜托,你的前一句和后一句都很不相配,好吗?陆万嫌当场自闭,她已经懒得吐槽了,只顾得上翻白眼。

一旁的姬雀却自己激动起来,徐徐言道:"我觉得不般配,她们这些皇族成员的婚姻没有那么正常,一般都要经历被绑架、追杀、囚禁、毁容或者阴阳两隔又诈尸之后才能和另一半永远在一起。缪临哪有工夫陪她搞那个,你觉得我说得对吗?"

陆万嫌只能点头:"啊,对对对。"

"那你说我该怎么把缪临夺回来,咱们再不出手,万一让潮汐公主得逞了……"

陆万嫌从不介意姬雀的话语,因为姬雀对缪临的喜欢就像是向日葵追逐太阳。只要太阳挂在那发光发热就好了,她不要求太阳只照射

第六章 绣球招亲

她这一朵。更有甚者,这份情中夹杂着很多不靠谱和荒谬。

姬雀经常为了钱出卖缪临,跟在缪临身后捡过不少他丢掉的东西。他用过的笔、写过的纸、翻过的书、摸过的大大小小的摆件,但凡能被卖掉的,姬雀从未犹豫过。她甚至还曾将缪临作为主角去写话本,只为搞钱。

姬雀爱钱胜过男人,只是现在她还看不清楚自己罢了。

陆万嫌转了一下眼珠子,指点道:"这样,你现在出去和缪临干上一架。俗话说,男人的尊严一旦受到挑战,就会爱上挑战他的女人。缪临爱上你了,潮汐公主的春心就废了!"

"可我不会功夫啊。"

"那就突击一下。"陆万嫌也不明白自己为什么突然和姬史官在灌木丛中开始瞎扯了起来。

"不,我不学这个。"姬雀摇摇头,"女主角打打杀杀的,那还要男主做什么?我要是学功夫,那还怎么有机会从高处跌落,然后被缪临接住,接着和他一起在空中相拥、旋转,最后趴在他结实的胸膛上?"

"哈???"

"陆万嫌,还是你上吧,你去灭她的威风!"

陆万嫌越听眼睛越亮,因为她也委实想出手去灭灭对方的威风,只不过不是灭潮汐公主,而是灭正在开屏的缪大人。

为了再得到一点助攻和怂恿,陆万嫌又问了姬雀一句:"为什么是我?"

姬雀此时却面带微笑道:"因为你一看就像个反派啊,你在相亲宴上捣乱,就不会有人觉得奇怪。"

"借刀杀人都能被你说得如此清新脱俗,不愧是擅长玩弄文字的姬史官。"

"谬赞谬赞。"

陆万嫌心想,有气不撒,憋出病来怎么办?还是得去解气泻火!

秉持这样的行为准则,她起身冲进了御花园,镇定自若地拿起弓搭好三支箭,动作极其流畅地一齐射出!弓弦微微一震,她漆黑的发尾在空中漾出一抹完美的弧线。

陆万嫌的动作快到众人都没有反应过来,等大家回过神时,她同时射出的三支箭已经把靶心射穿了!

"哇——"这下场外的欢呼声都属于她了。

人群中的潮汐公主最不从众,她皱起了眉头,斥责道:"万人嫌!我们没带你玩,你硬插进来干什么!像个野猴子一般!懂不懂规矩?建章王和王妃就是这般教你礼仪的吗?!"

潮汐公主每次和陆万嫌相见,都会化身为斗鸡,开始挑衅、训斥陆万嫌。

陆万嫌微叹一声道:"潮汐公主啊,你还真要好好感谢我父母对我的教导,若不是他们,'野猴子'这三个字从你嘴里吐出来的那一瞬,我就已经冲过去扯你头发了。"

"你!——"

"哎呀,别激动,我又不是来找你的。"陆万嫌转过身去,对缪临挑衅地扬了扬眉,接着把弓箭一抛,对太子行礼,"见过太子哥哥。"

"是惜缘啊,好久没见你来宫里了。"

太子可能是因为情伤,把自己喂肥了不少,更像一个没有脑子的昏庸草包了。

"我们在此比箭寻个开心,你要不要加入?"太子问道。

陆万嫌摇头:"不了,皇后娘娘宣我入宫,我还要去见她呢。"

太子不解:"咦?母后找你何事?"

"想来又是催婚,唉,她总是嫌我烦人,催我嫁人。"

陆万嫌故意瞥了缪临一眼。此时的他穿着白色的长袍,长袖被束带绑起,腰身紧窄,脚下踩着一双白底云纹靴,整个人散发着清风朗月般的温和气质。特别是在周围人的衬托之下,更显风采超然。

"嫁人?"太子指了指缪临,又指了指陆万嫌,"可你跟缪临不是——"

第六章 绣球招亲

陆万嫌连忙摆手,打断澄清道:"不是不是,我跟他不是那种关系。"

太子一愣:"我是想说,你和缪临不是太学同窗吗?让他为你举荐几人啊。"

陆万嫌:"哦……"

缪临轻叹一口气,仿佛是在揶揄陆万嫌的自作多情。

"看来,我错过了很多有趣的故事啊。"太子又看了看他俩,眼神中透出一丝喜悦,"惜缘,我一会儿也要去拜见母后,你可以随我一道。这会儿你先留下比试几场如何?也好挫挫他们的锐气。"

陆万嫌转念一想,如果能赢几场压制一下缪临的风头,倒也是一个好主意。

"好啊,光比箭没什么意思,不如搞点花头。"

陆万嫌走到公主们的桌前,拿起一个苹果:"缪大人,以这颗苹果做靶子吧,你顶在头上,我先来。"

潮汐公主立即开口阻拦:"不可,太过危险了,就换个小太监来顶好了。"

陆万嫌只好将苹果放在了自己头上,说道:"那我来顶,缪大人先来。"

潮汐公主立刻闭了嘴。陆万嫌自寻死路,舍身为大众表演一番刺激的戏码,她不看白不看,只要缪临没有危险,怎么都行。

缪临半天没有言语。陆万嫌嘴角含着一抹坏笑,睨了他一眼:"缪大人不会没胆吧?我看你刚才表现得挺出彩的,我来帮你,再给公主们开开眼,如何?"

"就依陆典簿。"缪临点头。

他走向弓架,上面陈列着不少好弓,他挑了一把最重的拿在手里,自行增加射箭难度。

陆万嫌心下一突,但话已经放出去了,焉有收回之理。她走到了远处的靶前,把苹果放在头顶,双手抱臂,就那样直直地瞪着缪临。这视线中,饱含着无尽的质疑和试探。

不一样的真面目

　　而缪临也看着她，眼神平静，就像在看御花园的一朵花或者一棵树，情绪没有丝毫起伏。

　　这是双方的一场暗地较量，比的就是谁先露出"在意"的破绽。她不会输，一会儿缪临顶苹果时，她一定能下得去手射出那支箭，因为她箭术高超。

　　观赏比赛的女子们都既兴奋又恐惧地窃窃私语，因为搞不好比箭现场就会变成伤人现场。但是她们没有一个人起身阻止，仿佛对陆万嫌自寻死路的举动大家都已经见怪不怪，反正阻拦也不会起效果，干脆看戏好了。

　　缪临走向远处，直视着陆万嫌，对她举起了弓。那股强势的欺压感在这一刻侵染了陆万嫌的心灵，她不得不承认，这副样子的缪临好像更加帅了，怪不得那些女子就跟没见过世面一样欢呼兴奋，她的小心脏此时此刻也有了一丝兴奋。

　　但这兴奋只停留在缪临射出这一箭之前。

　　没错，她以为他不会这样果断，但万万没想到，缪临一眼不眨地就朝她松了弓弦。

　　陆万嫌的心顿时一慌，同时眯起双眼，只觉得悲从中来。这个没有心肝的臭男人，竟然手都不抖，射得这么稳！果然是对她没有感情！

　　正常男人但凡对女人有一点情谊，就会怕伤了对方，会忐忑，会手抖，会叫停，可现在演的是哪出？她还以为自己是一出戏的女主角，搞了半天自己只是个箭靶子……

　　不过，还好她及时清醒地收回了感情，不然一腔美意可就算是喂了狗！

　　陆万嫌睁开眼，酸言酸语道："缪大人的箭艺可真高超，恭喜你中靶。"她没能控制好情绪，气鼓鼓地拔下苹果上的穿心箭，狠狠啃了一口苹果，边嚼边走向缪临。

　　缪临看着她却笑了，笑得比蜜还甜，也不知到底是什么戳中了他的笑点，只听他道："能得陆典簿一句夸赞，实属难得。"

第六章 绣球招亲

两个人官话满满,就像是根本不相熟一样,这种滋味不知为何动摇了陆万嫌的神智。在众人都开始陷入了对缪临的崇拜时,陆万嫌快速地又去桌上拿了个苹果,直接塞给了缪临。

"缪大人,你可要顶好,该我展示了。"

看我这一箭射出,不把你给吓得魂飞魄散我都不姓陆!

但一切都不如大家预想的那般,缪临先是拿着苹果抛了一下又接住,很自然,又很惬意。然后他又温和地对陆万嫌笑了,说道:"不必了,我认输。"

他今天的笑容超标,行为也完全让人摸不着头脑。陆万嫌有点蒙:"你什么意思,我还没出手,你认得哪门子输?"

缪临直视着她的眼睛,就像在透过眼睛看到了她心中的所有心思,他继续理所当然地道:"因为陆典簿没有心,我怕那箭瞄准的不是苹果,而是我。"

他又开始了,又开始说这些清新脱俗的鬼话了!陆万嫌真的是服了!

她刚要开口说她毕生所学的垃圾话,缪临就微微摇头,打断道:"陆典簿,在殿下面前,不得无礼。"

她还想发作,想让缪临见识一下什么才叫作真正的无礼。这时一个小太监颤颤巍巍地跑来:"惜缘郡主,皇后娘娘知道您在路上贪玩耽搁,发了大火,您快些去吧。"

老天真是怜他!陆万嫌只好又狠狠地啃了一口苹果,瞪了缪临一眼,准备跟着小太监走。

这时太子也放下了正吃着的果子,擦了擦手跟上来:"走,惜缘,我跟你一道去见母后。缪临,你也来。"

缪临微微垂首:"是。"

见缪临随着陆万嫌一道离去,潮汐公主不爽地跺了一下脚。这时,一个身影飞速凑近,潮汐公主一侧头,就看见姬史官一脸贼笑地看着她。她怒道:"笑什么?本公主很好笑吗?"

姬雀道:"潮汐公主,下官也觉得那陆万嫌实在过分碍眼。"

"是吧是吧?我就说吧,不是我故意难为她,是因为她本就很碍眼,很讨人嫌!"

"没错!公主的话下官一百万个赞成。"说着,姬雀就话锋一转,"对了公主,下官有一幅画,是传家宝,本来打算拿去拍卖的,原价五百两黄金。只因资金周转不开,现价五两紧急套现出售,您有没有意向收购?"

潮汐公主摇头道:"没有。"

怎么可能,这只肥羊怎么突然长出了脑子,不好宰了?不,还得再试一下。姬雀神神秘秘地从袖口掏出一把东西,攥在拳里,故作神秘道:"其实呢,下官手头上还有点别的货。"

"什么货?"

姬雀把手摊开,手上放着几根头发,她介绍道:"这是缪临的头发,您想不想要?"

"啊?"

"只要是汴梁男神圈子里的人,不管谁的头发我都能薅到。如果你们姐妹团任何人想要,就联系我,价格可以再商量,还能附赠签名画像和唇印。"

"你所在的圈子……前身是薅羊毛协会吗?"潮汐公主有点费解,"再说了,我要缪临的头发做什么?"

姬雀一本正经道:"把他跟公主的头发系在一起,代表着喜结连理,寓意好啊,对不对?"

一旁的女子都围了上来:"姬史官,我们凭什么相信这些头发就是缪大人的?万一是你随手薅的路人甲的,还不把我们恶心死了。"

"人与人之间这点信任都没有吗?我姬雀作为岐国史官,笔下文章字字真诚,就如同我这个人一般,你们要信任我啊。"

"可是,可是……"有人小声将疑虑说出,"可是我听闻你也喜欢缪大人,你怎么可能这么好心地将姻缘出售?"

姬雀道:"我是喜欢,但我一看见潮汐公主这样的情敌,就自惭形秽自愧不如了。我一个小史官，每月俸禄都不够给缪大人买根笔，我拿什么去爱？我就应该主动退出，让他和更般配的潮汐公主喜结连理啊。"

潮汐公主一听就舒坦了，她用高贵的眼神上下打量了一下姬雀，道："此话甚为真诚。本公主信你，多少钱，你出价吧。"

"嘿嘿……"姬雀又话锋一转，"实不相瞒，陆万嫌对缪大人也有歹心，这些头发她也高价预定了，但是下官心向公主，特地前来给公主一个截胡她的机会……"

潮汐公主顿时掏出沉甸甸的荷包扔给姬雀，连同她的脑仁儿一起扔了："陆万嫌出多少，本公主出双倍！就她那个浪荡子，休想打缪大人的主意！"

"是是是。"

"姬史官，你已经选择加入本公主的阵营了，对吧？"潮汐公主又问。

她当然是哪边钱多选哪边，若没问题的话，两边通吃也不是不可以。姬雀一笑，点头道："那是必然的。公主，我会帮您斗她的。像陆万嫌那样的纨绔，脑壳里装的都是荞麦皮，我姬雀用膝盖想出来的主意都能让她毫无还击之力！"

"行，有你这句话，本公主很满意，以后你还有什么缪大人的东西想卖，就找我。"

"是是是。"

姬雀成了事，却没有很开心。看着情敌智商如此不堪，从她身上赚到钱也没有太多快感。要是陆万嫌能上她的当就好了，可惜啊，自己技不如人，上个月的俸禄早就在牌桌上送给了陆万嫌。

唉，还得继续努力，最后相公花落谁家她干涉不了，但是自己的荷包要是落在陆万嫌手里，她非得怄死不可！

陆万嫌默不作声地走着，她实在搞不懂太子哥哥为何要拉上缪临。她苦思冥想了一下，觉得缪临应该是站在了太子这边，做太子的亲信，等着太子上位。这工作说来可比在枢密院混着强多了。

呸！还不是想走捷径！以往真是高看他了，以为他重情重义，可他朝她射箭时眼都不带眨一下的；以为他不图功名，可他却跟明显很昏庸的太子走这么近；以为他不看重利禄，可他却在公主们面前表现抢眼，存的什么心？

这样的缪临早已经不是她认识的那个缪临了。他还真配不上和她一起挖出大岐毒瘤，不配和她一道匡扶正义。

呸呸！

缪临走在她身侧，此时歪头看了她一眼："你又在心里骂我什么了？"

即使被他看穿也丝毫不惧，陆万嫌冷哼一声："呸！你这个坏男人！"

缪临说道："在陆典簿心中，怕是只有坏男人才能占据一席之位。"

啥意思？就是说她偏爱坏男人呗？陆万嫌又在心里猛呸了几声，恨自己眼光有问题，之前怎么就千挑万选地看上了缪临？！真该去找神医治治眼睛了。

见她没有说话，缪临无奈地轻叹一声，又不甘心放过这个话题："刚又骂了一句，我说得对吧？惜缘郡主？"

"你是不是有大病？我劝你赶紧就医！一会儿直接叫我陆万嫌，一会儿叫陆典簿，一会儿又叫惜缘郡主，你统一一下称呼好不好？"

陆万嫌连珠炮一般说完，又故意加了一句："不然你还是叫我嫌儿吧，你叫这个时最好听，那声线几度婉转，我当时的心神都为之一晃呢。"

缪临的脸色几乎一下子就变白了，耳朵却红得滴血。

陆万嫌瞄了一眼，真真切切地爽到了。对付这种白切黑，就要当众打他的脸辱他的心，看他还能不能自持清高玩高雅！

缪临故作冷静，又转移话题道："陆典簿，一会儿见了皇后娘娘，一定要端正言行，莫要因为她是你的姨母而言行无状。再这样作下去，你迟早得保送断头台。"

"怎么，见我有保送的机会你嫉妒啊？我用得着你提醒吗？你还是管好你自己吧。"陆万嫌撇了一下嘴，嫌弃得要死，"左勾一个世家女，右引一个公主，还有女官对你垂涎三尺。你若再这样不节制地勾搭下去，保不齐要比我快一步登上断头台哦。"

"陆典簿想多了，要登肯定是你先登。届时，缪某定在台下观礼。"

"我呸，敢咒我！死男人没有好心眼！"

太子一路听着这两人的斗嘴，眼神就像是喜好八卦的普通人一样，左看一眼，右瞄一眼，就差当场捧个瓜了。

陆万嫌随着太子一同进入了偏殿，皇后娘娘像一尊活佛一样，殿中烟雾缭绕，好不呛人。她做作地微微欠身，装出一副乖巧懂事的样子："参见皇后娘娘。"

"跪下！"

皇后娘娘一拍桌子，也不知道哪里来的火气。陆万嫌有点蒙，什么意思？怎么个情况？这是什么戏？

"姨母？"

"让你跪你就跪！"

陆万嫌有些难堪，但还是乖乖跪了。一想到缪临就在此处，她顿时觉得有些掉脸面。唉，人生啊，几多风雨，自己这一吃瘪，缪临此刻心里一定正在窃笑呢。

太子真是一个好哥哥，他主动为陆万嫌说起了话："母后，惜缘犯了什么错，把您气成这样？"

皇后娘娘一边指着陆万嫌，一边对着太子愤愤道："你自己听她说！本宫都无颜开口！"

"啊？呃……"陆万嫌实在是回忆不起来，也不好自己交代。万一交代错了，自己挖坑自己跳，不是傻吗？想了半天，她都不知道该怎么认错。

"姨母啊，我又怎么惹到您了？我都不知道我干了什么，您还是说吧，让阿嫌跪个明白。"

不识郎君真面目

"今日有外臣在,本宫原想给你留点脸面。既然你不悔过,那本宫便直言了。"

皇后娘娘站起了身,说道:"现在汴梁贵人圈里无人不知无人不晓,那太学院的栾树,被你又是骚扰又是放火又是强逼。听说他现在退学了,被你拘在院中?"

陆万嫌看了看缪临,又看了看姨母,只能干笑着应对:"呵呵。"

皇后娘娘哼了一声:"你还笑得出来?你真能干啊,可谓是将本宫的颜面都拿去扫地了!"

陆万嫌赶紧解释道:"姨母,我没有拘他,他是自愿的。"

"荒唐!人家寒门苦读数年,好不容易迈进太学,一身本领才华,连官家都久闻他名。他离仕途就几步之遥,结果退学了?你跟本宫说是自愿,为什么自愿?图你家财还是图你权势?"

陆万嫌几乎是条件反射地接上了话:"那自然是图我好看啊,爱我爱得不能自已,功名利禄皆可抛嘛……"

"你闭嘴!"伴随着怒斥,皇后娘娘想要顺带拍一下桌子,但发现自己离桌子远了些,只好又折了回去,怒拍了一下桌子,重复了一遍,"混账东西,你闭嘴!"

陆万嫌被训得如同被雨水淋湿的鹌鹑一样,除了低头,还是低头。

皇后娘娘冷哼一声,继续说道:"给你三日,最多三日。赶紧把人放了,让他重入太学,你听到没有?"

陆万嫌没有吭声,用余光看了一下缪临。缪临此刻正别开脸,眼神顺着殿内的窗户看了出去,也不知在云游什么太虚呢。可能是因为气质出尘,所以即使是站在太子身侧,他看起来都比对方俊朗了不止十倍。

陆万嫌突然脸上一痛,皇后娘娘拧了一下她的肉脸蛋,还训斥着她:"问你话呢!你往哪儿看?!"

她怎么好意思说自己在看男人、想男人呢。

陆万嫌一脸委屈:"姨母啊,您又要我闭嘴,又要我说话,还讲不讲道理啊？"

太子"噗"的一声笑出声来，估计也是实在没憋住。唉，自己的形象离最初的计划更近了呢。陆万嫌心想。

皇后娘娘绕着陆万嫌走了一圈，突然脚步一顿，又用手指戳了一下陆万嫌的额头，戳得陆万嫌差点仰面倒下。她批评道："听说翟不缚也住进你府里了？"

"呃……是……"

"陆万嫌，你很可以啊，三宫六院的玩得很开心啊？"

"姨母，这都是有内情的，您听我说——"

"本宫不听！你就不能好好跟那些世家女子们学学？非要行事这么显眼，这么离谱？"

听见这话，陆万嫌内心是一百万个不赞同。那些人有什么好值得学习的？一个个的瓜子嗑着，小牌打着，小茶喝着，小风吹着，每天都聚在一起叽叽喳喳，不是在聊珠宝首饰、服饰妆面，就是在聊汴梁的八卦。

陆万嫌每日做的事情原本影响也没那么大，要不是她们口口相传，汴梁第一女纨绔的殊荣还落不到她头上呢。

皇后娘娘起身甩了甩袖，姿态端庄，但是接下来的话又好像不太正常。

"本宫已与官家相商，近一个月，汴梁世家子弟都暂缓婚娶，由你先挑。你去看看喜欢谁，选一个人定下来，赶紧成亲！不要再搞这些奇怪的事了！"

陆万嫌的一张檀口瞬间张得有碗口大，她强烈怀疑自己幻听了，于是赶紧用力地掏了掏耳朵。

皇后娘娘见她这样子，又道："别掏了，你没听错。"

陆万嫌这才吐出了心里话："不是吧，这都可以？官家竟糊涂至此，竟能答应姨母这等离谱的要求？"

"妹妹慎言。"太子提醒道。

陆万嫌一垂头，飞快地服软："对不起，我错了。"

不一致卿玉真面目

皇后娘娘给了太子一个满意的眼神，语气也稍有了缓和："太子也看到了，你这个惜缘妹妹向来嘴上不把门，本宫想把她赶紧嫁了，让她困于闺中，让她夫君管她。再不济，成了家，她也需要费脑子应付后宅女人们的钩心斗角，自然不会再有精力到外面闯祸。"

这话未免也太直白了，她陆万嫌又不是喜好宅斗的人，干吗要这样对待她？

太子点头道："母后有自己的考量，思虑周全。"

不是吧，这就不管啦？陆万嫌垂死挣扎，又说了一句："拜托啊姨母，汴梁根本没人敢娶我，你想让我嫁给谁啊？"

皇后娘娘嘴角一斜，顿时像恶人附体："若官家亲自为你赐婚，我看谁敢不娶？"

陆万嫌道："那些趋炎附势的，我瞧不上眼；那些正经人家的子弟，都以我的风评为耻。如果因为圣意勉强娶我，往后家门中要是能有一天安生的日子过，就算我输。"

"你在威胁本宫？"

"惜缘不敢。"

皇后娘娘踱了几步，但那副神色并非在思考，她将早就做好的打算细细说给陆万嫌听，想让她接受得容易一点。

"惜缘，你不愿陛下赐婚，那好办，就绣球招亲吧，让老天来为你安排缘分。无论是谁都行，无所谓他的家境背景，有陆家在，你们小两口不会过得差。"

陆万嫌还想说什么，但是皇后娘娘已经扶起了她，是让她闭嘴快走的意思。

"姨母……"

"行了，你退下，不准再多说一句话，少给本宫添堵！"

挣扎是无用的，此时能跑自然是要快点跑了，毕竟她今天面子里子都丢完了，她也想像鸵鸟一样找个坑把脑袋扎进去。

陆万嫌行了个礼："好吧，不说了，姨母消消气。惜缘告退。"

她无话可说，她感觉到了命运的残酷以及自己的无助。

第六章 绣球招亲

陆万嫌刚走没多久，皇后娘娘又不知为何停留在了缪临身前，眯着双眼打量着。

眼前的青年人确实生了副难得的好相貌，又白又斯文，皮肤比一般女子的都好。他的五官很是立体，萧肃清举，眉目间尽是山海风月，单单是站在这里，都自带一股平静柔和的气场。但他身上若隐若现的小苍兰香也昭示着，他也不是完全的内敛之人，只是将锋芒藏得恰到好处，让人对他难起敌意。

若说他是极致的帅气，倒也有失公允。皇后娘娘见过一人，似是曾经的徐老将军之子，他当年那副少年意气的姿容，属实是无人能敌，在整个汴梁也可谓数一数二了，只可惜……后来再也没瞧见过了。

皇后娘娘看着缪临，在记忆中找寻着他的名字："你挺眼熟的……叫什么来着？"

缪临拱手行礼："下官枢密院副承旨，缪临。"

"哦，枢密院的。"皇后娘娘咂摸了一下，想起来了。这孩子世家出身，礼仪周全，行止自律，从小到大都没让他的家族操过心。

思及此，皇后娘娘又点了点头："缪临，本宫看你白白净净、文质彬彬，惜缘一直喜欢的就是这一类型，你也不要成亲，等惜缘选完夫君再说。"

缪临毫无准备地呛了一下，耳根立刻就红了。

太子实在看不下去，挡在了缪临身前，扯开话题："母后，不会真的要让世家子弟一个月内暂缓婚娶吧？这实在有点离谱。"

"那话自然是诓惜缘的。"

皇后娘娘说出了真话，但是话锋一转，又落在了缪临脸上，叮嘱道："但本宫让你不要成亲，这句可是认真的。"

缪临再度行礼，长长的眼睫垂下："下官遵旨。"

当下并不是雨季，可陆万嫌已经衰到了极限，才刚出宫门，大大小小的雨滴就落了下来。眼前所见的一方天地水雾弥漫，淡淡寒气包裹着她,让她的心底仿佛都布满了青苔。

倦野一路跟随,听到了前因后果,也是一脸忧心忡忡:"皇后娘娘给的这两种选择都很离谱啊,单说绣球招亲这个……万一到时候被乞丐接到绣球的话……"

"不愧是跟我混的人,连质疑都是一样的。"陆万嫌老泪纵横,双手搭上了倦野的肩,"我当时也提出了质疑,结果姨母根本不在乎。她说不论谁抢到,不管他什么身份背景,那一刻就要让惜缘郡主光耀他的门楣,让他过上光宗耀祖的人生。"

倦野皱眉:"不是吧……郡主,那你岂不是有可能成为乞丐的老婆……"

陆万嫌头疼地闭上眼睛,深吸一口气:"没错,嫁给乞丐,我就是乞丐。"

"郡主是乞丐,我就是小乞丐。"还没等陆万嫌恭喜他都学会了抢答,倦野又莫名地激动了起来,"那这样下去整个丐帮是不是就归我们管了?"

"…………"

"那我们就突然白得一个组织势力对不对?"

用丐帮来壮大自己的纨绔组织是什么值得愉悦的事吗?至于这么激动吗?陆万嫌敲了几下倦野的头:"这个势力白送给你好了!前方右转,你速去接管!"

倦野也知道自己想岔了,不好意思地搔搔头,想要解释澄清,但陆万嫌并不想听,挥挥手示意知道了,倦野只好识趣地闭嘴。

陆万嫌不知道自己是以怎样的心情回到家的,但她知道自己是以怎样的心情待在家里的。因为她前脚刚回来,后脚就收到了宫里送来的名册。

这家,真的一刻都不能待了!

她叫倦野去紧急发帖,召集自己的小姐妹一起来探讨她的这件人生大事,姐妹们的茶话会在傍晚的一家茶楼举行。明月、于今和姬雀赶来的时候,就看见陆万嫌手中拿着一本名册,她一边翻,一边用朱

第六章 绣球招亲

笔在上面打叉,活像一个阎王。

姬雀看着自己手中提着的马吊包袱,又看看陆万嫌下笔打叉如有神,不禁说道:"陆万嫌,你叫我们来难道不是要在牌桌上厮杀吗?你这是在干什么?"

"牌桌上厮杀的事不急,来,先在我的人生上厮杀一番。"陆万嫌将名册抛在桌上,心烦道,"我看着这名册就跟妖怪翻开了金刚经一样,整个脑子都痛。"

于今不禁纠正道:"阿嫌,妖怪应该没你头痛,毕竟你本就没脑子。"

姐妹们都取笑了起来。

陆万嫌只好说:"少啰唆了,你们快看看,帮我选个'妃'。我若不选,汴梁禁婚令就要因我而开始,直到我成亲,世家子弟才能姻缘婚娶。"

"禁婚令?那你岂不是要阻挡我嫁人?"这对恨嫁狂魔来说可是大事情,于今眉头一皱,"阿嫌,若是这样,你可就真成汴梁最千烦万嫌的那一个'贵人'了。"

所谓"禁婚令"这种东西,原本应该出现在官家选秀期间或是太子择妃之时。她一个普普通通的女纨绔,竟靠关系让这种奇怪的东西被提出来,真的是荒谬至极。若是真耽误了所有世家子弟的姻缘婚娶,她真的是喊冤都无门了。

陆万嫌痛心疾首:"我也不想,所以你们快帮帮我。刚刚暗影卫来报,外祖父已知晓此事,短短一瞬,他就被惊得震了三下。"

明月问:"这代表什么呀?"

于今解释道:"代表着她死期将近。宰执大人会像用指甲盖挤跳蚤一样把她的肠子都挤出来的。"

陆万嫌的表情看起来不是很想活了。

明月浑不在意地摆手,安抚大家:"我还当是多大的事呢,既然名册都在这儿了,咱们就好生择选一番,给郡主选个好郎君。"

三个人凑在了名册前,看到名册上大部分都是世家子弟和一些适

不识郎君真面目

龄闲人。

于今这时候又给陆万嫌的心头火上添了一把柴，她伸手指了一下鸿胪寺卿的名字，说道："这名册里怎么还有鸿胪寺卿王行知啊？这简直是赔本买卖。"

姬雀一听便不同意了："于将军，你这话什么意思，王大人的人气可不低，以他为原型的话本销量仅次于我相公缪临，陆万嫌若选了他，吃亏的还不知道是谁呢！"

"我觉得吃亏的可能是我的屁股。"陆万嫌插话道。

"没错，吃亏的肯定是阿嫌！"于今又开始解释说明，"这个王行知忒爱告状，阿嫌前年总共被宰执大人打了六回，其中四回都是因为他告状。"

陆万嫌摸了一下自己的娇臀，想起了从鸿胪寺卿那里骗来的马。单这一件事她就挨了两顿打，这人怎么能放在这里，就应该放进暗杀名单里好吗？！

她赶紧掏出朱笔，在王行知的画像上面打了个叉。

明月听了这个告状之人的事迹，竟产生了好奇："能让郡主吃瘪，真是有趣，你们知不知道这位鸿胪寺卿的具体信息啊？"

姬雀毫无思索，脱口而出："他姓王，名行知，年二十五，资产无数。祖籍陇西，尚未婚娶亦无相好，做伴的只有老母。对了，他还有五间老宅和七间商铺。此人平时爱去酒馆喝酒，路过烟花之地从不停步。"她突然停顿了一下，来了个大转折，"你们觉得够吗？不够我再编点儿。"

原本大家还听得认真，姬雀的最后一句话彻底惹怒了她们。陆万嫌打了姬雀几下，不爽道："不知道就说不知道，怎么这些废话！明月姐姐听废话向来都是要收费的。"

可不是嘛，明月在春风得意楼天天听着那些达官贵人讲废话，当然要多多收费。

姬雀也觉得自己的玩笑开得不合时宜，摸了摸鼻尖，没再吭声。

第六章 绣球招亲

三人再翻一页，视线一起定格。因为这一页竟是缪临，画像很是一般，远不及真人。画像下面写着：缪临，枢密院副承旨，正七品，容貌端正。

介绍很简洁，就像是拉上来凑数的，陆万嫌心想，单单是这几个字哪里能形容出一个完整的缪大人啊，一边想，一边也打了个大叉。

姬雀没忍住，立即就生气地拍桌："陆万嫌，你怎么敢在我相公脸上打叉？！"

大家仿佛早就习惯姬雀对缪临的称呼，连纠正都不想纠正，毕竟她对缪临爱而不得的事情已经不是一天两天了。陆万嫌道："嘿，你要是这样说的话，我可就选缪临了。"

"不行不行！"姬雀猛摇头，心中的不愿全部写在脸上，"早知道你对缪临狼子野心，但你不能仗着身份地位拖他下水，他以后可是要娶美娇娘的……"

"你啊？"

"你管是不是我，反正不可能是你。"

"凭什么不可能？"陆万嫌就好奇了。

姬雀喊了一声："我笔下的女主角都还在为爱情心碎，为男人流泪，而你已经将爱情撕碎，让男人流泪了。试问你一个拈花惹草、不负责任的人，配得上品行端庄、洁身自好，还没有过情爱经验的缪大人吗？"

陆万嫌故意回嘴道："绝配！"

姬雀道："我呸！"

陆万嫌没有再辩白了。她脑子里想的是，缪临自亲吻事件后，竟然真的就没再和别的女人发生过什么故事。他真这么贞洁吗？他行为有点奇怪，但又让她莫名觉得很是舒坦。

姬雀这时指了指缪临的画像，又道："陆万嫌，你可以否定他、不选他，但不要在他脸上打叉，不然真的很像是死亡警告，对我相公不吉利。"

明月和于今忍笑忍得五官挪位。

陆万嫌对姬雀竖眉瞪眼道:"老娘都快活不起了,我还管得着他吉利不吉利?姬雀,你再多话,我明儿就给缪临下药,跟他生米煮成熟饭,逼他与我成婚,到时候看你怎么办?"

"呵呵,你要是敢与我相公有染,我就把你写进话本,和叫花子配作一对。我写遍你们的三生三世爱恨纠缠,看你以后在汴梁还有没有脸出门!"

眼见两人就要掐起来,明月伸出双臂将两人隔开,劝解道:"郡主,这名册都被你翻卷边了,想必你也没有想选的人,那就别勉强了。"

陆万嫌想到了什么,忙问于今:"好姐妹,你手头有不少人选。你没成功的,不然推给我算了,咱们肥水别流外人田。"

于今日日相亲,手上资源无数,但她听了这话却不是很高兴。只听她叹息道:"我是很想成亲,但我身上好像背负着一些连我自己都不知道的东西。上一回,我跟一个书生表白……"

大家同时瞪圆了眼,好奇着聆听。于今继续道:"可他把我给拒绝了。"

陆万嫌不客气道:"没事,他拒绝了你,不代表也会拒绝我,这个书生现在在做什么?"

于今做了一个敲木鱼的手势:"他现在在伺候一个地位很高的人。"

哦,出家了……

姬雀打了个响指,也想起什么:"于今,我记得你还喜欢过一个开店的,后来呢?"

于今道:"哦,他也拒绝了我,因为也要去伺候那个地位很高的人。"

这下连明月姐姐都开始回忆了:"于将军,我也记得,你曾经还跟我提起过一个武教头……"

于今挥手打断,面色实在难看:"行了,不要再提了,但凡和我有一丝感情线的男子,最后都去伺候那个地位很高的男人了。"

姐妹们互相交换了一下眼神。陆万嫌忍了忍,还是没忍住,吐槽出声:"真没看出来,你可真是慈悲为怀!"

"反正我喜欢过的人都出了家,实在没办法帮你。"于今苦笑道,

第六章 绣球招亲

"阿嫌,你再想想,就没有别的路了吗?"

陆万嫌一听,情绪就十分低落,脸色也十分阴沉,她思忖道:"条条大路都是挨骂路,不是被百姓骂,就是被姨母骂,还要被世家子弟骂,甚至还会被外祖父打。现在看来,只有绣球招亲这招比较稳妥了。"

众人异口同声道:"绣球招亲?"

"对,姨母给了我两个选择,一个是施行'禁婚令',大家都别婚娶,让我先选人;二个是绣球招亲,一切交给命运。反正看她的意思是,只要我被困于内宅掀不出浪花,整个汴梁的天空都能多放晴几分。"

"皇后娘娘说得对啊……"姬雀突然脱口而出。

陆万嫌立即又瞪了过去:"喂!姬史官,你到底还能不能行了?!我强烈怀疑,你是我的仇家派来抹黑我的!"

"怎么可能,我这么贵,你的仇家可聘用不起。"姬雀一笑,心想根本就不需要别人来聘她,正所谓"不入虎穴,焉得虎子",不混入陆万嫌身边,焉能抹黑得全面而真切呢。

她又出主意道:"陆万嫌,其实我有一个妙招,你随便听听好了。嫁人于你而言不过就是儿戏,你打心眼儿里没这个想法,但形势所逼,又不得不从。既然如此,不如像话本里写的那样,你来玩一场假成亲。"

明月浅笑道:"想不被拆穿的话,就让那人去抢你的绣球,让缘分加深几分,谁看了都会觉得真。"

姬雀又道:"对啊对啊,等过上几年,风头过去了,你再与那人和离,从此两不相干,继续快活似神仙。"说着,她又似想到什么,打了个响指:"哦对了,这期间,你可别突然爱上了他。"

于今身为武将,此时不解地插话:"为什么不能爱,爱上不就成了佳话?"

"我姬雀博览群书,阅话本无数,这种事多半没有好结局,若中途产生爱,就又会多出十万八千字的麻烦剧情。"姬雀看着陆万嫌的眼睛,诱导道,"陆万嫌,你的人生宗旨不就是要成为一匹孤傲的狼?"

"你的形容词真是……"陆万嫌都有点词穷了,这个姬史官,怎么满脑子的话本。

于今撇嘴不赞成道:"假成亲的男女最终走到了一起,这样的故事我还是很喜欢的。"

姬雀恨铁不成钢道:"什么都喜欢只会害了你!"

陆万嫌抬手向下压了压,示意大家安静:"我觉得姬雀的这个办法已经是目前最好的选择了,假成亲总比真嫁人强。夫妻二人之间也能互不影响。"

明月提醒道:"办法可行,但是那个人选极为重要,不仅要保证他不会将真相说出去,还要保证他的人品。若人品欠佳,不够了解他,怕是要坏事。"

对,假成亲的人选极为重要。要找个知根知底也同样有假成亲需求的,最好两人还是朋友。

陆万嫌脑中闪现出一个人名,姐妹们的默契也在同一时刻发生碰撞。她眼珠一转,于今就开口打断道:"可别了,翟不缚那人靠不住,武力值太差了。他一出手就是十八连招,但是伤害为零,然后还给自己累够呛。你跟他假成亲,他都护不了你。"

姬雀也一脸赞同:"那人确实不行,整天话多又聒噪,就跟掉进尿盆里的偏光绿豆蝇一样没完没了,把人能烦死,你找他办事,不靠谱。"

明月浅笑嫣然,她怕是世上唯一会给翟不缚说好话的人了,但只见她也摇了摇头,道:"我觉得翟公子出手蛮大方,而且好像也有点脑子,估计不会答应这事。"

"管他呢。"陆万嫌心里已经有了谱,挥手让大家速上牌桌,"打牌打牌,人生不如意,牌桌快乐多!"

于是四人上了牌桌,开始厮杀。

不料情场不如意,赌场竟更加不得意。这天陆万嫌一人输钱,其余三人眼睛都赢绿了,特别是姬雀,看见陆万嫌从鞋垫底下搜刮出最后一枚钱币时,高兴得整个人都泛出光来。

第七章
往事依稀

陆万嫌回去后,又想了两天,从日头高悬想到星辰满天,终于在太阳重新升起的时候,她认定这个离谱的绣球招亲计划,还得是翟不缚这个离谱的人来陪她实施不可。

她让灵璧把翟不缚叫过来,结果灵璧过来回报说,翟公子闲来无事,去了勾栏听曲。

他不是说过要随时盯住栾树吗?还说要盯到人家头七过完,这会儿就放弃跑去勾栏了?看来,这男人的话是一句都信不得!

陆万嫌对灵璧伸开了双臂:"行,更衣吧,我去勾栏逮他。"

灵璧赶紧帮陆万嫌穿好外衫,又拿起一条腰带给她系在腰间。陆万嫌下意识地一摸,腰带上珍珠、翠石、玛瑙带来的异样触感,提醒了她一件都快要被抛诸脑后的事情——

对了,还没有还腰带!

万一真跟缪临说得一样,这是一条求爱腰带,不管徐庚寅打的什么鬼主意,她留着都太过不合适。唉,她自己的事情都够令她头大了,万万不可再节外生枝了……

陆万嫌出了房间,看见灵缇端着一个小盆在院里走着,她原本都经过灵缇了,又退了回来,将灵缇叫住:"里面装的什么东西?"

不识郡主真面目

灵缇回道:"回郡主,栾树这两日受了风寒。奴婢想着,人家住在府里,好歹要伺候周到,就擅自做主帮他倒下药渣。"说完就像害怕陆万嫌骂她一样,赶紧又补充道:"栾树和翟公子可不一样,他没有提过要求,是奴婢自己想做的,郡主千万别生气。"

陆万嫌还真没生气,她吹了一声口哨,将倦野唤了进来:"倦野,快,趁热把这药渣给神医端去,让他查一查这是不是治风寒的。"

倦野接过灵缇手中的小盆,看了看陆万嫌,试探着问道:"郡主是不信任栾树吗?"

"这年头有谁可信啊,小心驶得万年船,你们都给我记着。"

反正查一查也不碍事,宁可错查一千,不可错放一个。再说神医每月受她照拂,领着郡主府的月钱,就应该多干点活才行。

倦野点头,领命退去。陆万嫌又夸了一下灵缇:"你做得不错,好好伺候,有什么异常都要如实汇报来。还有,像这种偷药渣的事,以后要经常做。他的那些什么废稿纸啊,你没事也偷偷。"

灵缇像领了什么大任务一样,神情严肃地点了点头:"遵命,郡主!"

陆万嫌没有去过徐庚寅家里面,上次也只是在他家后门遇见,还好记忆力好,她拿上腰带,又熟门熟路地摸了过去,在门口敲门。

她敲了三下,等了一会儿,又敲了三下。院内却一点回应都没有,好似没有人在家。陆万嫌眼珠一转,这可是调查徐庚寅的大好时机,只要是接触她的男人,她一个都不能漏查。毕竟屈夫子跟她说过,印鉴的主人一定会来找她,还让她不要相信任何人。

陆万嫌几步攀上墙头,利索地跳进了院子。

她这副身手都是被外祖父逼出来的。曾经被关禁闭太多次,她每次偷溜出去都得钻狗洞,钻着钻着就觉得此举委实不雅,后来她开始利用绳索爬墙,爬着爬着就越发熟练,最后竟可以无需助力,说上墙就上墙了。

徐府庭院里杂草丛生,放眼望去,有一种颓败感。但这又不是多年无人居住后呈现的荒芜景象，而像是有人刻意将其打造成这种特殊风格。

陆万嫌顺着回廊前行，走着走着就听见一丝动静，她小心翼翼地朝着声音传来的方向找去，便在汤池处看到了正在沐浴泡汤的徐庚寅。

她顿时半蹲下，缩回了脖子。

不行不行，她虽有浪荡的风评，但那都是假象，她可不是来耍流氓的。这要是被徐庚寅抓个现行，她就是长了一百张嘴也说不清了。

她蹲着转身，一步步缓慢地移动，生怕发出一点声音被徐庚寅察觉。但走着走着，脑子里就不由自主地重现了刚才看到的画面——

室内汤池白气袅袅，徐庚寅靠在池沿上，上半身几乎都露在外面，原以为病弱的身躯上竟然还有隐约的腹肌。他长着一双细长的眼睛，瞳仁幽冷，在清冷的光线中，折射出琥珀般的暗光，那眼尾处还缀着一颗小泪痣。

他的鼻梁很挺秀，面部轮廓不似汴梁人，倒是有些像外族人。浑身的肌肤也不似汴梁男子一样白皙，上面还布满了大大小小的疤痕。

这些伤一条条、一道道，若换个人承受，怕是小命早就没了，也不知道徐庚寅是怎么忍下这些痛楚的。

陆万嫌不由得心中一叹，唉，战场上刀剑无眼，她都可以想象到曾经残酷的画面。这人还怪令人心酸心疼的……

等一下！好像哪里不对……

陆万嫌猛然回头，又挪着小碎步移到了窗户下，头稍稍向上抬，悄悄露出了双眼。他的胸前好像有箭伤，箭伤和别的伤口不太一样，很是好认。细细数了数，一、二、三、四，他的胸膛上正好有四道箭伤！

陆万嫌的太阳穴好像被撞钟的巨木敲了一下，一时间嗡鸣不已，她额上青筋直跳，实在不明白这到底是怎么回事。太学北苑走水时，她恍惚中看到的中了四支箭的男人……难道就是徐庚寅？她没有眼花，也不是幻象……

不识郎君真面目

徐庚寅只微微抬了一下眼皮,就看到了那个窥视他泡汤的登徒子。

她像一只被惊到了的鹌鹑一样,呆头呆脑地定在原地,瞪圆了眼。本身她的眼睛就大,这样一瞪,更显得那眼神里充满了内容——三分迷茫、三分困惑、三分不解,还有一分痴呆。她的鬓发低垂,斜插着一枚雕花玉簪。只怪他视力上佳,将玉簪的细节都看得清清楚楚,上面雕的花是迎春花,这造型很有春意,所以窥视男人洗澡,是因为她胸腔春意涌动了?

两个人视线相撞,谁都没有移开,就这样僵持了半盏茶的工夫。

陆万嫌被当场抓包,脑海中浮现了两种想法。

一是尴尬。就像你在百花宴上小心翼翼地偷吃糕点结果被呛到,你好不容易缓过来后却与心上人四目相对时那样的尴尬。

二是窒息。就像你以为心上人要安慰你说他方才什么都没看到,结果却说你偷吃的样子很有趣时那样的窒息。

陆万嫌站起了身,冲着徐庚寅挥了挥手,想要挥去这些尴尬窒息感。

她还挤出了一个人畜无害的笑容,解释道:"徐庚寅,我发誓我真不是故意偷看你洗澡的,但就是巧了。其实做人啊,就是要勇于接受生命中突如其来的巧合,你说对吗?"

徐庚寅从汤池中站起身,陆万嫌几乎是第一时间就背过了身去。她的确说了要勇于接受,但就算是真的勇士也不能接受这突如其来的"美景"吧!

她在外面等了一会儿,徐庚寅终于出来了。他身着广袖宽袍,就连领口都是敞开的,乍一看,身上有一种似仙人般的冷淡。不过陆万嫌觉得,他领口敞开的角度随意中带着点可疑,多露一分显得轻浮,少露一分又显得迂腐。

在擦肩而过时,徐庚寅看了一下她手上拿着的腰带,上挑的凤眼里仿佛能瞧出一点漫不经心。他并没有说话,而是侧开了身子,朝屋子走去。

第七章　往事依稀

陆万嫌追在他身后继续解释道："我说的都是真的，我根本没有必要觊觎你的肉体，你那臂上的肌肉都没有我的结实，腹肌也差了点意思。还有这腿，太细了，你应该每天加上一个时辰锻炼……"

她的话说出去，就像飘去了云端，根本收不到任何回应。徐庚寅目不斜视，听若未闻，继续走着。

啧啧，陆万嫌觉得他可真高冷，连句称呼都不说，更别提笑容了，搞得她也想学学如何扮高冷了……

但是好像又不太行，个子高的人才叫高冷，个子矮的那叫冻矮子。就她这个头，还是算了吧……

天空变得阴沉起来，满天乌云吞没了日光。徐庚寅走到了檐下的茶案前，盘腿坐于蒲团之上。他拿起了一支竹夹夹住茶饼，放在茶炉上用小火烘烤着。

陆万嫌坐在了他对面，将腰带放在案上。她盯着徐庚寅，看着他不停地在火上翻转茶饼。等到茶饼表面出现一个个小气泡后，他又将茶饼抬起，与火苗拉开些距离，再慢慢焙着，等到茶叶舒展，又周而复始。

他很有耐心，也很安静，那双眼睛沉静如幽潭，又像是藏着万千情绪。他从始至终没有对陆万嫌说一句话，像是在等待着什么时机。

陆万嫌觉得自己应该先铺垫一下，于是开始尬聊："你这炉子里用的什么木柴，烧起来挺好闻的。"

"炙茶时，炭火最好，柴火次之，而柴又以桑、槐、桐、枥木最好，我用的是枥木。"

"不是说炭火最好？怎么不用炭。"说完，陆万嫌才想起来，自问自答了一下，"哦对，你没有钱。"

徐庚寅已经将茶饼上的水分全部烤干，又将它放在了茶碾中捣了几下，再放入水中煮着，接着才徐徐说道："煎茶时用山泉水最好，江水次之，井水为下。我用的是井水，因为……"他故意一顿，轻声道，"我没有钱。"

不识郡主真面目

陆万嫌眼看他轻弯了一下唇角，浅色的瞳眸现出一丝光亮，但那浅淡的笑意很快就消失了，就如同被微风吹皱的湖水，仔细看去时，已经恢复了平静。

她甚至觉得是自己眼花出现了幻觉。难不成是自己刚才说错了话，戳到了他人的痛楚？

但又应该不是，因为徐庚寅腰板挺直，没有半分自惭形秽。虽然他的衣衫、木簪还有这满案的茶具都不名贵，但他浑身流露出来的感觉完全是沉浸于茶道之中的。

他没有梳头，头发都披散在后背上，有几缕不听话的头发扫在他那近乎完美的锁骨上，一晃一荡的，勾得人心里不舒服，想伸手帮他撩上一撩。

陆万嫌觉得自己的脸颊热得有点发烫，于是别开脸去，看着院中荒草岔开话题道："你院里的杂草都及腰高了，是因为没钱请下人吗？不然我叫人来给你除了这些草？"

"不必了。"徐庚寅侧头朝院中看了一眼，但眼神没有聚焦，就像是看到了庭院外很远很远的山上，"那些并不是草。"

"啊？"

"那是回忆。"徐庚寅看向陆万嫌，语音清淡，"郡主就不觉得，身在这杂草之间，恍然有一种驰骋草原之感？那年我骑马飞奔，牧草疯长，只要有风吹来，就能闻到自然的香气，让我甚是怀念。"

他说的那年，肯定是他陪父亲行军打仗的那年。陆万嫌可以猜到，但这个话题她不知道该怎么接，毕竟感觉这是一件极为忧伤的事。

完了，她突然醒悟，徐庚寅这个厌世的态度还能不能改了，怎么三两句话就把她也带得伤感了起来。

没多久，外面就淅淅沥沥地下起了雨，他们二人坐在檐下，煎茶听雨，倒是很有意境。

这么看去，徐庚寅真的很适合雨天。倒不是说他整个人阴恻恻的，而是总感觉他在雨打屋檐的滴答声中，四肢更为舒展，姿态也更为闲适，像是少了一分对过去的怨恨。

"你在汴梁开心吗？"他突然问道。

陆万嫌几乎是下意识地回答："开心啊，为什么不开心？"

徐庚寅垂下眼眸，又道："如果是真的开心，那郡主这一生被保护得很好，心境单纯；若是伪装出的开心，那郡主就与我是同路人了。"

谁与你是同路人了？你连伪装都不伪装，就没有开心过好吗！但凡有人看见你这半死不活的作风，都会想要劝你好好活下去，不要中途放弃……

陆万嫌目光熠熠，心想这家伙的言行举止，都太迷惑人了，几百个问题哽在喉头，又不知该不该现在问。

待茶水沸腾之后，徐庚寅将碧色的茶水倾倒在茶碗中，递给她："趁热喝吧，这会儿茶汤中的浊物凝下，精华浮上。茶冷后，精华便会随气而散，饮之无味了。"

陆万嫌拿起杯子闻了闻，刚要喝，又问了一句："这茶里不至于有毒吧？"

徐庚寅笑不可抑："郡主试试就知道了。"

"谅你也不敢谋害本郡主。"陆万嫌品了一口，又品了一口，这才咂摸咂摸嘴道，"这好像是大泽山雨后的第一批雪芽，我真是好口福。你哪里来的钱买这个？"

"招待郡主，自然是要奉上全部身家。"

他这嘴倒也蛮甜的啊，可又是瞪她，又是对她甜言蜜语的，这人怕不是脑子病吧？

徐庚寅又接了一句："我竟不知郡主也会品茶。"他这语气中有着一丝诧异，像是觉得陆万嫌必定不可能如此高雅。

陆万嫌笑道："拜托，纨绔子弟平日里不就是吃吃喝喝嘛，喝多了自然就能品出好赖了。不过我不喜欢茶，我喜欢酒，越烈的酒我越喜欢。"

他像是笑了一下，那一声很轻，含在他的唇角："酒啊，又有什么好呢？"

"也对，酒并不好，很伤身体，它不过只是一个宣泄的工具而已。"陆万嫌用自己的茶杯扬了扬，像敬酒的模样，接着一饮而尽，感慨道，"非我饮酒酒饮我，非我赋诗诗赋我，一切由它不由我。"

徐庚寅若有所悟，漫不经意地敛了目光，藏尽眼底情愫，又给自己倒了一杯茶。

他纤细的手指无意识地摩挲着茶杯沿，缓缓说道："嗯，非我思乡乡思我。"

"说起思乡，你不是汴梁人对吧？"陆万嫌将茶案上的腰带推了推，"缪临说，这是巫溪族的求爱腰带，徐老将军是汴梁人，那你母亲就是巫溪族人了？"

"郡主说得没错。"

"那你为什么要送我一条求爱腰带呢？你爱我吗？"

她直白地问出这个问题，没有一丝害羞。因为她是真的不明白，明明他们之间没有过多的交集，从何处来的爱？无爱的话，搞这些暗送秋波的小动作是要做什么？

徐庚寅听了她的问题，突然就咳嗽了起来，一时半会儿都没有停下，他的脸色也随着咳嗽声越来越红。真的是一说到关键时刻你就犯病啊……陆万嫌心好累。

见他脸红得异常，陆万嫌还是用手背抚了一下他的额头，传来的温度实打实地告诉她，徐庚寅又病了，他发烧了。

徐庚寅轻轻拂下陆万嫌的手，有气无力地道："我没事的，郡主，只是今天没吃什么，身子有点无力罢了。"

"啊？那为什么不吃呢？"难道是要绝食自尽？

不过后半句疑问她没有问出来，生怕对方没这个意思，反而被她提醒了。

"不太饿，就忘了吃。"徐庚寅又给自己倒了杯茶，刚要抬起茶盏，就被陆万嫌一把按住了。她恨铁不成钢地道："你身体都这么差

第七章　往事依稀

了,还空腹喝茶,这是在作死,你知道吗?你等着,我去给你搞点吃的!"

没等徐庚寅回复,她就起身去找徐府的厨房。

陆万嫌认为自己平常也不是这么善心泛滥的人,但不知为何,看着别人在自己眼前作践身体,她看不下去。

尽管没什么厨艺可言,但下一碗素面还是不难的。陆万嫌挽起袖子,从揉粉和面开始干,最终搓出了一块好面团,她又将面团用擀面杖擀薄,用刀划成一条一条的。

灶台上,锅中的热水已经滚开,陆万嫌将面条拽长,下进锅里。徐庚寅不知何时已经站到了她的身侧,感慨道:"想不到郡主还会……煮面。"

他今天应该是有好几个"想不到"了,毕竟陆万嫌看上去就是那种十指不沾阳春水、只会张嘴吃饭而不会下厨的人。

陆万嫌不以为然道:"煮面又有什么难的?水开下面,面熟捞出,傻子都会。"难的明明是和面好吗?一般人可和不出这般光滑又有韧劲的面团,可惜他夸错了地方。

徐庚寅这副安静的样子让陆万嫌有了教学之心,管他会不会,先传道授业再说!她徐徐地道:"你知不知道要怎么看面条熟没熟呢?"

"还请赐教。"

"我教你,看着啊。"陆万嫌边说边做着相应的动作,"你中途夹起一根,往墙上这么一甩,它只要挂住了,就证明这个面条熟了。"

与此同时,被甩上墙的一根面条滑了下来,没挂住。陆万嫌示意道:"看,现在还没熟,得等一会儿。"

徐庚寅瞬间微眯起双眼,神色充满着不信任。

片刻后,陆万嫌又夹起一根面条往墙上一甩,面条挂住了。她大为得意:"这就熟了!简单不?!本郡主亲切地给它起了个名——挂面!怎么样?"

夸赞的话徐庚寅说不出口,只能用提问来替代回答:"可每次都要这样挂面……会不会有点费墙？"

陆万嫌抓了一把盐洒进锅中，毫不在意道："等面条干了，你再去抠就行了，不会费墙。真要说……就是有点费指甲。"

面煮好后，陆万嫌又觉得这一碗素面清汤寡水的有些惨淡，很没有食欲，也有点不吉利，于是她就又往里面加了点辣椒调色。

当她将这碗面放在徐庚寅面前时，徐庚寅皱起眉头，有点迟疑。陆万嫌问："怎么了？吃啊。吃一点身子能热乎一点，你在发烧，你知道吗？"

"郡主对我可真是……"

"别别别！"陆万嫌赶紧抬手打住，"我对你没什么想法，我心头还有疑问要问你，你吃点东西缓一缓，咱俩继续聊。"

徐庚寅垂下头，闭目深呼吸了一下，这才重新睁开眼，拿起筷子开始吃东西。

"味道怎么样？"她问。

徐庚寅点评道："一般，若是在外面的面摊上吃到，我应该不会去吃第二次。"

"喂！"陆万嫌被痛心一击，捂住了胸口，"你倒也不必这么实诚，有时候善意的谎言会让生活变得美好，知道吗？"

徐庚寅没再说话了，静静地吃面。起先，他是缓慢地一口一口吃，脸上的苍白之色也渐渐褪去，气色也从"下一秒就要翘辫子"恢复成了"暂时不急着死"的样子。

随即他就加快了动作，口中的还没咽下，另一口又塞进去了。

一抹清甜的笑意在陆万嫌的嘴角漾开，看吧看吧，这人吃得多香，就说明她煮的面有多好吃，她本就天赋异禀！

徐庚寅在吃面的空余，抬眼便看见了陆万嫌正双眼亮晶晶地看着自己，竟还有几分少女的娇俏憨甜。他一时心神微动，急于掩饰，便不小心被呛住，连连咳嗽起来。

幸好陆万嫌手疾眼快，朝他的后背大力拍了几下，终于让他把喉咙中的一片辣椒皮咳了出来。但陆万嫌却更惊了,她两眼一花,差点就把红色的辣椒皮看成了血,心下顿时警铃大作,还以为这人要死在她手里了。

"你、你没事吧?"他怎么脆弱得像只蚂蚱,感觉一使劲就能给捏死?

徐庚寅摆了摆手,但经过刚才的一番咳呛,他眼眶发红,一双瞳孔被泪水浸湿。这副样子真的很像强抢民男故事中的那个倒霉的"民男"。

陆万嫌一怔,一时竟不知所措起来,以前她"害"人时可没有这么重的道德枷锁,现在这是怎么了,愧疚之情都快要喷薄而出了。她不对劲,她很不对劲啊!

"呃……那个……不好意思啊徐庚寅,我不知道你不能吃辣。"

"没关系,平时我是能吃一点辣的,刚才吃得太急了。"

徐庚寅扶着茶案,似乎想要站起来,但突然身子一软,陆万嫌赶紧伸手去扶。他就那样顺势晕倒在了陆万嫌的怀里。

陆万嫌百感交集,病弱美男真的太麻烦了,这随时随地要吐血或者晕倒的男人,谁愿意来伺候就来吧。

她将食指弯曲含在口中,吹了一声口哨。倦野很快便飞身进院,冒着雨跑到了陆万嫌身边,他看了看徐庚寅,又看了看自家主子,很是疑惑:"小徐将军这是怎么了?"

陆万嫌叹了一声:"他发烧了,方才沐浴头发都没擦干,还吹了风,然后吃面时又被辣椒皮呛住了。但他也不应该说晕就晕吧,一点缓冲都没有,吓了我一大跳。"

"呃……会不会是辣椒皮还残留了一部分卡在他喉中,给他憋没气了?"

"不至于吧……"陆万嫌赶紧测了测徐庚寅的鼻息,还有气,但很是微弱,她忙吩咐道,"倦野,现在情况紧急,你赶紧去把神医带过来。"

"是，郡主。"

"对了，神医查了那药渣了吗？他怎么说？"

"神医说，这事他要亲自跟你汇报。"

陆万嫌点点头："那正好，直接将他带过来。"

倦野领命，又奔向雨中。

陆万嫌拉起徐庚寅的胳膊架在自己肩膀上，艰难地将他扶回房间，安顿在床上。那床刚一负重，就发出"嘎吱"的声音，陆万嫌诧异地看向床下，又伸手摸了摸，才确认这是一张竹床。

竹床可以祛湿安神，还可以驱虫避瘴，就是那声音太响了，翻个身嘎吱嘎吱，做点什么事也嘎吱嘎吱，岐人都不怎么爱睡这种床。

陆万嫌环顾了一下徐庚寅的卧房，房内的布置很简单，隐约可以闻到一股药香。她四下找了找，找到一个木盆打了点水，用手巾浸湿些许，然后贴在徐庚寅的额上。

她看了看，仍觉得不够，又去找来三块手巾，浸湿后在徐庚寅的左脸、右脸上各贴一块，最后又将他的嘴唇和下巴贴住。好端端一张病娇容，瞬间就只留下一对能出气的鼻孔，看上去格外搞笑。

但陆万嫌笑不出来。

这个神医怎么还不来，天都黑了，他到底在磨蹭些什么？

正想着，神医便提着药箱姗姗来迟，还带着满身的酒味儿。陆万嫌的右脚蠢蠢欲动，恨不得马上给他一脚："你又因酒误事！他要是死了我可饶不了你！"

神医放下药箱，不满道："我在医馆忙得脚不沾地，这满身酒味儿不是我的，是有个病人吐我身上了。"

"你最好别骗我。"

"哼。"神医还有了脾气，"我最希望我那小小医馆无人问津，百姓健康长寿。到时我就捧着闲茶一盏，在花下偷眠。郡主一叫，我就前来，来钱还快，岂不爽哉。"

陆万嫌拍了神医一掌："少废话了，快点看看他怎么了？"

第七章　往事依稀

神医揭开徐庚寅脸上用来降温的手巾，控制不住地说了一句："郡主，你照顾病人还真是招数繁多啊，人家都只给额头放手巾，你给他包得就剩个鼻孔，好新颖啊。"

"你还有工夫笑？他要是醒不过来，我就把你门牙掰了。"

"又关我门牙什么事？！"

神医又是把脉又是四处乱摸，这才胸有成竹地从药箱中拿出针袋，对陆万嫌道："放心，这可是诸葛卧蚕出品的针灸套装，而我师从一个容姓老前辈，针灸技艺非常到位。若无意外，我扎针下去，他立马就可以睁开眼。"

"好，动手吧。"

但是神医听了指令却迟迟没有下针，反而一脸纠结。陆万嫌不禁又问："又怎么了？"

神医叹了一声道："郡主，你知道'无能为力'是什么感觉吗？就是当你牙缝里塞着东西，你的舌头明知道它在哪里，而你的手却抠不出来。"

陆万嫌皱眉："你突然胡扯这些有的没的干什么？"

"我现在搞不清楚你到底要干什么，所以都不知道到底要怎么医治？"

"就治啊，往好里治疗啊！"

"你让我给他治，但是你又给他下毒。上次我说要给他下毒，你骂我一顿，然后现在你偷偷下？你真的让本神医很迷惑，很难做。"神医的神色已经不是迷惑了，而是一脸匪夷所思。

"胡说八道什么，我哪有下毒！"陆万嫌刚要骂，突然迟疑了一下，"等等，你说他中毒了？确定吗？"

神医点点头："我是神医，自然非常确定，他不仅中毒了，而且中的是新鲜的、半个时辰内下的毒。"

陆万嫌蒙了，半个时辰内？那就只有他们二人在啊。谁给他下的毒？

只听神医又道："我刚进来时，看见门口案几上放着一碗面，

不识郡主真面目

色香味俱无,像是出自郡主手笔,所以有没有可能……他是食物中毒?"

陆万嫌心里像是有一座火山爆发了:"你个老菜帮!你可以侮辱我,但你不能侮辱我的厨——"她所有的唾骂突然就憋住了,话锋一转,改口道,"你说得好像有点道理。"

"你若不信,那面还剩一些,要不你去吃吃看?"神医提议。

"我才不要!"

"怕什么,反正我在,顺手也能帮你解毒。"

陆万嫌又捶了神医一拳:"你废话怎么这么多!赶紧给他解毒!不然小心你的门牙!"

神医继续聊了几句,深入了解了一下,才知道郡主的确没有对小徐将军起杀心,这次只是误伤。于是他给徐庚寅上了一排针,还掏出一颗比鹌鹑蛋还大的药丸,道:"吃下此药,他很快就会好起来的。"

陆万嫌接过药丸,塞进徐庚寅口中,但他怎么都不咽下去。

神医上前一步,抬手阻拦,他生怕陆万嫌会用嘴喂药,他年纪大了,实在看不得这个。没想到下一瞬间,陆万嫌用手刀砍了一下徐庚寅的喉结,徐庚寅条件反地射吞口水,直接将药丸咽了下去。

神医:"……"

陆万嫌办完这事,还得意地回头向神医传授经验:"那些话本里喂不进去药时,他们都要嘴对嘴喂,简直蠢爆了!相信我,一个手刀砍喉结,就没有咽不下去的东西!就是塞只鸡,我马上都能给他送进胃里!"

神医被逗笑了,对着陆万嫌一拱手,赞道:"这种办法,也只有郡主你能想到。"

"废话,本郡主的聪明才智岂是一般人可以企及的。"

"说到这里,我就不得不佩服了,郡主向来疑心重,没想到还真被你疑对了地方。"神医凑到陆万嫌耳边,用手掌遮住一半嘴巴,说起了悄悄话,"你送来的那药渣,的确不是治疗风寒的,是治疗内伤的。"

第七章　往事依稀

内伤？栾树一个太学学子，天天读书苦学，和谁打过架？她怎么不知道？他哪里来的内伤呢？为什么又不说，还打着治风寒的名义偷偷疗着伤？他在怕什么？

难道栾树也不信任她？

可是不应该啊，她已经表现得很值得信任了啊。

陆万嫌瞬间满腹疑问。

"行，那我完工了，就先走了。"神医道。

陆万嫌看了看床上的徐庚寅，又看着神医利索地收拾小药箱，快速地想着留下对方的借口。但神医仿佛早有预料，直接抬手一挡："郡主莫开尊口，我只管治病，不管陪床，应该留下来照顾他的人是你。"

陆万嫌的苦胆都要呕出来了："可……这孤男寡女的……我亲自照顾他不太好吧……"

"有什么不好的？你又没有什么名誉可言。"神医说话越发放肆，"再者，事情因你而起，你要是良心尚存，是该留下来善后的。"

陆万嫌还没想好怎么反驳，神医又像突然想起来什么似的，对她一拱手说道："对了郡主，我想跟你说一下，我二大爷大后天掉坑里摔断了腿，我要请假三日回去陪他，就不能随叫随到了。这期间你若把人搞伤了搞残了，就只能自己解决，你悠着点。"

见神医撒谎都不带喘气的，陆万嫌真想长出一撮胡子，好供她此时吹胡子瞪眼用，她斥责道："你家摔断腿都是预约的吗？"

"是啊，很奇特吧。"

"有病吧你，想休息直说就行，干吗拉你二大爷垫背？"

"我就是怕你误解我公私不分，有亲人出场，起码占个'孝'字。不说了，本神医去也。"

说罢神医踏雨离去。

夜幕深沉，雨又下得更大了。陆万嫌回头看了一眼在床上昏睡的徐庚寅，心头一软，怎么也做不出将病中的他独留在此的事情来。

神医说得对,她还良心尚存。

要不是这该死的良心,她也不至于走到今天,成为一个言不由衷的双面郡主。

陆万嫌又在徐庚寅的床边坐了一会儿,见他没有要醒来的意思,心思便活络起来。她悄悄将房间箱柜都翻了翻,又溜去别的房间四处查探。

徐府没有下人,特别安静,陆万嫌转着转着,满脑子都是"殡葬馆"三个字。

经过祠堂的时候,陆万嫌脚步停顿,想着也应该去给里面的徐老将军上炷香。她听说过昊龙口一战的惨烈,也佩服徐老将军的治军和谋略。

他带领的那支岐军,当年与北荣骑武军在昊龙口缠斗数月,一直未分胜负。虽然岐军粮草业已耗尽,士兵们也已尽显疲态,但在独具英雄气质的徐老将军的引领下,他们依旧意志坚定,将草皮扒光了来顶饿,甚至用沙土果腹。他们就这样一直全力抗敌,一直坚信大家只要再撑一下,后方的粮草和援军就会到达,就会将北荣骑武军击退,就能还岐国一个安稳的边境。

但是直到最后,他们都全军覆没了,援军却还没有出发。那些死去的将士,不仅仅是为护国而战死的,有的甚至是被活生生饿死的,真的非常惨烈。

当时很多人都在骂朝廷中有逆党,故意延缓援军的出发,后来陆万嫌的外祖父查办了一些军队贪腐事件,又因延误军情革了几个将军的职,杀的杀,斩的斩,才暂且平息了民愤。可是已经于事无补。自那场战事后,徐家也彻底失势,仅剩的这个小徐将军也因伤重一直病弱,彻底退出了官场。

陆万嫌迈入祠堂门槛,拿起案几上的三根香点燃,拜了三拜,这才将香插入香炉。

徐老将军的牌位上一丝灰尘都没有,案几上供果糕点一看就是新鲜的，定是徐庚寅在日日照看。他的孝心时刻伴随着苦痛，每一次上香，估计就会梦回亲友同伴惨死的战场之上。他活着，但又没有完全活着。

陆万嫌心思一转，想要去看看徐老将军的房间。曾经荣耀加身的徐府，现在已经褪去了所有光环和威仪，好在那房间并不难找。

她推开房门，看到了墙上挂着的一幅画，上面有笑容慈爱的徐老将军和刚入军营的徐庚寅。徐庚寅剑眉朗朗，姿态轩昂，像松鹤般挺拔，怀有满满一腔斗志。

陆万嫌又在房间内转了一会儿，随后就在衣柜深处找到了她想要找的东西——太学北苑大火那日，她在幻象中看到的旧式黑色盔甲。细细一摸，胸前的四个箭孔也越发证明了她的猜想。

不知为何，她控制不住地将黑甲套在自己身上，耳边仿佛传来了战场上的刀剑厮杀声，她沉浸其中，深深共情。

她知道，有这个东西的存在，徐庚寅就绝对不可能是病猫。他怎么可能因为病弱而安心认命？若是陆万嫌自己遭遇此事，但凡有一线之机，此仇也必将要报！

可是当时延误军情的人都已经偿命了，他的仇又将向何人报呢……

她的鼻腔传来一丝淡淡的香气，她仔细地嗅了嗅，还是没闻出来这是汴梁的哪一种香料，清幽寡淡，却无法让人忽视。她低头又闻了一下，更加确认这香气是黑甲上传来的，好像是一种墨水和宣纸被午后的日头照过的味道，里面还带着一丝丝桂花味儿……

有什么思绪直击大脑，陆万嫌身体都要僵硬了。

在太学北苑的火场中，她去救栾树时闻到的迷烟不就是这个味道吗？！当时她还在想这种味道的迷烟好特别，根本不像汴梁人常用的。难道就是徐庚寅的？！

所以，他在现场？

他要杀栾树！

不识郡主真面目

"不重吗?"

突然听见一个声音,陆万嫌吓了一跳,回身一看,就发现徐庚寅半倚在门框上。他颔首低眉,正有些慵懒地看着她。

他的眼神里并没有反感,也没有丝毫意外,因为胡乱翻别人家的东西正是纨绔子弟能做出来的事。

陆万嫌眼里的防备如刀锋,一点都没有要隐藏的意思,但她也不敢打草惊蛇,只能故作镇定地回道:"还行。"

徐庚寅又道:"要是觉得热的话,就把盔甲脱掉吧。"

"不行!我怎么能在你面前丢盔弃甲!"陆万嫌脱口而出,果断拒绝了。

徐庚寅有点被逗笑了:"丢盔弃甲这个词好像不是这么用的……"

陆万嫌眉毛一挑:"我想怎么用就怎么用,怎么,你是在质疑我没文化?"见徐庚寅没吭声,陆万嫌又问了一句,"说啊,继续说,别沉默。"

徐庚寅摇摇头:"我不说话,是因为郡主已经把天聊死了。不过郡主今天来徐府找我,热情如火,看在你的面子上,我愿意再重启一下新话题。比如说,方才我在半昏半醒时,无意间听到了你和神医的谈话。"

"无意"听到,这年头"故意偷听"都可以美化成这样了?就知道这个徐庚寅心思深沉!

"你听到了哪一句?"陆万嫌问。

"正好是你给我下毒那一段。"徐庚寅答。

陆万嫌抿了抿唇,解释道:"这全是误会。我们无冤无仇,我干吗给你下毒啊,你说是不是?"

"无冤无仇吗?"

徐庚寅这样一问,倒还真把陆万嫌给问住了,难道他们之间真的有什么仇怨吗?会不会是她放浪形骸做纨绔时,无意中得罪的人太多,把他给得罪了?

徐庚寅缓缓道出真相,也没有留什么悬念,就大大方方地说了出

第七章　往事依稀

来："郡主，如果我很计较你将我遗忘掉这件事，那我们之间的确是有仇怨的。"

他从胸口处掏出一方粉色帕子，递给陆万嫌，继续说道："那年我和人打架，你将我从水沟捞出，还将这帕子送给我擦脸，你都不记得了？"

一个长得不错的男人顶着这样的眼神望着陆万嫌，像是在讨她乱掷芳心的情债。换了任何一个女人，都会对此疯狂心动，但陆万嫌不会。这个徐庚寅有可能就是要害栾树的人，他此时突然扯回忆拉关系，到底有何企图？

当然，她同时也在大脑中不停地搜索"水沟"这个关键词，但完全毫无头绪。她这个汴梁纨绔不把人家踹入水沟就算了，还能从水沟里捞人，完全不是她的作风啊，徐庚寅该不会是在诓她吧？

陆万嫌接过帕子，左看右看翻来覆去地看，发现这的确是她的帕子，因为右下角还绣着一个"嫌"字，她越发糊涂了。

徐庚寅双眼微眯，无论如何，被人遗忘都不会是一件快事。

他还记得，那是个迎春花盛开的时节，天蓝如水。那时他意气风发，还是个桀骜少年。因为自小过得太过顺遂，他锋芒毕露，从不肯俯首，也不肯迁就；又因常在军营，习得了一身武艺，他搬去汴梁后看谁都不顺眼，一言不合就与人切磋干架。

那日他没找到感觉，被对方以多欺少，打进了水沟。耳边传来的全是嬉笑声，他感到很是丢脸，不想面对，甚至想烂在这水沟里。接着陆万嫌亲自下水，拽着他的手将他捞出。

他悄悄打量着她，她长着一张圆圆的小肉脸，眉毛如新月，一双杏眼也圆圆的，但是从里面透出来的眼神却格外坚定。她瞥了一眼那些看热闹的闲杂人等，轻轻哼了一声，带着浓浓的责怪之意。

她这副样子仿佛浑身都闪烁着正义之光，马上就要去为他鸣不平一样。徐庚寅知道她误会了，虽然那些人打他一个不公平，但还算在切磋的范围内，他并没有被霸凌欺辱。

不识郡主真面目

可解释的话还没说出口,她就轻轻拨开他面前挡眼的湿发,温柔地说了一句风马牛不相及的话:"你长得这么好看,怎么这么爱打架啊,要当心,可别弄破了这张脸。"

徐庚寅是万万没想到,他以为她路见不平来救人,搞了半天竟然是为了这个?

那时,身边的人都在笑他,之前是笑他被打败,现在是笑他被汴梁女纨绔拉了手,将来定将匍匐于惜缘郡主裙下,去和她的众多男宾争宠。

少女就在他眼前,眼若朗星,笑比春光明艳。她毫不在意别人口中说着的那些流言,反而继续追问他道:"你平日都给脸上擦什么霜啊?皮肤怎么这么好,推荐一下呗。"

"你……"他甚至都说不出一句完整的话。

"你叫什么名字?是不是刚来汴梁不久?"少女浑不在意,对他道,"我是陆万嫌,千烦万嫌的那个万嫌,你也可以叫我惜缘郡主,我之前偷看过几次你们打架。"

"为何要偷看?"少年终于开口说出了完整的话,他的嗓音干净清亮,十分好听。

"废话!"陆万嫌拍了一下他的肩,"我要是光明正大地出现了,保不齐会有人不认真打架,就开始演了。"

看出了他眉心浮起的不解,陆万嫌继续道:"你可能不知道,那些男的嘴上嫌弃我拈花惹草,其实恨不得一个个投入我的怀抱。毕竟谁人不知建章王是我父亲,中宫皇后是我姨母,宰执大人是我外祖父,我家颇有权势呀!"

不知该说她单纯还是有心机,就这样对一个初见的少年交代了全部家底。她目光清澈,充满朝气,那一张红艳艳的小嘴开开合合,还在说个不停:"他们知道我最喜欢柔弱男子,万一故意打输受个伤,想引我怜惜,到时候不就麻烦了嘛。"

徐庚寅自从来了汴梁,从没人跟他说过这么多话,那些男孩子也看不上他的傲气,除了动手切磋,从不交心。但在这天,他突然觉得汴梁有点意思了。

"郡主既能看穿他们的诡计,肯定上不了当,又会有什么麻烦?"他真的旁若无人地跟她聊了起来。

少女摆了摆手:"哎呀你不懂,看穿是能看穿的,但是本能驱使,我还是会上前关怀的。然后外祖父知道我又在外招惹小郎君,就会揍我,他打人可疼了。"

说完,她就将自己的手帕塞进他手中,急匆匆地告别道:"你先拿着擦擦脸,我约了姐妹去听戏,就先不跟你说了。"

他们匆匆分别,他甚至还没来得及说出自己的名字。

后来他也打听了一下这个惜缘郡主,听闻她从小便闹得无法无天,日日在外面鬼混,惹得一身恶评,每一个爱她的男人都惨遭不幸。汴梁一百八十坊,一百七十九个都被她砸过。大家都说,她最喜欢挑事和看热闹,不仅打掉了同窗的门牙,还曾把马蜂窝塞到夫子的铺下。有一次她嫌打鸣的鸡太吵,一怒之下血洗鸡窝,连个蛋都没剩下。她坏得连茅厕里的苍蝇见了都要绕道。

不只这些,她在太学时,礼、乐、射、御、书、数,门门功课都倒数第一,樊宰执一度因此气得昏厥。

就是这样一个汴梁出了名的女纨绔,徐庚寅却不愿意相信他所听到的,他更愿意相信自己亲眼看到的。陆万嫌如果不善良,根本不会在众目睽睽之下去水沟捞他,替他这个新来的人解围;如果她真的坏,是不可能有一双那么清澈的眼睛的。

听完徐庚寅的讲述,陆万嫌还真有了一点印象,她隐约记得那一年的徐庚寅,脸上的笑意还很纯净,气质还很不羁。

陆万嫌缓缓地说道:"是有此事,那好像是你我唯一的一次聊天。"

"并不是。郡主啊,你真的是贵人多忘事。"徐庚寅的眼神像带着吸铁石,就吸在陆万嫌身上,显得格外意味深长,"在你十六岁时,我们还见过一面。"

不识郡主真面目

那时他已经在汴梁站稳了脚跟，身边有了三两好友，但因为军营管束很严，回城的时间实属有限。犹记得，他和战友们刚在茶楼包房坐下，自己放养的蜡嘴雀就被人一弹弓射下。

始作俑者正在窗下的巷子里，谈论的声音竟然还不小。一个男声说着："阿嫌，你好端端地打人家鸟干什么？"

又有一个女声道："这是那兵头子的鸟，我认得，怪只怪这鸟跟错了主人。"

男声又道："所以呢？"

女声明显有点暴躁："翟不缚，你说话能不能有点水平？咱俩干吗来的？不就是来出这口恶气的吗！汴梁近日来了一伙士兵回来探亲，那个兵头子可不是什么好东西。听说他看上谁就一把抓住对方的衣领说'我很欣赏你，当我的走狗吧'，结果——"

她重重地喘息一声，像是被气到了，果然男声就开始急促起来："结果怎样？"

"结果短短几日，他收狗无数，平时跟我混的，全都去了他那里！我就问你，现在再不出手干预，我还是人吗？！"

战友很快就将信息报给了他，打下蜡嘴雀的正是惜缘郡主陆万嫌和她的狐朋狗友翟不缚。战友们不惧权势，想要下去套对方麻袋，好好收拾一顿，这样做事不留痕，也能出气给蜡嘴雀报仇。

但没想到大家连想法都碰巧一致，巷子中的陆万嫌竟然也递给了翟不缚一个麻袋："翟不缚，一会儿干活认真点，务必要让那个兵头子的头与这个麻袋匹配上。"

只听翟不缚道："啧啧，明着不打，暗中套麻袋，世间竟有如此歹毒之事？"他话音刚落，就突然情绪转换，"还好你叫上了我。那兵头子叫什么来着？"

"名字不知道，但我认得他的衣服，穿得像只黄鹂鸟，好辣眼睛。"

徐庚寅低头看了看自己的衣袍，这是他回来探亲新换的衣服，就是想与汴梁的风格多多融合，没想到在她眼中自己竟成了一只鸟。

第七章　往事依稀

身旁的战友将指头捏得咯咯作响："老大，这两人竟也想套你麻袋，我去摆平！"

徐庚寅却摆了摆手："别急，就陪他们玩玩吧。"

当徐庚寅和战友们步入街头，刚经过路边摊贩支的布棚下时，就有一个石子射过来，切断了布棚的绳子。有人冲进布棚里，将徐庚寅套上麻袋，扛起来就跑。

他不是挣脱不了，但他想着马上就要与陆万嫌重逢，他很是期待她会对他说些什么。

但万万没想到，陆万嫌取下套在他头上的麻袋，第一句话竟是："怎么这么黑？"

身旁的翟不缚也附和道："对啊，皮肤黑穿黄色真的很难看，这家伙没什么审美啊。"

徐庚寅的心火顿时就上来了，陆万嫌把他忘了，不仅忘了，还说他黑。此时她圆圆的肉脸已经瘦下来，变成了小巧的瓜子脸，更加好看了。可说一千道一万，她凭什么说他黑？

在军营，他为了不被别人说自己是靠父亲的庇荫，一直很是努力，每日和战友们大汗淋漓，太阳暴晒，但他觉得很无所谓。直到那天，他才发觉古铜色的肌肤并不是汴梁人所喜欢的，而那个他觉得很是善良的陆万嫌，现在还真的有点讨嫌。

徐庚寅一言未发。

"他是不是因为涂了油彩才这么黑啊？"陆万嫌甚至伸手捏了捏他的脸，捏完后，她的双眼微微睁大，"是真黑。不过他脸好软，你捏捏。"

徐庚寅已经不想再听到"黑"这个字了。

翟不缚也在翻白眼："阿嫌，你是不是犯了癔症？说好要揍他，你揩油干什么？"说着，翟不缚也顺手捏了一下他的脸，双眼突然就瞪圆，他又捏了捏，捏了再捏，"果然好软！"

徐庚寅气得脸上能滴血，他推开翟不缚起身，正想说话，只听翟不缚又问道:"阿嫌,你说的兵头子是他吗?怎么感觉他好乖,都不骂人,是不是那个兵头子跟他换了衣服,拿他顶包啊?"

徐庚寅:"……"

就他俩这智商,太学夫子得愁死不可。

陆万嫌听了竟然还故作友好地凑近,询问道:"嗨,怎么没见过你,你是那兵头子带的走狗吗?"

徐庚寅不禁怀疑,自己真的已经黑到判若两人了吗?

他也开始胡说,来了一个入乡随俗:"我曾是逃荒的灾民,老大在半道上捡了我,给我吃喝,我才跟了他。"

陆万嫌蠢得竟然没有发现这是假话,还惊呼起来:"我的天啊,你的命运好凄苦,不仅之前活得苦,之后还没有遇到良主。不过还好,你的路还很长,你千万不要跟着那个老大误入了歧途。"

徐庚寅明白自己不该接话的,但他控制不住,偏偏接了:"那我该如何是好?"

"我给你盘缠,你跑路。"她自说自话,越说越起劲,"通常来说,你将来会成长为一个大侠,然后又会与旧主狭路相逢。旧主身边的女人必然美若天仙闪瞎了你眼,你会带着旧主来找我,丧心病狂地把我这个教唆你跑路的人捅死。接着旧主原谅了你,你就走上了潜伏夺美人的征途。"

翟不缚吃惊到眼珠子都快脱离眼眶跳出来了:"这哪里正常了?阿嫌,你脑子里成天都在想些什么玩意儿?"

"我倒觉得这个想法很有意思。"说出这话时,徐庚寅都觉得自己有点荒谬了。陆万嫌在他眼中滤镜已然碎裂,可他为什么还有闲心跟她胡扯这些……

"真的吗?那我们是知音了!"陆万嫌很高兴地握住了徐庚寅的双手,"你叫什么名字?!"

"徐庚寅。"

"那你老大叫什么来着?"

"他不重要。"

第七章　往事依稀

"说得好！"

二人双手交握，无声地对望。翟不缚都不想说话了，他的嫌弃无法言表，他甚至开口讽刺道："既然你俩这么投缘，干脆就地拜个把子吧。来，我给你们做个见证。"

"好啊，来。"陆万嫌很是激动。

翟不缚心想，她还真是有了新人忘旧人啊，他的心碎了。

陆万嫌带着徐庚寅并排而立，徐庚寅也随着她的姿势拱起手来。翟不缚恨恨地高声宣布："一拜天地——"

二人顿时双双看他。翟不缚不解："哪里不对吗？"

陆万嫌兴致全无，摆了摆手："得了得了不拜了，你的这个水平实在令人怀疑。咱们几个人里就你不靠谱。"

陆万嫌都想起来了，她好想掐自己的人中。

"你你你……"她话不成句，"我记性不好，你别生气啊。"她真的很担心徐庚寅会气得顺手把她给杀了，她还有好多事没完成，因为记性不好死掉，那可真的太亏了。

"郡主见过的男人犹如过江之鲫，记不住一个两个的，本来实属正常。但我们是差点拜堂的关系，郡主竟将我忘得干干净净，我很不理解。"徐庚寅的声音中明显带着点埋怨。

不仅是他不理解，陆万嫌自己都不太理解，但想了想，她觉得这事也不怪自己。

"你现在白了很多，不像当时那么——"

关键字还没说出口呢，徐庚寅就微瞪了她一下："我不想听见'黑'这个字了。"

陆万嫌确实不敢说了，她还是比较惜命的。

"那……那你跟我回忆这些，到底想干吗呢？"她问道。

徐庚寅沉吟了一下，站直身体道："那我便直说了，在巫溪族将自己的腰带赠予女子，的确是求爱之意。我偷藏你的画像，也是因为此意。我一直心悦于郡主，从第一次相见便已种下情根。我不求任何名分，也不求郡主对我一心一意，只求郡主能让我常伴身边，煮茶饮酒，闲话日常。"

有病啊，谁要将你这个潜在杀人犯放在身边啊！

陆万嫌是震惊着逃走的，她连伞都没打，一路冒雨小跑回了家。

徐庚寅这贼子真是深谙语言的艺术，好好的几句话硬是说得山路十八弯，还好她陆万嫌不是凡人，能绕出来。

他那话中有几分真几分假，她焉能不知，肯定都是假话！她才刚穿上他的旧式黑甲，才怀疑他不可能放下过去的仇恨，才闻到了那相同的迷烟残留味道，他就及时出现了，还扯了一大堆回忆，就是想转移她的注意力！他有问题！

再说了，她的行情怎么可能这么好？方圆十里之内，出现两个男人都爱女纨绔的概率还是很小的，除非是她的直系血亲在佛前苦苦求了几千年，才能让她这般祖坟冒青烟。

咦，她为什么要说"两个"呢……

人走后没多久，蒙面人就再度出现，他的语调低沉，带着一丝戏谑地打趣着徐庚寅："小徐将军，你的告白那么真挚，我都快要以为你真的如释重负，可以投入新的生活，和爱人白头到老了。"

徐庚寅看了他一眼，并不意外，也没有恼怒："如果是这样的结局，那就完全弱化了我的痛苦。我的余生早已燃烧殆尽了，就算大仇得报之后，也难再见到光亮，不是吗？"

"我也只是提醒你。北荣与岐国三年一签的和平贸易条约，如今正是续签之际，我们北荣二皇子已经带使团出发了，不日就将抵达，届时，还望一切计划如常实施。"

蒙面人顿了一下，又加重语气道："这个陆万嫌是樊惑的外孙女，樊惑做宰执多年，最宠这个外孙女，你可莫要棋行错招对她动了真感情，坏了你和二皇子的大计。"

徐庚寅的态度晦涩不明，只听他道："坏计的怎么能是我呢？谁能想到你们北荣做事如此不谨慎，惕隐都监亲自丢失蝰蛇印鉴，就不觉得离谱吗？"他轻笑了一下，"我要是你们二皇子，入驻大岐鸿胪寺之前，就先杀了惕隐都监去去晦气，就像当年我们开战前杀鸡祭旗一样。"

"你！"

"慢走，大人。"徐庚寅抬起右手掌，指向门外，冷冷地下达了逐客令。

屋内很快又归于平静，徐庚寅面对徐老将军的牌位，点燃了一炷香，默默地道："爹，这出好戏，您若泉下有知，就好好看着吧。"

话毕，他将香用力地插进香炉，神色阴厉。

第八章
非她不娶

缪临正在熟睡之中，突然梦见陆万嫌死了，他将她拥入怀中，悲伤到心神空虚，甚至说不出一句话，流不出一滴泪来。

陆万嫌在弥留之际，却并不在乎自己将死。她躺在缪临臂弯中，面色苍白，却不露悲伤。她一把抓住缪临的衣襟，将他拽到自己面前，语气虚弱地笑道："缪临，我没有做错事，我走的路无人理解，但我知道这是正确的路。唯有一点遗憾，便是不能回应你的心意。"

接着她亲了他一下，犹如蜻蜓点水，早就没了往日的霸道："还好，还能亲到，还好我死前还能亲到……"她闭眼时，一直在说着这些。

"嫌儿，嫌儿！"缪临如噩梦般惊醒，双眼迷离时便看见陆万嫌站在她床边。他以为自己仍没能摆脱梦境，于是猛地将人捞入怀中，紧紧抱着，再也不想让她离去。

陆万嫌快要被勒死了，忙提醒道："缪临，是我！快放手，你想勒死我吗？"

是陆万嫌的声音。梦可真是个奇怪的东西，梦里的花是假的，树是假的，亭台楼阁是假的，风雨四季是假的，刀光剑影是假的，夜街灯如白昼是假的，匆忙赶路的行人是假的，生死聚散都是假的，你抱

第八章　非她不娶

着的人也是假的；但是，身在其中，那一刻的悲喜爱恨却是真的。

真到仿佛是上苍怜悯世人，它窥探了你的潜意识，将其放大给你看。你在里面看到了自己的真心。

缪临察觉到一股湿意，这才借着月光看清楚，眼前的人并不是梦里要死的样子，但也好不到哪里去。他的卧房房门紧闭，窗户却大开着，外面还在淅淅沥沥地下着雨。陆万嫌浑身湿透，发髻凌乱，喘着粗气，脸上也不知是雨水还是汗水。

他从未慌乱着急过，却在这昏暗的夜里，慌得连声音都夹杂了一点沙哑。他急忙下床，拽着陆万嫌细细检查："你……怎么这个时候来，还翻窗？"

陆万嫌心中升起一丝无奈："得了，我知道你要说什么，我夜探男子寝卧，不自重，于礼不合对吧——"

但缪临说的却不是那句，他眉梢眼角俱是担心，倒不像是假的："出了什么急事？你受伤了没？怎么全身都是湿的？路上没撑伞吗？你的那个小府卫呢？他就不管你吗？"

"嘘！"陆万嫌一把捂住缪临的嘴，警惕地朝门口看了看，"你小声点啊，别把你爹娘吵醒了，到时候再把我打出去。"

缪临眸光微微一动，他拨开她的手，满腹疑问化作一句命令："坐下说。"

她浑身湿透了，哆哆嗦嗦的，缪临赶紧拿起自己的被子，全部裹在她身上。以往的洁癖在此刻全部化为尘烟，他甚至觉得自己的被子是不是不够暖和，接着又倒了一杯热茶塞入她的掌心，想要给她多一点的温暖。

陆万嫌听话地裹着被子，一屁股坐在了熏炉旁，她闻着缪临房间内萦绕着的小苍兰香，又看了一眼缪临。缪临此时身上只穿了白色的中衣，漆黑的长发披散着，垂落至腰，光是看看，就觉得双眼得到了滋养。

她总算是顺了一口气，乖乖地喝起热茶来。

缪临看着她，双眸就像覆盖了一层浅薄的雾一样。眼前的人安静得就好像一幅山水画,她湿漉的额前发,冷得有些苍白的脸蛋,微微发红的鼻头,明明全然无妆,却比浓妆艳抹更摄人心魄。

陆万嫌缓了一会儿,这才说出自己前来的目的:"缪临,出大事了,我知道要杀栾树的人是谁了,是徐庚寅。"

缪临蹙了下眉头。她大晚上冒雨赶来,并不是因为看清了自己的心,思念难抑,而是过来和他谈正事。他有点不喜欢这个谈正事的陆万嫌了,他还是喜欢那个嘴上不把门、经常撩拨他的女纨绔。

陆万嫌却沉浸在推理之中:"我去了徐庚寅家,找到了一些旁证。据我推测,栾树笔友的身份暴露了,徐庚寅得知后,觉得屈夫子将北荣印鉴给了栾树,所以想杀人夺宝!那么徐庚寅,就是那个藏在大岐想要叛国的人!他的动机就是报仇!他恨大岐朝廷当年迟派援军,导致徐老将军惨死沙场,所以才联合北荣,想要叛国搞事!"

缪临伸出手触及她的湿发,心中有些怜惜,却还是说了一句略带责备的话:"我说过了,不要贸然行事,一切都要听我指挥安排,你怎么还独自去招惹徐庚寅?"

"你这个人怎么这样子啊,我第一时间赶来,不就是告诉你我的发现嘛。你不夸奖我就罢了,还责怪我。"陆万嫌根本就没怕,继续说着,"还有,那个栾树也很奇怪,他不知道在哪里受了内伤,还用害了风寒遮掩,总觉得哪里不太对。"

"是吗?"他话中有一抹极难察觉的不悦,但很快就镇定了下来,"你是如何发现徐庚寅要杀栾树的?"

陆万嫌将今日在徐府的一切都跟缪临讲了一遍,缪临越听脸色越阴沉,但他完全没在关注其中的可疑之处,偏偏落脚点在:"他跟你表白?"

陆万嫌耸了下肩:"对啊,不知道他跟我说这个干什么。难不成他发现栾树没有拿北荣印鉴,其实是我拿的?他想接近我,想害我?"

缪临还在追问:"那他表白后,你怎么回复的?"

"不是……关注点应该是这个吗?"陆万嫌都快要服了缪临。

第八章 非她不娶

"我问你,你就说,不要放过任何一个细节,都讲给我听。"缪临抬起手,边说边戳向了陆万嫌的脑壳。他想让她听话一点,但竟然没把她戳动,她的身子摇都没摇一下,也不知道她哪里来的底气。

见缪临神色严肃,陆万嫌只能坦白道:"我没回复啊,我直接跑了。他说那么多屁话来撩我没用,这无异于愚公移山、精卫填海、螳臂当车!"

她的语气又升起了几分自豪感,夸起自己来:"拜托,我陆万嫌这辈子什么情话没听过?他那几下子是撩不动我的。"

缪临这才满意,点头给了她一个赞赏:"嗯,不错。"

陆万嫌被表扬了,马上就笑了,如果她有尾巴,怕是现在已经转成螺旋桨了。

缪临又思考了一下,叮嘱她道:"但我觉得此事没那么简单,你先不要声张,我们继续查,如果是他,定会找到实证的。但我希望……不要是他。"

陆万嫌一下子就听出了他神色与话语中的惋惜。这难道是对落难将军的惜才之情?这可不行。陆万嫌赶紧说道:"缪临,徐庚寅是嫌疑人,你给我清醒一点,要像我一样,不要被他的假象蒙蔽了!他以后说什么,我们都不要轻信!"

缪临拿起一块干手巾,站在她身后,想要为她擦去头发上的雨水。陆万嫌却愣了一下,不由得琢磨道:"缪临,你今夜有点怪。"

"怎么怪了?"

"如果是以前的你,看到我像落汤鸡一样脏兮兮的,第一时间就会讲——"她清了一下嗓子,学着缪临的腔调,"'礼义之始,在于正容体,先正衣冠,后明事理。'然后你就会教育我时刻都要仪容规整。但是今天你听我说了这么多话都没有教育我,你说你是不是很怪?"

她挑眉问他,他却心里一紧,仍嘴硬道:"我也不总是那样的。"

"啊对对对,缪大人人前人后有多副面孔,是我肤浅武断了。"

缪临没有理会她的揶揄,还是要去帮她擦头发,但陆万嫌却摆了摆手,起身道:"行了,不用麻烦,我都说完了,得赶紧走了。"

不识郎君真面目

缪临找来一把油纸伞，不管不顾地塞入她的手心："拿上伞，别再淋雨了。"

"知道了。"陆万嫌接过，又翻窗走了。

她来去如风，缪临坐在床畔，久久不能平静，就好像刚才做了一场梦，梦里还是那个眼眸明亮的少女，少女践踏过他的心，还不以为意，笑容依旧。

缪家府邸自有一番气派景象，入眼便是碧瓦朱甍、高墙深院。陆万嫌翻墙进来的时候还没觉得有什么，但打着伞跑到院中后，就觉得眼前的墙越发高了起来。

她抬头看去，正想着该先蹬左脚还是先蹬右脚，谁知缪府这时突然火光大亮，缪临他爹撑着伞，和一众提着灯笼的下人将她围了。

陆万嫌只听到对方大喝一声："大胆！何人敢夜闯缪府？"

不得不说，缪临他爹虽年纪大了，中气还挺足……

陆万嫌回过身，不好意思地一笑："伯父别激动，是我。"

缪参政顿时就有点脑充血，是陆万嫌！又是那个陆万嫌！

她现在的神情饱含歉意，再也没了白日里不怕天不怕地的模样，雨水从油纸伞边缘哗哗滴落，仿佛画下了一个阵法，压制了她平日所有的乖张。

"伯父，我身患梦游之症，我也不知道我为什么来了你家，我什么也没偷，什么也没拿，你明日可千万别上书参我啊！"

她不提还好，一提谁能想不到，她偷的不是物品，是缪府最宝贵的麒麟儿啊！缪参政青筋直跳，怒火一阵一阵向上暴冲，他大喊道："朝中毒瘤！毒瘤啊——"

陆万嫌心道，我一个芝麻绿豆大小的官，也不至于能抹黑朝廷吧，这缪临他爹惯会乱扣帽子做文章。她还没腹诽完，只见缪参政直拍大腿，又喊道："不，是汴梁毒瘤！"说完又立即改口，"不，是大岐毒瘤！毒瘤啊——"

这声线中满是悔恨，嗓子都喊破了音。陆万嫌就在这一阵阵唾骂

第八章 非她不娶

声中,地位连升三级,从一个小害虫变成了国之蛀虫。

"毒瘤!你若再敢来此侵犯我儿,老夫不能打断你的狗腿,但是樊宰执定能打断你的狗腿!你且等着看!"

陆万嫌听得耳朵要起茧子,"毒瘤"两个字都快要听不懂了。唉,也不知缪临那么温润如玉的性格,他爹怎么那么能骂?

陆万嫌把伞一扔,三下五除二就翻上了墙头。在从墙头跳下前,她又回身看了一眼,此时缪临已经闻声而来,扶住了缪参政的胳膊,视线也正朝她看过来。

陆万嫌觉得自己不得不说点什么,也算是为缪临、为自己解围。

"伯父,近期我就要跟别人成亲了,我保证不会再来你家找缪临。明日我还可以给您赔礼,答应我,一定别再上书参我啊!"

缪参政好悬没喷出血来:"谁稀罕?你的话谁能信?"

爱信不信!

这老爷子明明官拜参知政事,是二品官职,在朝廷有些地位,但怎么这么冥顽不化!官家对他就没有意见吗?

陆万嫌骂骂咧咧地跳下墙头,跑走了。唯剩下墙内地面上那把孤零零的油纸伞,看上去是那么的引人怜惜。

缪参政用力按着额角,气得神经都快要断裂了。堂堂一国郡主,总爬人墙头,成何体统!不行,缪府高墙明日就要重整修葺,要再加高三寸才可以!

缪临看着陆万嫌爬墙离去的样子,思绪仿佛回到了太学那时。那时他们三人刚刚交好,便搅得缪府上下不得安宁。父亲将他拘于家中自省,没过多久,他就听见窗外传来了下人们的惊呼。

他披衣出门,来到院中,就看到陆万嫌大剌剌地坐在布满紫藤花的墙头。如果她不是摆成一腿屈起,一手拿着折扇的姿势,晃眼一看,定会让人觉得是紫藤花成了精。

陆万嫌居高临下地朝他笑道:"缪临,听说你被软禁,我和翟不缚特来救你脱困,怎么样,感不感动?"

日光洒在陆万嫌全身,缪临望着她灿烂如花的笑容一愣,竟然一时间失了神。

姑娘跳下墙头,利索得根本不用人接,她又凑近缪临,用扇柄杵了一下缪临的肩窝:"你会爬墙吗?不会也没有关系,翟不缚在你家后院的狗洞处等着,我带你去钻。"

说着,她就拉起了他的手腕。那温热的手心却像火炭一样,烫得他立即挣脱了手。

时至今日,手腕上的烫感都仿佛还在。

"你在想什么呢?"缪参政拍着缪临的手背,将他从深思中拉回,还千叮咛万嘱咐道,"我的儿,我的临儿,以后莫要再和陆万嫌扯上关系,听到了吗?"

缪临却道:"爹,很晚了,你快回房间睡吧。"

缪参政看着自家好大儿神色平静,突然想到了什么,忙问道:"等等,你为什么不回答我?难道你对她……你对她也……"

缪参政感觉到自己的大脑突然冰冻,又逐渐裂开,他想不通,很是想不通。

"缪临,你是我缪家独子,品格学问皆为上上之品,而且你素来勤勉,最讨厌游手好闲之流。那陆万嫌身负纨绔恶名,整天无所事事,招猫逗狗,放浪形骸,万般种种皆为下品,怎配得上你?你总不会是喜欢她吧?"

缪临本可以隐瞒,但不知为何,在这个雨夜,他的感性大过了理智,竟将真心和盘托出:"爹,人不该分上品和下品。我缪临不只是用眼识人,我也用心。"

"你什么意思?"

"恕儿不孝,除了陆万嫌,我心中不会再有他人。"

缪参政气得差点中风:"闭嘴!"

缪临郑重地重申:"今生儿若娶妻,也只会是她。"

"闭嘴闭嘴!我叫你闭嘴你听不懂吗!"缪参政白眼一翻,彻底气晕了过去。

第八章 非她不娶

这一夜,缪府上上下下都没有睡个好觉,但陆万嫌却一觉香甜。

清晨的时候,倦野带来了一些调查信息,还是查不到徐庚寅半点叛国的证据。搞了半天她只有第六感和推理,但根本没有实证。虽是这样,但她对徐庚寅的疑心依旧难以消除。

按照惯例,细作往往会佯装得温柔解意,降低自己的存在感。可徐庚寅却很是不同,他的行为和语言两不相干,嘴上说着喜欢她,却也没少贬低和瞪她,简直把"可疑"二字贴在了脸上。

可是,好好一个人又怎么会是个叛国贼呢?真是白长了这么一张正派人士的脸。没多久,灵缇也来汇报了一下栾树的动态,说他正在温书,并没有什么异常。陆万嫌不打算去刨根问底他受内伤的事,怕他就算开口也会说假话,索性将这事再放放。

当然,还有一件实在不能放下的事情,就是姨母的逼婚。

在大岐,谁都可以小瞧,但中宫皇后绝对不可忽视,她能让你有一百种后悔的方法。陆万嫌没办法,只能将绣球招亲的事提到了前面。

此时翟不缚还没有回来,依旧在勾栏里泡着,陆万嫌没有犹豫,直接冲到勾栏去逮人。等她进了包房,便看见翟不缚歪歪扭扭地坐在桌边,一手扶头,听着小曲。

陆万嫌轻咳一声作为提醒,她还没来得及继续开口骂人呢,翟不缚就像看到了救星一样扑了过来,但脚下一绊,他竟摔倒在地,顺手就抱住了陆万嫌的小腿。

"好兄弟,何故行此大礼?"

"阿嫌你来得太是时候了!"翟不缚起了身,又想给陆万嫌一个拥抱。

她侧身拒绝了这个拥抱,看着对方在脂粉堆里打滚过的脸,很是嫌弃道:"你不是说过要随时盯住栾树吗?还说要盯到人家头七过完,你在这儿盯谁呢?"

"栾树?"翟不缚想了想,一拍手,"哦对!我这次出来就是想给他亲手买胡饼的,我和他和好了。"

就听你瞎扯吧!陆万嫌双目上翻,露出白眼仁给他:"那你手上连个芝麻都没有,你胡饼买到哪里去了?"

"你不懂,毕竟我之前干的一直都是高危工作,亲自出来买饼,我缺乏经验。"翟不缚一边比画一边说,"当时排在我前面的全都是老年人,他们一个个的年龄比我大不知多少,我根本不敢插队,好不容易排到我,店家就摆出了一个牌子——今日限量,胡饼售罄。真的太难了。"

陆万嫌眯起双眼,感到了一丝无力,她以为自己很能胡诌,但现在看来,身边的兄弟也得到了她的真传。还说什么以前干的是高危工作,当纨绔怎么高危了?

翟不缚一拍手:"不过我决定了,一会儿回去给栾树带个榴梿饼替代,这个特香。"

陆万嫌骂道:"你再说一句废话,我就生生打断你的腿。"

翟不缚表情扭曲,想了半天,小心翼翼地竖起一根手指:"我再说最后一句不是废话的。"

"说!"

"借我点钱。我没钱了,所以被扣在这里,走不掉。我也不敢告诉家里,怕他们会断了我的花销。"

陆万嫌几乎想要踹他一脚了:"你不带够钱就来这种地方?怕不是想挨打?"

"我带钱出门了啊,但是我买了画,想着送给你。"

翟不缚委屈兮兮地从墙边抬来三幅包好边框的挂画,左有一张鲤鱼跃龙门,右有一张弥勒佛托元宝,中间还有一幅关二爷脚踏貔貅手持玉白菜的威武画像。

这三幅画突出的就是一个招财气质,可是陆万嫌又不是爱钱之人,这画更适合送给姬史官那个财迷。不,等一下,她有一种不祥的预感。

"这画你在哪儿买的?"

第八章 非她不娶

"我在路上遇到了姬雀,她说潮汐公主向她预定了这三幅画。我一想,潮汐公主总看你不顺眼,找你麻烦,我也不能让她如意了,于是就花双倍价格把她想买的画截胡了,怎么样,我棒不棒?"

果然,果然如此!

真是抢着上当,姬雀为了搞钱招数有多少,陆万嫌可是见识过的,像翟不缚这种脑容量,就不要想在女人中间插一脚了。

陆万嫌控制住了自己骂人的心,毕竟翟不缚此行为也算沾了一个"孝"字。

翟不缚做作地对搓着手指,又道:"买完画,剩下的钱,人家又给牛家妹妹买了胭脂……"

"哦。"

见陆万嫌一直在听,毫无反应,翟不缚不依了:"阿嫌,你就不好奇牛家妹妹是谁吗?我又有了一个心上人,你不觉得被刺激到了吗?"

呵呵,她心态很稳,稳得可以蒙眼走钢索。

汴梁纨绔其实细分起来,有很多种。有喜欢拉帮结派、走到哪儿都像蝗虫出动,以阵势令百姓退避三舍的;有喜欢寻衅滋事、欺良霸善的;有挥金如土、朱门酒肉臭的;还有一种就是整天正经事没有,就爱浮花浪蕊的。

恰巧,翟不缚就是最后一种,他的风流在整个汴梁都排得上号,风流之名路人皆知。再者他也肯花钱,脑子还不怎么好,特别好骗,所以汴梁的小娘子都很爱他。就算突然出现一个小牛妹妹小马妹妹,陆万嫌也并不觉得刺激。要说刺激,村头大树底下的老太太唠的嗑可能都比这个刺激得多。

但为表示尊重,她还是假装好奇了一下,问道:"你的这个小牛妹妹全名叫什么?"

这也是实在没话找话讲了,陆万嫌才不关心她叫什么,就算是叫牛春花,又能怎样呢。

翟不缚一提起心上人,整个人就开始扭捏作态,像一个未经人事的小雏鸟一样，双眼发亮，脸蛋泛红。他说道："珍珍，牛珍珍。是不是朴实中带着一丝秀雅，仿佛还能嗅到一丝芳香？是个好名字，不是吗？"

陆万嫌问："……她是不是还有两个姐妹，叫牛爱爱，牛怜怜？"

翟不缚瞪圆了双眼："你怎么知道的？她倒没有跟我说过这个！难道你认识她？"

唉，陆万嫌打从心底里叹了一口气。翟不缚傻得就像一只嗷嗷待宰的肥羊，她一时间就很担心他是否又陷入了骗局。"翟不缚我问你，你和这个小牛妹妹是什么时候的事？"

翟不缚嘴一撇，不满地批评起来："你不知道，只能说明你不关心兄弟。你对我没有心。你是没有感情的薄情女。"

"薄情？"

"对啊，你不是吗？"

提到"薄情"二字，陆万嫌微微一怔，继而眼眸更亮，她马上想起来自己此番的来意了，她对翟不缚一招手，微笑道："附耳过来，本人有一个计划要拉你入伙，那就是姨母让我绣——"

话还没说完呢，翟不缚就朝远处挥手大喊："这里，我在这里，快过来！"

陆万嫌侧头看去，只见一个漂亮小娘子拿着花走来，依偎在了翟不缚怀里。接着她就听到了仿佛黄鹂鸟一般美妙的声音："翟哥哥，你怎么还叫别人将花送给我呢。真坏，都不亲自给我，让人家吓了一跳。"

想必这就是牛珍珍了。

怎么说呢，牛珍珍这音调太女人了，她就是喉咙里含八口痰都发不出这样的音调，陆万嫌一败涂地。

翟不缚笑嘻嘻地，对着小娘子道："这不是想给你一个惊喜嘛。"

小牛妹妹嗔怒："你送我的花，是不是也送给别人了？你到底有几个好妹妹嘛。"

"那些妹妹都没有你好，你是我见一个爱一个的女人里，最爱的那一个。"

"哥哥真坏呢。"

这何止是坏呢？此处明明应该有巴掌！陆万嫌瞥了翟不缚一眼："你为什么把小娘子约勾栏里，你没病吧？"

"小牛妹妹就是从勾栏里出去的，我们故地重游，找找相爱的回忆，有问题吗？"

陆万嫌看着这画面眼前一黑，只听见翟不缚又问她："对了阿嫌，你刚说绣什么？"

她摊了一下右手，做了一个"请"的手势——

"没事，你继续。"

都怪出门太急，早知道她就抓把瓜子来了，谁能料到鸳鸯大戏竟随时随地都能上演呢。陆万嫌坐到了一边，开始专心致志地玩自己的指甲，她想等着翟不缚和牛珍珍秀完恩爱，再说自己的计划。

翟不缚恍若无人，或者说根本不把陆万嫌当外人，他捏着牛珍珍的下巴调情道："小牛妹妹，你知不知道，你手上的这朵花，就跟你的嘴唇一样红。好美丽，美得让我心头怦怦直跳。"

陆万嫌刚想干呕一声，却没想到牛珍珍此时突然变脸，竟一巴掌甩了过去！

"啪"的一声，这动静比黄鹂鸟的叫声还要好听。

牛珍珍的动作之快，变脸之突然，不仅翟不缚蒙了，连陆万嫌都蒙了。翟不缚捂着脸颊，提出了疑问："为什么打我？"

"你说呢？！"

"小牛妹妹，我刚是说错什么话了吗？"

牛珍珍带着哭腔，指着自己的嘴唇："翟不缚！你混蛋！你看清楚，我这个唇脂是梅子红！梅！子！红！"

翟不缚："啊？"

陆万嫌："啊……"

牛珍珍继续道："你太过分了！你说你爱我，可你居然看不出来我涂的唇脂到底是什么红？你根本就不在意我！！"

说完牛珍珍就哭着跑走了,留下二人面面相觑。

翟不缚失魂落魄地坐在了桌旁,说道:"阿嫌,到底发生了什么事?我还有点蒙。"

"也许爱情本来就让人蒙的。"陆万嫌不由得看了一眼牛珍珍离开的方向,含笑补充道,"而且她的肺活量真的好好啊,一口气说这么一段话,佩服。"

"这是重点吗?!"翟不缚依旧一手捂脸,一手怒而拍桌,动作别提有多滑稽。

陆万嫌不禁掰着手指数着:"胭脂红、樱桃红、梅子红、夕阳红……怎么会有这么多颜色的唇脂?"

翟不缚像是找到了知音,连连点头:"就是说啊!"

陆万嫌又道:"我怎么看不出来她刚才涂的是梅子红?难道我不是女人?"

"有病!这就算是火眼金睛的孙大圣也很难分辨出来的吧!"翟不缚终于放下了捂脸的手。

陆万嫌立即用手指指着他的脸颊,肯定道:"不过我至少能分辨出来,你这个是巴掌红。"

翟不缚不想理她了。

冷静了一阵后,两个人终于能够好好聊一下陆万嫌今日前来的目的了:"翟不缚,我们是不是兄弟?"

谁知她刚开头,翟不缚就道:"少来,你平日都是骂我损我的,突然这样称兄道弟,准没好事。"

陆万嫌忙说:"是好事,真的。你帮我一个小忙,上个月你欠我的二百两就不用还了!我还能再多给你五十两,凑个整。"

"凑了个二百五啊?这算哪门子的凑整啊?"翟不缚拿捏了好一会儿小脾气,这才狐疑地看了眼陆万嫌,勉强坐直道,"行了,别磨叽了,你说。"

于是陆万嫌就说了。

第八章 非她不娶

仔仔细细，前因后果，事前铺垫，事后安排，基本上说得一清二楚。

翟不缚刚一听完就起了身，他怀疑自己是不是突然罹患了什么耳疾。

但看见陆万嫌一脸认真诚恳的模样，他才大声喷出一句话来："阿嫌，你疯了吧？你绣球招亲，竟然想让我去抢绣球？！"

这副模样就好像是要娶了一个豺狼虎豹一样，着实让人瞧着不爽。陆万嫌将翟不缚一把拽回了桌前，押着他坐下，又给他倒了一杯茶，说道："痛快点，给我一个字的回答。速度！"

陆万嫌实在见不得男人磨磨叽叽的样子，接着翟不缚就果断地摇头，还多送了一个字："不行！"

"为啥？"

"我要是真抢到了，你不就要嫁给我了？"翟不缚眉眼一斜，满脸拒绝。

陆万嫌莫名有了一种被兄弟背刺的痛感，她急道："翟不缚你没搞错吧？我陆万嫌配不上你了？我跟你假成亲还委屈你了是吧？"

翟不缚双手护胸，一副很怕被非礼的样子："拜托，你没人爱，我可有呢，你这样乱来会阻挡我的桃花的！"

"可你的桃花刚才不是零落成泥了吗？小牛妹妹把你甩了啊！"

"胡扯！我还有千树万树桃花开呢，又不只有她那一朵。"

陆万嫌怕自己说得不够明白，又补充道："假的，假成亲，有契约的。你到时候休书一封，咱们又是好兄弟了！我只是需要你帮我掩饰一下，我原本这辈子就没打算成亲的，奈何姨母不放过我。"

翟不缚想都不想，连连摇头："不行，小牛妹妹要是知道我娶别人，不得哭死？她的眼泪有多宝贵，你可晓得？上一回她哭，我可花了三十两才哄好。我的爱情很贵，你不能拿来浪费。"

这太可怕了，因为你永远叫不醒一个装睡的人。他那谈的能是爱情吗？这不妥妥的"大冤种散财记"吗？

陆万嫌试着又挣扎了一下："翟不缚，你胡作非为不是一天两天了,你又不是正经人,给我这儿装什么正经呢?实不相瞒,我觉得咱们俩可以凑一对非常高雅的夫妻。"

翟不缚眨巴眨巴眼:"你继续说。"

"我们没有夫妻之实,全是少年意气,馥郁芬芳,无关爱情,越嚼越香。"陆万嫌一边佩服着自己的形容词库,一边继续道,"更何况,我们两家联姻,长辈都喜闻乐见。"

翟不缚还是摇头:"不行,兄弟之间传绯闻怪怪的。"

"姨母让我绣球招亲,我要是不找个人和我演戏,就完了呀。"

"我和你演戏,我的桃花就完了呀。"

陆万嫌仅有的一丝耐心瞬间告罄,她猛地上手掐住翟不缚的脖子:"'帮我'和'去死'之间,你选一个!请摸着你的良心,好好想一想我们的过往!这个忙你帮不帮?!"

翟不缚摸着自己的脖颈,想了许久,才开口问:"要死多久?"

陆万嫌简直不敢相信自己的耳朵:"你说的是段子吗?是的话我可要开始笑了哦!"

"反正我不干,我会被缪临打死的。"

"人生自古谁无死!"

"早死晚死差很多。"

陆万嫌终于忍不了了:"话说回来,又关缪临什么事?你干吗突然提他啊!"

翟不缚闭嘴不说话了,这段可疑的沉默连带着陆万嫌都沉默了。她甚至真的在思考,若是绣球招亲,缪临看见翟不缚抢到绣球,和看到乞丐抢到绣球的神情是不是一模一样。他的脸上一定会写着"尔等一群蠢货"这样的字眼。

翟不缚还在纳闷:"不过话说回来,你想出这么好的主意,那怎么不去找他问问?"

"你让我找缪临?"

"怎么?你怕找他之后,被他拒绝,伤了你的颜面对吧?"

陆万嫌拍了一下翟不缚的肩头,用着史无前例的力度,恨不得把他拍进地里去:"翟不缚,还是你懂得如何伤我最深……"

翟不缚对她拱拱手:"承让承让。"

陆万嫌恼羞成怒,十分心痛:"滚!"

"我滚可以,你把这三幅画收好,顺便借我点钱。"

"………"

人生啊,真是没有一幕是合她心意的,这都是什么人啊,怎么都被她陆万嫌碰上了!

最终陆万嫌还是奉献出了自己的荷包才算收尾。翟不缚胳膊下夹着三幅画,跟在陆万嫌身侧一起出了勾栏大门,还没走几步,他们就看见了缪临。

陆万嫌立即就来了个避而不见,翟不缚不解地问道:"你在干什么?"

她伸手在附近的墙面上乱摸着,胡言乱语道:"没事,我丢了东西。"

"……可是我们是从另一边过来的啊?"

"你不懂,我丢的不是一个物品,丢的是世间缥缈的缘分,你也可以把它理解为一种做法的形式。"

不得不说,她可真能瞎扯。见缪临走了过来,翟不缚没心没肺地招手道:"缪临,早啊,能在这儿见到你可太好了。"

"嗯。"缪临只是点了一下头,从他的神色来看,他并不觉得这样相见有什么好的。

陆万嫌转身就要走,但被缪临立马挡住。她朝左边移,缪临就挡在左边,她朝右边移,缪临又挡在右边,就是不放过她。

"你俩在玩什么游戏,带我一个呗。"翟不缚眨巴眨巴眼,看看缪临,又看看陆万嫌,总感觉他俩之间好像有什么变化。

陆万嫌也赶紧说:"缪大人,我还没给你爹赔礼呢,你别跟我们混在一处,这样不好。"

"你昨晚,睡得好吗?"缪临开口竟是这句。

"哈？"她都诧异了。

"头痛不痛？"

陆万嫌立即点头："痛，我一看见你，就想起你爹骂我的话，我就很头痛。"

"不是问你这个。"缪临微微摇了一下头，"你昨夜回去后，头发擦干了吗？湿着头发睡觉会很头痛。"

陆万嫌："……"

翟不缚就是再迟钝，也感觉出来哪里不对劲了，"昨夜"这两个字听上去就很有故事啊。

缪临轻咳了一声，又道："你说你要成亲了，不会再去找我了，这是骗我爹的，还是真话？"他潜意识里就觉得这件事不可能，但还是想要确认一番才能安心。

可是陆万嫌这时却一把挽住翟不缚的胳膊，对他点头道："是真的。缪大人，这是我未婚夫，你以后想跟我说话得先征求他的意见。"

缪临的脸色很阴沉，感觉随时都能打雷下雨。自从昨夜跟父亲说清楚以后，缪临就察觉自己似乎不再是心猿意马了，他的心是脱缰野马，一发不可收拾。

他原以为临别时陆万嫌对他爹喊的话只是说说而已，是用来平息怒火的。他很关心她昨夜是否安然入睡，一大早就去了郡主府，但他没有料到，府上丫鬟告知郡主已经出门去了勾栏。

尽管有一丝不悦，但在勾栏外见到她时，他还是不由得关心起她昨夜是否睡了好觉，结果这女人又挽着翟不缚的胳膊说要跟他成亲。

缪临看着他俩，想了半天都没有搞明白，不得不问出口："你之前说，男女之情在你心中并不重要，你只是玩玩，绝不会负责，也不会成亲。那现在，你食言了？"

"姨母所迫，我没办法。"

"你要跟翟不缚成亲，你问过我了吗？"

翟不缚赶紧把胳膊抽了出来，将陆万嫌推开："阿嫌你再乱讲，你就是我的未亡人了，你信不信？"

第八章 非她不娶

接着他又赶紧安抚缪临:"哎呀缪临,你怎么当真了?阿嫌被逼无奈要去绣球招亲,她撺掇我去抢绣球,和她假成亲,等过了风头再和离。假的契约婚姻,都是假的,她说要与我做成了亲的好兄弟,各玩各的,并不当真。"

"胡闹!"缪临当即就眉头一皱。

不好,这是不祥的征兆。翟不缚连忙点头:"是啊!我早就骂过她了,确实胡闹!她没人要,我可有人要呢!"

陆万嫌怒了:"喂!有没有意思啊你!"

陆万嫌一边猛瞪翟不缚,一边酸溜溜地对缪临说道:"怎么?缪大人这样阻止,难不成是你自己想抢我的绣球?那你是不是得先把你爹娘捆住?免得绣球招亲当日,他们过来让我血溅当场。"

缪临是一个高洁的人,就像姬雀说的那样,他还有很美好的人生,也许会娶一个美娇娘,夫妻恩爱,全家和睦。她陆万嫌这个样子,是不能把他拖下水的,不光是缪临的爹娘不同意,她自己也不愿。

明知道他们二人没有未来,但陆万嫌不知为何,心里还是忍不住发酸。

翟不缚突然插嘴建议道:"反正是假的,缪临,不如你来陪阿嫌演这一遭呗。"

缪临面色如水,冰冰凉凉:"这怎么演?若不走心,没有戏感,就容易穿帮。"

天哪,先不说她同意没同意,缪临怎么就自我代入了,而且还提前拒绝了。还想要走心?他是想登台表演做汴梁最出名的戏子还是怎么的?!

"一个男人畏首畏尾,瞻前顾后,难道是怕我轻薄了你不成?"

"那可说不准。毕竟皇后娘娘也说了,陆典簿你有开三宫六院的潜质。我好歹也是朝中重臣,总不能被女人玩弄。毁了名节,还不被负责,说出去也嫌丢人。"

不识郎君真面目

翟不缚看出来了，缪临跟他一样，也很不赞成阿嫌的这一昏招儿。他实在看不下去面前这两人唇枪舌剑了，于是劝道："行了阿嫌，别说了，毕竟强扭的瓜不甜。"

陆万嫌瞪了翟不缚一眼："你这么多话，当心我扭你呀。我看来看去，还是觉得你最合适。"

翟不缚吓得立即闭了嘴。

"你跟我来。"缪临拽着陆万嫌的手腕，脚步不停，如同寒冬的风，将她直接带走了。

翟不缚眼睁睁地看着三人行，最终独独留下了自己，也只能摸摸鼻头，认领了自己工具人的身份。

陆万嫌刚被缪临拽入了一个旧巷，就挣脱开他的手，她一边挑眉一边揉搓着手腕，抱怨道："你弄疼我了……"

缪临身上的小苍兰气息涌来，陆万嫌闻到这气息，一时紧张得难以呼吸，如心脏骤然被人捏紧了一般。她脸颊不禁滚烫，下意识地后退躲避，语不成句："你、你别忘了你向来矜持守礼，这是要做什么啊？"

缪临顺势上前："你就是觉得翟不缚适合跟你成亲对吧？嗯？"

陆万嫌深吸一口气："假的，假成亲。"

"即使是假的，你第一时间想起的人选竟然是他？兜兜转转想了半天，觉得他最合适？"

"没有，我们姐妹团考量了很多人选，翟不缚他……没有后顾之忧……"

"所以你从始至终都没考虑过我的感受吗？"

陆万嫌垂死挣扎："考虑了呀，我不是怕你爹娘气死了，唯恐和你结下杀父之仇，所以才不敢找你说这事……"

"哦？当真？"

问答间一进一退，缪临逼得越来越近，但陆万嫌身后便是墙了，她实在避无可避。最终二人快要贴在一起，鼻息相闻。缪临长了张正

第八章　非她不娶

人君子的脸，那双灿若寒星的眸子直直地盯着她，很容易让人沦陷进去，误以为自己是他毕生所求。

陆万嫌只觉得喉头发涩，慌乱异常："你到底要干什么啊？"

一只手忽然伸出，用力地握住了陆万嫌的手腕，强劲地将她拉了过去。她一声惊叫还未出口，缪临的另一只手已经搂住了她的后腰，垂下头去，重重地吻住了她的双唇。

陆万嫌就像是在看洪水猛兽，震惊得眼球都不会转了，她下意识地发出了受惊小兽般的哼叫声，挣扎着想要避开这个吻。

缪临却加倍用力地将她钳制住，再次找准她的双唇拥吻下去。这次的吻并非蜻蜓点水，而是攻城略地般霸道。

陆万嫌脑中一片空白，只觉得似是过了数万年的时间，缪临的双唇才终于松开些许。他贴着她的耳朵说："原来说话这么刚硬的人，嘴唇也是软的。"

接着他又低声地说道："我答应你。"

陆万嫌恍惚地看着眼前双目微红、目光如春日盛水般深情凝望着自己的缪临，心中的弦已断得干干净净，甚至觉得自己的大脑此时已经告假回家了。

"你……你在说什么？答应什么？"

"你不是说，要跟我玩玩，我现在答应了。"

"呃……"陆万嫌几乎觉得自己好像幻听了。

但缪临的声音明明那么清晰："但是陆万嫌，你只能玩我，不能玩翟不缚，也不能再玩任何男人。"

缪临再次低头，两个人唇尖相碰的那一刻，陆万嫌心脏跳到快要坏掉。她闷哼一声，别开头道："拜托，那都是多久之前的事了，你现在拿来说……"

"怎么，你又要食言？嫌儿，转过来。"

缪临仍旧是命令的口吻，语调中却有一股极尽缠绵的旖旎，陆万嫌听到后，一阵电流从头皮击到尾椎骨。她不受控制地把头转过去。缪临抬起了她的下巴，再次亲吻了下来。

不识卢山真面目

陆万嫌明知哪里不对，不应该这样，却像中了毒，被他的热情灼烧着，心跳凌乱得像随时可能停止，但又像被灌了最甜的蜂蜜。

这条旧巷安静无人，迷雾在二人四周轻轻弥漫着，让陆万嫌不断地有一种迷离之感。

许久许久，缪临才放开了她。他用手擦了一下陆万嫌嘴角晕出去的粉色口脂，又淡然地整理了一下被他揉皱的衣衫，一边还霸道地说道："你不要管我什么时候给答案。我现在想给了，就给。没有你食言收回的道理。"

陆万嫌强烈怀疑眼前这个男人是不是被换了魂了，曾经原则满满的他，将"礼义廉耻"四个字刻在脑门上的他，到底去哪儿了，能不能还回来啊？

缪临见陆万嫌有点呆，觉得她应该消化一下这个信息，于是又轻摸了一下她的脸，将她的鬓发别在耳后，问道："你现在要去廷尉司应卯吗？我送你。"

陆万嫌磕磕巴巴，牙齿打架："不……不去了，反正已经迟了，再去就是找骂了。"

"那你要回府吗？我送你。"

"不……不回，我要去玩物丧志了。"她深吸一口气，平复下情绪，"那什么……现在春色烂漫，我去桃林赏花了，再会！"

陆万嫌一撩衣摆，抬腿就想跑，她想离开这是非之地。但是缪临依旧紧紧地跟着她，就像冥冥之中他对她的许诺般，他会永远寸步不离。

他最近头发长了半寸，于是将发也束高了些，跟着她时，发尾随风曳动，让人心也跟着摇曳。陆万嫌只用余光看了一眼，就红了脸颊，她脚下生风，走得更快了。

陆万嫌心思不在此，所以看到桃林里到处是人的时候，才想起今日是春浴日，也就是大家一直说的女儿节、情人节。这是踏春的好时

第八章 非她不娶

节。在这天,男男女女会结伴倾城而出,到山谷采兰草,或者到郊野宴饮行乐。

文武百官们也会在这天集体休假,官家常会用这个日子来宴请新科进士。文人们到野外郊游踏青,以歌抒怀。

一路走来,除了花红柳绿,途中还看到了很多席地而坐、在"斗百草"的人。斗百草也是汴梁最具特色的比赛,比的就是自己手中的草和对方的草哪根更有韧性,输者就要饮酒。

缪临在路边给陆万嫌买了一个五彩蛋,陆万嫌脑袋又炸了,压抑着自己的骂声,小声提醒道:"缪大人,这五彩蛋是人家祈福用的,你买它干吗?证明你钱多吗?"

一旁的人们就在玩五彩蛋,他们将蛋类煮熟,染上各种各样的颜色,再将彩蛋和枣放到水中,让其顺流而下;会有很多人在下游各守一处地方,蛋和枣漂到谁附近,谁就取食。汴梁百姓将这种活动称为"曲水浮素卵"和"曲水浮绛枣"。"卵"暗喻怀孕,"枣"谐音早,"浮素卵"和"浮绛枣"如实反映了百姓祈求婚姻美满、早生贵子的美好愿望。

陆万嫌压低声音将这些活动寓意讲了一通后,缪临却跟没听见一样,不管不顾,一点一点剥开蛋壳,将蛋整个塞到陆万嫌嘴边,说道:"别太在乎它的意义,只是个蛋而已,你应该饿了。"

蛋香扑鼻,陆万嫌吞咽了一下口水。

从大清早出门到现在,她确实没来得及吃东西,尽管很难忽略五彩蛋的意义,但她还是缓缓地张开了嘴,咬了一口。

"别说,还真挺好吃的啊。"

"是吗?"

当她还想咬第二口的时候,缪临就收了回去,自己将剩下的半个吃了。

这男人不会有点小气了?买一个五彩蛋还只让人吃半个!

缪临像是知道陆万嫌心里在想些什么,侧头浅笑道:"我怕你一个人承受不住五彩蛋的祝福,所以帮你分担一下。你不介意吧?"

都吃掉了才问别人是否介意,这个男人还真是……

陆万嫌瞥他一眼:"刚刚是谁说不要在乎五彩蛋的意义的?"

缪临又笑道:"对啊,我是让你不要在意,但我还蛮在意的。"

离谱。离天下之大谱。

陆万嫌不想说话了,她觉得缪临今天太不对劲了。

他们漫步在桃林深处,看见了很多吟诗作对、聚堆玩耍的年轻男女。湖边垂柳旁,还有衣着华贵的大家闺秀在弹奏箜篌,箜篌声轻柔如风,好似清潭流波,很是舒爽人心。但更能吸引人的,还要数最熟悉的那个女声。

陆万嫌拨开人群,果然一眼就看见了姬雀正在和别人对对子,比文采。一个陌生女子在众人的簇拥下,向姬雀出了一道题:"天若有情天亦老。"

而姬雀自信地背过手,一边来回踱步一边娓娓对道:"月如无恨月长圆。"

陌生女子面露不爽,身旁的小姐妹又上前一步,出对道:"逢迎远近逍遥过。"

姬雀从容回道:"进退连还运道通。"

有几个围观群众捧着瓜子边看边嗑,陆万嫌发挥纨绔本色,上去一通操作就把瓜子抢了过来。缪临只能无奈地摇头,偷偷替陆万嫌赔了钱。陆万嫌看着热闹,嗑着瓜子,摇摇头有点嫌弃:"搞了半天是文斗啊,一点都不刺激。"

缪临不禁斜眼:"难道你想看她们打起来?"

陆万嫌点了点头:"可不是吗?我这就叫看热闹不嫌事大,她们最好打起来,不然都对不起我们今日的围观。"

这时,只见又一个女子冲出来,对着姬雀出对:"浅薄花瓶就属你胸无墨!"

姬雀再度自信地挺胸回道:"来此找碴好像你脑有坑!"

对方顿时一噎,气得捂住嘴,生怕喷出一口血。她克制了一下,

第八章 非她不娶

又出对道:"坐卧林中侧耳听,让我心旷神怡。"

姬雀道:"缪临房里偷偷望,叫我垂涎欲滴。"

陆万嫌斜眼看了一下被提及的男主人公,不禁发问:"你是自愿被她偷窥的?什么时候的事?"

缪临也斜了陆万嫌一眼:"此时此刻,你的关注点应该在于这对子工不工整。"

"工整啊。真是工整到家了。所以呢,这是文学创作还是真实事件啊?"陆万嫌凑过去问。缪临手指顶着她的脑袋,将她推开了。

姬雀战绩辉煌,女子们纷纷有点词穷,还不停地互相推搡:"快出对子对死她啊!"

终于有勇士站了出来,继续出对道:"你不被人爱破锣盖!"

姬雀微微一笑,扬起嘴角:"你有人爱却骗你财!"

女子大惊失色,猛退两步,喷出了一口老血。陆万嫌很是满意,这下终于刺激了,刺激得都见血了。

女子们搀扶着离开战场,姬雀数着钱,扫视着周边,突然就在人群中看到了缪临。她顿时矫揉造作地冲上来,视旁边的陆万嫌为无物,伸手拉住了缪临的胳膊:"缪大人,好巧啊。"

但缪临第一时间就将她拨开了,只回了她一个客套的点头。姬雀心痛极了,他这么冷漠,几乎就要击碎了她娇弱的少女心。

这时潮汐公主不知从哪儿钻了出来,也一把挽住了缪临的胳膊:"缪临,你怎么也在这儿?"

缪临又拨开了潮汐公主的手,回了她一句:"公主,人多眼杂,还请自重。"

一时间周围尴尬得鸦雀无声。姬雀很快又快乐了,她就喜欢缪临的冷淡,这才是男神该有的模样,那种掏心掏肺也得不到他的感觉,真的很令她着迷。

"咔咔咔咔——"

陆万嫌在一旁嗑瓜子的声音过于大了,此时此刻完全吸引了众人的注意力。潮汐公主迁怒道:"万人嫌,你不要总缠着缪临,你也要自重一点！这种风雅文艺之地不是你该待的地方，你快去找小倌听曲，去找他们玩吧！"

"哦。"陆万嫌嗑着瓜子走了，一句嘴都没有顶。

潮汐公主正觉得开心，就见身边的缪临竟然也抬脚迈步，跟着陆万嫌走了。她恨得咬牙，猜不透陆万嫌到底使了什么手段勾引到了缪临，现在还故意展示给她看。

潮汐公主随手拔掉一朵桃花，狠狠地将其揉烂！

"公主，你别伤心。"姬雀凑近，苍白地安慰道，"你看我都不伤心了，毕竟感情的事是不能强求的……"

"我真想给他下个咒！但是我不会！"

"命里有时终须有，命里无时下降头，对吧？"

潮汐公主连连点头，侧头充满希望地看着姬雀："你会吗？"

"我也不会。"

潮汐公主狠狠道："那本公主就去找一些江湖巫医、民间萨满、风水大师——"

她话还没说完，就被姬雀打断了："但我可以学。"

这么好的赚钱机会，怎么能让给他人？这活儿她必须揽下。

"但这是在作恶啊公主，这种事不宜太声张找别人，就交给我吧，我来学。"姬雀用大拇指和食指搓了搓，又对着潮汐公主示意要钱的事，"只要钱到位，我学习的速度可以翻倍。"

潮汐公主一琢磨，觉得姬雀说得很对，立即大手一挥，表示道："没问题，本公主有的是钱，你要多少，本公主都给你！你赶紧去好好研习一下！"

"遵命！"

但姬雀当然不会去这么做，潮汐公主估计话本也看多了，世间哪有那种下个咒就能让别人爱上自己的事，若真要有，这东西还不得泛滥成灾了。

果然是汴梁最热闹的女儿节，走几步就会遇到熟人。陆万嫌经过

第八章 非她不娶

一棵树,但又退了回去,她和缪临停在树下,一同看着倒吊在树上的于今。

于今觉得自己已经捂好了脸,怎么还能被火眼金睛的陆万嫌一眼认出,她实在是很不好意思。

陆万嫌开了口:"于今,你为什么挂在树上?"

于今轻咳一声:"我锻炼呢,没事,你们忙你们的去吧。"

"于将军怕不是在锻炼,你的脚腕被人绑着。需要帮忙吗?"缪临也出言询问。

于今只能点头,缪临飞身上树,解开了于今的桎梏,也解放了于今的自尊心。于今告诉他们,今日她被她娘赶了出来,让她来偶遇男人。

陆万嫌的白眼都来不及翻,就听见于今在不停地抱怨:"你们是不知道,我娘比较难搞,她等女婿等了一辈子,恨了一辈子——"

陆万嫌皱眉打断道:"恨?"

"恨他怎么不早点出现。"于今解释完,继续抒情,"想了一辈子,怨了一辈子。"

"怨?"

"主要是怨我。"

陆万嫌点了点头,总结道:"我知道你想表达的意思了,你娘不仅强势逼婚,她还有四条命。"

这下连缪临都忍俊不禁起来,他的视线落在陆万嫌身上,就再也没移开。

"你来这里偶遇男人我能理解,但为什么你会被挂在树上?这是什么偶遇方式?"陆万嫌又问道。

于今坦然交代:"那什么……我刚看见你家小府卫在找你,就去拦了他的路,然后他……我就……"

哦,原来是被倦野打的,陆万嫌知道了,此时倦野一定在暗处护着。但她还是觉得这个故事要素不全,于是又问:"再之前呢?"

"再之前我从屋顶跳下来,没踩稳,就……"于今停顿了一下,压低了声音,"……就跪在了他面前,他不理我要走,然后我才去拦他的路。"

陆万嫌沉默了片刻,突然发问:"单膝还是双膝?"

于今不解道:"有什么关系?"

"双膝跪地,就败坏了你们殿前司的形象,触犯了第三十六条军规,四十鞭。"

于今赶紧竖起三根手指,指着天,言之凿凿地道:"单膝,我确定是单膝!我堂堂殿前司副都指挥使,怎么可能犯这种错误。"

陆万嫌点头:"那姑且算调戏异性,触犯了第七十二条军规,六十鞭。于今,军规你背得很不熟啊。"

于今一听,瞬间抱住了树,悔恨地用额头撞了起来。缪临被陆万嫌逗笑了,这家伙,最会整人、忽悠人了,哪里有这种军规,真的是……

缪临拽了一下陆万嫌的衣袖,提议道:"附近有个酒楼,我先去给你点些吃的,你和于将军慢慢过来。"

于今立即不撞树了,连连称赞:"缪大人真的对得起我的支持,你们吃饭还带我,我太感动了。"

缪临道:"嫌儿的朋友,便是我的朋友。"

嫌儿……

于今眼神乱飞,感觉今天又有不要钱的大戏可以看了。

陆万嫌此时做作地显摆起来,也是有意刁难:"缪临,我今日只想吃从未吃过的菜品,这样才配得上我高贵的身份。你先去准备吧,可别令我失望。"

缪临宠溺地摸了摸陆万嫌的头顶:"好。"说完,他就踩着石阶,径自往前方走去。

于今有点感动,阿嫌这样作,缪大人都能宠溺得起来,真的是很能忍了。但她还是想要劝一劝:"阿嫌,你不要作过头了,毕竟我想吃席的心是非常迫切的。"

陆万嫌皱眉:"吃席?什么意思?你想我死?"

"不是吃这种席,是想吃你大婚的席。"于今舔了舔嘴唇,接着又想到什么,"你确定你真的把缪临拿下了吗?"

陆万嫌心里想着刚才缪临吻她的那一幕,晃着脑袋,面上露出傲娇并且甜滋滋的得意劲。

于今又一针见血地问道:"潮汐公主在相亲宴上相中了缪临,前两天正求官家给她赐婚呢,这事你知道吗?"

陆万嫌一愣,登时脑袋也不晃了,脸也不笑了,整个人仿佛遭遇了晴天霹雳:"啊?这个蠢货怎么就知道招蜂引蝶,非得去孔雀开屏勾引人啊!"

得嘞,于今这下知道了,接下来看的戏应该不是什么爱情闹剧,而是争逐大戏。不过她也只是个观众,并没有想太多。

第九章
栾树辞行

　　桃林边的酒楼今日生意火爆。出来踏青的人们虽然也喜欢在草地上铺个垫子，将从家中带来的食物摆满，然后一边吃吃喝喝，一边赏着春色。但更多有品位一点的世家子弟是不屑席地而坐的。

　　陆万嫌心事重重地和于今进了酒楼包房，没多久，她想要的"从没吃过的菜品"都被端了上来，做菜的厨师也跟着缪临一起来了，估计是想看点菜的人是不是来砸招牌的。

　　当厨师看到陆万嫌歪歪扭扭地靠在桌边望着他时，他就顿悟了。哦，原来是汴梁最有名的女纨绔惜缘郡主，那这一切刁难就都合理了。

　　缪临坐在陆万嫌身旁的座位上，什么话都没说，只是柔和地微笑着，看上去脾气很好的样子。厨师又悟了，完了，缪氏第一好儿郎、枢密院的门面担当缪大人，竟然被这个纨绔郡主拿下了，这可是个大新闻。

　　只见陆万嫌指着桌上的一盆汤，率先发问："这一桌子的菜都是你做的？"

　　"是是是。"

　　"你看一下，这盆清水里是不是有根黄花菜溺水了，它方才好像

第九章 栾树辞行

在呼救。"

厨师立即挺直腰板自信地道:"郡主要点没吃过的菜品,我专门为郡主制作了这道汤,汤名——醉打金枝,缪大人刚刚还为这道菜点过赞呢。"说着,他用感激的神色看向缪临,"谢缪大人垂爱。"

陆万嫌登时看向缪临,眼神质疑:"不要再垂爱了,直接捶他也是没有问题的!我觉得他肯定是在糊弄我们,但我没有证据。"

厨师脸上并没有流露惧色,因为缪大人在此,他的心特别安定。他一边分发筷子给桌旁的三人,一边继续介绍菜品道:"没关系,不喜欢'醉打金枝'的话,就尝尝这个,新出炉的蕨菜炖肉,好吃到让你走不动道,我家传手艺都炖在里面了。"

陆万嫌拿着筷子,尝了一口,结果哑了一声:"芡勾得太多了,足以见得你的家世一团糟。"

"不喜欢烂的?"他又将另一盘菜端到陆万嫌面前,"那来尝尝这个,猪肉刺身。优质的食材,往往只需要采用最简单的烹饪方式。缪大人您说是不是?"

缪临点了点头,依旧像看戏一样地看着陆万嫌和厨师对决。于今本来还拿起了筷子,此时又放下了。

陆万嫌又道:"猪肉刺身?请问我们为什么不去追着猪啃呢?干吗辛苦让你宰我们?"

厨师已经深刻体会到了纨绔郡主的难缠了,但他的事业绝对不能陨落在此刻,他继续道:"若郡主还是不喜欢的话,我们还有大肠刺身,就看郡主的口味重不重了。"

"不要再说了,我要吐了。"陆万嫌干哕了一下,摆手让厨师退下。她心道,刚才就不该刁难缪临让他点一些未尝过的菜品,现在的确是达到了"从未吃过"这个标准,但是换谁能入口啊。

厨师总共上了五个菜,其中四个菜都是她的忌口。缪临不动声色地将那唯一一盘她能吃的绿色菜系大杂烩换到了她眼前:"那你吃这个,虽然这些植物都是不常吃的,但是想来并不会难吃。"

"好吧。"陆万嫌妥协地点点头。

不识卢山真面目

此时此刻，潮汐公主和姬雀进了隔壁包间，一进门，二人便立刻不约而同地趴在墙上偷听，动作整齐划一。

但这酒楼隔音还真是好，半点动静都听不到。潮汐公主问姬雀："姬史官，你听见什么了吗？怎么一点声音都没有啊？他们到底在里面做什么呢？"

在酒楼除了吃饭还能做什么？再说了，于将军还在里面，他们三个又能做什么？！

但姬雀不想丢了自己的财神爷，她半跪在地，俯下身耳朵贴着地板，还对潮汐公主招手道："公主，我跟一些妇女朋友们交流过，贴墙、扒门缝的窃听效果其实都不如贴地皮，这样也许才能听得到，您要不要来试试？"

潮汐公主有点犹豫，毕竟自己高贵的身段在这摆着，怎么能做这样的姿势，她拒绝道："不必了，你好好听，然后讲给本公主听。"

姬雀吸了吸鼻子，心想隔壁到底在吃什么好东西，那香味无孔不入，说实话，真的香得让人想过去要饭。

至于声音嘛，还真能断断续续地听到一些……

缪临没有吃饭，而是时刻照顾着陆万嫌，给她夹菜，给她倒水。见陆万嫌总是朝他看过来，那眼神充满了探究，就好像是有什么东西她弄不明白。

缪临伸手摸了一下自己的脸："怎么，我脸上有东西？"

于今翻了个白眼，心想，阿嫌接下来肯定会说"你脸上有帅气"。

陆万嫌笑着否认："没有，你长得好看，我就忍不住多看了两眼。"

看吧看吧，果然如此，换汤不换药。于今又把白眼翻了回来。

缪临却一本正经道："这是调戏吗？"

"啊，这就算调戏啊……"陆万嫌笑着澄清，"抱歉，我没忍住，我不是故意的，我只是犯了全天下女人都会犯的错而已。"

"也对，在陆典簿眼里的调戏，不应该只是动嘴，而是应该要

第九章 栾树辞行

'动嘴'，还好我学得快。""动嘴"两个字缪临加重了音，陆万嫌知道他什么意思，他竟然还当着于今的面说这些，但凡于今有点脑子，怎么可能听不出来这是指他俩动嘴亲亲了的意思……

"喂，不要说这个！"

"陆典簿惯会撩拨人，但更会撩拨完了不负责。"缪临悠悠一叹，起身将茶具拿了过来，开始煎茶给她们喝。

于今从陆万嫌"犯了全天下女人都会犯的错"那里就没再听了，她思绪飞舞，心想这个错自己怎么就不犯呢？她也很想调戏男人，但是来跟她相亲的都是些什么歪瓜裂枣，难道她这辈子就碰不上一个正常男人了吗？

没过一会儿，陆万嫌凑近缪临身旁看了看，不由自主地道："缪临，你不应该这样煎茶，应该用温水不能用沸水，然后这几片薄荷叶也不要加，薄荷味过重会掩盖住茶香，最后……"

她话还没说完，缪临就眼角一挑，不悦地问："你吃过别人煎的茶了？"

"呃……"

"果然是吃过了。所以有了对比，就有了挑剔。"

缪临竟将茶夹一扔，不煎了。

被迫围观爱情话本的于今这时露出了牙痛的神情。这两人一会儿甜甜蜜蜜，一会儿阴阳怪气，比戏院排的新戏还要转折离奇，看得好伤眼……

所以为什么？为什么就没有一出爱情戏让她当女主角来演呢？就陆万嫌这演技，于今觉得自己也可以与之一较高下，不就是阴阳怪气、曲折离奇，她也会啊。

于今不会知道，眼前的戏不算离奇，真正离奇的事情正发生在隔壁。

此时贴在地板上窃听的姬雀竖起了两根手指，对潮汐公主示意："听见了，好像是什么……调戏……动嘴……撩拨……这样的词，也

不识郡王真面目

不知道什么意思啊……"

"还用说吗？！一猜就知道了！这个陆万嫌不是什么好货！她调戏撩拨缪大人，还动嘴亲了他，造孽！真是造孽！"

"啊？哦……"

潮汐公主气得满屋子踱步，一百种解决办法浮现在脑海中，她问道："姬史官，本公主要是现在闯过去，狂扇她耳光，再撕烂她的嘴，警告她离缪大人远一点，可行不可行？"

姬雀这时赶紧站了起来，伸胳膊阻拦："不可行，这一招太鲁莽！您是高贵的公主，那汴梁纨绔陆万嫌才是反派，您过去揍她，她肯定会当场装柔弱跟缪临哭诉，就显得您很被动、您很坏了呀！"

她当然不是为了保护陆万嫌的脸，而是为了保护自己的脸。潮汐公主过去揍人这纯属自不量力，说不定还会被陆万嫌反揍，若打顺手了，陆万嫌说不定还要额外揍一下她这个公主跟班。不行，不能去找打。文化人，要懂得动口不动手。

"那我要怎么办？！我总不能眼睁睁地看着她用她那下三烂的手段占缪临便宜，万一她给缪临下药，再怀上他的孩子……"潮汐公主说得眼泪都快要下来了，"本公主喜欢的缪临，怎么能让陆万嫌那样去作践！"

姬雀无力反驳，想劝公主能不能别老是说一些奇怪的话。但她还必须安慰下去："没事的，公主，虽然您比较天真，但我可以帮你斗她。她要是敢怀孕，您就让她难以保胎，时机到了还能赠送她'推下水''绊倒腿'和'夹竹桃麝香'！"

"可是我这样就更加像坏人了啊，明明陆万嫌才是纨绔，她是坏人。"

姬雀松了一口气，这个潮汐公主理智回笼，好像又清醒了。陆万嫌啊陆万嫌，我姬雀在暗处救了你多少次，你最好心里有点数！

"姬史官，你与她们同是岐国四大奇女子，为什么于将军能混进去，你却要在隔壁偷听啊？"潮汐公主不解地问道。

姬雀两眼凝神地盯着潮汐公主，神情那叫一个情真意切，感人肺腑。她坚定地澄清道:"因为我跟陆万嫌是虚假的友谊,是纸糊的朋友,平时我们虽然嘴上姐妹长姐妹短的,亲得跟一家人似的,但其实她对我很是防备。我只有对公主您才是真心,因为我是您的人啊。"

废话,当然是因为陆万嫌就好似千年鸡贼成精,从她那里根本骗不到一文钱,唯有在你这边我才能荷包充盈啊。这才是姬雀心中最真实的想法。

潮汐公主愤怒地捶墙,道:"我不管!你今天必须混进去,再将所见所闻写成报告给我,我要将其呈上去,让她的诡计落败!"

姬雀应了下来,躬身送走了潮汐公主,等她想好了借口,推开隔壁包房门进去的时候,包房里已经空无一人。

唉,竟然没赶上。

她正要走,只见翟不缚也迈入了此间,他头顶簪着青玉冠,穿着一身富贵但没什么品位的长袍,一手拿着折扇,另一边胳膊底下还夹着那三幅画。姬雀看他这样子,一时还以为他是来找自己"求售后"的,心一紧,都不敢率先开口。

"咦?我听人说阿嫌和缪临来这里吃饭了啊,人怎么不在?"翟不缚左看右看,环顾四周地找着人。

姬雀这才放心,原来翟不缚是来找别人的,不是找她。她微微一笑:"你来晚了翟公子,他们走了。"

翟不缚这才将视线落在了姬雀身上,顺手就将三幅画放在了桌上,说道:"不过遇见你也正好,姬雀,这三幅画给我退了吧。我本来是给阿嫌买的,但是她看了并没有开心,走的时候也没拿,我觉得她一定是不喜欢,那就算了,我要退掉。"

"这怎么行?!"姬雀顿时就严肃起来了,"翟公子,你都买了,又怎么能轻易退呢。这就好比你把茶叶蛋退给了老母鸡,你看它叨不叨你就完了。"

"可是我又没有弄脏这画,你还能再卖啊……"

遇见一个傻子是很不容易的好吗,谈何再卖?姬雀实在不想退,只能问了问:"你应该并不缺钱才是,你不是还搞些小发明拿去卖的吗?算起来,咱们两个都在卖货,这叫同行,同行是不能相轻的,你可不要欺负我。"

"我没有欺负你的意思,我就是最近手头紧,有点缺钱。"翟不缚倒也直言不讳,解释道,"勾栏有个春花小娘子,打人的模样特别娇俏,骂人的声调也很好听。"

"你跟我说这些做什么?"姬雀上下打量着翟不缚,眼中满是轻视和怀疑。

"这么令人心动的小娘子,身世却很可怜,我想给她赎身。"

赎身?姬雀只觉得无厘头,一个纨绔子弟,怎么能在不同女人的手里栽出雷同的跟头呢?

"姬雀,你要是听一下她的身世你也会哭的,她是真的可怜,命运非常凄苦。"翟不缚顿了一下道,"她是个孤儿。"

孤儿,难道这两个字就拿稳了身世凄惨的剧本了?姬雀看着翟不缚那认真的样子,心想这个大傻子,如果要被骗,也应该由她来骗。

羊毛出在羊身上,有毛不薅非君子。他花的那些冤枉钱,应该全都进入她的钱袋!

"翟不缚,其实我也有一个不为人知的秘密。"姬雀吸了一下鼻子,半真半假地说道,"我也是个孤儿,我的房子是我租来的,我怕被人看不起,连父母都是租来的……"

"啊?"

"我家原在乡下,自小,我的亲生父母就因欠债被债主失手打死,接着我又被养父母虐待,他们要把我嫁给一个老头做妾。我好不容易逃出来,来到汴梁,本想靠着会写话本的才艺去书馆做工,可又被老板骗进了一家穴位按摩馆。那里的医师只让我按摩客人的脚底穴位,不出三个月,我的手部就染上了脚气……"

翟不缚直接就愣住了。

"我的手直掉皮,一提笔,就如百蚁钻心般又痒又疼,我知道我废了,我已经没有了谋生技能……"姬雀继续边抽泣边道,"后来事

第九章 栾树辞行

情有了转机,朝廷有了新政,招收女官,我用强劲的药膏掩盖我手部的病症,闯了一关又一关,最后谋得了一个小史官的职位……

"我惧怕没有钱的日子,所以想尽办法在做副业,业余时间继续写话本。但这终究是下九流、上不得台面的事,所有人都瞧不起我卖弄文字、瞎编故事,我一直在被大家霸凌……现在,我的手部病症已经到了晚期,我没有太多时日了,我只想赚够钱给自己买一块风水好的坟地,这样我也许下一生会过得好一点……所以我不能退钱给你,我需要钱……"

姬雀一边讲,一边用余光瞅着门口,她生怕陆万嫌落下什么东西回来拿听见了这一段,她若听见,定会破口大骂自己编故事编得太不走心。

但万万没想到,就是这种不敬业编出来的不走心桥段,翟不缚竟然听着就红了眼眶,他一把抓住了姬雀的双手,双眼迸发出一股难以抵挡的温柔与怜惜。

姬雀想要抽回手:"不行,我脏,别碰我的手,当心被传染……"

却听翟不缚道:"我不怕。要传染就传染给我好了,世上怎么会有你这般命运波折的女子,你都很努力地在改变命运了,可老天偏偏不放过你。"翟不缚甚至流下了一滴泪来,"你放心姬雀,我不用你退钱了,那个勾栏的春花暂时又死不了,她可以晚点赎身。眼下最重要的是你,我会帮你一起赚钱的。"

姬雀连手都忘了抽,她也愣住了。一时间,她看翟不缚的眼神都柔和了那么万分之一。

翟不缚这时松开手,用袖子擦了一下自己不慎滑落的一滴泪:"姬雀,你不要放弃,现在还不是买坟地的时候,这个病一定能治。就算治不好,截肢说不定也能保命。虽然没了手对你这种爱写东西的人来说无异于灭顶之灾,但我会陪着你活出一个精彩的人生,你还会有很多很多个明天。"

造孽啊,简直造孽……姬雀好想跑。

理智分明在告诉她,眼前这个人是个水性杨花的纨绔子弟不好沾惹一身腥,可是本能又在告诉她,这个人心软,好骗,还长得帅。

理智又说,你再等等,你们根本没有深交,靠这一套卖惨之术玩暧昧,完全不是你的求爱之道,但是本能又让她的心在此时此刻此情此景中,隐约升起了一丝柔情和愧疚。

当然,这丝柔情和愧疚中,肯定还存在着一丝不多不少的清醒,姬雀赶紧叮嘱道:"翟公子,这是我的秘密,我不想叫别人知道,我只说给了你听,希望你别将我的病症讲给他人,我不想再被人当作话题。"

"我不会说的。"

"尤其不能告诉陆万嫌!"

毕竟陆万嫌精得跟猴儿一样,能轻易识破女人的千百万种套路,要是让陆万嫌知道了,她实在很怕自己会被修理,陆万嫌整人的套路层出不穷,根本防不胜防。

"嗯?"翟不缚的神智也出现了一丝回笼的迹象,"可是阿嫌是我最好的朋友,她不是坏人,她也会帮你的!"

姬雀摇摇头:"你不懂,女人之间的感情是很复杂的。陆万嫌再善良,遇见情敌也很难保持理性。"

见翟不缚眨了眨眼,仿佛在消化什么,她赶紧趁热打铁:"没错,就是你想的那样,我对缪大人有情,我爱他好久了。而陆万嫌和缪大人之间不清不楚的关系你也知道,所以我……"

"怎么又一个喜欢缪临的。"翟不缚这才悟了姬雀的顾虑,他赶忙道,"行吧,我答应你,你的事我谁都不说,连阿嫌也不说。"

姬雀掏出手帕,擦了擦泪,又擤了一下鼻涕。

翟不缚竟夺过手帕,重新用手帕轻捏姬雀的鼻子:"以后你尽量少用手,像擤鼻涕这种事我也可以帮你,赶明儿我帮你发明一个擤鼻涕的物件,免费送你。"

"翟公子……你真好……"

翟不缚用另一只手搔了搔头,不好意思地笑笑:"没有没有,我不好,我只是一个普普通通的汴梁纨绔。"

第九章 栾树辞行

不，你真的很好。姬雀很想这样说。

用过餐，于今再度去寻找有眼缘的男子，想要开启自己的姻缘，剩下缪临和陆万嫌走在郊外的集市上。他们二人肩并肩，倒像是很平和亲近的样子，与以往的相处大不相同。

但还没过半炷香的时间，陆万嫌就又生气了。

因为这区区数千步，路旁对缪临抛媚眼、送绣帕荷包的人就快要让她看花了眼。不管走到哪儿，都有一群小娘子像蜜蜂叮麻糖一样嗡嗡围着他转。最可气的是，小娘子们明明看见了缪临身侧站着的她，却都装作没看见一样，这殷勤献得旁若无人。

而缪临也一一点头道谢，没有口出恶言或冷漠相对，他依旧是那个面如白玉身如青松、温润儒雅的缪氏麒麟子。

陆万嫌感觉自己仿佛被打了脸一样，怄都要怄死了。

这个刚化了形的男狐狸精，你让我只能玩你一个，可你自己却招蜂引蝶！怎么，这是在报复我吗？

她越想越气不顺，便故意停在一个卖折扇的摊铺前，拿起一把打开扇了扇，顺便询问摊主大婶："什么价？"

大婶伸出双手比画着："十两。"

陆万嫌单手从腰间掏出银两，正要给，大婶却摆手拒收："等一下，郡主，你怎么不砍价？"

陆万嫌竟然被认出来了。她还带着脾气，有点暴躁地回道："这么便宜我还需要砍价吗？我像没钱的人吗？！"

"话不是这样讲，买东西不砍价成何体统！"大婶指了指旁边摊位，"旁边到处都在砍价，给个面子，砍一刀。"

陆万嫌有点烦躁了，尤其是看见身侧的缪临一脸云淡风轻的样子，他好像并不觉得被那些献殷勤的女子拦路打扰是多么令人烦躁的事情，这让陆万嫌更加不爽，她对着缪临抬了抬下巴，示意他来砍价。

缪临看着大婶露出一种兴奋且又期待的神色，不由得微微一笑，试着砍价道:"九两?"

"哎哟公子,你砍得也太温柔喽。你不要慌,再砍狠点。"说着大婶还上下打量着缪临,"举手投足间都这么温柔,我要是再年轻十岁,怕是也要为公子倾倒喽!"

连上了年纪的大婶都勾搭?陆万嫌眉头一皱,发现事情并不简单。她直接挡住了大婶的视线,在摊子上依次乱指:"这个折扇,这个挂坠,还有那个书简,再加上那一排顽石,都给我包起来。总共给你五两,你服不服?"

大婶愣了一下,倒是缪临率先开口,他轻声问道:"需要买这么多吗?"

"需要!为什么不需要?!一点都不多!"陆万嫌的白眼都快要翻到天上了,"你看,这个我要送给翟不缚,这个送给栾树,还有那个要送给倦野,另一个送给于今,再说家里的丫鬟我也要送,都买下来并不嫌多吧。"

她将所有人都数了一遍,就是偏偏故意漏掉缪临。

缪临:"……………"

这样真的让你感到很快乐吗,陆万嫌?

于是缪临也故意抬手指了很多东西,让大婶包起来,也没有说是要送给陆万嫌。陆万嫌一个没忍住,便一把掀了摊子,所有的纨绔气质瞬间归来,她扔给大婶一包银两:"以后别让我砍价,瞧不起谁?!这钱你收着!五十两!赔给你!"

陆万嫌转身气呼呼地走开,不承想又被另一个摊贩大爷拽住了胳膊:"郡主,你看看我的摊子碍不碍眼,要不……掀一下我的摊儿?"

缪临微叹一声,上前为陆万嫌解了围。他曾听翟不缚说过几句陆万嫌爱在外面掀人摊子的事,不过鲜有人知,事实是那些摊贩平日生意不好,过得比较惨,主要就靠陆万嫌时不时过来掀摊子的赔偿活命。陆万嫌这样做,一方面能维持她女纨绔的人设,一方面也算随手帮个忙。

他轻声打趣道:"陆万嫌,你是不是演纨绔有点上瘾了?"

第九章 栾树辞行

"谁演了？我就是！"她哼了一声，就想甩袖离开。

但缪临手疾眼快地拽住了她的袖子，还伸出另一只手摸了摸她的头，像是撸猫一样安抚了几下。果然，奓毛猫眉眼中的无名火消散了许多。

这一日临别时，缪临再度对陆万嫌叮嘱道："栾树记得要送走。"

陆万嫌撇撇嘴："我自有安排，你不要操心这件事。"见他还要说什么，她赶紧又交代道，"还有，咱俩的事先不急，潮汐公主求官家为你们赐婚，你爹娘应该也是一百万个乐意的。这是你的事，你得摆平，不然你以后跟我混在一处，你爹娘又要闹我，潮汐公主肯定也要闹我，我还有没有清静日子过了！"

"好，我知道了。"

"另外，你能不能控制一下，把你的狐狸尾巴收收好，别那么招蜂引蝶，不守男德。"

"你这说的是哪里的话，什么招蜂引蝶，我都没有看过别人。"

"你不看，她们都在春心荡漾；你要是看了，那还得了？"陆万嫌气呼呼地道，"真是跟老孔雀一样，到处开屏，让人不省心。"

缪临又笑了："我可以理解为你在吃醋吗？"

"笑话！我陆万嫌怎么可能吃醋！"未等缪临再说什么，陆万嫌再度哼了一声，就转身快步离去。但肉眼可见的是她的耳垂浮起了一丝薄红。

缪临看着她的背影，心像泡在了蜜罐里一样浮浮沉沉，难道他期许的一切就真的近在咫尺了吗？

当然，之后的一日，缪临也专门堵了翟不缚一回，将他拉到角落，问出了心中的疑问："翟不缚，有件事想问问你。一个人有钱，但不爱给你花钱是什么病？"

翟不缚言简意赅，答得果断："抠！"

缪临神色间有一股淡淡的忧愁，因为他不太确定这个答案是不是真相，于是又问道："那还有救吗？"

不识郡主真面目

翟不缚摇头晃脑地说道:"对所有人抠,就有救,只对你一个人抠的话,就是你的问题。"他从袖口掏出一个玉坠,举在缪临眼前,故意显摆道,"哎,你看看阿嫌之前送给我的这大玉坠,锃光发亮,千金难买。瞧瞧这成色,瞧瞧这通透感,你说我穿上绳子挂哪儿好呢?是戴脖子上,还是挂腰间?"

说着,他还不停地在脖子上和腰间比画起来。

缪临漠然道:"戴脖子上——"

翟不缚高高兴兴地答应:"好嘞。"

没想到一向君子端方、不出恶语的缪临这时又接上了后半句:"最好勒死你。"

翟不缚:"⋯⋯⋯⋯"

惜缘郡主府。

圆月被掩去了半边,已是夜深之时,陆万嫌猛地从床上坐了起来。她想了一天一夜,起身就把全府的人都叫醒。

等大家都打着哈欠站到了她眼前时,她才摩挲着下巴悠悠地试探道:"我们惜缘府有问题。"

这么晚,这么严肃的气氛,丫鬟灵缇直接被吓精神了,脱口而出道:"什么问题?郡主你别吓我们啊,不会是要被抄家了吧?"

众人顿时都慌了,灵璧直接嘤嘤嘤地啜泣起来:"不要啊,我还没有给郡主陪嫁,奴婢不能死……"

灵缇撞了一下灵璧的胳膊,将她的哭泣打断:"是抄家,不杀人。"

原来谣言就是这样起来的,你们这些造谣分子!陆万嫌赶紧抬手往下压了压,澄清道:"我是说,我的府里,有鬼。"

所有人皆是一阵皱眉,万万没想到平日里就过于离谱的郡主现下变得更加离谱了,怎么还搞起怪力乱神来了?

灵璧天赋异禀地变了张脸,从悲伤哭泣改为了精明懂事,她左右看了看,还配合着演起戏来:"天哪,真的吗郡主?是男鬼还是女鬼呀？奴婢好怕。"

陆万嫌无力回嘴，只是轻咳一声："不是怪力乱神的那个鬼，我是说——内鬼。有人将我的行踪全部说了出去，所以缪临总是能精准地找到我，除他以外，也许还有更多人知道我的日常和行踪。"

府中人人倒吸一口凉气，齐刷刷地跪了一屋，纷纷请郡主息怒，毕竟这样的无端猜疑可要不得，"背主"是一个大罪名。

灵缇不由得说出了一句大实话："郡主啊，你的行踪真的不需要对外透露，你风风火火的从来都不低调，你要干点什么，全汴梁的人都会知道啊。"

"是吗？"

"是啊是啊！"

"哦……"好像也有几分道理，于是陆万嫌解散了众人，独独留下那俩丫鬟。她伸脖子朝外看了一眼，并没有看到栾树前来，于是交代道："你们把栾树叫来，然后出去把门关上。"

这大晚上的……

灵璧和灵缇对视一眼，眼神乱飞，是想了又想，斟酌了又斟酌，灵璧才担心地叮嘱了一句："郡主，注意身份哦，千万不可那个……"

"不可哪个？"

"就是那个那个啦！"灵璧不停风情地眨眼，试图暗示明白。

陆万嫌一时发愣，面色犹疑："灵璧，你有什么话非得藏着掖着，欲言又止还不说清楚？这个月的月俸没了。"

灵缇赶紧解释："不是啦郡主，灵璧的意思是，郡主可千万不可对栾小郎君用强的。不然无法善后，宰执大人定会打得你屁股开花的。"

灵璧接话道："郡主屁股开花倒无所谓，只是一旦走出这一步，郡主就和缪大人无缘了！"

陆万嫌不理解，但是她大为震惊，喘息了半晌才想起来骂人："你们两个精神病快给我滚出去！屁话怎么这么多！"

两个丫鬟不约而同地吐了吐舌头，拉着手跑出门了。

少顷,栾树就顶着月色前来,他对陆万嫌微微行了个点头礼:"郡主。"

陆万嫌右手掌一摊:"坐。"

栾树心事重重地坐下。陆万嫌继续说道:"栾树,我叫你来,是因为我突然想起来一件事。我姨母,"她顿了一下,加重了语气,"就是皇后娘娘,她给了我三天时间,让我将你送回太学。明日之期一到,她发现我没有照做肯定会有所动作。但你别担心,好好住着,交给我来摆平。若是有人想把你抬出去,你就大喊我的名字。"

栾树眼神微动,斟酌良久,方才启唇道:"不必了郡主,其实学生是来辞行的。"

"啊?"她惊讶了一下,但她也知道栾树在担心什么,只得再次安抚,"我们之前不是说好了吗?你留在我身边。你别怕,虽然我姨母手段多,但是我手段也不少,我可以护住你。"

栾树摇了摇头:"我住在郡主府里,没想到会给郡主添加如此多的不便,实在是很抱歉。"

陆万嫌心平气和地道:"没有不便啊,你别乱想。"

"其实那日郡主进宫时,学生的夫子前来劝诫,让我早日归学。再者,学生虽只是住下,但外面风言风语都在传……"栾树言语卡壳了,脸都有点红。

"传什么了?"

"传学生已经成了郡主的入幕之宾,和郡主有那种关系。"

陆万嫌反应了好一会儿,才明白过来栾树的意思:"哦……你的意思是,跟我混迹一处,被人家嚼舌根,有损你的清誉。"

"不是的!"栾树急忙站起身,朝陆万嫌拱手躬身,"学生不过草芥,能得郡主重视,和郡主一道行事,是学生的幸运。"

"那你还……"

"但是学生也要顾及郡主的名誉。郡主还是未出阁的娘子,没做的事,总不能任意让那些人编排。那样学生心里真的过意不去。"

陆万嫌笑了,手指有节奏地敲击着桌子:"栾树啊栾树,你可能不了解我。我自五岁起就四处称霸,恃强凌弱,抢零食又抢玩具,家里有再多金山银山我都不稀罕,就爱抢着来;十岁时,我就因为调戏国子监的同窗,结果那同窗吓哭了回家找他爹告状;十五岁我就开始在胡同口拦截礼部侍郎家的二公子,不让他回家……"

"郡主……"

"我常年作恶多端,风评差,如果我死了,一定没有人给我哭坟。"陆万嫌笑了,"这样的我,你竟然担心我的名誉,是不是很值得我夸赞一句?"

栾树抿了抿唇,微微垂下头:"郡主何必自嘲,总有人能看清你外表下的本质。"

"我的本质是什么?"

"外面人都说你是多么恶劣,多么阴险狡诈卑鄙下流,可是学生觉着,郡主也不过是故意仗势欺人,耍耍小性子罢了。"

栾树抬眸看着陆万嫌的双眼,真诚地诉说着,竟然把陆万嫌都说恍惚了,仿佛这又是一个能洞察她内心美好灵魂的人。她顿了顿,干笑一声:"哈哈,是吗?"

"所以那些负面的评价,郡主别太往心里去。你是个好人。"

"本郡主是不是好人,无所谓,我从来也不在乎那些闲言碎语,我只是担心你在乎。"

栾树欲言又止,过了好半天才有胆量说出口:"我还是想听夫子的,重回太学。"

说着,他又躬身给陆万嫌行了个礼,带着一点乞求的意味。陆万嫌赶紧扶住他的手腕,让他起身,她也是无意间看到,栾树的小拇指指甲盖竟然是黑青色的。

"栾树,你这指甲怎么了?"

栾树忙将右手藏了一下,解释道:"只是被门夹了,瘀血了。不过无妨,不影响写字的。"

陆万嫌心想,这个栾树怎么自从住进她府中就多灾多难的,还以为她能护住他周全,但好像也什么都没护住,他还是要回到危机重重的太学,面临着时刻到来的暗害与危险。

最后,她还是同意放他离去,只是叫倦野派一些暗影卫暗中保护他。

新的一日,陆万嫌赶去廷尉司点卯,廷尉司直看见她出现,当即气成了一只河豚,就她不打招呼旷工数日的问题,骂了她足足一炷香的时间,吵得她耳朵都快要起茧子了。

她明明是另一个战场上的护国英雄,做的都是利国利民的好事,但她不能说。她看着廷尉司直上下翻飞的嘴唇,靠着在心里默记他骂人的词汇量来转移注意力。

同样在职场上拼命奋斗的还有姬史官,白日里她编撰完史书,又记录好官家的起居注,然后就又接到了潮汐公主的安排。原来官家同意了潮汐公主的请旨赐婚,缪临于公主已经唾手可得。

公主想在今日去廷尉司堵一下陆万嫌,要将这一手消息告知,好杀杀陆万嫌的威风。但是她定做的绝美衫裙晚一刻才到,她必须身披这件"战袍"才能让陆万嫌自惭形秽地哭出声来。

于是姬雀就接到了这个打头阵先去堵人的任务。说句实话,要不是这趟跑腿有钱可拿,姬雀才不想公开与陆万嫌为敌。

姬雀忙完一切本职工作,天色已近黄昏,于是她只能一路火花带闪电,脚底板都摩擦出了火星子,才赶到了廷尉司大门前。令人看不懂的是,她除了背着一个装了纸笔的小挎包以外,手上还提了个夜壶。

还好还好,陆万嫌这会儿还没散职。

秉着在时间的夹缝中也要赚钱的原则,姬雀把夜壶放在脚下,从小挎包内掏出纸笔,靠在大树上开始写话本。刚写到绿茶姐姐一巴掌扇飞了女主,霸道男主又一巴掌扇飞了绿茶,女主赶回来又准备扇男主巴掌时,潮汐公主就风尘仆仆地赶了过来。

她对陆万嫌实在是爱得深沉,第一时间就询问姬雀:"那个万人嫌呢?出来了没有?"

第九章 栾树辞行

说着她整理了一下华丽的衫裙,挨个儿摸了一遍自己的首饰,确认了自己的形象绝对可以碾压任何人。

见姬雀像个老乌龟一样反应缓慢,潮汐公主又掏出一袋银钱甩给她,果然,姬雀重新活跃了起来,笑容都怒放了:"回公主的话,万人嫌还在里面,我们来的时间刚刚好,她今天必输!"

"输不输的本公主不在乎。"虽这么说着,但潮汐公主脸上还是显露出了一抹邪恶的笑容,"但要是今天能把她气死,就算没白来!"

不是,你想嫁给缪临到底是因为你爱他,还是因为你想气死陆万嫌啊?!姬雀默默地在心中翻了个白眼。

突然,她又想到了此行的另一个目的,于是把地上的夜壶端起来,神秘地示意道:"潮汐公主,您瞧瞧这个特产……"

潮汐公主一看见夜壶,自然很是嫌弃:"这是什么特产?"

姬雀一本正经地胡说八道:"这是刚出土的,上古的夜壶,岁月悠久,很是值钱。您闻闻,味道是不是很复古?"

于是潮汐公主凑近闻了一下,表情顿时变得奇怪起来:"好像是真货。"

"对啊,绝对的正品。我一搞到,立即就给您带来了。"姬雀眨了一下眼,"这回我不要您钱,就当进贡给您了。您如此高贵典雅,又有品位,鉴赏能力超群,这夜壶只有您才配收藏。其他人收藏那都叫暴殄天物。"

"哦?"潮汐公主被拍马屁拍得浑身舒适,顿时挺直腰板,骄傲道,"那本公主便收了它吧。不过也不能不给你钱,本公主像差钱的人吗?干吗平白无故拿你东西啊。"

"公主大气!您跟陆万嫌太不一样了!陆万嫌就是个混球纨绔,她要东西从来都是靠抢,从不给钱。"

潮汐公主掏出荷包,又支付了一笔"冤大头"费,还满意地咂摸了一下嘴巴:"人跟人就是要比,才能看出差距。希望缪大人早日看清她的真面目。"

姬雀把头都快要点掉了:"没错没错!"

不识郎君真面目

没多久,陆万嫌优哉游哉地掏着耳朵,从廷尉司走了出来。她今日的确有所感悟,一个人在短时间内是不能够听那么多骂人之言的,不然真的好容易失聪。不仅是失聪,她也好像是失明了一样,目不斜视地从潮汐公主身边走了过去,连一个余光都没给。

潮汐公主震惊了,她向来走到哪里都是众星捧月,从没有人敢忽视她,结果这个万人嫌竟然敢和她擦肩而过当作不认识?她大叫一声:"陆万嫌!你站住!"

陆万嫌这才回过神来,也回过身去,看着潮汐公主,眨巴眨巴了下眼睛:"什么事?"

潮汐公主上前几步挑衅着,满嘴都是嘲讽语气:"呦,看看这是谁啊,这不是大名鼎鼎的女纨绔陆万嫌吗?"

但陆万嫌只觉得潮汐公主是真的有病,在别人为人生价值和各种生活目标努力奋斗时,她依旧在稳定发疯中。

"你叫我的名字,就是为了说上这一句废话吗?"陆万嫌问道。

潮汐公主轻扇圆扇,姿态高贵地说:"陆万嫌,听说母后让你选亲,汴梁所有的世家子弟都浑身颤抖,抱病不出,生怕被你选上啊。不会吧不会吧,你以前风流浪荡,日日与男子周旋,结果竟没有一个人想娶你啊?也太惨了吧!"

陆万嫌一阵嘴角抽搐。

阴阳怪气,大概是每个反派女配必然会掌握的一门传统技艺。潮汐公主又骄傲道:"我就不一样了,官家要为我和缪临赐婚了,你有什么想说的?"

陆万嫌淡定地反问道:"你想听我说什么?"

针锋相对,阴阳怪气。姬雀看得好紧张,大气都不敢喘,眼睛都不敢挪,生怕错过任何一方的微表情。

"我呀,毕竟是官家最疼爱的女儿。我们俩从小抢同一件宝贝,结果总是我赢,你忘了吗?"潮汐公主傲娇道。

"没忘啊,每次你都赢了宝贝。"陆万嫌话锋一转,"但我夜里夺过多少次,为了抢宝贝暗地里套过你多少次麻袋,你是不记得了吗?"

潮汐公主被噎了一下，又挽尊道："但你每次抢到，都会被罚、被打！"

"那是我自找的，我活该啊，不被罚不被打才不正常。这都是我的报应。"

潮汐公主缓缓张嘴表示震惊。陆万嫌竟然说了她的台词，她瞬间不知道该怎么应对了。她要是什么时候能有陆万嫌这样的厚脸皮，可能日子过得会更加顺心！

潮汐公主青筋一绷，手中的圆扇被她摇得呼呼作响："陆万嫌你记住，我是八两黄金，你是半斤废铁，你千万不要妄想跟我比！"

"你夸自己的时候能不能不要这么拘谨啊？你就夸自己是八百两黄金不行吗？是什么让你连做梦都这么小心翼翼的，是我吗？"

"噗……"姬雀本不想有任何存在感的，但听到这里的时候还是没有忍住笑了出来。

她很好地转移了潮汐公主的尴尬，于是潮汐公主一个眼神甩过去，姬雀就知道该自己上场了，她狗腿子似的上前一步，又腰道："陆万嫌，公主要的只是你的一个态度，请你好自为之。"

姬雀拼命眨眼，陆万嫌明白了，也就是说，今日如果不让潮汐公主满意而归，她可能还要在这里磨叽好久，也可能明天、后天、大后天都要过来纠缠。

算了，真正的智者能屈能伸。

陆万嫌顿时一抽鼻子，伤感地别过脸去，翻了好一会儿白眼才将将蓄了一大滴眼泪。她重新回头，倔强地看着潮汐公主，忍着不垂泪，表现出了一种虽败却仍要逞强的不卑不亢。

"你赢得了缪临又怎样，我根本不稀罕！"话尾，陆万嫌的眼泪从眼角滑落，滑出了一道颇具艺术感的线条。

这与生俱来的戏感说来就来，她要是不做纨绔，去登台演戏，也必定会成为千人追万人捧的一代名角！

潮汐公主瞬间开心了，失去的自信全部重回高地："哈哈哈，你故作无所谓的样子，好有意思啊。你说不稀罕，谁会信啊？看着你伤心还偏偏要嘴硬,我真是爽死了!"

事情到这里打住,潮汐公主心情舒爽地走了,还将地上放着的夜壶提走了。

陆万嫌没有看懂,怎么回事?难道潮汐公主犯了失禁的急症,随身要带着夜壶?但她其实也懒得多琢磨,毕竟总不能将自己的智力拉到潮汐公主的那个水平吧。

姬雀晚走一步,就被陆万嫌抓住后颈提了回来:"姬雀,你是不是有病啊,你帮着外人来气我?"

姬雀额角微微渗汗:"不是不是,阿嫌,我是卧底,我表面上站在潮汐公主那边,是为了帮你探听消息,万一她要出什么招害你,我还能偷偷提醒你。真的。咱们大岐四大奇女子,永远不分你我。我绝对站你这边的,你放心。"

陆万嫌听得直皱眉:"鬼才能放心,别以为我不知道,你就是一根为了金钱左右摇摆的墙头草!"

姬雀甩开陆万嫌的手,换上了理直气壮的样子:"你知道又怎么样啦,我爱钱有什么不对?人总不能为了友情,连钱都不要了吧?"

有理有据,无法反驳。

陆万嫌又想起一事,"听说翟不缚——"

话都没说完呢,姬雀就连连摇头:"没有没有,我可没有骗他钱!你不要冤枉我!"

她这交代得未免也太快了吧?陆万嫌又抓住了姬雀的衣襟,防止她跑路:"除了让他花巨资买了三幅赝品,你还骗他什么了?什么时候骗的?"

"都说了,没有的事……"

"你这脸皮之厚,可造战鼓。我可警告你,别骗翟不缚,他虽然脑子不好,但他有朋友。被我发现的话,我一定会把你给……"后面的话就像虫鸣鸟叫一样,尖锐刺耳。

陆万嫌一通怒骂警告,如训曾孙,把今日从廷尉司直那里学到的东西，全部倒给了姬雀。姬雀缩了缩脖子，委婉地点评道："要是缪大人看到你现在的骂人嘴脸，估计永远都不会再搭理你了。"

陆万嫌怒气冲天地咆哮："你好端端地提缪临干什么？"接着，又生硬地转折，"潮汐公主刚才说的是不是真的？缪临真要娶她？"

姬雀撇撇嘴："缪临娶不娶她我不知道，反正官家已经点头了。既然他不能娶我，那与其跟着你，还不如跟着潮汐公主呢。毕竟公主人傻钱多好骗，和她成亲，日后大有可图。"

说着姬雀就开始思维发散，双眸都亮了："如果你实在不忿，就在他们成亲当日开启绣球招亲也嫁个人，然后你们各自在洞房花烛夜时，方知真爱是谁，接着连夜携手私奔。又因违背圣意被追捕，最终共赴黄泉，化为蝴蝶翩翩飞舞，谱写出一曲爱的赞歌，永世传颂！"

"都说了让你少写那些奇怪话本了！"陆万嫌一掌把姬雀推了好远，不想再理她了。就知道她那张破嘴里吐不出什么象牙来。

不过，绣球招亲要嫁人的消息，倒是可以传一传，定一定。陆万嫌倒要看看，缪临那个死男人到底会去娶潮汐公主，还是要来给她撑场子。

如果他让她失望了，那她真的会狠下心来把这个招蜂引蝶的家伙剔除出自己的世界，让他去跟别人谱写爱的赞歌！

姬雀挨了一顿骂，都转身要走了，又退了回来。她神色很是复杂，犹犹豫豫地问道："陆万嫌，虽然我们有很多理念不合，但……我们还是姐妹吧？"

"你有话快说，不要绕圈子！"

"我想跟你了解一下翟不缚的过去。"在陆万嫌刚要凝眉说话的那一瞬，姬雀赶紧伸手捏住她的嘴，继续说道："你放心，他跟我八字不合，我对他没有任何男女之情。我只是觉得他与众不同，他脑子有点奇怪，那种愚蠢的感觉都快要溢出来了，他却一点都没有察觉。我很想把他当作我的创作素材……"

陆万嫌打掉姬雀的手："我跟你讲了，又能有什么好处？"

不识卢山真面目

姬雀又拉起了她的双手，亲热得就像她俩刚从一个被窝出来："我明白，你什么都不缺，的确从我这里也得不到什么，不过陆万嫌，你心中有瓜，就不想跟别人分享一起吃瓜的吗？反正我的分享欲随时都是爆棚的，你讲出来也对身心有益。"

还别说，还真别说，爱八卦是女人们与生俱来的特质。

陆万嫌双眼刚刚眯起，姬雀就知道她被自己说通了，忙问："翟不缚平时都喜欢做什么？"

"斗鸡，斗鱼，促织，撩拨小娘子。"

好家伙，真是完美的纨绔四件套……

接着陆万嫌又讲了起来，翟不缚一直自诩万花丛中过，风流趟爱河，但实际上他是一只只要途经女人身旁就会被薅上一把羊毛的蠢肥羊。这倒要追溯到他的第一段畸恋上了。

那一年，翟不缚可以说是海边盖房子——浪到家了，天天调戏小娘子，没个正形。但他那时还有脑子，很抠门，小娘子们想从他身上讨到一分钱都是难事，他主打的就是一个陪伴与嘴甜。

后来他遇见一个美丽的盲女，还故意假摔在人家身前，二人由此结识。盲女生活不便，他为她学习木工，绘制图纸，发明制作了很多东西改善盲女的生活，还一改常态地自掏腰包。一来二去，两人感情加深，浓上加浓。

翟不缚都有了娶她的心，但常见的桥段出现了，翟不缚她娘一百个不同意，还利用自己的"牌搭子圈"调查出了一个爆炸信息——那盲女是在装瞎，心术不正，目的不纯！

翟不缚没有声张，暗中跟踪，又发现了更离谱的事，这个假盲女竟然还有一个家！家中还有一个盲眼相公！而翟不缚发明的所有方便盲人的工具，最后都是这个男的在用！他真的要被气死了，便直接上前摊牌！

假盲女哭得梨花带雨，说自己装瞎是想体会相公的黑暗世界，与之共情，和翟不缚的相识也是阴差阳错。而她相公又患上了绝症，时日无多，得知翟不缚这般用心相对，便也想把自己就此托付。

假盲女口口声声说她已经爱上了翟不缚，旧爱和新情让她日日处在煎熬中。翟不缚怎么可能信？他认定这是一对"雌雄双骗"，骗他的感情，骗他的钱，骗他的发明，还骗光了他的一世英名和脸面。他收回了所有的东西，还报了官，自我怀疑了好长一段时日才从失恋里走出来。最后又去打听，发现那盲人相公已死，而假盲女因为没有了新生的希望，也自尽了。

姬雀瞳孔震颤："就这？"

陆万嫌继续绘声绘色地讲述："当然不只这些，翟不缚痛苦了很久，后悔自己没有相信她，但后来他又偶遇了那女子，原来她是假死，就是为了斩断与他的这段孽缘。翟不缚将她拥入怀中，孤悬的心仿佛遇到了港湾，他请求重新开始……"

姬雀眯起了双眼："然后？"

"然后就又被骗了，那个死掉的相公其实也没死，和这个女子联手骗走了翟不缚好多钱。"

"等一下，都经历过连环骗局了，按理说，不是应该从此断情绝爱，或者再也不相信女人了吗？他这个走向很不对啊。"姬雀有点蒙。

"因为后来他是自愿被骗的，他查到那对'雌雄双骗'来自一个组织，他们从小被拐，在组织里学习行骗之术，如果骗不到钱就会被打。组织里几千个孩子，最后出师的也就几十个，其他的死的死残的残。他爱上了那个女骗子，不想她无功而返被组织虐杀。女骗子后来知道了一切，反而将钱退了回来，真的留下了一封诀别信，然后就与整个组织同归于尽了。"

姬雀当即沉默，抿唇不言。

"翟不缚没有成功拯救她，很是难过，所以现在的他想拯救更多身不由己的可怜女子，哪怕她们的话有一分真实，那都值了。"

陆万嫌把这些事讲完后，姬雀的神情都变了，如果说之前还带着一点好奇和费解，那么现在她满脸都是敬佩。

她以为自己爱着缪临，并没有强行独占的心，反而希望缪临往更高的天空飞去，这样的自己是当之无愧的伟大了，但原来天外有天人外有人，翟不缚才是别人看不透的那个人！直到这时，她的心才涌出了一股说不清道不明的情绪，她好像做错了很多事……

"好的，我知道了，谢谢你的告知。"姬雀很神伤，她垂着头犹如行尸走肉一般离去。

在姬雀走后，陆万嫌眼尾一斜，竟牵了下唇角，露出一抹坏笑。

女人，你以为就你会编故事？跟我比，你还是嫩太多了。

第十章
天罗地网

两日后，翟不缚急匆匆地赶到缪临家。缪临此时正坐在庭院的棋盘前，摆弄着一副残局。桌案上熏香袅袅，桌前的他一身白衫，系着腾云暗纹腰带，不染尘埃，雅致得就像是一幅神仙画卷。

翟不缚来不及夸赞这意境，嘴里的话就像连珠炮一样蹦了出来："缪临，你听说了吗？阿嫌马上要绣球招亲这事，在汴梁城里掀起了轩然大波。这才几天时间，去她家的慰问团就换了不下三十拨，听说阿嫌被轮番探视得眼皮差点没翻过去。"

缪临缓缓落下一枚白子，眼皮都没抬："招亲时间是哪日？"

"后天。"说完，翟不缚又道，"你跟我去吧？我还叫了很多兄弟。"

缪临的神情微妙了一瞬，这才抬眼看了翟不缚一下："她在招亲，你是去赶场接绣球，还是要去吃席？"

翟不缚摆了一下手："哎呀，你这个人怎么这么古板！我们去充个人头嘛，捧捧场！你也知道阿嫌在汴梁的口碑和风评，我担心场子太冷清，显得阿嫌没人要，那岂不是尴尬。所以阿嫌的场子，必须搞得热热闹闹的！"

缪临点点头："好。"

翟不缚气息一滞。他怎么答应得这么干脆？好反常！难不成，他真的忍心看阿嫌嫁给别人?又或者说,他就是去抢绣球的?可是怎么一点风声都不透露出来啊……

翟不缚实在搞不懂缪临,他挠挠脸颊,干脆直接又确认了一遍:"你真的会去吗?"

缪临再度点头:"嗯,我跟你去。"

他的用词是"跟",这样一想,好像又不太像是要去抢绣球的。

"那你若还有什么同僚未婚,都叫上吧。"翟不缚大手一挥,"后天我们一定要让阿嫌成为全汴梁行情最热的女人!!"

缪临笑了一下,散发着一种阳光的感觉。翟不缚被这笑容闪到,心道,怪不得人人都说缪家麒麟子有靠脸杀人的绝招,这哪里是绝招,这简直是杀招!还好他不是女人,不然我肯定要被勾了魂去!

"你笑什么呢?"翟不缚没忍住开口询问。

缪临悠悠道:"你知不知道岐国四大奇女子,是因何评出的?"

翟不缚想了想:"另外三位我不晓得怎么评,但阿嫌,要么是掏钱了,要么是找人了。"

缪临又一笑,还是露齿笑。天哪,要知道缪临以前笑都是抿唇、扬扬嘴角这种程度,现在他竟然能一次性看到缪临这么多颗牙,真的好可怕。他赶忙又问:"又笑什么啊?怎么了,我说得不对吗?"

"之所以被称作奇女子,就是因为她们都是不同寻常的女郎。陆万嫌既然不走寻常路,这场招亲她就另有目的。"

"我咋看不出来?她安排好自己人抢亲了?"翟不缚百思不得其解,"不可能吧,我都不答应,难道真的会有人拿着青春赌明天吗?"

"你拭目以待就是了。"

"跟你们这些智商高的人真的没法顺畅地交流。沟通起来总是故作高深,让人猜个不停。"

"并非我高深,是你笨。"

"喂喂!人身攻击就不必了哈!"翟不缚嘴巴一撇,屁股一撅,用老鸭子的步伐走了出去。缪临被这活宝逗得思路全乱了,连棋都没法再下了。

第十章 天罗地网

陆万嫌把消息散播出去后,很多狐朋狗友都前来探望,她送走了一拨又一拨人后,不禁感动得想要流泪,忙对着身边的灵璧感叹道:"我实在没有想到我人缘这么好,真是让我感受到了久违的人性温暖。"

灵璧却突然执住了她的双肩猛摇:"主子你醒醒,她们只是来看热闹的啊!绝对不是关心你!"

"哦。"

陆万嫌敷衍地应了一声,便又提起了兴致,吩咐灵璧快去准备好烧烤所需的一切用具,她今夜要办一件大事。灵璧这丫头本就是个多嘴的,当然要问上一句:"什么大事呢?"

"钓鱼。"

短短两个字,尽显阴险。

夕阳刚刚染红天际,凉意些微,陆万嫌就已经摆好了烧烤架,一边烤着肉串,一边在院中静待佳人。

佳人姗姗来迟,看了看这画面,没忍住开口:"郡主好雅兴啊,天还没黑,便有如此兴致。"

"我天黑了兴致更大。"陆万嫌忙抬手招呼,"快坐啊缪临,我还给你烤了鸡肉串!"

尽管这鸡肉串烤得过了火候,但缪临接过,吃都没吃就开始称赞了:"知道我会来,还为我备着吃食,嫌儿是什么时候变得如此贤惠的?"

如果换作以前,她一定会觉得缪临是在阴阳怪气,必然要与之唇枪舌剑骂出个高下,可这时的缪临,那如玉般的脸庞在月光下尽显温柔,那双眼睛就像一潭清水,盛的满满的都是她。她一时被晃了眼,像赏宝似的端详着他,不但不想骂人,还有点害羞了。

少顷,她又轻咳一声:"我后天绣球招亲呢,你也不问问这事?"

缪临浅笑道:"我人都在此了,不就说明我的态度了。"

陆万嫌忸怩作态,哼了一声,少见地娇嗔道:"喊,你什么态度我不知道,我只知道官家给你和潮汐公主赐婚了,对吧?真是美得你!"

缪临一敛笑容:"旨意还未下。潮汐公主的确是这样打算的,官家和枢密院都觉得可行。不过……"他顿了一下,语气诚挚道,"不过我不要她,你且放心。"

她眸底藏着欣喜,又撇撇嘴,嘟囔道:"这是能说不要就不要的吗?"

缪临将鸡肉串放下,执起桌上的富阳春酒坛,倒了两杯酒:"我自有打算,但我想先听听你的。"

"我打算就听姨母的,但要派点人去捣乱。我将绣球扔下去,他们再给我踢上来,务必不让任何人碰到绣球。"

她起身,像说评书一样姿势浮夸,继续讲述起来:"到时姨母问起我,我就说自己终于放下脸面去绣球招亲,可下面人就像躲瘟疫一样不敢接,我太过丢脸受打击了!她若再问,我就当场发疯!到时她肯定会自责,要是不逼婚,我也不能疯。"

陆万嫌用难得的纯真善良又充满期待的眼神看着缪临,似乎在等待着她想要的回答。

缪临笑了,他怎么可能不知道她的想法,他徐徐道:"不必,你把绣球抛给我,我会牢牢接住的。"

缪临说得平静,目光温柔地看着陆万嫌,几乎舍不得眨眼,"不管如何,你只需要相信我,官家和我家人那里,我去解决。"

"哦……"

"哦?我说了这么些肺腑之言,陆典簿就赏我一个'哦'字吗?还真是叫人伤心呢。"他浅笑着说出这话,没有半分伤心的意味,倒像是在撒娇一般。

陆万嫌霞染双腮:"可我……之前也说过不想成亲,你接了我的绣球,我们要怎样呢?"

缪临温柔地道:"怎样都可以,都由你决定。"

"那你爹一定要气炸了。"

第十章 天罗地网

"我爹只是我爹,他不能左右我的人生。就像我喜欢你,我也不会左右你,也不会自作主张地替你做决定。"

缪临伸手将她拉过,陆万嫌一个重心不稳,就坐在了他的腿上,他继续道:"那绣球我接了,婚期可以随你心意,无限期延后,延到你七老八十也不是不可以。"

"真的吗?"

"嗯,心不为形所役,也算是真正的逍遥。"

陆万嫌的心里瞬间像洒了蜜一样甜:"那缪大人的这一生,可不就被我耽误了。"

"荣幸至极。"

"那你记住现在说的话,若以后翻旧账责怪我,我就给你心窝子上射上一箭!"

二人谈话间,夜色已经逐渐加深,八角灯纷纷亮起,他们四目相对,心意相通。陆万嫌举起酒杯,如此惬意之景,必要有酒相贺。缪临自然地也举起杯。

她不禁一笑,逗弄道:"缪大人不是从不饮酒吗?竟敢与我举杯共饮?可是被我带坏了?"

缪临却道:"我只喝你的富阳春。"

"为什么,因为它贵?"

"因为它是你的嫁妆。"

闻言,她的脸顷刻间红成一片。她的每一句玩笑话,缪临都记得,还有什么比这更令人心潮涌动的?不,没有了。

"光饮酒无甚意趣,就由我来为你助兴,怎样?"缪临眉梢微挑,有说不清道不明的风韵缠绕周身。

陆万嫌自是连连点头,满心期待。

只见缪临走到海棠树下,折下一根海棠花枝做剑,转身便舞起剑来。他白衣翻跹,乌发翻涌,剑势如虹,身形就如同凤翥龙翔。无数海棠花瓣在他的剑气中簌簌而落,就好像一场突如其来、下到人心头上的雪。

不识郎君真面目

陆万嫌本就是个注重外表的人,这样美好的画面给她带来的冲击不是一星半点。在缪临收剑的那一刻,她就已经扑了上去,不由自主地踮起脚尖,只想给他一个深入的香吻,来证明这样美好的小郎君只是她一个人的,只能供她独自享用。

在几乎唇唇相贴时,她又想到了什么:"对了,还有个事我得提前确认一下。"

"现在吗?"缪临有点无奈。

陆万嫌坚定地道:"对,就是现在,这很重要。我问你,万一今后某一日,我和你爹同时都困在火场里逃不出去,你会先救谁?"

"为什么是我爹,而不是我娘呢?"缪临想了一下,"怎么想,我爹应该都不会同你共处一室,不然还没被烧死,他也会先被你气死的吧?"

"哎呀!不要绕开话题!你就说你会先救你爹还是先救我嘛!"

于是缪临淡定地答道:"我会先救火。"

很好,非常好,他真的是完美地说了一句废话。但这个答案的确就是缪临的风格。她只好转移话题,掩饰尴尬:"我烤的肉串好吃吗?有没有滋味?"

"你就光等着我,没有偷吃吗?"

"没有。"

缪临淡笑了一下:"我口有余香,你要不要试试?"

"什么?"

她还没听清,或者说她听清了,但是还不确定之时,缪临就已经按住了她的后脑勺,将她的头拉低下来,封了她的唇。

他可不希望她的这张小嘴里再吐出什么大煞风景的话,那么就还是先堵上为妙。

陆万嫌迷迷糊糊地想着,这个缪临到底是在哪儿学的这些勾搭女人的技巧,以后可要防着些,万万不能让他在别处展露才艺……

清晨虫鸣鸟叫,陆万嫌满足地起床,她犹记得昨夜她和缪临举

第十章 天罗地网

杯畅聊，谈天说地，是从未有过的亲昵。富阳春喝完了后，她有些酒醉，缪临将她抱回床上，给她披被，哄她安睡。这是被人疼惜、捧在手心的感觉，绝对错不了，她很开心。

正回味着，陆万嫌就收到姬雀托人传来的一封信，上面写了满满一页莫名其妙的字，落款还画着一只鸟。

她还以为是姬雀写了什么人生鸡汤，艰难地辨认了片刻，看得川字纹都加深了，还是完全看不懂。也不知道她一个史官，字怎么能写成这个鸡飞狗跳的样子。

明日就要绣球招亲了，万一姬雀真的有什么重要的话说，错过了就不好了，于是陆万嫌在宫门口把正想去宫里点卯的姬雀给堵了。姬雀一见到她，立即神色慌张地左看右看，然后将她拉到了大树后，鬼叫道："你干吗来找我啊？这么明目张胆的，万一被看见了就不好了！"

"你上个月跟我一起明目张胆地在路边摊上吃馄饨，还让我买单，那时候你可不是这么说的。"

"此一时非彼一时！我给你的信你看了吗？"

陆万嫌白了姬雀一眼："我的天，你写的那草书都快赶上大夫开的药方了，谁能看得懂？你要是这么喜欢打哑谜，为什么不去参加元宵喜乐会？"

"这不没到元宵节吗？"

姬雀说完就呸了两声，陆万嫌果然是个奇葩，才说了两句就将她的思维带偏了。她都快要忧心死了，若不是怕信件中途被人截获，这才用了别的笔法，没想到陆万嫌这个家伙竟然看不懂！

姬雀压抑着声音说道："陆万嫌，你能不能有点文化啊，连草书都看不懂你干脆回你邰塬老家犁地去吧你！"

"你信上该不会写的都是骂我的话吧？"

"我有那么闲吗？骂你还需要浪费笔墨？我写的那可是大秘密！特大！"姬雀又环顾了一下四周，防备地观察了好一会儿，才对陆万嫌招手，"你且附耳过来。"

不识郡王真面目

陆万嫌满心满眼的不耐烦，但还是凑了过去，准备听听看她到底要放什么屁。她听了好半天，越听眼睛越眯得紧了。

"哦？你是说，潮汐公主要刺杀我？"话音刚落，她胳膊上瞬间被杵了一拳。

"你倒是小点声啊！"姬雀又道，"是因为缪临前两日找官家拒了婚。"

前两日？可是昨夜他来，怎么提都没提过啊……陆万嫌突然抿唇憋笑，心里想的全是缪临百般的好。他明明拒了婚，却不拿来邀功，完全不想让她有一丝负担。这代表着他是为了自己在做想做的事，不是为了讨好她。他真的是光风霁月般的君子。

"你发什么呆啊？"姬雀凑得更近，明明说着悄悄话，却有了震耳欲聋的效果。

她继续说道："当时潮汐公主都快要气死了，结果缪临好直白，直接告诉公主他要去接你的绣球。于是公主就要在你绣球招亲这日，找人刺杀。但那刺杀是假的，就是吓吓你，捣乱一下，终止你的招亲，不能让你得逞罢了。"

陆万嫌被潮汐公主难得的智力巅峰吓到，不由得鼓了一下掌："真是个稀世罕见的大烂招。"

姬雀点头："很正常，她肯定觉得烂招配烂人正好。"

"嗯？"察觉到姬雀的眼神很是不对，陆万嫌又话锋一转，试探性地问道，"姬史官，这大烂招该不会是你给她出的吧？"

"我能是那种主动给她出招害你的人吗？你未免太小看我了。"姬雀顿了一下，又说道，"反正我肯定不是'主动'献计的，是她花了二百两买了我的计谋。"

"你倒是毫不隐瞒啊！"陆万嫌感动的心情瞬间折损了四分之三，顿时想吐血三升。这都是什么人啊？！

"你听我说，我只是个听命行事的小角色，赚点糊口钱，你不会生我气吧？"姬雀的语气就好像在说：不会吧不会吧，难道这点小事你也要跟我生气吗？姐姐真的会这么小气吗？

陆万嫌这人，永远是嘴上不吃亏，绝不给别人噎死她的机会。

"怎么会呢，我明白的，话本里像你这样的小角色，通常是被拿来祭天用的。"陆万嫌假意叹息一声，按住姬雀的肩，"要不现在我送你一程？"

姬雀听了却完全不怕，还深情地把陆万嫌执住她双肩的手移下来，重新握住，并且含情脉脉地道："你放心，出不了人命的，只会损失一些你的面子。我都提前告诉你了，那这个买消息的费用你是不是得给我结一下？也不多要，就三百两。"

呵呵，这位朋友真是在亲切地宰人呢。陆万嫌嘴角一抽，心想，美得你，怎么还想吃两头，赚双份钱？当她和潮汐公主一样蠢吗？

她顿时一把把姬雀拍到了一边："一边去，我明天要办正事！等忙完了再来扇你！"

刺激，太刺激了，姐妹之间互扇巴掌互相陷害，但又不忍对方去死，这友情剪不断理还乱……瞬间，大量的灵感充斥着姬雀的脑海，她恨不得立刻提笔创作它个三百回，以至于此时都是笑着回复陆万嫌的："好的哦，明天见。"

那语气亲昵得连陆万嫌听了都是一愣，她断定姬雀有不良的嗜好，是不是越打她、骂她，她反而越高兴？

有病。

这个汴梁城里，人人都有病！

忙完一天的工作后，姬雀去了趟书局，刚刚走出来，手上掂量了一下自己卖话本的报酬，脑子里想的全是要再创作一个极致狗血的话本子，好搞一票大的。这时，她就看见了翟不缚的身影。

虽然夕阳染红了天，光影洒下，视线不清，但翟不缚那特有的嚣张的走路姿态，还有他浑身散发出来的"冤大头"气息，已经深深地出卖了他。

对方显然也看见了她，已经在冲她微笑着招手了："姬雀！"

姬雀想起了陆万嫌的"谆谆教导"，又迅速回味了一下翟不缚背后的故事，实在是不敢再招惹这货了，于是她回了对方一个不咸不淡的招呼："真巧。我还有事，就先走一步了。"

她都迈出去两步，就要加速小跑离去了，却听见翟不缚在身后说："我有一个赚钱的活计介绍给你！"

这声音犹如天籁般动听，又犹如魔鬼般魅惑，直接把姬雀要走的方向改变了，她转身重回翟不缚跟前，问道："什么活儿？多少钱？"

翟不缚没有直接说，而是盯着姬雀的双手，关切地道："上次我托人带给你的抹手药膏，你用了吗？有没有好一点？"

她的手好好的，怎么可能浪费药膏啊，当时收到后她就转手加价卖掉了。这不提还好，一提姬雀的良心上就瞬间被插上了一刀。她支支吾吾道："呃，谢谢……用了，有用的，真的感谢……"

"那就好，那我就放心了。"翟不缚从袖中掏出一袋沉甸甸的钱，塞到了姬雀手上。

姬雀就跟接住了烫手山芋一般，连忙想退回去："这、这……我不能要你的钱。"

"这不是我送你的，这是定金，是你自己赚的。"翟不缚接着说道，"阿嫌明日绣球招亲，我担心消息传得不够广，知道的人不够多，万一再冷场，阿嫌面子上会很难看。所以想请你编写一些吊人胃口的东西，我连夜张贴全城，务必要让大家都对这场绣球招亲感兴趣，前来捧场。"

"原来是这样，可陆万嫌也是我的朋友，这事我会做，但钱就不收了。"姬雀还是将钱还了回去。

翟不缚一脸惊讶，反应了好一会儿，才拉长了音调怪声怪气道，"姬雀你很不对劲啊，你之前把钱财看得比命都重要，掉在臭水沟里的铜板你都会屈身去捡，现在竟然不要钱，白干活？你该不会是……"

"不是不是，我不是内疚。"

"……喜欢我吧？"

二人的声音重叠，几乎是异口同声。接着，就双双瞪大了双眼。

第十章 天罗地网

"你睡糊涂了吧？我怎么可能喜欢你？别自作多情了！"姬雀矢口否认。她良心的微颤，绝对不会是出自男女之情，定然是骗了翟不缚几次钱后出现的不忍心。

"你刚才说内疚什么？难道你有事瞒着我？"翟不缚挑眉，想了一下，便脑补好了前因后果，他紧张地抓住了姬雀的双手，"等等，你的手部绝症是不是严重了？你没有太多时日了？所以不要这些钱财身外之物了？天哪，姬雀，不会吧？！"

这脑子……

她本不该坦诚的，但也许是夕阳太美，或者是翟不缚的样子太过真诚也太过傻气，她实在没有控制住，猛地抽回了手，承认道："对不起，我之前骗了你，我没有得绝症，那些过往也都是编的假故事。我就是觉得你很傻，很好骗，既然别的女人都能骗你的钱，倒不如我来骗。"

翟不缚眨巴眨巴眼，一时间没反应过来，分不清楚姬雀的哪句话是真，哪句话是假。

"你说这些，是不是因为你快死了，你临死前还要说这些善意的谎言……是不是因为你喜欢我，你不想我在你死后伤心？"

不是说真诚永远是必杀技吗？怎么到这里完全不管用啊？

她真的很想在内心问上一句：陆万嫌，你到底是怎么和翟不缚成为朋友的？他这样的脑子真的不需要看大夫吗？！

翟不缚深沉地道："还真是不好意思，我心里已经有人了……"

他还真的拒绝上了？谁给他的自信？姬雀刚想说话，只听翟不缚继续说道："勾栏院的牛珍珍、锦绣阁的乔娘子，还有户部副使家的千金，她们此刻都住在我心中，我没有办法腾位置给你了。姬雀，你是个好女郎，你可以编写更多更广阔的世界，没有必要拘在我心中这一方小天地，与她们拈酸吃醋，抢夺我的爱意。"

姬雀一口气差点没上来，不对，总觉得有哪里不对。她赶紧问道："是不是你初恋那个假盲女把你伤到了，她不仅伤到了你的心，还伤到了你的脑？"

"初恋？什么初恋？"翟不缚不解地道，"我的初恋是阿嫌啊，她知道后把我暴揍了一顿，也不知道那么小的拳头为什么能打得那么痛，连续几下后我被打清醒了，所以我的初恋就死在了那个春天。"

翟不缚又顿了一下，满脸问号："哪里来的什么假盲女？"

姬雀："……………"

陆万嫌，搞了半天你在忽悠我啊！早知道就不背着潮汐公主偷偷给你报信了！就应该让那些假刺客在明日吓破你的胆！你太混蛋了！姬雀恨恨地想着。

"喂，喂，姬雀？"翟不缚伸手在她眼前晃了晃，想让她回神。

姬雀不仅回神了，还猛地甩了翟不缚一巴掌，也算作是迁怒吧。接着她一把抢过翟不缚的钱，飞速跑走。边跑她还边想，她今晚一定要好好编个吊胃口的故事，让陆万嫌的仇家明日全去看她的笑话！！

翟不缚被一巴掌甩蒙了，比小牛妹妹当时扇他时还要蒙。

他捂着自己的脸，苦恼地摇摇头，感慨着自己实在是魅力超绝，风流缠身，怎么就能这么招人喜欢呢？唉，真的是……人太优秀确实没办法呀……

月落日升的清晨，草叶滴露。

终于到了激动人心的绣球招亲日了，不过活动是在正午时分的长宁街望楼举行，陆万嫌早上还得去廷尉司点个卯。

她一迈出大门，就发现天空上出现了乌云，今日天色有变，可能要起大风，总觉着不太吉利。不过也是，女纨绔全城招亲，能吉利就出怪事了。但这并不影响她的好心情，她穿着官服，哼着歌，大摇大摆地进了廷尉司。

这愉快的心情很快就被同僚们捕捉到了，他们很想多嘴一问，但又怕陆万嫌顺嘴让他们也去望楼捧场，那万一不慎接到了绣球，下半辈子还活不活了？

所以这廷尉司的气氛是复杂无比，复杂到只能转移话题。一个同僚拿着工具，尬笑了几声，对陆万嫌道："陆典簿早啊，吃早饭了吗？我去摊煎饼给你吃啊？"

同僚刚要走，陆万嫌一个箭步上去抓着他的手腕高高举起，又盯着他手中拿着的工具说道："等下，这个东西我认得，好像是翟不缚发明的竹蜻蜓！"

"没错，不愧是聪慧不可多得的陆典簿，这你都认得。"

"哎，世界上最遥远的距离，就是别人给你竹蜻蜓，你却用它摊煎饼。"陆万嫌松了手，叹息着摇头，"要是被翟不缚知道，你这样对待他的发明，你就惨了。"

可同僚却说："不会的，我听说过，翟公子手下十四亿用户，六亿为情所困，八亿看淡生死。他忙着为这些用户搞发明呢，根本没空管我们会如何使用他的发明。"

"呃……行吧。"

陆万嫌回到了自己的位子上，才刚坐下，就又觉得哪里不对，她对着另一个同僚问道："怎么回事？我怎么觉得我两肾发热，连阳气都上来了，奔腾不止，从臀部开始，延伸贯穿到全身所有部位和经脉。难道说只有绣球招亲嫁人这种破事，才能唤醒我骨子里的热血、冲动和激动？"

哪个同僚赶紧过来，对着她的椅子下方按动了几下："陆典簿别误会，我只是怕你冷，用了翟公子发明的火盆加热座椅，你不喜欢我可以撤掉。"

陆万嫌撇撇嘴，真是白激动了。

她低头看了看，自己的桌上乱得犹如刚被盗贼入室抢劫过。没办法，总得刨出一块能趴着睡觉的地方，于是她动手收拾起来，翻着翻着，一封夹在卷宗中、对折的字条飘然落地，比鹅毛还轻。

陆万嫌皱着眉捡起，心道，可别又是姬雀之流给她写来的奇怪东西。她缓缓打开字条，只看了一眼，就愣住了。

上面写着：

不识郎君真面目

绣球招亲前,将蝰蛇印鉴放到姻缘庙月老掌心,若你不从,你的情郎将替你殒命,定让你悔不当初。

北荣的蝰蛇印鉴?竟然还有人知道这印鉴在她手中?!

情郎?是指……

虽然她和缪临的关系并没有大张旗鼓、公之于众,但连潮汐公主都怀疑她和缪临有一腿,难道这警示信里指的情郎是缪临?

陆万嫌的脊骨蹿上凉意!不行,怎么可能让缪临牵扯其中替她去死呢!

她来到窗前,吹了个口哨,不多时倦野就在窗外现了身。她一边躲避着同僚的视线,一边悄声吩咐倦野立即将暗影卫全部调过来。正午时分务必要护住缪临。

倦野得知警示信后,忧心地建议道:"郡主,安全起见,不如取消今日的绣球招亲?"

陆万嫌却冷笑一声,这回不用什么加热座椅,她也两肾发热,浑身阳气奔腾不止了起来。她胸有成竹地道:"不必,这个叛国贼好不容易有了动作,如此精准地找我要宝贝,这个时候若不抓住他,就错过大好时机了。"

陆万嫌知道,北荣的蝰蛇印鉴是不能放到什么姻缘庙的月老掌心的,万一有差错,被对方真的拿到手可不行!再者,若放个赝品过去,对方必定也会发现,那依旧要刺杀她所谓的情郎,让她后悔。

与其这样,那不如就在招亲这日,打一场有准备的硬仗吧!

她的暗影卫、于今的殿前司,正午时分都会在长宁街。这基本属于天罗地网了,但凡那家伙敢来,就不会让他计谋得逞!

到了正午,陆万嫌去找廷尉司直告假,说自己要出去办人生大事,结果谁能想到,原以为就是走个过场,但大人竟然不给批假!!

她瞪大了双眼,接着又像没反应过来似的眨了眨眼:"大人,我急着嫁人啊大人,你不给我假我怎么嫁?"

第十章 天罗地网

"你今日的卷宗记录完了吗?你一早上来吃了三个煎饼馃子,又东摸西窜,你扪心自问干了多少正经事?"廷尉司直厉声训斥道,"陆典簿,大岐发你月俸,你就是这么为官的?想吃白食啊?"

"可是……我那边……要误了吉时了。"

"本官才不管你那些屁事!你人在廷尉司一天,就要听从安排,今日的卷宗不记完,休想踏出廷尉司半步。"说着,他一招手,"来人,把门堵好了,陆典簿什么时候干完活,什么时候放她出门!"

众人异口同声:"是,大人!"

陆万嫌:"……"

不是,不应该是这样发展的啊!!

陆万嫌见廷尉司直要走,忙一把拉住他胳膊,凑近小声地道:"不瞒你讲大人,我今天的行程主打的就是报效国家,现在不能跟你多说,但是以后你知道了一定会被我感动,恨不得给我送八面锦旗。"

廷尉司直轻轻拨开陆万嫌的手,温柔地笑了一下,但是说出来的话却一点温柔的味道都没有。"还报效国家?真是让人爆笑。你可要点脸吧。"

"这个真办不到!"

"那就先办你能办的,好好记卷宗。本官赠你一句格言:报效国家,要先从小事'报'起。"

话毕,廷尉司直潇洒而去,官威逼人,决策不容置疑。陆万嫌彻底傻眼了。

长宁街,望楼下,人满为患。

殿前司副都指挥使于今一身盔甲,带着士兵在此巡逻,她满面肃穆,像是生怕这乌泱泱的人群中隐含着什么危险。她朝远处一望,就看见了众多熟悉的面孔。

姬雀站在人群中,捧着一个小册子,另一只手拿着一支狼毫笔,在舌尖上沾了沾,继而奋笔疾书。于今心想,不愧是姬史官,走到哪儿都不忘了搞文学创作。

她不受控制地走了过去,将姬雀写的东西念了出来:"那是一个温柔至极的吻,不似往常的冰冷,她先是推拒,但很快便激动起来,给予了热情的回应,他们唇齿相依——"

姬雀停了笔,侧头看于今,于今不明所以:"怎么不写了,接下来呢?"

"还没想好,你有什么建议吗?"姬雀五官紧皱,陷入思索。

于今轻咳一声:"姬史官,我建议你赶紧就此收手吧。写这种俗气的话本,可能会被有心之人告发。"不得不说,于今虽然日常爱八卦,但是有自己的原则,黄赌毒从不涉猎。

姬雀不爽道:"告发我干什么?这年头连话本都不让写了吗?"

于今头好疼,她不想再看眼前这个神了,于是又环顾四周,一个不注意,就和不远处人群里的翟不缚对上了视线,对方还突然朝她露出能看到八颗大白牙的灿烂笑容,甚至还挥了挥手,吹了个口哨。

"啧,这个面瓜,怎么净出洋相?"

"你说谁?"姬雀问。

于今随口答道:"翟不缚啊,龇个大牙跟我打招呼,好傻。"

姬雀听见这个名字,神色变了变,但很快就平静下来。

于今的视线没有移开,当然也就看见了翟不缚身侧站着的缪临。今日缪大人依旧玉树临风,负手立于人群当中,充分演绎了什么叫作鹤立鸡群。人比人啊,真的是气死人。她的那些相亲对象要是能有缪大人的一半好,她又何愁嫁不出去呢……

没多久,长宁街又传来了马蹄声和车轮声,霎时,所有人的视野里都出现了一辆豪华马车。车盖上坠下的全是珍珠与玉贝,一路叮叮当当,这等造作又奢靡的作态,想都不用想就知道是谁。

姬雀收起纸笔,朝豪华马车奔了过去,没一会儿,马车珠帘撩起,里面先是探出了一柄悬着鲜红穗子的圆扇。紧接着,姬雀就将潮汐公主搀扶了出来。

潮汐公主浑身穿金戴银,她看了看天色,又看了看望楼上方,顿时就鼻孔朝天，气不打一处来："陆万嫌人呢？"

姬雀算是彻底悟了，但凡潮汐公主开口，必先提陆万嫌的大名，这像是一种必须走的流程，不能缺失。她垂头回话："公主，她可能迟到了……"

"什么？"潮汐公主秀眉一挑，"呵呵，真不是个东西。"

"是是是，她也太不是东西了，让大家看戏等这么久，连个座位都没有。"

潮汐公主的视线掠过人群，突然不气了，又笑了。当然是因为她看见了缪临。缪临松形鹤骨，衣袂飘飞，而他旁边的翟不缚穿得也正常，但不知为什么他的衣袂就飘不起来。

人和人果然是要拿来对比的，在这样的对比下，缪临濯濯如春月柳，肃肃如松下风，的确完美。一切仿佛瞬间都变得不那么重要，所有的人都成了背景，她能和缪临出现在同一时间同一地点，还能接着一起同看好戏，简直不要太快乐了。

于是她迈着轻盈灵巧的碎步走向缪临，还甜甜地打了一声招呼："缪大人。"

缪临侧头看了一眼，倒也不觉得意外，他语调平稳，不喜不怒地地道："潮汐公主，我想我该说的话都已经说得够清楚了。"

"缪大人别误会，我只是来凑凑热闹罢了，没有要纠缠大人的意思。"潮汐公主用绣帕轻轻掩嘴，娇弱地道，"只是不得不说，这地方选得真不好。闲杂人等一多，择亲的质量便会下降，唉，陆万嫌是一向没有品位的，本公主就不同了……"

没等缪临开口，翟不缚就先挤了过来，将自己精准地镶嵌进缪临和潮汐公主中间，对着潮汐公主憨憨一笑："是啊是啊，公主是谁，公主当然与众不同了。"

潮汐公主想看缪临，视线却被翟不缚这个没有眼色的家伙挡了个严严实实。只听翟不缚又继续说道："对了公主，我近日有一个发明，能遮凸额头，我觉得特别适合你，你要不要啊？不要你钱，就当进贡了。"

潮汐公主不喜欢陆万嫌,自然就不喜欢陆万嫌的狗腿子翟不缚,但她一听翟不缚这样说,还是没控制住地抬手遮了一下额头,生怕缪临看过来。她有点尴尬地轻咳一声:"不必了,翟公子留着自己用吧。"

姬雀也默默地跟了过来,她安静地站在潮汐公主身后,连一个多余的眼神都没有给翟不缚。翟不缚用余光看了看,发现收不到任何的视线回馈,不知为何,心头突然有点不爽利,就想犯贱找点事。

当然,他也问过自己了,这个贱是不是一定要犯?最后得出的结论是:贱一日不犯,人人与你作对;三日不犯,境界倒退;十日不犯,从此作废。

好的,此贱必犯!于是翟不缚问向潮汐公主:"潮汐公主,我听说你经常招募狗腿子,来者不拒,会舔就行。请问你还缺人吗?我绝对比你身边那些跟班做得都好。"

说话间,他的余光还在瞟姬雀,他觉得这句暗含姬雀在给潮汐公主当狗的话,一定能将她激怒,让她转头看过来。

但是并没有……

不仅如此,他还得了潮汐公主一句嫌弃:"抱歉,陆万嫌的狗,本公主不好接手。"

翟不缚:"……"

在众人等了又等之下,望楼上终于出现了那个千呼万唤、早该出现的人影。

陆万嫌是跑着来的,一脑门的汗,身上的官服都没换。大眼一瞅,她就很不像来绣球招亲的高贵郡主,反倒像过来赶场、抛完绣球马上还要回去应卯的倒霉官员。

她和倦野朝下面一瞥,不禁叹道:"哇,人好多,我行情不错啊。"

倦野如实道:"翟公子倾覆身家,买了三百个壮丁过来壮势。"

不错,兄弟,你配享太庙,简直太够义气了。陆万嫌在心里把翟

第十章　天罗地网

不缚翻来覆去地夸了好几遍。

倦野又道："翟公子还联合姬史官连夜张贴了《女纨绔招亲奇谈》，把城里的人都给吸引来了。奇谈上说，今日接到绣球的人，是天上下来历情劫的男仙，虽倒霉一时，但必能在郡主您的折磨下勘破情关，飞升上神。"

陆万嫌听完都呆了："……这有人能信？"

"有的。"

"百姓智商告急啊！"

"主要是大家都想一睹男仙临凡的风采……"

陆万嫌当然也看到了鹤立鸡群的缪临，他鬓若刀裁，面如冠玉。负手而立时显得很是正派规矩，但又有一段天然的风流缠绕其身，两种气质矛盾纠缠，让人难以移目。就算不认识他，在大街上遇见这种人，她也能够直接目送对方五百米，根本不害羞。

接着她又双眼一眯，有点不爽地看着下面，嫌弃道："潮汐公主来就来，离缪临这么近做什么？她又不抢绣球，去外圈看戏就好了，也不怕被踩踏。"

倦野用下巴指了指，示意陆万嫌："郡主，小徐将军今天收了帖子，也过来了。但是他表情不怎么好看，好像有点厌世。"

徐庚寅果然依旧维持着那种"我不想活了"的气质，他穿着一身土色的长衫，很没有存在感。如果皮肤再黄一点，估计能跟土地融为一体。他没有抬头看她，整个人半合着眼皮，不知是在想问题，还是在打瞌睡。

陆万嫌坚定地道："邀请徐庚寅是必须的。叛国贼如果是他，我这般布局，定会让他今天暴露。"

倦野想了一下，还是有点不解："郡主，这种阴谋会不会不太阴啊，感觉有点明显。他如果是叛国贼，就应该会明白你的企图。"

陆万嫌一脸无所谓的神情："管他阴谋阳谋，能用的就是好谋。"说着，她又有点花痴地看了一眼缪临，"暗影卫都安排好了吧？可不能让我的男仙受到一点剐蹭哦。"

243

倦野点头道:"知道,他们都潜伏在缪大人身边。缪大人绝对安全,一根头发丝都不会少。"

"很好很好。"

望楼下,缪临抬头,看到陆万嫌的视线直直地落在他这边,她的白眼清清楚楚明明白白地写在脸上,应该是在不爽潮汐公主离他太近。他有点想笑,觉得陆万嫌的醋意来得很不是时候,但是又莫名有点可爱。

胳膊被翟不缚撞了一下,他侧头看去:"怎么?"

翟不缚小声提醒道:"缪临,要不我们换个位置?你别站这么靠前。若是阿嫌砸偏了砸到你,你不接,让阿嫌今后在汴梁如何自处?这就有点难堪了。"

"我接。"缪临几乎是脱口而出,连短暂的犹豫都没有。

翟不缚用力地掏了掏耳朵,满脸问号:"什么?我没听错吧?为什么现在才决定?"

"不是现在才决定,是现在才决定告诉你。"缪临道。

凭什么啊?!难道他是大嘴巴,跟他提前说是容易坏事还是怎么的?翟不缚反讽感十足地竖起了大拇指,除了这个表态,他不想再说话了。

身旁的潮汐公主将这些对话听得一清二楚。真是离谱,离天下之大谱!他们两个当着她的面聊这个,真的丝毫不顾及她的脸面。既然如此,也就休要怪她不留情面了。

翟不缚突然看见人群中的一个人,没忍住又开口了,还惊讶地指给缪临看:"那是谁来着?好眼熟。缪临,你快看看那个厌世脸,你有印象吗?"

有,那他可太有印象了。缪临淡淡地扫了一眼,说出了答案:"徐庚寅。"

"有病啊,阿嫌的场子,他来看什么笑话!"

"是啊……"缪临也觉得奇怪,徐庚寅为何会来?

第十章 天罗地网

难道还有什么事情是不在掌控之中的吗?他猛然间抬头,心中有一丝慌乱,总感觉陆万嫌又要自作主张,打乱今天的计划了。

望楼上,礼部官员表情为难地看向陆万嫌:"郡主,您看……可以开始了吗?其实已经错过吉时了……"

陆万嫌丝毫不在乎:"我是吉人,因此我的时间每一刻都是吉时,我做的决定每一个都是——"

礼部官员试探着接话:"吉……吉定?"

"你们礼部的人废话都这么多吗,信不信我踹你的腚?"陆万嫌瞪了对方一眼,"可以开始了,搞快点,我感觉下面想娶我的人都已经迫不及待了。"

礼部官员得令,走上前台,高声宣布:"吉时已到,惜缘郡主绣球招亲,现在开始!"

陆万嫌缓缓地走到中央,表情兴奋,她从倦野端过来的箱盒中抓了一把东西,猛地朝下抛洒。百姓都有点蒙,这扔的好像不是绣球,她在干什……

疑问还没来得及说出,人群就沸腾了,因为漫天飞舞的是银票啊,是真真正正的银票啊!谁不抢谁傻,气氛顿时就被顶上了高潮。

礼部官员脸都黑了,前行两步,建议道:"郡主,这样是不是不太合礼法,我建议——"

陆万嫌打断道:"我建议你不要建议,你想想看,他们现在抢得欢,我接下来抛绣球,说不定他们刚抢得顺手,就连我的绣球一起抢了。这人人争抢的画面正好说明了我在汴梁有多火,从此以后遍地都将是我的传说。"

礼部官员心头都快着火了,但他根本劝不动,因为陆万嫌又撒了好几把银票,在银票漫天飞舞之时,她趁机拿出了绣球,还做了好几个抛球的假动作,惹得下面一阵尖叫起哄。

如果潮汐公主的视线能化作利箭,她早就把陆万嫌戳成个刺猬了。她已经不满很久了:陆万嫌自从登上望楼,就摆着一副时而精明、时而智障、时而猥琐、时而通透的表情，也不知到底在密谋着什么伟大又离谱的计划，但是……

你能不能不要把你的不正常都写在脸上啊？

现在可好，又是撒银票的，又是玩什么抛绣球的假动作，戏怎么就这么多？！

潮汐公主没忍住，对身边的姬雀小声抱怨出来："啧啧，你看她，像逗猴一样的游戏玩得差不多就行了，就不能赶紧回归正题吗？也不怪本公主嫌弃她，她的人生就从来没在正题上待过。"

她想让陆万嫌今日的脸面和名声再度扫地，甚至到达谷底，但陆万嫌这一套骚操作竟让自己成为全场的焦点，无人不叹。真是烦都烦死了。

毕竟她这边已经准备好了踢"球"小分队，务必要让那绣球落在众人的脚下，陆万嫌丢完脸了肯定要发火，说不定会直接把绣球拿过来塞给缪临。这时她备好的刺杀小分队就又可以上了，势必要让人群尖叫连连、互相推搡，给陆万嫌一个全方位的心惊肉跳体验。

但是呢，陆万嫌不愧是陆万嫌，她给自己热了热场子，然后就一手捧着绣球，一手牵着衣摆，走下了望楼。

就这么走下来了？

礼部官员急忙想拦，但是没能拦住，陆万嫌走得义无反顾，像是有着别的什么目标。众百姓见此，都不知道她这是玩的哪一出，不知道她到底还抛不抛。

只见她下了望楼后，一步一步走近一位男子，缓缓伸手，将绣球递出。

她还没有来得及跟缪临说自己突然改变的计划，只一心觉得不能让缪临身陷险境，想着事情过后，缪临也应该能够理解她。

四下顿时一片死寂，画面仿佛突然静止一般，所有人都张大了嘴。然后又像热油锅里泼入一勺冷水一样，哗地炸开，沸反盈天，几乎所有人都目露精光，议论纷纷。

"天哪，我以为是抛绣球，怎料是精准直送啊？"

"不愧是顶级女纨绔,完全不按牌理出牌啊!"

"那男的是谁?真是大锤头砸脑门,好突然!"

"啧啧,女纨绔每天都在四处挑刺,无事闹三分,三天一小作,五天一大闹,据说樊宰执都快要被她气秃瓢了,这可不是什么好饼呦。"

窸窸窣窣的声音中,响起一阵赞同。

徐庚寅自然是没有动作的,他双眼微微眯起,和陆万嫌对视,顿时有些尴尬。但陆万嫌从来不会让尴尬持续超过片刻,她扬了扬下巴,面不改色,似乎在挑衅对方敢不敢接:"徐庚寅,这绣球,你要吗?"

徐庚寅凤目微抬,嘴角虽然噙着笑,目光里却是沉郁之色:"惜缘郡主今天一早便派人通知我来长宁街,原来是想做这个。"说着,他又笑了一下,"果然……你走的每一步都让我意想不到。"

"只有想不到,人生才处处充满惊喜嘛。你说呢,小徐将军。"

"你可知这绣球我但凡接了,后果会怎样?"

陆万嫌吹了吹额前的碎发:"管他呢,你也可以不接嘛。"

徐庚寅沉吟片刻,点点头:"既然郡主这样说——"

缪临不由自主地迈前一步,像是要冲上前去。但身旁的翟不缚一把拽住了他,耳语道:"放心缪临,阿嫌可是汴梁出了名的难搞,能从日上三竿闹到日落西山。就算徐庚寅再心动,只要是为了日后的生活质量,谅他也是不敢接的。"

"我不这么想。"

"啊?为何?"

没想到,他们话音未落,徐庚寅就伸出手来,缓慢地接住了绣球。陆万嫌心头一紧,大脑也"嗡"的一声。这个叛国贼怎么想的,竟然真的接了?

她不受控制地用余光瞟向缪临,她敢保证,缪临的那个半永久的君子笑很明显地裂开了一些。

不识郎君真面目

现场顿时爆发了比刚才还要热烈的嘈杂声，百姓真是受不了她了，纷纷投去谴责的目光。

"这男的长得根正苗红的，怎么想的啊，接这烂摊子？糊涂糊涂！等一下，他不会是个托儿啊？"

"有病吧，这女纨绔找个托儿演这场戏图什么呢？红盖头一盖，不还得洞房花烛？"

"那男的我知道的，是徐老将军留下的儿子啊！徐老将军死得惨啊，怎么连儿子都这么倒霉，叫女纨绔惦记上了！"

…………

翟不缚此时惊呆了！徐庚寅是不是没睡醒？到底什么情况？他为什么要接？

眼看着自己因阻挡缪临而闯下大祸，翟不缚悄悄地步步横移，竟然不知不觉移到了姬雀身边。姬雀甩了一下手，不耐烦地道："翟公子，你别靠我这么近行吗？你的冷汗都滴到我手上了，好黏。"

翟不缚没有回答，脑子里填满了硕大的字：要死要死要死！！

也就在这百姓热烈八卦的当头，突然之间，几名刺客从人群中跃起，纷纷从袖口抽出了长刀。他们长相普通，混在人群里毫不起眼，因此也都未蒙面，姿态那叫一个嚣张——他们是冲着她来的。

于今早已准备好应战，第一时间便大喊一声："来人，保护郡主！"数名士兵奔出，在于今的率领下和人群中的刺客搏斗了起来。接着望楼上突然传来滑索声，又一批刺客手执弓弩，从望楼滑了下来，纷纷向人群中射出弩箭。

几名士兵奔到陆万嫌身边，持着兵器警戒着。陆万嫌借机观察现场形势，她的暗影卫此刻已经将缪临和翟不缚那里围得严严实实。潮汐公主和姬雀抱作一团，吱哇乱叫，演技感人。

陆万嫌很是沉着冷静，她扫视全场，寻找那可疑的叛国贼同党，只可惜潮汐公主派来的刺客太碍事了，混杂其中，一时间让她不好分辨。

第十章 天罗地网

突然，一个男声在高处响起："惜缘郡主临危不乱，倒真是有一身铁骨啊。"

这声音如三月清泉，带出冰雪融化般的冷意。陆万嫌顺着声音的方向抬头看，望楼的檐上，正站着一个戴着面具的青年，在遥遥看着下方的动静。他身姿轻盈，穿着一身靓丽的五彩衣衫，格外亮眼。他扭了一下头，感觉是在看向缪临的方向，他那草草束起的黑发也随风飞扬起来。

来了？写警示信要蝰蛇印鉴的人会是他吗？

陆万嫌想要试探一番，故意胸有成竹地露出斜嘴笑："你这蠢货，看什么看？缪临并非我的情郎。你还想拿谁威胁我？"

缪临望了陆万嫌一眼，眼眸骤然沉了下去。

但陆万嫌无暇他顾，一心只想将这面具刺客拿下。于是她给倦野默默地使了眼色，倦野已经悄然攀上望楼，留她来吸引对方的注意力。

陆万嫌继续高声大叫："你不是岐人对吧？你看看你那衣服配色，真够难看的。岐人可没有这么烂的审美。"

面具刺客并未被激怒，很是自信地道："郡主没有去姻缘庙应约，那就是不想跟我们谈喽。"

"跟我谈话，一个时辰八千两，凭你也配？你不如就承认你是北荣人吧，看在两国要永保和平的份上，我给你打折。"

"哦？几折呢？"

陆万嫌看见倦野已经爬上了望楼，离面具刺客已经近在咫尺，嚣张的气焰顿时升腾："自然是给你打骨折！倦野！上！"

话音未落，倦野猛地执着断刃朝面具刺客一击而去，但那刺客像是早有预料一般，不仅躲过了倦野的出招，还两三下就将倦野打下了望楼。倦野直直跌落，这让陆万嫌震惊不已，竟然连暗影卫的首领倦野都不是此人的对手，他的力量也过于恐怖了……

面具刺客就像弹飞一只苍蝇一样，对倦野的坠楼毫不在意，他哼笑一声，对着陆万嫌道："杀不了郡主的情郎，也不能走空，那我就

249

带郡主的命走吧。"

这语气就像是在聊着今日菜市场的菜价一样,很是平易近人。陆万嫌还没来得及反应,一支弩箭就从面具刺客的袖口刺出,直朝她面门而来!那面具下的眼眸里尽是冰冷狠戾,带着凛冽的杀意。

她是想躲的,但是那一瞬间发生得太快了,她甚至只能猛地闭眼!

等了许久,却没有剧烈的疼痛感传来,她睁开眼时,就看见徐庚寅捂着心口,挡在了她身前。剧痛令他瞬间面色煞白,但紧接着第二支弩箭又迅速射来,徐庚寅猛地推开陆万嫌。陆万嫌重重地向后倒飞而去,被摔得头晕眼花,喉间瞬间涌出鲜血。

等她爬起来时,徐庚寅的心口已经连中三支弩箭,箭箭致命。他一动不动,悠悠地望了她一眼,才如楼阁倾塌般倒地。

面具刺客是要夺陆万嫌的性命,但徐庚寅的插手似乎令他变得愤怒,他故意改变了目标,接连三支弩箭都射向了徐庚寅。随后他飞速逃离,暗影卫们全部出动,于今也带着属下开始疏散百姓,追捕刺客。

陆万嫌此刻面临了太多的冲击,整个人都是蒙的,如同灵魂被劈开一般。因此她也就根本没有注意到,那个面具刺客射出弩箭的手上,五指指甲盖竟然全部是黑青色的!

她还在难以置信中,几乎是颤抖着扑到了徐庚寅面前,抱起他半个身子,不断地呼唤:"徐庚寅!徐庚寅!"

一直都摆着一张厌世脸的徐庚寅,这次终于达成所愿,他苦涩地挤出一丝笑容:"我知道……郡主一直不信任我……如果我的死,能洗刷郡主的疑心……让你认真地看看我……那一切都……"

一口血猛地从他口中喷了出来,陆万嫌忙上手去擦,可那血就像擦不完一样,不断从徐庚寅口中涌出,他还在努力说着话:"郡……郡主……"

"别说话,不要说了。是我的错,徐庚寅,我错了。你不要死!求求你了,别死!"

第十章 天罗地网

  见出了人命,潮汐公主彻底被吓到了,扑到了缪临的胸膛上,一边抹泪,一边喃喃地说:"不是的,不应该是这样的……缪临,这不是我的计划!你要相信我啊。我就是派人吓吓她,没有想动真格的,杀她的人真的不是我派的……"
  缪临浑身僵直,紧绷着脸,脸色极冷,不发一言地看着陆万嫌抱着徐庚寅的画面。他仿佛没有听到潮汐公主说的话,如行尸走肉一般离开了。

第十一章
事与愿违

夕阳余晖下,陆万嫌独自坐在屋顶,望着自家院落交错的宅邸出神。她从黄昏一直坐到了深夜,她凝眸望月,整个人在夜色中显得更加深沉寂寥。

到底是哪里出了错呢?

按照她的推测,徐庚寅最可能是夺取北荣蟒蛇印鉴的人。他拿着它大有可为,不仅能报父辈和战友之仇,更能摆脱现在一无是处的局面,重回战场去做杀伐决断的人雄。只不过,效忠的君主不再是官家,换了一个罢了。

缪临不知何时坐在了她的身边:"你在想徐庚寅的事?"

陆万嫌知道一切都是自己闯下的祸,都怪自己没和缪临商量,但那也是实在来不及商量。更何况,缪临从来都不是那种站在女人身后受保护的男子,他听了也未必会赞成她的主意。可是,机会那么难得,她真的不想错过。

陆万嫌嘴硬着摇头道:"没有想,我就是在这里吹吹风。"

缪临一本正经地道:"庭院里没有吹风的地方吗?怎么爬这么高?"

"庭院里没有屋顶清静嘛。"

第十一章　事与愿违

她话刚说完，冰凉的手上就传来一丝温热。缪临拉起了她的手，眺望着远处的风景，淡然地道："那我就陪你一起吹吹风吧。"

他没有再追问什么，两个人默契地谁都没有说话，因为他们彼此都知道，事情已经发生了，指责悔恨都是无用功，唯有共同面对才是解决问题的第一步。

府中终于又有了人声嘈杂，翟不缚、姬雀、于今都赶来了。

陆万嫌和缪临从屋顶下来，她又看了一眼大门紧闭的客房，神医正在里面全力救治垂死的徐庚寅。她不想吵到里面，于是将众人引去了庭院。

庭院池中，红莲盛开如火。一张龙须席铺在院内的海棠树下，两张长方形食案相对而放，四周挂满了八角灯。几人坐在食案前，就着夜色交换着信息，除了翟不缚，竟没有一个人去碰桌上的糕点瓜果。

于今先说道："那个伤了徐庚寅的面具刺客没有抓到，倒是抓到了其他一些奇怪的刺客，这些废物经过严刑拷打供出了潮汐公主，说公主是幕后主使，主导了这次的刺杀。官家闻言，已经将她软禁了。"

翟不缚拿起香蕉，正准备剥皮，顿时把香蕉掰成了两半，他愤怒地道："这可是赤裸裸的杀人！软禁未免也太轻松了吧！要不是这个姓徐的挡了一下，现在躺在客房里不知是死是活的人可就是阿嫌了！"

陆万嫌摇了摇头，替潮汐公主澄清："不是她。"

"对，不是她。"姬雀接话道，"我赶来就是想告诉你们，那个面具刺客不是潮汐公主找的。她的确让人假扮刺客想吓吓陆万嫌，但那些人功夫都不怎么样，更不可能打得过陆万嫌的府卫。"

提起倦野，于今也看到了他跌下望楼的那惊心一幕，急忙想要确认："阿嫌，你那个小府卫没事吧，他从那么高的地方摔下来……"

陆万嫌用食指指了指客房方向："神医给倦野看过了，他有点内伤，需要静养，没有性命之忧。"

"那就好，那就好。"于今终于松了一口气。

不识卿之真面目

众人相对而坐,气氛又陷入了一种令人窒息的沉静中,唯有翟不缚啃苹果的声音格外清脆。

陆万嫌无奈了,他刚才不是还在吃香蕉吗?怎么这会儿又吃起苹果了?今天一整天没吃饭吗?陆万嫌刚想开口阻止翟不缚,姬雀却先一步拿了几块糖糕,递给了翟不缚。翟不缚很自然地接过吃起来,这下子倒是再也没有吧唧嘴的扰民响动了。

姬雀像是又回忆起了什么,忙一拍桌,将大家的注意力吸引过来:"对了,你们有没有注意到那个面具刺客的指甲?"

"那种时刻,谁有工夫盯着刺客的指甲看啊,没病吧?"翟不缚一边往嘴里塞糖糕,一边模糊不清地搭腔道。

姬雀却很是坚定,眼睛一眨不眨地盯着大家:"我看见了,那很特别,他的十个指甲盖好像全部是青黑色的。"

青黑色的……指甲盖?陆万嫌陷入沉思,想了想,又不禁发问:"北荣的男子有这样涂指甲的习俗吗?就譬如我们岐人上战场前,要在脸上涂三道血印,以代表与祖先同在,期盼浴血奋战后仍能光荣归来。"

缪临摇了摇头:"北荣并未有这种习俗。"

众人继续一筹莫展,不仅搞不清楚面具刺客的身份,也不明白他那奇怪的十个指甲盖。姬雀和于今说完话,很快便离去。于是这个寂静的夜里,就只剩下陆万嫌、缪临和翟不缚在一起。

翟不缚在这时也终于可以开始抱怨了:"阿嫌,你下次要做什么事情之前,能不能先说一声啊?你口水很金贵吗?我完全都猜不到,你竟然会把绣球递给那个姓徐的小子。缪临还想接你的绣球呢,你看看你这事办的!"

"……对不起。"陆万嫌和缪临对视,彼此心绪都万分复杂。

缪临问道:"临时有了变动,是有什么突发事件吗?"

和聪明人交流就是丝毫不费力气,他根本不会不听解释就生气发怒,他明白你所作所为一定有你的原因,所以等着你想说的时候认真倾听,与你一同商讨应对之策。

第十一章 事与愿违

陆万嫌边说边眼眶发热,都是她的武断、她的轻敌,才会造成现在这样的后果,但是这里面疑点太多了。

"想不通,缪临,我实在想不通,无论如何也想不通!徐庚寅为什么会这么做?难道我们误会徐庚寅了?"陆万嫌甚至怀疑起来,"想要蜍蛇印鉴的叛国贼如果不是他,又会是谁呢?"

"搭上自己的性命来澄清嫌疑,正常人应该不会这么做。"缪临也有一丝看不懂徐庚寅。但他也有一丝不爽,语气有些微愠地继续道,"陆万嫌,你当时说我不是你的情郎,又是什么意思?"

陆万嫌干巴巴地解释道:"事情是这样的,我今早收到了警示信,说如果我不交出印鉴,就杀我的情郎。我派暗影卫护着你,又对徐庚寅下钩,误导此刻他就是我的情郎。我想,如果那刺客不杀他,就说明他和叛国贼是一伙的,但我没想到……"

缪临点头:"好吧,这次我不说什么,下不为例。"

陆万嫌喃喃道:"知道了。"

"两位,等一下!你们到底在说什么啊?什么蛇什么情郎什么叛国贼,我怎么一句都听不懂。"翟不缚认真地听了好半天,终于插嘴道,"为什么我总有一种被你们遗弃的感觉?请告诉我,这是我的错觉。"

陆万嫌敷衍着安抚道:"没事的,有时候你听不懂,是你的脑子在保护你呢,怕这些事把你绕傻了,再坏了大事。"

"这句我听懂了,你骂我傻,所以不告诉我这些事情,怕我连累你们。"翟不缚闻言不太高兴了。

陆万嫌又赶紧解释道:"兄弟,我没有骂你傻,我说的是陈述句。陈述事实而已,何来的'骂'啊?"

翟不缚一听就又高兴了:"哦,也对!你没有骂我!你怎么可能骂我,我们是最好的兄弟!"

缪临:"……"

话都说到这里了,对翟不缚也没有什么隐瞒的必要了,于是陆万嫌还是将前因后果简要说了一遍。翟不缚听得双眼一会儿微眯一会儿

不识邵君真面目

瞪圆,彻底失去了冷静。

"所以岐国有人通敌,想要再度挑起两国战事,而北荣蝰蛇印鉴在阿嫌手中。叛国贼需要这个东西,你们怀疑这个姓徐的,但今日他豁出性命救了阿嫌,好像又不是他。你们陷入了困境,对吧?"翟不缚问道。

缪临和陆万嫌一起点了一下头,此时无声胜有声。

以前翟不缚的脑子一直就是个挂件,日常行事全靠天赋和本能,现在他终于动了一下脑子,然后开始琢磨:"你们等我仔细品一品,这其中有很多不对头的地方……"

翟不缚细品来细品去,突然两手一拍:"我知道叛国贼是谁了?"

"啊?谁?"陆万嫌扬眉,她和缪临都不知道的事情,翟不缚这个脑子不灵光的家伙怎么会知道呢,不能吧……

接着,只见翟不缚双眼紧紧盯着陆万嫌,坚定地说道:"一个岐人,竟然有北荣蝰蛇印鉴,能调动北荣三十万骑武军,这不是很明显吗?阿嫌,叛国贼是你啊!"

他刚一说完,就遭到了陆万嫌的一通暴揍,她追着他紧绕着庭院跑了三四圈,紧张的气氛也终于有所缓和。

等到了后半夜,神医才终于打开了客房门,让他们进入。徐庚寅躺在床榻上,白皙的脸颊已经呈现死灰色,眼眶下也乌黑乌黑的,他浑身的枯竭之感难以掩饰,看上去跟具尸体也没什么区别了。

塌边案上的托盘里放着射中他的三支弩箭,均已断成两截。陆万嫌看了看这些弩箭,又看了徐庚寅包扎好的伤口,急忙问道:"神医,他怎么样?命保不保得住?"

神医轻叹了一声:"郡主,不是我不尽力,实在是……没得救。"

"怎么会……"

"这些弩箭都是很普通的箭,但射箭的人身手不凡,力道和巧劲都不同寻常,很是高超。好在弩箭离他心脉还是错了一分,所以致死的不会是弩箭,而是箭头上的毒。"

第十一章 事与愿违

"什么毒？没得解吗？"陆万嫌急忙问。

神医道："我得研究研究，这是北荣的毒，咱们这边不了解，对它一无所知啊。如果不知道是什么毒，就不能配制解药，那他撑死就还剩三日可活了。"

缪临追问道："神医，你此话当真？"

神医捋了一下胡子："我若是这都能看错，还行什么医，不如去卖烤红薯算了。"

缪临眼底掠过一丝难过，半晌无言。翟不缚也别过头，背对着众人用手背抹了一下眼睛，这是他第一次亲眼看着有人在他眼前生命流逝，虽然徐庚寅与他没什么交情，但他仍控制不住地感到悲伤。

陆万嫌的心已经完全揪在了一起，眼泪顷刻间就落了下来。如果徐庚寅是幕后黑手，他为什么命都不要了？如果他不是……他此刻命悬一线就是被她害的。她紧紧拽着身旁缪临的袖子，哭得一句话都说不出来。

她一直用纨绔伪装，心中是想做个好人，但事与愿违，她害人性命了……

神医让他们先去准备后事，别到时候来不及。徐庚寅在这个世上已经没有亲人，翟不缚自告奋勇去买棺材，尽管他很不喜欢这个姓徐的，但逝者为大，他还是愿意好好送他一程，让他在另一个世界获得幸福，能有亲友环绕。

神医连续忙了几个时辰，这会儿实在撑不住了，又挎着他的小药箱离去了。陆万嫌哭了一会儿，还是不肯相信这个事实，就擦干了眼泪，开始忙碌起来。她倒了一盆热水，浸湿手帕，要为徐庚寅擦脸。

缪临却夺过了手帕，代她去做这件事。他缓慢地将徐庚寅脸上的血迹擦干净，同样也并不认命地说道："徐庚寅曾在战场上奋勇杀敌，以坚韧著称，我不信这么坚韧的他会放弃自己的生命。他会活下来的。你也要相信神医。"

"没错，还不是宣告死期的时候！"陆万嫌努力让自己相信一切

不识郡主真面目

都还有救,"我养的这个神医是千百位医者中的顶峰之士,他一定能研究出这是什么毒,应该怎么解!缪临,我们陪着徐庚寅,他一定会挺过来的……"

缪临起身,走到陆万嫌面前,突然就将她搂入了怀中。他能感觉出她的恐惧,他明白她最不愿意看到的就是有人因自己而死。这个拥抱来得迟,但也蕴含着盛夏暖阳般的温暖,足以驱散一切阴霾。

缪临看到她低垂的睫毛,还有睫毛下面湿润的眼睛,他心中情绪几番波动,想安慰些什么,但一切还是化在了不言中。

陆万嫌终于放松下来,伸出手也轻轻环抱住了缪临的腰,将头埋进了他的胸口。他的心跳声蓬勃有力,仿佛听着这个,才能让人安心,让人觉得生机犹在。

徐庚寅,我一定会救你的,我还没有跟你好好道歉,你可千万不能死。

她心里如此想着。

就这样过了两天,徐庚寅的状态一日差过一日,起先还能给他喂进去一点水,后来什么都做不了了,陆万嫌不甘心就这样看着徐庚寅生命流逝,但也束手无策。

许是信念感动了上天,神医再度跑来,他的头发是散的,衣服是脏的,手是黑的,整个人疲惫又兴奋地大喊道:"郡主,我真的是神仙下凡,你快夸我!"

陆万嫌虽然很担心神医的精神状态,但还是配合着说道:"您是救苦救难的大神仙,求神仙快快指条明路吧!"

神医听后很满意,又露出一副高深莫测的表情说道:"我已经把这个毒研究明白了,也知道解药该如何熬制,但是现在还缺一味药。"

陆万嫌有一种想骂人的冲动,但还是忍了下去:"该不会是……需要去悬崖绝壁上采的那种药引吧?"

"你话本看多了吧?采悬崖绝壁上的草药,主要为的是增加男女主的感情,治不治病都在其次,一个人不顾性命以身犯险,另一个人

第十一章 事与愿违

感动到以身相许,就是这么个用处。"神医面露嫌弃之色,却又像参透了什么玄机,继续道,"郡主,反正你和他不是那种关系,你别想太多。"

"我看你话本也看得不少!"陆万嫌有点烦了,"别说废话,快说说你的药引到底要怎么搞?!"

"哦,就是在大泽沟那里的污潭里。"他一边说,还一边解释起来,"污潭的意思就是雨水、粪便、泥沼混合的水潭,然后呢,那里头有一种血蛭,要用女子的手臂去引,待它们吸附在手臂之上,带回来即可。那种血蛭很好认,长得很肥,体态似蛆……"

"好了你闭嘴吧,我可不去。"陆万嫌一听就打断了,她一是觉得听着就有些头皮发麻,感到好恶心,二是觉得这些话怎么感觉不太靠谱。

神医只好看向缪临,双眼满含期待,毕竟治好疑难杂症、挽救人命都是行医史上很有成就感的事情。

"缪大人,反正那东西很难搞到,十人去,起码有九人都会受瘴气侵蚀,无功而返。但它真的是一味好药引,管用的。"

缪临拍了一下神医的手背,道了声"辛苦",让他先回去休息,他明日便会将那药引送来。神医安心地走了。

陆万嫌看着缪临欲言又止,缪临却知道她在想什么,直接否定道:"我会安排别的女子去走这一趟,你在家里等我消息。"

"我觉得……"陆万嫌刚想说话,一根手指就已经竖在了她嘴巴前。

缪临带着不容置疑的语气要求道:"听话,我马上回来。"说完,他转身就离去了,步伐走得很快,像是不想给陆万嫌留一丝反对的机会。

陆万嫌站在徐庚寅床前,看着他面无血色的脸,明明在自言自语,又像是在聊天一样:"徐庚寅,如果我是纨绔,我可以下令让丫鬟灵璧或者灵缇去帮你取药引,或者我还能去拜托于今或者姬雀,对吧?"

她顿了一下,垂下眼睛继续说:"但是,让她们去承受被瘴气侵蚀的危险,我的良心过意不去。错不是她们犯下的,这种闯龙潭虎穴的事情,好像只能我亲自去了。"

也没有耽搁太多时间,陆万嫌换了一身轻便的装束,围着腰带插了一排工具,不仅有匕首、迷烟、火折子这些野外常备物品,还有开山斧、洛阳铲、鹤嘴锄,甚至还挂了一个黑驴蹄子。

灵璧帮她穿好装束,一脸忧心地问:"主子,你是要去挖坑盗墓,还是要去深山猎野猪?带上奴婢跟你一同前去吧。奴婢可以帮你提灯,或者……也可以帮你抬猪!"

陆万嫌果断拒绝了,让她和灵缇在府中好好照顾伤患,自己打算快去快回。别说是什么有瘴气的大泽沟污潭,有了这身装备,刀山火海她都能快去快回。

神医留下了一些特制的防瘴气药粉,虽然不能绝对有效,但聊胜于无。她将这些药粉包在口巾中,又将口巾围在口鼻处,接着就单人单马,趁着夜色离开了。

大泽沟离汴梁城有三十多里路,陆万嫌胯下的马依旧是从鸿胪寺卿那里骗来的异域马种,腿长屁股大,脚程飞快,不多时,她就进入了大泽沟。

这里寒气萧森,有些瘆人,四处都静得可怕,甚至连鸟兽叫声都没有,落针可闻。陆万嫌身处其中,被瘴气笼罩,视线很是不清。她点燃了火折子,一路寻到了好几个污潭,但是她也有点挑剔,直到找了一个稍浅一些的,才停了下来。

她深吸一口气,撸起袖子,骂着脏话。这些血蛭上辈子肯定是个色胚,怎么还偏偏要吸女子的手臂,难道男子的粗壮胳膊不够吸引人吗?这么挑三拣四,活该不能善终,要被人拿去当药引。

陆万嫌看着眼前的污潭,上面有深绿色的藻类漂浮物,还有一些不明固体,散发着恶臭诡异的气息,实在恶心。她咬紧牙关,想着来都来了,也没必要矫情,于是猛地将小臂探入污潭。

第十一章 事与愿违

刚一触及水面，彻骨的凉意就令她打了一个冷战，她缓缓闭上双眼，等待着小臂上的触感。可等了半天，她将小臂抽出来，上面除了不明液体，根本就没有一只血蛭上钩。

什么情况，难道这些血蛭有灵性，还会看人下菜碟？她的手臂差哪里了？起先是有点不太情愿，但现在她的整个逆反心理都被激起，她将衣袖挽得更高，直接俯身趴在岸边，将整条手臂都浸入污潭。

有了，有感觉了！好像有什么东西在很深的地方搔她的痒。她刚露出一丝欣喜的神情，瞬间一股庞大的吸力将她的手臂猛地往下拽，她猝不及防，突然整个人被这股力道拽进了污潭里。

陆万嫌在污潭水面浮浮沉沉，上下扑腾，口中不知呛了多少污水，面色苍白，几欲作呕。带有防瘴气药粉的口巾在这番扑腾下消失得无影无踪。她尽管努力闭气，但还是吸入了很多瘴气，神情渐渐变得恍惚，挣扎的力气也逐渐减弱……

不知过了多久，一道光闪过，瘴气突然消散，周围变成了仙境一般的园林，无数蝴蝶飞过，翅膀洒下闪光的细粉。陆万嫌低头一看，自己不知为何出现在宫中太液池。池畔上有人在叫她："惜缘，别在池里玩，太胡闹了！快上来，我给你介绍一个人。"

她回头朝岸上看去，是太子哥哥俯身在对他说话。而下一刻，太子哥哥就将身后的人推到了前面，那人手抵着栏杆，手上拈着一朵花，正朝下看她。

太子哥哥继续说道："这是枢密院副承旨缪临，缪参政的独子，你们同出自太学，认识吗？"

认识，虽好久未见，但这副面孔她又怎会忘怀。

陆万嫌痴痴地看着缪临，忍不住朝他伸出手："缪大人，你还是那么好看……"

缪临笑容充满魅惑："只是看看，惜缘郡主便满足了吗？"

她面红耳赤，摇摇头："不满足。"

缪临看着她高高举起的手，笑得更开心了："郡主可是想拉我的手？"

"想……"

"可还想一亲芳泽？"

"嗯……"

"那就跟我走吧。"于是，岸上的缪临也伸手拉住了她的手，肌肤相接的触感，是那么的真实，又是那么的冰冷……等等，冰冷？

"陆万嫌！"有人叫她。

陆万嫌猛地惊醒，发现污潭已经没顶，她赶紧向上一游，将头露出水面，还来不及看向岸边，就见有一根长绳被扔了过来。

"抓住！"

陆万嫌伸出双手抓住了长绳，抬起头时瞬间眼前一亮。竟然真的是缪临，他怎么会知道她在这里？

只听缪临气得已经失去了君子仪态，一直在骂："就知道你不听话，每次嘴上答应，但是身上全是反骨，偏偏要食言！我说了会拜托别的女子来取，才没多大工夫你就不见了！你真的是——"

"哎呀缪临，你快别骂了，赶紧拉我上去，我要吐了！"

上了岸后，陆万嫌低头一看自己一身脏污，又臭又腻，还直往地上滴水。她喉咙中升起七分不适，感觉要吐了。但她强忍着，她不想在缪临面前再多添一分恶心了，不然自己树立多年的纨绔形象就都化为虚无了。

可她千不该万不该看了一眼胳膊，那上面密密麻麻地爬满了一条条肥硕的血蛭。

她在晕厥的时候好像感觉自己吐了，但这也没那么重要了。

醒来的时候，她身上披着缪临的外袍，被缪临圈在怀中，骑在马上。他们已经出了大泽沟，周围已经没有瘴气，虽然身体的不适还有一些，但并不致命，呼吸也顺畅了很多。

陆万嫌当然想继续装晕，因为她实在不知该怎么面对。倒是缪临心如明镜，从呼吸声中就能辨别出她已经醒了。

第十一章 事与愿违

温润的男声从她头顶传来,直接拆穿了她:"别再装睡了。"

"……对不起。"

"然后呢?"

"我错了。"

缪临叹息一声,有一股温热的气息到了她的头顶,还挺舒服的。接着缪临无奈地说道:"你总是这样,事后给我来一招'对不起''我错了''我再也不敢了',以为就能抚平我所有的情绪了?"

"这是我的经验之谈。难道现在不管用了?"陆万嫌撇撇嘴,继续道,"这污潭诡异得很,深处好像有股吸力,将我使劲往下拽,我差点没了。"

她的语气并没有可怜巴巴,缪临却顿时整颗心被揪起,他根本无法想象万一自己迟来一步会发生什么。他生她的气,更气自己,明明知道她是个向来不听话的刺头,就应该将她捆起来,时刻带在自己身边。

陆万嫌还在嘟囔道:"我当时有了幻觉,你这个狐狸精在幻觉里勾搭我,要我跟你走。我怀疑,我要是跟着走了,现在已经喝上热乎的孟婆汤了。"

"你的幻觉里都是我?"听到这儿,他莫名其妙地竟然有点消气,这种情绪本是不该,他并不是一句话就能动摇原则的人。

可陆万嫌的嗓音囔囔的,似是娇嗔:"都说了是幻觉了,那是我能控制的吗?而且幻觉里面你偏偏打扮得那么风流,手上拈花对我笑,谁能不迷糊?以后你直接演男鬼索我命好了,别玩狐狸精那套。"

话音刚落,缪临就用下巴磕了一下陆万嫌的头顶,陆万嫌痛呼一声:"疼……"

"你活该。"

旭日东升,天光大亮。

徐庚寅在半梦半醒中睁眼,便看到了床榻前趴着的陆万嫌,她睡着了,很安静,眼圈有点发黑,身形都消瘦了一圈。

不识郎君真面目

他是第一次如此清晰地这样看陆万嫌,可以看清她微微翘起的长睫,还有脸颊上一层近乎透明的细小绒毛。他看了好一会儿,还是很难以信服于这个画面。于是伸出手去,想要摸一摸她的发,但手即将要触及时,他又停下了。

陆万嫌似是有所感知,睁开眼看见徐庚寅醒了,她很是激动:"徐庚寅,你醒了!怎么也不叫我?"

"我还有些恍惚……"他的眼睛像是在看她,又像是在透过她看向别的什么人,"我隐约做了一个梦,梦见暴雨滂沱,我迷失在密林当中。有一神女提灯而来,引我脱离了险境。"

"什么神女啊,救你的不是她,是神医。神医用药引熬制了解药,给你一喝你才得以醒过来。你知不知道,你在鬼门关走了一遭,差点死了。"

说到这里,陆万嫌一顿,反应过来,人家平白无故好好的,本不用去走那鬼门关。

她没有迟疑,直挺挺地跪了下去,愧疚感充斥全身:"对不起,我不该怀疑你。这次都是我的过错,我的罪责无可推卸。"

徐庚寅掀开被子,艰难地下床。他低眉敛目,撩起下摆,陆万嫌这才知道他要干什么,连忙伸手去拦,却都阻拦不及。他虚弱地跪了下去,和她面对面相跪,就连缪临和翟不缚走了进来,他也浑然不觉,只是看着陆万嫌道:"我这不过是癣疥之疾,郡主莫要自责,我也并非挟恩图报之人,只是希望郡主日后能对我坦诚相待……"

徐庚寅说着,一行眼泪便已控制不住地滑落脸颊。

煽情总是最管用的,因为人心都是肉长的,很难抗拒眼泪这种东西,特别是男人的泪,比刀枪剑戟都要锋利得多。

陆万嫌顿时觉得自己不是个人,从相识之初就没有对徐庚寅安过好心,她伸手去擦掉徐庚寅的泪,不停地点头:"我知道了,你别哭。"

缪临眼中的神色黯淡了下来。

翟不缚在他们背后翻白眼:"姓徐的,你向死而生,果然厉害哦。

第十一章 事与愿违

都是你害我们阿嫌内疚,她为你忙个不停,一口气也没歇,你说说你今后要如何弥补?"

徐庚寅并未看旁人,眼睛还湿润着,如远山浓雾,他看着陆万嫌说道:"自然是用我的一生弥补,毕竟我接了郡主的绣球,便是你的未婚夫。"

"这……这……我……我其实……"陆万嫌正在搜肠刮肚想着怎么解释,徐庚寅就大咳一声,他已经急忙捂住嘴了,可是血依旧从指缝中缓缓溢出。

陆万嫌赶紧将徐庚寅扶起,将他安置在床上。她准备要去叫神医来看看,徐庚寅却拽住了她的袖子,闭眼晕了过去。

"荒谬!"缪临的眉心紧紧蹙起,一时不知说什么好,只能斥一声荒谬,转身就走。

陆万嫌左右为难,想去追缪临,又被徐庚寅拽着袖子,她只能求助般地看向翟不缚。

翟不缚酸言酸语道:"阿嫌,你可要知道,缪临当时是准备接你的绣球的,他肯定是喜欢你的。"

"我知道……"

"你肯定也知道,缪临是人人爱慕不已的天之骄子,断然受不得这种气。徐庚寅接了你的绣球,你俩就有了婚约,缪临恪守礼制,肯定不会跟有婚约的女子勾勾搭搭的了。"

翟不缚再叹一声,惋惜着这段情,接着摇了摇头,也转身出去了。

陆万嫌之前设局时想过一万种后果,但万万没想过现在这种局面的出现,她满脑子一团乱麻,恨不得一棍子将自己打晕。

之后的几日,陆万嫌才知缪大人不是闹着玩的,是真的生气了。他将之前所有她送给他的东西都退了回来,甚至一支笔、一个茶盏、一本闲书这等小物,也都悉数奉还。送东西来的家仆手拿了一个清单,边还东西边勾画着,生怕漏下一件。

这让陆万嫌万分苦恼，只能干笑着问来人："我今早派人送去的鸡汤你家大人可喝了？"

缪府的家仆一听，顿时想起什么，又在箱子中翻找，结果真的被他端出一个煲汤砂锅，里面正是她送的鸡汤。

"这、这也要还回来啊？"陆万嫌无奈地问。

那家仆点了点头，说道："我家大人说，这个东西不在他的食谱上，还望郡主不要再送。"

人走后，陆万嫌看着这一箱她曾送出过的殷勤，苦笑着摇头。这家伙连找理由都如此新奇有文化，真是迷人。

若换成以前，她绝不会去哄五岁以上的人，但此时此刻也没有办法啊，自己惹的人，可不就得自己巴巴地赶过去哄。

枢密院门口，陆万嫌刚到，就被同样杵在那等人的姬雀闪到了眼睛。她一时间还以为自己看错了，直到姬雀对着她挥手，她才皱眉问道："你在这里做甚？"

姬雀将怀中的书册扬了扬："我之前跟缪大人借了这书，现在看完了来还。你呢？"

陆万嫌没说话，头脑已经刮起狂风暴雨。

这一借一还，能见两面。再借再还，再还再借，从此连绵不绝，日日相见。接着二人日久生情，喜结连理，然后三年抱俩，五年抱仨，等他俩白首膝头儿孙环绕、颐享天年时，不知道还记不记得她陆万嫌这个人物……

果然高端的情敌往往是以队友的形式出现。

她之前还以为姬雀对缪临只是一种仰慕，却不料，都快尘埃落定了，情敌的箭却从背后射出。不行！绝对不行！想完了他们的一生，陆万嫌决定快刀斩乱麻！

她语气不善地瞪眼道："姬史官，你可真是我的好姐妹！挖墙脚都挖得这么有新意！"

"陆万嫌，你这话可有失公允了，这怎么能是挖墙脚呢？我又没

第十一章 事与愿违

有缠着你未婚夫徐庚寅。"如今潮汐公主被关了禁闭，陆万嫌又和别的男子有了婚约，一下子少了两个强有力的情敌，姬雀真是笑都不知道该如何笑了，生怕把大牙笑掉。

"你赶紧走吧，书我帮你还。"陆万嫌不想废话，只想赶人，伸手就去夺书。

但姬雀将书抓得死死的："不必不必，这种粗活累活怎么敢让惜缘郡主沾手，我来就行了。"

陆万嫌又将书朝自己怀里拽："我不仅帮你还书，还可以附赠你二百两。"

没想到姬雀却见钱不眼开了，她也发力将书拽了回去："这就是开玩笑了，我若和缪大人成了亲，以后相公的钱就是我的钱，我还差这二百两吗？"

"人和钱，你总得选一个来图，别太贪心了姬史官。"

"成年人做什么选择题？自然是全部要。如今情敌纷纷落了势，我此时不贪，就是傻子。"

两人在枢密院门口抢书，剑拔弩张得就差互相扯头花了，连缪临散职后从她们身旁目不斜视地经过，她俩都差点没看见。

还好陆万嫌鼻尖嗅到一股小苍兰香，不然纯属白来了。她赶忙松手，小跑几步拦住了缪临的去路："缪临，徐庚寅已经回家养伤了，等他伤好我就去坦白——"

缪临面色无波，作势就要绕行。陆万嫌赶紧又道："你别生气了，我是来跟你道歉的，我绝对不喜欢徐庚寅……"

姬雀这时也不甘示弱地走了过来："陆万嫌，你道歉光动嘴吗？和徐庚寅的婚约解除了吗？宫里那边交代好了吗？"

姬雀的疑问三连，不仅堵得陆万嫌一时间没话说，就连缪临的面色都瞬间冷了三分。他将视线落在姬雀身上，一点余光都没给陆万嫌："姬史官，你在这儿等我？"

"对啊，缪大人。"姬雀将书册递出，"我来还你书的，这孤本难寻，我已经誊抄好了一份，真的很感谢你。等大人你有空了，我一定请你吃饭。"

"我现在就有空。"缪临淡淡地道。

"啊?"姬雀完全没想过一切会发展得这么顺利。

"你没空?"缪临见她这副反应,挑眉又问。

姬雀立即笑得见牙不见眼,连连点头:"我有我有!我们现在就去吃!缪大人请!"

两人很快就并肩而行,走在了前方。身后的陆万嫌将小拳头攥得死紧,是按捺按捺再按捺,才没有发火,而是迈着小碎步急速地跟了上去。

后院着火时,她更不能发火,不然于救火不宜。

话说回来,姬雀虽然是请心上人吃饭,但多年来培养的爱钱、小气的习惯一时难改,她没有选择大酒楼,而是把缪临带来了临街的一家普通小菜馆。

陆万嫌将脸面全部装进兜中,硬是跟着一起来了,还觍着脸坐到了缪临和姬雀的桌旁,凑成了一个三人局。

姬雀白了她一眼,故意说道:"陆万嫌,你寸步不离,连吃饭都跟来,行为真的很令人生疑呢。"

陆万嫌回嘴道:"哈哈,姬史官你误会了,我不是故意跟着你们来吃饭的,我是真饿了,不然一会儿我就吞十只鸡来证明一下我所言非虚!"

"哦,是吗?"姬雀又道,"那饿了的话,有那么多酒楼可以选择,你怎么非要来这家小菜馆?"

陆万嫌说:"那是因为正好这家菜馆霸占了我的视线,我再多走一步,就要饿晕了,只能进来坐了。"

"那为什么非跟我们坐一桌?"

"节省空间,方便其他客人入座呗。人家老板小本买卖,我们要学会体谅。"

她竟然还头一次学会体谅了?姬雀真是懒得再说话。

陆万嫌也很心焦,一切都怪自己太轻敌,亲手给自己培养了一个

第十一章 事与愿违

好情敌。早知今日,在以前姬雀口口声声把缪临称作相公时,她就应该一拳给她打醒,让她不要做梦发癫。现在可好,她堂堂郡主,一个嚣张跋扈的汴梁纨绔,却拿眼前的两人一点办法都没有,连人家的饭局她都只能硬蹭……

这时老板已经拿着菜单走过来了,还弯腰询问缪临:"客官要吃点什么?"

姬雀也热情地道:"想吃什么就点什么,五两以内随便点。"

缪临却没看菜单,只是淡淡地说了一声:"随便。"

只听老板笑道:"别呀客官,吃饭一定要有计划,你说'随便'为难的不只是你伴侣,还有厨子。"

什么眼神?姬雀哪里像他伴侣了?!陆万嫌一拍桌子,指了指姬雀,又指了一下缪临,恶狠狠地澄清道:"他们不是那种关系!"

缪临这时才侧头看向陆万嫌,眼神里晦涩不明。

老板一见此桌有硬茬,赶紧连连道歉:"对不起对不起,我眼拙看错了,原来他的伴侣是你呀。"

这下姬雀顿时也一拍桌子:"说什么呢!她也不是!"

"哦哦哦……"老板彻底无语了,心想随便吧,爱怎么样就怎么样吧。

陆万嫌一把夺过菜单,反客为主:"五两够谁吃,姬雀你还能再抠一点吗?我来点,这顿我来请客。"

"有人抢着请客,那敢情好。"姬雀这下倒不争了。

于是陆万嫌点起菜来:"老板,来三碗阳春面,其中一碗不要花椒,不要葱姜蒜,不要香菜,面条煮得烂一点,小青菜要脆一点,再加点蘑菇,鸡丝要比银针还要细。再来一盘四喜丸子,丸子的大小注意要一模一样。还有,再来一盘——"

缪临没忍住,还是轻斥一声:"够了,闭嘴。"

陆万嫌顿时听话地抿住了唇,不过她又和老板要了纸笔,开始写菜名。

不识卿卿真面目

姬雀歪头看了一眼:"小鸡炖蘑菇、莴苣炒鸡蛋、歌山辣子鸡、鸡蛋卷饼、大盘鸡……陆万嫌,你总跟鸡过不去,是不是今早掉进鸡窝里,被鸡给叨了?"

大清早被你叨了还差不多!陆万嫌挺直了腰板呛声:"我请客,你管这么多做什么?有的吃,你就吃,不吃就回去写你的话本去!"

缪临被两个女人叽叽喳喳吵得直皱眉,拿过菜单还给老板,说了一句:"店家,我们就要三碗红油饺子,其余的都不要。"

"好嘞!"这老板好久没有看一男二女的感情纠葛戏了,恋恋不舍地回了后厨。

陆万嫌小心翼翼地凑近,建议道:"缪临,你肠胃不好,吃红油会不会太辣了?万一……"

缪临打断道:"辣,使人清醒,蛮好。"

他虽然是在回答她,眼神却望向店外,根本不看她。陆万嫌又碰了一鼻子灰,尴尬地摸了摸鼻尖。

此时此刻,此情此景,姬雀的眉梢眼角都密密麻麻写满了"爽"字。这叫什么?这就叫活生生地为创作积累素材,她的灵感又要攒足了。

吃过饭,姬雀还要去书局赚钱,只能依依不舍地和缪大人告别。

陆万嫌依旧跟着缪临走,他向左走,她便不会往右,活像一只听话的哈巴狗。最后,还真被她跟到了缪府门口,就差一点点,她就要进门了。

陆万嫌已经做好了被缪临他爹大骂一顿的准备,但这时,缪临却在大门处停步了,回头看着她:"还要跟?"

陆万嫌笑了,缪临终于破功叫她了。她故意戏精附体地演起来,装作女鬼的样子伸出双手,翻着白眼,颤抖着鬼叫:"天哪,你竟然跟我说话了,你看得见我?我是女鬼,你不应该看得见我才对……"

"脸这么大,怎么可能看不见你。"说完后,缪临就进门了,进去后还不忘立即将缪府大门关上,还落了锁。陆万嫌绕到侧面,正想爬墙,一抬头就看见墙头放满了尖刺。

第十一章　事与愿违

不是都说君子应宠辱不惊，量大同天地吗？为什么缪临还在生气？

她真是彻底无可奈何了……

陆万嫌回家后就开始挠头，赔罪这种事情她以前真的没做过，到底要怎么赔，对方才肯原谅她啊？

她的两个丫鬟侍奉左右，充当着臭皮匠的角色，给她出谋划策。灵璧机灵道："我知道怎么陪，以、身、相、陪！"

陆万嫌刚要翻白眼，灵璧就继续说道："郡主可以把我和灵缇送给缪大人，我们身先士卒，前去缪府伺候在大人左右，就等着郡主你进门。"

这怕不是给她出的主意，而是在给自己谋好事呢，想得倒美！陆万嫌拍了一下桌，教育道："想都别想。咱们郡主府全员上下卖艺不卖身！注意点节操好吗？"

灵缇平日爱看话本，此时马上有了新的想法。她徐徐道："郡主，男人其实都很好哄的，他们基本上都是四肢发达头脑简单。女人做错了事情，过去撒个娇，搂一搂抱一抱亲一亲，再说几句甜言蜜语，他们就乐得找不着北了，然后就忘了生气这回事。"

灵璧立即否决："不可，咱们郡主从不撒娇。"

灵缇又拍了一下手，想到了什么："我知道了，给缪大人送点礼总行了吧？"

"送什么？"陆万嫌终于听到了感兴趣的内容，"灵缇，你继续说。"

灵缇得到了鼓舞，双眼都晶晶亮了，这次她定要好好表现，在郡主面前赢灵璧一头。于是她说道："就送几筐土鸡蛋吧！礼轻情意重，缪大人看了一定感动！"

"行了，你可以闭嘴了。"

陆万嫌悔恨自己刚才的反应，竟然一时间觉得自己手下皆是人才，还生出了一丝丝不该有的期许，结果这蠢货就只想出一个送土鸡蛋的策略！

灵璧也不禁揶揄："什么鬼主意，就算要送礼，怎么说也得送点金银珠宝啥的。"

"俗。"陆万嫌摇了摇头，绝望地叹了口气。

不识卿卿真面目

　　朗朗风骨、光风霁月的缪大人，又怎么可能收下她送的金银珠宝？这不仅仅是在侮辱他，也是在侮辱自己。搞不好对方会气上加气，再也不理她了。

　　陆万嫌最终决定还是搞个手作，这样的心意才配得上缪大人。她平时不太会设计，所以去找发明大家翟不缚帮忙，才得了几分指点，就将成品做了出来。

　　翟不缚围着成品转了一圈，又转了一圈，不得不问："阿嫌，这真是你做的？"

　　"怎么了，有什么问题？"她挺胸挑眉。

　　翟不缚鼓起掌来："我真长见识了，你这动手能力，都快赶上街边的猴了。"

　　话音刚落就挨了陆万嫌一记窝心拳："你怎么说话的！狗嘴！"

　　"行行行，我这是狗嘴，汪汪汪。"翟不缚笑着又问，"可是，你给人家一个健全人送轮椅，怎么感觉缪临收到……也不会高兴的呀……"

　　陆万嫌自豪地推了几下自己做的木质轮椅："你懂什么，今晚城里有灯会，我就把这个送给缪临，他逛累了就可以坐上来，多便捷。而且他肯定需要人推，这时候我就可以殷勤地与他寸步不离了，绝对不会有人觉得奇怪。"

　　翟不缚没控制住地吐槽道："这画面更奇怪了好吗！一般人看到都会鄙视的吧？"

　　陆万嫌用食指点了点翟不缚的脑门，还以鄙视的目光："就是因为你们这些人会这么想，所以才只能当一般人。缪临是什么人？是人上人！他定能看出我的用心，然后原谅我。"

　　说完，陆万嫌就兴致勃勃地推着木制轮椅出门了。

　　翟不缚忧心忡忡地看着她离去的背影，心道，别说是人上人了，就是天上人，好端端地被送轮椅，也会被视作诅咒的吧？唉……

　　不过谁又能跟上阿嫌的想法呢，就由她去吧。

第十一章 事与愿违

天色刚暗，长宁街上就已经热闹喧嚣，彩灯高悬了。

陆万嫌守在缪府门口，兴致勃勃。缪临才刚一出门，她就火速推着木质轮椅跑了过去，笑着打起招呼："缪大人好啊，这是要去哪儿，该不会要去灯会吧？真是巧了，我也要去呢，不如咱们一路？"

缪临先是将视线落在了她的脸上，有一丝不易察觉的欣喜，接着就将视线聚焦于她推着的轮椅上，不由得皱眉："这是？"

"这是我亲手做的，送给你的赔罪礼物！"她殷勤地凑近缪临，指着木质轮椅介绍道，"我要给你介绍一个全新的出行方式，老舒服了。你去灯会上逛累了，我就可以推着你。"

"哦？你还想推我？"

"我跑得快，让我推，我能让你感受一下什么叫'舒适与刺激'。"陆万嫌笑嘻嘻地，两只眼睛都快弯成了月牙。

缪临的气其实早就消了，但见这几日陆万嫌费尽心思求原谅，也是头一回这样长时间地将注意力放在他身上。他对此事喜闻乐见，自然想再吊一吊她。

陆万嫌双手合十，像苍蝇搓腿一样不停地搓着，苦心哀求："缪临，我的好缪大人，一切都是形势所逼，不是我的真心，你别因为那些而冷落我呀。求求了，原谅我吧，好不好？"

缪临终于被逗笑了，将轮椅推开："你真是胆大。"

"啊？怎么了？"

"你就不怕我爹出门，看到这轮椅，还以为是你登门前来诅咒，再给你一顿痛骂？"

陆万嫌见他这样说，心里的石头这才落了地，缪临这是不生气了。

她开心地说道："不瞒你讲，我好久没听缪参政骂我了，居然还有点想念。反正以后说不定也用得上，不如我把它推进去，借花献佛了？"

"你敢。"缪临没管这轮椅，正想拉着陆万嫌去看灯会，但手才刚触及她的衣袖，就见她突然将头一侧，看向了右边。

她像是察觉到了什么，朝着右边的空地点了点头，这时才有一名暗影卫从树后跃出，走上前来行礼："郡主。"

"有事发生？"陆万嫌皱眉问道。

倦野还在养伤，这名暗影卫暂时接替了他的护卫工作，但她此时好端端地在谈情说爱，暗影卫不应该出现才对。所以一旦察觉，应该就是有事要说。

果然，这名暗影看了看缪临，欲言又止。

"无妨，缪大人是自己人，你讲就是了。"

于是暗影卫将事情小声告知，原来太学刚派人前去郡主府，说栾树失踪两日了，看看是否来了这里。当然，栾树压根就没来过。

这就有些蹊跷了，栾树平日里只爱钻研学问，不太与人结交，在汴梁没有什么家人，也无须探亲。更何况，他亦是守礼之人，但凡出门都会跟太学告假，譬如被樊宰执叫去，也是明明白白告了假的。太学的人在郡主府没见到人，都决定要去报官了。

缪临眉头微皱，陆万嫌听到这里，有点生气："不是命你们暗中相护吗？人怎么能丢了呢？干什么吃的！"

这暗影卫脸上红一阵白一阵，没有开口解释。其实想也知道，陆万嫌绣球招亲时发生了太多事，暗影卫必是以郡主为先，对旁的人难免会有疏漏。

陆万嫌突然又疑问道："等一下，你说外祖父也见过栾树？"

那名暗影卫点头道："是的，前几日宰执大人将人请了过去，不过当天人就回去了，路人、学子皆能作证。"

"外祖父找栾树，是要做什么？"

陆万嫌脑中一片混乱，倒是缪临轻轻按了一下她的肩，示意她冷静："不必多想。你如果实在不放心，何不去樊宰执那里看看？"

陆万嫌点了点头，决定前去："但今夜的灯会……"

缪临无所谓地笑了："无妨，你去就是了。"

"那你要跟我保证，你不会跟其他妹妹去看灯会！"

"我对灯会毫无兴趣。"缪临点了一下她的额头，略带宠溺地继续说道，"对其他妹妹亦是。"

陆万嫌也还了他一个笑容，这才放心离去。

第十一章 事与愿违

缪参政扶着夫人准备去看灯会,二人刚从正门里出来,就看见自己的好大儿推着一个轮椅,缪参政登时心头一跳,上前问道:"缪临,这轮椅是谁的?你腿受伤了?"

缪临摇摇头,但也实在不好解释,只能说道:"没事的爹,我买的,我先进去了。"

缪参政看着缪临推着轮椅进门的身影,还是难掩惊讶和疑虑,他不禁问夫人:"夫人你说,我们临儿是不是很不对劲?难不成这轮椅和陆万嫌那毒瘤有关?"

缪夫人给了他好大一个白眼:"你不要什么都往惜缘郡主身上扯好吧。人家怎么说,也是小姑娘,前些时日也定下婚约了,是和老徐将军的儿子……"

"她有婚约了,你就叫她小姑娘了?之前你还叫她女魔头,你的防备心可不比我少!"

"管她呢。她再浑,也有未来夫君收拾,与我们临儿无关。老爷你就别日日骂她了。"缪夫人整理了一下鬓发,"快走吧,一会赶不上灯会最好看的烟花节目了。"

缪参政被夫人拉走时,还忍不住回头望了缪府大门一眼,心里七上八下。之前儿子说非那毒瘤不娶,现在毒瘤有了他人,他是不是很失落啊……

对啊!缪参政虎躯一震,是失落!儿子这是失恋了,在难过!没错的!

缪参政一个急刹,把夫人拽了回来:"灯会不去了,我们回家!"

"为什么呀?"

"临儿情场失意,闹不好是要自残,要断腿,所以才买轮椅!不行,我们必须得看好他!"

缪夫人惊呼一声,也连忙小跑回了府,边跑还边叫:"儿啊,临儿啊,你可千万别想不开……"

第十二章
戏台对质

陆万嫌很久没去外祖父府邸了，倒不是不孝顺，主要是怕挨打。外面都传樊宰执老当益壮，如千年劲松永立大岐朝堂，得圣心，稳百官。但他看似坚不可摧，却有一个软肋，那就是他的宝贝外孙女陆万嫌。

她很想澄清，外祖父对她向来严厉，虽然从不少她吃穿用度，但哪里有什么宝贝心肝的佳话。她每每闯祸，外祖父的确都会来摆平后续，但关起门来揍她的时候，下手可从来没轻过。

最可笑的还有，外祖父府邸除了抽她的长鞭，另有一套独属于她的东西——二十四根刑杖。可能有人以为这都是备用之物，打断一根继续换下一根，实则不是。

这是根据二十四节气制作的专属刑杖，每根都用了不同的汤药浸泡滋养，比如名为"冬至"的那根，用艾灸熏过，在一年中"一阳升"的时候用这根打她，也会兼带着补充阳气。这种养生式刑罚，也不知道是爱还是恨，到底是希望她长寿，还是希望她短命。真是谜一样的祖孙情……

她这次进门之时，就看见外祖父在熏香袅袅中沉浸又陶醉地擦拭着一根刑杖，正在上油抛光，忙得不亦乐乎。她的脸立刻就黑了，露

第十二章　戏台对质

出了无奈的神色。

"拜见外祖父。"她轻咳一声，上前行礼。

樊宰执抬眸见是她，不露声色地问道："惜缘啊，你今天怎么过来了？是缺钱花了？"

"外祖父哪里的话，我怎么可能在缺钱时才想起外祖父。"

陆万嫌上前一步，半跪下开始给樊宰执捶腿，马屁还在继续拍："每每思及外祖父对我的恩情，都觉得它比山还高，比海还深。我生当衔珠，死当结草，外祖父若病，我定侍药；外祖父若薨，我当扶棺。不管来世做牛做马做猪做狗，我都会奔着外祖父而来，以报您的浩荡恩情。"

这马屁怎么还拍出了"扶棺"的事？樊宰执半眯眼睛，却问出另一个问题："你奔着老夫而来，是要报恩的？"

"对呀。"

"那怎么不提礼？"

好问题！当然是走得太急，没有想到。

但陆万嫌不可能实话实说，只道："外祖父想要的只是一点礼品吗？不！外祖父要的是惜缘的浓浓孝敬之心。我人到位，便胜过于金银珠宝字画古董，不是吗？对了，您之前找栾树做什么？"

樊宰执瞥她一眼："你自己听听你的这个转折，生硬不生硬？"

"有点硬。"

"那你就不懂得润色铺垫一下？那些太学夫子和你的上级平日里就没有教过你这些？"

陆万嫌嘿嘿一笑："那些人教的东西，哪有外祖父对我的言传身教来得妙。您一向喜欢聪明人带着意图说话，惜缘愚笨，只学会了一点点，所以不敢欺瞒外祖父我的来意。"

樊宰执老谋深算，也不打算将时间浪费在说废话上，索性直言道："老夫叫他来，自然是有老夫的用意，但与你无关，你也不必掺和了。"

"外祖父，栾树从您这离开后，没几日便失踪了。"

不识郎君真面目

"哦?"他又看向陆万嫌,眼神思量,"你是觉得,老夫要动他?呵,若老夫真要对付一个太学学子,还用亲自露面落人话柄?若要他消失,就有一百种方法让他安安静静地消失,又怎会给你疑心老夫、上门来问的机会?"

这话倒是没错的。陆万嫌一时间找不出破绽。

她起身来到樊宰执身后,给他揉起了肩膀:"廷尉司直教导所有下属,有疑必究,我也只是例行一问,没有别的意思。"

樊宰执冷哼一声:"呵,他倒也教了你一点好东西。"

"我一定好好学,只要有我在,外祖父后半生无忧。"

"忧不忧的倒无所谓,主要是想抱曾孙玩玩。"

好端端地扯这个干什么?陆万嫌无语,但只能钩着樊宰执的肩膀,给他画起了大饼:"急什么呀,我给您算过了,你以后保准曾孙满堂。到时候两个曾孙给您按肩,两个曾孙给您揉脚,再来几个曾孙女给您喂饭,给您穿衣,帮您搓背……"

"老夫那时瘫了吗?"

"别瞎说!您那是在享受子孙环绕的福报,就问您那个画面,您爽不爽?"

樊宰执琢磨了一下,勉强点头:"挺爽。"

陆万嫌赶紧搓搓手指:"爽了,就先借我点钱。"

千言万语堵在喉咙口,樊宰执一句话也不想多说。

陆万嫌在外祖父这里住了一晚,抱着各种闲逛散心之名把府里转了个遍,没有查到一点栾树的踪迹。最后,她是领着《清心诀》回去的。

丫鬟灵璧和灵缇只管听着郡主边抄边抱怨:"以前外祖父还罚我抄族谱,后来罚我抄《女戒》,现在可好,罚我抄《清心诀》,外祖父是不是要放弃我了?"

还没等丫鬟们安慰,她就将笔递出:"来,一共三百遍,大家都来分担一下。"

第十二章　戏台对质

灵璧瞬间双手交叉于胸前，面露震惊："等一下郡主！奴婢在府里待这么久了，见过被罚抄书的上限就是一百遍。你是怎么搞的？怎么还加倍？"

陆万嫌深叹一口长气："我算是明白了，有一条路，非走不可——"

灵璧和灵缇异口同声地问道："什么路？"

"那就是外祖父想方设法罚我的套路。"她又找来纸，依次递出，"快别磨叽了，一人一百遍。"

灵璧嘟囔着："我们又不是蜈蚣精，哪能抄这么多遍呀……"

灵缇也看着自己的双手，小声抱怨道："是呀，奴婢这手是伺候人的手，哪能搞得来笔墨……"

陆万嫌送了她俩一人一个白眼："有这说废话的工夫，你们已经抄完一遍了。"

"缪大人！"灵缇突然喊了一声。

陆万嫌手一摆："没用的，你现在提谁都不好使。"

"我亲自来，也不好使吗？"身后的确传来了缪临的声音。

这可真是一日不见，如隔三秋，陆万嫌回身就冲过去挂在了缪临身上，哼哼唧唧地撒起娇来。灵璧和灵缇见状，忙挪开视线，一个看天，一个看地。

她们二人心中不约而同地想着，不是说从不撒娇吗？是不是有什么脏东西把郡主夺舍了，她现在喉咙眼儿里发出的声音还是她自己的吗？

缪临拍了拍陆万嫌的背，她这才依依不舍地分开，将他拉来桌案前，塞给他一支笔："帮我抄《清心诀》，一共三百遍，分你二百五十遍。"

"好。"

他轻易就答应了，比那两个推诿抱怨的丫鬟不知好了多少。

陆万嫌觉得缪临此刻身上仿佛漾起一层光，她将去外祖父那里的事情都讲了一遍，外祖父否认与栾树失踪有关。她的暗影卫也调查过

不识庐山真面目

周围，有人亲眼看到栾树当日进出，因为他是太学学子，穿着儒生的衣服，没人会看错。他活着出了樊宰执的府邸，那失踪之事就很难与樊宰执牵连到一起。

她甚至想往好的地方想，也许栾树是学习学闷了，出去散心了，或者去哪个山洞里闭关创作绝世文章了，姑且一边派官府找人，一边再等等看。

然后两人就开始聊起闲话，缪临一边抄书，一边听着，时不时嘴角就露出笑容。

"……后来我问外祖父借钱，他问我每月五十两的俸银花在何处了，我说我能花在何处，廷尉司光是扣都给我扣光了啊。然后外祖父又问我为什么会被扣。"

"对啊，为什么会被扣？"缪临也问。

"因为我没有好好上工，不仅迟到早退，态度还不端正，卷宗被我弄出了许多错处。"

缪临忍俊不禁："那确实要被扣。"

"外祖父也是这么说的，但他还说，像我这样的混账，来日想把我塞进枢密院都不好塞，塞进去就是打自己的脸。他接着越说越气，就打了我五棍，罚我抄《清心诀》。"

丫鬟们都已经识趣地早早退下了，缪临听到这里，忙放下笔，有些担心："你被打了，怎么方才不跟我说呢，还疼吗？"

"不打紧，打得多了，区区五棍，不觉得疼。"陆万嫌将头靠在了缪临肩头，开玩笑道，"就是感觉应该打六棍，不然受力不匀，一边屁股大一边屁股小怎么办？"

缪临戳了一下她的额头："也就你能说出这种离谱之言，都是一起打的，难道还左右分别开工？"

陆万嫌噘起嘴，这是两个人和好以来的第一次腻乎，她恨不得黏在缪临身上不下来。缪临都快被她盯出一个窟窿，只好建议道："你能不能别总盯着我？我又不会跑。"

"恐怕不能。"

第十二章 戏台对质

"为何?"

"只因这是我的本能。"陆万嫌张口就是油腔滑调,眼珠子一转,又提起吃醋的事情,"缪临,之前你提出跟姬史官吃饭,你知不知道,我心里可难受了。"

"是吗?"缪临看着她,语气倒是愉悦的。

"真的,特难受。"

"听到你会难受,我倒是好受多了。"

她顿时坐直,装腔作势地道:"听到你因为我难受会觉得好受,我又不难受了。"

缪临伸胳膊又把她圈了回来,温柔地道:"我生你的气,不全是因为吃醋的关系。我只是恨自己没能出现在你身前,去替你挡下那些箭,那本是我该做的事情。"

他顿了一下,声音变小,带着一丝自责与伤心:"我是气我自己无能……"

"你怎么会无能呢,你是我见过最最好的人!"陆万嫌抱住他,拍着他的背,一字一句地慢慢说道,"缪临,希望这就是我们面对的最坏的事了,只是我也知道,不太可能……"

北荣细作深入大岐,四下作乱,竟敢在光天化日之下对她进行刺杀,他们没能夺回蝰蛇印鉴,定会卷土重来。

前路风雨飘摇。只希望重回和平的日子不要让她再等太久,她依然想做那个整日吃喝玩乐、没心没肺的汴梁女纨绔,每日都拉着心爱之人的手,去看遍山川河海,尽享人世繁华。

又过了一日,失踪的栾树找到了,却已是一具尸体。他死在一条破巷之中,身上财物都已不见,脖颈有一条深深的勒痕。

此案归于廷尉司,仵作初步验尸后表示,栾树是被凶手用长巾类物品勒死的,而身上亦有被抢劫的痕迹。众人纷纷猜测,难道是他路遇歹徒被劫杀?

既然是个"劫",那必会留下蛛丝马迹。廷尉司的同僚们追踪、排查都很迅速，不出三日，便将想要销赃的嫌疑人一举拿下。他变卖的东西中，栾树的书册、玉佩赫然出现在其中。

物证俱在，嫌疑人缩成一团，哆哆嗦嗦地看着前来审问的陆万嫌，双手抱住了头，呜咽着求饶道："大人饶命，饶命……"

他就是杀害栾树的真凶吗？未免厌了点。

陆万嫌审了半个时辰，这嫌疑人哭湿了前襟，对于杀人之事却矢口否认。他声称自己见到栾树的时候，栾树已经死了，他觉得死人是用不上这些身外之物的，造福活人，也算功德一件，所以自己只是顺手牵羊……

因为眼前这人是牢房的常客，他们调取了以往的卷宗。一翻卷宗发现，这人不仅偷窃成瘾，其父更是个杀妻狂徒，伏法时仍满口叫嚣，如同嗜血狂魔。同僚们都推断，保不齐这嫌疑人也有其父的遗风，杀人越货之事倒不是做不出来。

只是……他哭得也太伤心了吧？那眼睛就像泉眼，全天候不停歇地往外冒水，还搭配着如鬼般的哭声。大牢里住的也不全都是死刑犯，这哭声延续了一天一夜后，犯人们就纷纷躁动，砸门大喊。有的要招供，有的求速死。

天刚黑，同僚就推来了两辆板车，上面全是包袱，里头装的都是牵扯此案的赃物，刚刚收缴干净。陆万嫌一件一件登记在册，一直忙到后半夜。她本就累得眼花，又被哭声扰得实在头疼。她叹息着蹲下身，继续去解另一袋装着赃物的包袱，突然手下一顿。

她拆掉捆缚包袱的长绳，细细捋开铺平，便发现这不是绳，喷涌的记忆瞬间充斥脑海。

是徐庚寅对着她认真说道："惜缘郡主出手相助，在下万分感激，但在下不喜欢欠人人情，身上也没什么好物，这条腰带送你。"

也是缪临告诉她，这是巫溪族的求爱腰带，上面的二十一颗珍珠代表他今年二十一岁，三颗翠石代表他目前有宅子三所，两颗玛瑙是说婚后要一起生两个孩子。如果女方看上了，便会收下腰带。

这腰带在她那里放了很久，她自然知道这不是徐庚寅的那一条。

第十二章 戏台对质

她立即起身,将嫌疑人所在的牢房门一脚踹开,抓着他的领子问道:"你认识徐庚寅吗?"

"谁?"

怎么会有徐庚寅的事?难道他也被偷过?不,陆万嫌立即否认了这个想法,栾树是被勒死的,难道说……

陆万嫌赶忙将仵作从睡梦中喊起来,拿着这条腰带再度验尸。深更半夜,一室只有三人,两活一死,气氛别提有多阴森恐怖了。

但陆万嫌并不害怕,她眼眶发热,压抑着让自己不要落泪。看着曾经鲜活的栾树变成现在这样一具冰冷的尸体,她有千万句话想说。

初见时,他满是书卷气的脸上藏了几分小心,一双黑眸在打量她,猜测她的来意。明明那么弱小,却在做着骨气最硬的大事。她不是不知道栾树的处境危险,所以后来才说要让他和她待在一起,护他安全,直到屈夫子翻案的那一天。可是她没有做到,她鸡飞狗跳的生活逼得栾树主动离开了郡主府,迈上了黄泉路。

犹记得那日栾树微微俯身,翻起桌上杯盏给她倒茶,对她陈情道:"学生已无人可信。万望郡主不要欺我、负我。"

她也问过他:"凭你的学识,原本可以待在太学平步青云,你为何要揽这样的事?"

那时栾树笑了笑,朗声回复:"因为世间有恶,不得不除。"

世间的恶还有很多,陆万嫌心想,栾树,对不起,是她没能护住他。若有来世,不知他还会不会走上这条挺身而出的荆棘之途。

经仵作再度查验,确认这腰带便是勒死栾树的凶器。仵作还有一丝新发现,栾树的胸骨曾经碎裂过,当时并未医治,现在仍有旧伤。

陆万嫌想起来之前在他房中找到的药渣,他在打着治风寒的名义偷偷疗着伤,可又是为什么呢?如果他们是同路人,为什么要这般相瞒?

仵作缝合好尸身,陆万嫌站在栾树的尸体边,不由自主地拉起了他的手,将双手置于他的胸前,摆出一副安详入睡的样子。他走得太仓促，留给了她太多的疑问。

她正欲拿白布将栾树盖起来的时候，突然又留意到栾树的指甲，他的小拇指指甲盖依旧是被夹过的青黑色，而食指指甲与侧边接缝中好像有一点黑色的东西："这是什么？"

她将那一小块黑东西夹给仵作看，仵作也一头雾水。

疑问是疑问，但一切线索直指徐庚寅，天还没亮之时，徐庚寅就以谋害太学学子之名，被下了大狱，押入廷尉司待审。

事情发生得猝不及防，但陆万嫌也确实不能偏袒一分。

不知是巧合还是什么，徐庚寅就被关在了屈夫子死去的那间牢房，也就只有这间牢房是空的。陆万嫌昏睡了一天一夜，才去廷尉司看他。他背靠在墙边，依旧穿着朴素的长衫，以木簪束发，完全看不出曾经小徐将军的半点影子，更像是一个病弱的书生。

前几日他才刚从鬼门关回来，伤还没养好就下了狱。看见陆万嫌，他苍白的面色仿佛有了一点生机："郡主，你们廷尉司办事不太严谨。"

陆万嫌只是冷着脸看着他："在这里就别叫郡主了，叫我陆典簿吧。"

"那好，典簿大人，请问如果是我杀了栾树，我为何要将凶器留下，被你们找到？"他似是讽刺地一笑，"毁掉这凶器难道很难吗？"

"徐庚寅，你是聪明人，你知道我抓你回来是为了什么。"

徐庚寅这时终于露出了一个笑容："嗯，知道，你想保护我。"

聪明人不需要说暗话。陆万嫌用凶器证物将徐庚寅列为嫌疑人，将他下狱，自然都是表象。其中的破绽她焉能不知，只是真正的凶徒还未伏法，案件还未查明。徐庚寅被嫁祸，必然是有人想在明面上除掉他，那不如就顺了幕后黑手的意，先麻痹对方。

她真的不想再让身边任何一个人出事了。

陆万嫌走入牢中，将神医配好的汤药端了进去，徐庚寅此时双手

第十二章 戏台对质

戴着镣铐，陆万嫌只能吹了吹汤药，亲手喂他。

他没多说，只是噙着淡淡的笑容，很乖巧地喝下一勺又一勺汤药。直到汤碗见底，陆万嫌起身想走，徐庚寅才叫住了她："看来你是真的信我了，我很欣慰。之前我还一直羡慕你与缪临之间的信任感，现在我是不是也拥有了？"

她回身猛地将汤碗重重地摔在地上，因为碗是木制的，只能听见砸地的巨响，接着碗滚到了一边，这也是她在宣泄着不满。她又深吸了一口气，说道："徐庚寅，我有点看不懂你。你说要与我坦诚相交，但你有很多事情都没有跟我说实话。"

"譬如呢？"

"譬如你接近我，并不是因为你喜欢我。"她直白地戳穿真相，"是因为我外祖父是樊宰执，对吧？"

徐庚寅避而不答，反而悠悠地道："昊龙口之战，只有我活了下来，不是'错'；我有替徐家军翻案的心，也不是'错'；处处提防、监视，怕我找到罪证，当我找到了，便以杀人罪名将我下狱，这更不是我的'错'了。"

陆万嫌皱眉："你想翻案，既然也有了罪证，就该拿出来上报啊？"

"你应该听过'堂下何人，状告本官'的故事，又叫我如何拿出来呢？"他像是觉得此话荒唐，还笑了一下。

陆万嫌不是听不出来，徐庚寅字字句句都直指她外祖父，可是她想不通："你觉得是我外祖父在谋害徐家军？可是当年这样做，会失去一个城池，外祖父是大岐宰执，怎么会不知道这其中的利害关系，他不会这么做！"

即便身处大牢，徐庚寅却仿佛又回到了那个雨天的庭院，他与她坐于廊下饮茶那时。他慢慢说道："陆万嫌，太学难道没有教过你'木秀于林，风必摧之；堆出于岸，流必湍之'？徐家军当年遭受的是无妄之灾，虽是全军覆没于敌手，但幕后布局之人，皆在大岐朝堂，以樊惑为首。"

"你若无实证,朝堂百官岂容你污言冒犯!"陆万嫌声音颤抖,指甲狠狠地抠着自己的掌心,都快要抠出血来。

徐庚寅这时站了起来,伴随着镣铐声,一步一步地走向她,就像一只想要将人拉入深渊的鬼魅。他缓缓俯身,凑近陆万嫌耳边,用着只有他们两个人能听到的声音说道:"家父有一本军中手札,藏在牌位之中。就让徐某来赌一赌,惜缘郡主是不是那个可以托付真相之人吧。"

陆万嫌被耳边的热气吹得头皮发麻,怒气更盛,她一把将徐庚寅推开:"无礼!"

徐庚寅踉跄着后退几步,捂了下胸口箭伤处,但并未流露出疼痛的表情,反而面露一股挑衅之色,他真的是连装也不想装了。

"无礼?这好像是缪临爱说的话,你被他同化得好深啊。"徐庚寅一副无所谓的样子,说的话却是很关键,"陆万嫌,我若含冤而死,说不定你还能与他再续前缘。你若替我翻案,事情结束后,我们就要成亲了,这你要怎么办?"

"用不着你替我操心!你身在牢中,最好老实点,我若查出你有半句污蔑我外祖父的虚言,我就拔了你的舌头!"

陆万嫌气呼呼地锁门离去,直到在廷尉司门口看见等候着的缪临,才恍若卸了力的木偶一般,差点摔倒。

还好缪临手疾眼快地将她扶住,她才定了定神。

一路上,陆万嫌将牢中诸事都告诉了缪临,直到脚步停在了徐府门口,她仍是不敢推门进去:"缪临,我害怕。"

只要不踏进这道门,她没有去查,便可以逃避下去,不用面临两难的选择。但若事实真如徐庚寅所说,她真的能做到不徇私情、大义灭亲吗?

缪临自然是知道她在怕什么,他拉住了她的手,像一道光芒驱散她所有的担忧和恐惧:"嫌儿,我不会要求你去做什么,这都该由你来选择。我知道这很难。但我只想告诉你,真相不应使人畏惧。"

第十二章 戏台对质

"没错！我不必畏惧！"陆万嫌心定了定，继续道，"他污蔑我外祖父，我岂能由他张嘴胡说？旧事到底如何，一查便知。"

说着，她便推开了徐府大门。之前缉捕徐庚寅时，徐府里外也都被查抄过，所以入目所见，一片混乱。她带着缪临来到祠堂，拿起徐老将军的牌位，正要用力破开，缪临却按住了她的手，让她等一等。

徐府没有什么吃食点心，缪临在院中树上摘下三枚果子，放在供桌之上，又点燃线香，和陆万嫌一同给徐老将军上了香。

"徐老将军，我乃枢密院副承旨缪临，和廷尉司陆典簿特来拜见。为寻求真相，今日需毁您牌位，来日定当重立。冒犯之处，请您见谅。"

陆万嫌见状满面赤红，自觉羞愧。因为自己心太急了，太想证明外祖父的清白，导致连对老将军基本的尊重都忘了，还好有缪临，他总是礼数周全。

上香之后，缪临用力破开了牌位，果然如徐庚寅所说，这中间夹杂着一本手札。他们坐在庭院石桌边，花了很长的时间阅览，初看去并未觉得有什么问题，上面记载着徐老将军的一些安排部署、用计之道，以及徐家军行军途中发生的奇闻逸事，还有一些心得感悟。

手札看到了最后，便是越来越苍凉的文字了：

四月十三，全军被围困昊龙口。眼下粮草短缺，我于三日前和今日，分别朝汴梁快马送出两封求援信。北荣骑武军过于嚣张狂妄，但他们休想闯过昊龙口，在援军赶来之前，身后的城池我们必会坚守住！

五月初三，两名信使并未返回，汴梁也没有消息。死伤共计一百四十一人，军中已无食物可果腹，周围草根树皮都已吃完，有属下挖来了一种可吃的土壤，说就水服下，三日都不觉饥饱。可庚寅带队前去突围还没有消息，我又怎能食得下……若吾儿庚寅回来，让他吃饱吧……

五月十五，庚寅突围失败，军中又死伤了一批弟兄。他身上有伤,却带了野鹿回来,众人分食,我一口都吃不下。汴梁的援军,为何迟迟不到?

五月二十三,援军依旧未到……

…………

陆万嫌皱着眉提出疑问:"为什么要同时有两个信使?"

缪临解释道:"军中做事向来谨慎,两个信使不同时日出发,就算路上耽搁或者折了一人,还能有机会将求援信送回汴梁,这也是保险起见。可是……"

"怎么了?"

"可是信使传信后,按例是要返回军中的,为何援军不到,信使也没回?"

"会不会是信使脚程慢了,导致援军迟援,信使怕担责便逃了?"陆万嫌这话刚说出口,就觉得不对。信使若真怕死,路上就逃了也行,根本不必送了信后才逃。而且一人胆小,不可能两名信使都怕死吧?

等等,好像还有哪里不对,陆万嫌细思片刻,终于有了眉目,她猛地站起身来:"缪临,不对,是日期不对!昊龙口到汴梁快马十日就可到达。我在廷尉司统理卷宗,日日被上级罚抄和补录,我有印象。当年朝廷收到求援信时刚过夏至,派出的援军次日便出发了。到达时,城已破,徐家军已经全军覆没。"

缪临也眉心紧锁:"这么说,中间缺失了一段时日……"

"那封收到的求援信记在卷宗里,我们回廷尉司去找找看!"陆万嫌拉起缪临就跑。

夜幕降临,汴梁街道尽显繁华。灯会办得热闹,带来了无数商机,于是民间自发延长了举办灯会的时间,此时满街都是漂亮的花灯和穿着靓丽的小娘子。

陆万嫌和缪临疾步穿梭于人群之中,本无心看风景,但走着走

第十二章 戏台对质

着,前方突然出现一人,用一把圆扇挡住了他们的去路。

"万人嫌,你把缪临放开!"

是潮汐公主,她竟然这么快就被解除了软禁?

陆万嫌不仅没有放开缪临的手,还更加过分地挽住了缪临的胳膊,抬起下巴道:"我偏不放,你奈我何?难道还想再找刺客杀我一次?"

潮汐公主立刻就又气又急:"杀你的人不是我找的!你也不想想你平日作恶多端,欺良霸善,惹祸上头了也不能随便赖在我身上啊!你松开,不许挽缪临!"

潮汐公主扔了圆扇,上去就对着陆万嫌的双手一顿乱扒,都被陆万嫌一一避开。缪临本来无意介入两名女子的拉扯打架中,现在却实实在在地身处旋涡中心,左右闪躲不得。

"啊!"潮汐公主抬起双手,气得大叫,"你毁了本公主新做的指甲!你知道这指甲漆多名贵吗?"

这满街都是漂亮灯火,她若不说,还真没人注意到她的十根玉指上涂着胭脂色的指甲漆,里面还掺杂着点点荧光粉,确实好看。只可惜中指那指甲盖上,刚才被陆万嫌扣掉了一些。

陆万嫌自然是没有觉得不好意思,还做赶人状:"我和缪大人还有正事要办,公主没别的事的话就不要挡路了。"

"这大晚上的,你们不看灯会,还有什么正事?"她不只是疑问,还有震惊,真希望不是她想的那样……

但陆万嫌立即就回了潮汐公主一个色眯眯的笑:"对,就是你想的那种正事。"

说完,陆万嫌就拽着缪临的袖子,将他带离这里。缪临耳根霎时就红了,他轻咳一声,自然也不好直言。

廷尉司还有几个未走的同僚,看见缪临进来,都吓了一跳。他们还以为是出了什么大事,枢密院竟亲自派人出面了,顿时噤若寒蝉。还是陆万嫌找了点"有些事还在暗查阶段,不能声张"的借口,让大

不识庐主真面目

家赶紧散职。

他们俩点着油灯，翻出了那一年的所有卷宗，对照着手札细细查看，最终还真的被陆万嫌找到了。卷宗上记载的求援信落款，是五月二十一日！

这跟徐老将军手札上写的四月初十、四月十三分别送出的两封信落款完全不同！这是怎么回事？

"总不能是外祖父收到求援信后，改了时间，故意拖延了一月有余，才装作刚刚收到，就此出兵吧？"

"这只是一个推论，樊宰执未必会这么做。物证可以有一百种解释，譬如被有心之人做了手脚才呈报上来，又譬如信使有问题……"

"让信使背锅，也不能一背背两个吧，那两人可是不同时间出发的。"陆万嫌突然眼神一闪，"等一下，求援信发了两封，可朝中只收到这一封记录在卷宗中，后面的另一封呢？"

缪临缓缓地道："或许没有送到，只有两种可能：第一，他死在路上了；第二，他因故躲起来了。"

陆万嫌双手抱头，只恨自己为什么要当着劳什子的差事。和潮汐公主一样每天涂涂指甲漆、骂骂女人、抢抢男人，做一些不费脑力的事情多好。

等等！指甲漆！陆万嫌瞬间如遭雷击！

"我知道是怎么回事了！"她忙往停尸房跑去，缪临紧跟其后。

在栾树的尸体前，陆万嫌重新拿着那块之前被她剥落下来的小黑片比对、闻嗅，然后断定道："这是指甲漆。我最后一次见栾树时，他跟我辞行，我看见他小拇指指甲是青黑色的，他说是不小心被夹的。绣球招亲那日，面具刺客朝我射弩箭，十个指甲都涂了青黑色的指甲漆，他不想被我认出身份，因为他就是栾树！"

缪临也立即懂了："栾树知道北荣印鉴在你身上，所以才故意用替屈夫子鸣冤的匿名文章引你上钩，接着自己在太学纵火，假装自己处境危险，从而住进你府中，目的就是想搜找印鉴。"

"对，有一次郡主府进了蒙面人，被府卫一掌击碎了胸骨。所以

第十二章 戏台对质

后来栾树打着伤寒的名义偷偷养伤,被我察觉药渣不对,但是我没有细想。原来那时是他黑衣蒙面在找印鉴,被府卫察觉后从房顶逃离。"陆万嫌绕着栾树的尸体走了一圈,面色越发深沉,"我一直没有怀疑过他,只因为他是儒生,手上没有练习弓箭和使用兵器留下的茧子,但他原来是修习弩箭的,技艺还很高超。"

缪临也将所有的事情都串了起来:"怪不得栾树会和屈夫子扯上关系,那是因为屈夫子偷的是他的印鉴,他就是北荣惕隐都监,是北荣密探之首。藏身太学,就是想将身上带着的蝰蛇印鉴交给一个岐人。"

"嗯,这个岐人即将发动兵变,要靠着蝰蛇印鉴调动北荣三十万骑武军相助谋反,但当时这个岐人还在暗处。栾树还未交出蝰蛇印鉴时,便和隐藏在岐国生活多年的屈夫子相识。他们脾性相投,栾树奉屈夫子为老师,觉得对方肯定站在北荣人这边,随后不慎暴露计划。

"可是他不知,屈夫子早已融于岐国,他不愿两国再起战事,便偷了蝰蛇印鉴。后来有一个女学生听到屈夫子与一个年轻男子争吵,还听到了关键词'惕隐都监',那年轻男子便是栾树。

"最终屈夫子为保栾树,自担暗探身份下狱,并将印鉴交给了唯一能接触到的合适人选——也就是我,他想让我将这个准备叛国的岐人揪出来,阻止他的计划。"

一切都连得上了,如果栾树是徐庚寅杀的,他大可以把栾树的北荣暗探身份曝光。他不但不会下狱,还能成为英雄,一个英雄想要翻个案,难度也会比之前小很多。而他身陷如今的处境,是因为他找到了罪证,使得对方觉得留下他终是隐患,必须除掉不可。想要除掉他的人,很有可能就是樊宰执为了掩盖之前的旧事……

她的心跳得厉害,尽管有一千个一万个不相信,但其中破绽百出,绝对不是可以忽略过去的。既然徐庚寅胸有成竹,手上有的应该不只是物证,他没有直言,是想让他们自己查出来。

不识卿君真面目

陆万嫌和缪临站在徐庚寅的牢房门前,徐庚寅像是早有预料一般,平静地看过来,没有说话。

是缪临先开的口:"徐庚寅,徐老将军的手札和卷宗记载有出入。"

"那是自然。"徐庚寅冷笑了一声。

陆万嫌猛地抓住牢房栏杆,双眼中仍有希冀:"徐庚寅,你是不是有人证在手?"

"我有,第二个信使还活着。我之所以现在才说,是要保他的安全。你们既然已经亲自查到了这里,就应该知道徐家军有冤情之事不假,人你们可以去见。但是后续,可想好了?"徐庚寅站起身来,从灰暗中走出,一步一步走向他们,"陆万嫌,樊惑是你外祖父,人证物证齐全后,你确定做得出大义灭亲之事吗?"

陆万嫌闭上了双眼,只思虑了片刻,便重新睁开,里面清澈透亮,如同初见那般。她说:"人若做错了事,必然要遭受惩罚,这是外祖父用二十四根刑杖教会我的。如果他真有错,我定会帮他纠错。"

徐庚寅又看向缪临,眼神意味不明,像是质疑,又带着一丝微嘲:"缪大人,你之前定是在吃我的醋,这次也愿意帮我?"

缪临忆起,当时和陆万嫌、翟不缚去楼船游玩,途经惠济河时,徐庚寅身在马车中问他:"缪大人成日和这些纨绔子弟混在一起,就不怕辱没了缪氏门楣?"

那日他没有露面,隐在暗处。今日他从灰暗中走了出来,从一片荒芜中走了出来,他已经独自走了太久,此时直视着他的双眼,质疑他是否真的愿意帮他。

缪临生来就是缪氏一门的希望,没有突逢过人生大难,没有失去过挚友亲人,没有蒙受过不白之冤,更没有踽踽独行、无依无靠之时。他的身边总有翟不缚聒噪相伴,心中总有陆万嫌稳定心神。

他虽不是徐庚寅,但他想他能懂,于是浅浅一笑,回复他道:"吃醋之事,与此事并不相干。君子立世,所信所托,唯有'公道'二字,若徐家军有冤情无法昭雪,这公道我们替你讨回来。"

徐庚寅没有表现出开心或是欣慰,他的视线透过牢房,看向无尽的黑暗处:"二位,我在牢中,不知今晚的月色如何?"

"隐于薄雾中,颇有意境。"缪临道。

陆万嫌也点头附和:"是的,很美。"

"自昊龙口之战后,我已经好多年没有好好看过月亮了。"他叹息一声,说的是月亮,但又好像不单单在说月亮……

第二个信使他们最终是见到了,这人所有的履历都不是作假,的确出自徐家军。除了徐庚寅外,这是当年徐家军活着的第二人。

信使如今已隐于乡野,道出了当年的往事。他携带求援信赶到汴梁时,按时间来算,第一封信应该已经到了。但整个汴梁无人知道骑武军进犯边陲之事,随手拉过一个百姓打听,对方也表示从未听说过最近要募集粮草。

他猜想第一个信使也许折损在半路,正准备挺身前去,却看见了第一个信使的身影,对方听戏喝酒,过得很好。

这就奇怪了。

他不敢贸然行动,只得潜进军营观察,看到的一切也证实了他的猜测。军营并未有援助之意,而求援信早已送到,这是有人想借此时机灭掉徐家军。

可这如何使得?徐家军覆灭,他们身后的城池就要被北荣骑武军的铁蹄践踏,这是人命关天的事情,岂能让一些玩弄权术之辈如此胡作非为?他愤恨地潜入第一个信使家中,于黑暗中捏着他脖颈质问一切,得到的答案都指向朝中樊宰执以及他的党羽。

他们忌惮徐老将军功高盖主,忌惮这支徐家军只听主令不听皇命,更是不想再容忍徐家军一军独大下去,于是……

刺杀也是在那晚到来的,他眼睁睁地看着第一个信使死于暗器,自己也是从死里逃生。他怕了,对方的势力太过强大,他不愿以卵击石,于是藏身于山林,许久未出。等再出来时已经变天,从前威震四野的徐家军全军覆没,朝野上下竟然还要向死人追责。

如此荒唐……

不识卿卿真面目

直到小徐将军找到了他,还要护他性命,要与他一起为徐家军申冤,他在等着那一天,也终于看到了希望的光芒。

五日后,为庆贺皇后娘娘生辰,百官休沐。

琳琅戏园新开了大戏,几位重臣早早就携家眷前去观戏。朝堂之外,众人也方便联络联络感情,聊聊汴梁新事。百官之首樊宰执自然也在其中。戏园外围有护卫把守,基本无人进出,戏院里咿呀浅唱,欢声笑语,显得一片安和。

直到新戏再次开唱,这回戏文却有点不太一样。台上又唱又演,讲的是一个大家族的故事,兄弟数人本情谊颇深,但逐渐其中一位天资聪颖,屡建奇功,得到家主大肆赞扬……

樊宰执原本就听出了滋味,听到这里脸就越来越黑。

那台上演戏的,虽然化了戏装,披了长褂,但瞧那模样不是陆万嫌还能是谁?胡闹!当真是胡闹!堂堂郡主竟然登台唱戏,这跟小丑有甚区别?

一旁的枢密使大人和缪参政也认出了陆万嫌,纷纷看向樊宰执。缪参政还试探着问道:"要不……悄悄把他带下来?"

文武百官皆在此,若是丢人,可就要"名"扬全汴梁了。樊宰执沉吟一声,抬手正要唤人办事,台上的戏突然演到了高潮之处,听得大家全部起了兴致。

故事继续在讲,有人劫了家主之财,那名像出头鸟一般的兄弟自告奋勇前去追讨,却掉入了贼人的陷阱。他发出两封求援信回家,却被其他兄弟拦下,众人明知家主会损失更大的一笔钱财,但还是决定借此除掉那出头鸟。随后贼人得力,出头鸟客死异乡,家财又损失一大笔。人死并未安息,其余兄弟还去禀报家主,要治那兄弟的追讨不力之罪,想让这一血脉的后人永无出头之日。

满戏园都在感慨、讨论,自然也有人听出了弦外之音,这下黑脸的不仅仅是樊宰执了,更多文臣武将也变得神色不宁。

"混账!"樊宰执大手一拍,将戏打断。他并未起身,依旧坐于

第十二章 戏台对质

椅上,但全身的威严足以让众人屏息:"陆万嫌,你闹够了没有!"

听到外祖父点了她的名字,陆万嫌卸掉发冠,脱掉戏袍,这才跳下戏台走上前来,拱手行礼:"廷尉司陆典簿,见过宰执大人。"

枢密使大人一声不吭,皱眉看着她。缪参政此时抬起手指按着眉心,按着按着又满场环顾,生怕自家儿子也参与其中。

廷尉司直,礼部、户部等官员都朝这边看来。

箭在弦上,不得不发。

陆万嫌大声询问:"下官昨夜查看以往卷宗,发现昊龙口之战失利时,曾给汴梁发过两封求援信。可卷宗记载中收到的唯一一封,日期却和徐老将军发出的日期并不相符,敢问樊宰执,是从何人手上接过的求援信,此人如今安在?"

樊宰执看着陆万嫌的眼睛,此时倒没有了刚才那么大的愤怒,他只道:"那都是往事了。"

"徐家军苦守昊龙口近两月,粮草殆尽,明知是绝境依然没有半分退却,他们身上的铮铮铁骨正是我大岐的象征。岂是一句'往事'就可不用重提的?"

樊宰执还没开口,有个小厮模样的年轻人低着头从一个包间内走出来,来到樊宰执面前躬身行礼。樊宰执起身言道:"我这就将这个不争气的东西赶出去。"

青年小厮声音尖细,又道:"……里面传话了,既然喊得这么大声,就让郡主把事情说清楚吧。"

小厮说完并不回去,站在一旁歪头看着樊宰执。

陆万嫌下意识地看了那青年小厮一眼,来不及细想,再度恭敬行礼,说道:"那样的一群将士最终不仅马革裹尸,还被污蔑,这不仅对不住他们的牺牲,也寒了我大岐镇守边境将士们的心。我若对此视而不见,是对不住太学夫子的教诲,也对不住外祖父您对我的鞭策……"

樊宰执咳嗽一声,但好像没有要阻止陆万嫌的意思。

"我等为官者,若立身不正,又如何取信于民,为民而谋?"陆万嫌抬起头,目光铮铮,有意地看了看周遭的官员,铿锵有力地说道,"现

不被郎君真面目

今,我有第二封求援信和徐老将军的军中手札为物证,更有第二名信使作为人证。人证物证已经带来,还请百官查验,还徐家军一个清白。"

就在此时,缪临从后台走了出来,另外一名戏子也卸下了一身伪装,正是第二名信使。

缪临心平气和地对着樊宰执行礼:"枢密院副承旨缪临,见过宰执大人。"

枢密使大人和缪参政此时对视一眼,纷纷无语。但局面已经至此,是万万不能息事宁人的了。缪参政上前拽了一下缪临的衣袖,似是警告般地询问道:"你怎么会来这里?"

缪临道:"我们只是想弄清楚一个真相。"

樊宰执正欲说话,房间里又走出来一个中年小厮,到他身旁附耳说了几句。

樊宰执脸色微变,最终无奈地挥了挥手:"行吧,你们问吧。"

陆万嫌开口问道:"樊宰执当年收到求援信后,是否按下不发,晚了一月有余才更改落款日期,上报朝廷派出援军?"

樊宰执没说话,但看那面色已是默认。陆万嫌的心沉了沉,这时缪临也问:"援军迟援,是樊宰执您的意思吗?"

樊宰执还是没作声。陆万嫌心头不知是何滋味,话到了嘴边,成了接连的追问:"徐庚寅拿到了实证,是樊宰执用命案嫁祸为之的吗?太学学子栾树实是北荣细作,此事枢密院是否知晓,是否在除掉暗探之余,决定顺势嫁祸徐庚寅将他铲除,好让旧案不重提?当年参与此事的官员,如今是否仍在职?"

陆万嫌一口气将所有事问了个彻底,不管对方答与不答,事情暴露于人前,便不可能再被随意压下。

樊宰执这时终于皱起眉头:"你们是昏了头吗?栾树既是北荣细作,他不死,才有可能与隐藏暗处的叛国岐人勾结,才有机会将他们一网打尽,杀他做什么?老夫为官多年,岂能坐视暗中贼子联合外敌,动摇国本?"

樊宰执说完,周遭一片沉默。缪参政皱着眉没有说话。众人保护

第十二章　戏台对质

的那扇房门再次打开，又有一个老年小厮躬身走出，递出一张字条。

樊宰执接过来打开看了一眼，便将字条攥成了团。他闭上眼深吸一口气："行了，你们回去吧，该有的罪老夫自当认下，一切但凭律法处置。"

三名小厮躬着身，碎步往房里走去。陆万嫌终于觉得不对，疑惑地看向那间房。

她与缪临走在路上时，才终于明白是怎么回事，官家也在琳琅戏园。她想帮外祖父纠错，承担应有的惩罚，但若官家一怒，把外祖父给……

缪临像是洞察了她的想法，冷静地说道："樊宰执性命无忧，官家是不会对他下手的。"

"你怎么会知道官家怎么想？"

"若这些谋划，都是官家所为呢？樊宰执不过是官家的一把刀，当年算是立下奇功，替官家扫清心头之患。如今官家若鸟尽弓藏，今后岐国朝堂谁还敢为之效力。"

原来所有人都知道徐家军覆灭有问题，但所有人都明白那都是官家的用意，只有这些热血少年才将一切捅于台面之上，要一个真相。

"还有一件事，我有些奇怪……"缪临顿了顿，似乎在思索什么，片刻后才缓缓道，"樊宰执所言，关于栾树之死。"

陆万嫌猛地想起外祖父适才所言，她张了张嘴，最终道："难道栾树的死，并非外祖父所为？"

"你觉得樊宰执会为了嫁祸徐庚寅，而放弃引出叛国的岐人？"

长久的沉默后，陆万嫌动了动嘴，眼神闪动，最终她道："外祖父他不是那样的人。"

后来也真的如同缪临所说，樊宰执承担了当年的罪责。官家念他功绩，只让其告老还乡，还处置了很多关联此事的官员。徐家军平冤昭雪，徐庚寅走出了大牢，他没有喜也没有怒，只是平静地看往宫廷的方向，微眯起了双眼。

第十三章
事出反常

往事翻案,曾经那些徐家军的拥簇者们开始纷纷上门去安抚徐庚寅,原本荒芜寂静的徐府,一夜之间变成了汴梁最热闹的地方。

徐庚寅甚至一改常态,开始找人修葺起了房屋,重整院中布局,还费心让人在后院挖了一个荷花池,放上躺椅两张。很快便有谣言传出,说徐庚寅大张旗鼓修葺房屋是为了备婚,而后院荷花池是专为徐府女主人所挖,他今后要与夫人一起观荷赏月,谈天说地。

这样的传闻如何让陆万嫌坐得住,她邀请缪临一同前往徐府,想要和徐庚寅当面说清楚,将那荒唐的婚约解除掉。他无父无母,只要他肯点头,这婚约肯定不难解。

徐府大门敞开着,他们二人才刚刚迈入,就看见几个长相可爱的小童在院内追逐打闹,在抢夺徐庚寅散发的喜糖。小童们还开始歌唱,歌声飘遍院内每一个角落:"结发为夫妻,恩爱两不疑。欢娱在今夕,嬿婉及良时。努力爱春华,莫忘欢乐时。生当复来归,死当长相思。"

缪临垂在袖中的双手已悄然握紧。陆万嫌也顿时感到尴尬,摆手就撵人:"走走走,都出去玩去,不要在这里聒噪吵闹!"

"新娘子来喽,新娘子好凶!"脾气好的孩子仍在笑。

第十三章 事出反常

自然也有调皮捣蛋的孩童对陆万嫌做起鬼脸:"就不走!略略略!我们来找徐哥哥,又不是找你。"

陆万嫌活动下手腕,撂下狠话,誓要给这些小萝卜头一个完整的童年。她追撵起来,孩子们作鸟兽散,最终都跑出了门外。

院内只剩下缪临和徐庚寅对视。缪临的面庞上显出几分阴云,开口问道:"你修葺房屋,是要备婚?"

"怎么?使不得吗?"徐庚寅说的话像是挑衅,但他表情里一丝这样的意思都没有,反而很是玩味地看着缪临,像是在等着他发火。

"徐庚寅,你应当明白,当日是权宜之计,嫌儿并不倾心于你。婚姻大事,岂能儿戏?"缪临压抑着情绪,继续徐徐地说道,"你对她利用大过于欣赏,这样做又是何必?"

"缪大人,你真是深情得令人怜悯啊。"徐庚寅抬眉看他,眸底的神光却变得有些耐人寻味。

陆万嫌正要进门,听到了这最后一句话,还想着这徐庚寅真是不识好人心,缪临和她这样帮他,他还怜悯上缪临了。离谱,离天下之大谱!谁料那只迈入门槛的脚刚要落地,一个身影就闪到了她身侧:"郡主,属下有事禀报。"

陆万嫌侧头一看,是倦野。

"你身子好点了?"

"劳郡主挂念,已经好了。"倦野憨憨一笑,又道,"王爷和王妃的车架已经到郡主府门口了。"

"我爹娘来了?"陆万嫌一听,高兴得差点没蹦起来,转身就往家中跑。前来退婚的事被她抛诸脑后,反正有缪临在,应该也能和徐庚寅说清楚。

郡主府门口,陆万嫌像弓箭一样远远奔来,差点没控制住来上一个熊抱:"爹爹!"

建章王站在马车前,看见她也是激动万分:"嫌儿!"

父女二人把臂对视良久，全然不顾旁人地开始互拍马屁起来。陆万嫌道："爹爹，许久不见，您怎么越发丰神俊朗，风采过人了！"她说这话的时候仿佛眼睛里根本看不见建章王挺起的大肚子。

建章王也说道："嫌儿果然慧眼，依旧是那样冰雪聪明，跟本王是越来越像了。"

"过奖过奖，我这点小智慧远不及爹爹的万分之一！"

"哪里哪里，嫌儿青出于蓝而胜于蓝，为父欣慰至极啊。"

马车内的建章王妃终于掀帘皱眉，对这父女二人没有好气地道："你们两个需要客套这么久吗？能不能别说废话了。嫌儿，娘给你带来了邠塬的荔枝，你快叫府卫搬进去。"

"嗯！好的娘！"

一家三口腻乎着一起朝院中走去，建章王妃倒是先问了："你姨母说，你绣球招亲选了个人，近日可能要与他成婚。我和你爹紧赶慢地过来，就想要帮你掌掌眼。"

建章王也道："听说他叫徐庚寅，是徐老将军的独子……"

陆万嫌赶紧解释："这不算数，绣球我瞎给的，我最近就在跟他解除婚约呢。女儿心中另有他人，反正不是徐庚寅就对了。"

"哦？另有他人？"建章王妃想了想，倒也没有纠结，"临阵换个新郎而已，问题不大，我去跟你姨母说，这事不难解决。"

陆万嫌吞吞吐吐，不知该怎么讲："娘，我觉得我还小呢，早早困于婚姻的樊笼，没什么意思……所以我不想和他成亲，只想跟他谈情说爱……"

"也对。"建章王点头。

建章王妃咳嗽一声。建章王立即改口："也不太对。满口荒唐言，说得全不对，具体哪里不对，你听你娘跟你说。"

接着建章王妃就不满道："嫌儿，为娘很不理解，你这是为了什么？与他相好，却不给予婚姻的承诺，你这么花心吗？也不知道到底像谁？"

建章王连连摆手："不像我，绝对不像我。本王有多负责任，夫

第十三章 事出反常

人不是不知道，嫌儿是育苗后长歪的奇种，不关咱俩的事，是她自己没长好。"

好久没有听见爹娘的声音，她很是触动，心中也突然升起一股酸涩。不管她自作主张做了多大的事，爹娘都避而不谈，没有出言责怪。她几乎要忍不住落下泪来："爹娘，外祖父的事，其实我……"

建章王妃却打断道："事情我都知道了，那是你外祖父之过，怪不得你。好在官家仁厚，能让你外祖父告老还乡，颐养天年。他年纪大了，我们也早不愿他在官场继续行走，毕竟伴君如伴虎，咱家能有这样的结局，倒不一定是坏结局。"

一朝宰执被自家外孙女拉下马，任谁听了都是能议论好些天的大事件，但爹娘却告诉她这并非坏事。陆万嫌心中的愧疚和不安感，终于有了归处。

她扑进爹娘怀中，再也说不出一句话，久未流过的泪水静静滑落，三人紧紧相拥。

这一夜，陆万嫌与娘亲共睡一榻，谈天说地，细数汴梁发生的种种奇事。王妃听着就觉得可笑，再三追问。翟家那小子既有巧思用新发明去廷尉司赚钱，怎么会被一个小史官骗到？

陆万嫌只能叹息，说那翟不缚的脑子很不稳定，不对他抱希望时，他也许会有惊人之举，但凡对他有点看好，他必定临阵拖后腿。

王妃感慨道："以前让你独自来汴梁求学，我与你爹心中担忧不已，后来常见你信中吐槽翟不缚的不靠谱，还觉得是他驱散了你的孤寂，以后你必定会与他走到一起。可惜，造化弄人啊。"

"娘，信中我还写了一人，你怎么不提？"

"哦……原来是他呀。"建章王妃笑了，也知道了女儿如今心仪哪家的郎君，决定暂时先不发表意见。

聊得太晚，在半梦半醒中，陆万嫌就听见院中一片嘈杂。丫鬟灵璧小心翼翼地前来叩门，禀报道："郡主，郡主醒醒，不好了，缪大人被打了！"

陆万嫌一个猛子坐起来，头还有点晕："谁？谁敢打缪临？真当我是吃素的！"

娘亲已经不在屋里，她来不及多想，蹬上鞋，披好外袍就往外跑。到了院中，她顿时停下脚步，娘亲在小榻上吃着点心喝着茶，而她的好爹爹正一身劲装和缪临对招。缪临手持长剑，被击得连连后退，直到败下阵来，才红着脸对建章王拱手行礼："是缪临学艺不精，王爷见笑了。"

建章王却一挑眉头："你是缪参政的儿子？"

"正是。"

"你爹口无遮拦，骂人特别厉害，你如今对剑还给本王放水，怎么，瞧不起本王？"

缪临垂眸不知如何辩解，陆万嫌赶紧上去，挡在缪临身前："爹，大清早的你干什么啊？你这老胳膊老腿儿，缪临敢用全力吗？要是把你打出好歹来，今后怎么面对我？"

建章王顿时一笑，和夫人互换了一下眼神，纷纷明白这缪临便是女儿心中的人。但是那个缪参政实在事多，不讨人喜欢，对于他的儿子，还需观望。

建章王收起剑，对着缪临道："本王的暗影卫经常来报，嫌儿在汴梁处境艰难，日日被骂。骂她最多的当属你爹，第二多的是她的上级廷尉司直，第三是那个鸿胪寺的……"

陆万嫌立即打断他，还瞪了守在场边的倦野一眼："没事瞎报这些做什么啊？我又不是应付不来。我现在宠辱不惊，泰山崩于前都能面不改色，爹，你能做到吗？"

没等建章王回答，陆万嫌就继续道："不，你做不到，你被骂了你就想着报复、清算，这样怎么行？丝毫没有城府啊。"

"哦？他们这么说你，你不生气？"

"不生气。"她大手一挥，"我出去玩了，爹娘你们自便吧。"

缪临也对建章王和王妃再行一礼，随后就被陆万嫌拉着手腕拽出门了。

第十三章 事出反常

建章王走到王妃面前，也拿起一块点心吃进口中："夫人，你有什么意见？"

"你洗手了吗？不洗手就吃东西，好不讲卫生。"

见她的意见只有这个，建章王笑了几声，便一把将夫人从小榻上捞起，硬要教她剑术，好洗刷一下刚才被小辈放水的耻辱。但是王妃对这些才不感兴趣，几番要躲，都被大手一把抓了回来。

郡主府中终于有了欢声笑语，丫鬟灵璧、灵缇对视一眼，都抿唇笑了。

缪临和陆万嫌走在路上，他侧头看她一眼，不由得笑了出来，陆万嫌顿时给了他一肘击："讨厌，笑我！"

"王爷王妃前来汴梁，我作为小辈，于礼也应该第一时间前来拜见。若被刁难也实属应该。"缪临伸手，与她五指相扣，"但没想到你一直为我说话。"

"这不是应该的吗？你真是没事瞎感动，要是换另一个女郎对你稍加维护，你也感动，那可就太好骗了。"她拉着他的手摇啊摇，"我们今日去哪里？"

缪临却有点自责道："抱歉，今日我还有事，不能相陪，只是过来拜见一下，顺便看看你。"

"什么事？我好无聊，能不能带我一起？我保证乖乖地站在一旁，不乱说话。"陆万嫌忙竖起三指，对缪临保证道。

缪临直言道："北荣派来的使团已经入住鸿胪寺，他们的二皇子也在其中……"

鸿胪寺常年招待一些前来交流、学习的外邦使臣，但北荣和岐国战争才刚平息不久，这时候有什么好来的。陆万嫌一听就皱起眉头："他们干吗来啊？"

"北荣使团前来签署和平贸易通商条约，这条约每三年一签，如今正是续签之际。此条约签署对维持和平现状至关重要，枢密院也甚为关心，所以我要去鸿胪寺见一下王大人。"

"啊？要去鸿胪寺啊……"陆万嫌有点纠结，"缪临，你知道我跟那个鸿胪寺卿王行知有过节的吧？他瞧不起我。"

"不会，行知是我好友，他绝不是针对你，他向来瞧不起目之所及的所有人。"

"那对你呢？"

缪临没有说话，只是摸了摸陆万嫌的头顶，就像在安抚一只小狗。

陆万嫌最终还是跟着缪临一起去了，人才刚进鸿胪寺，鸿胪寺卿王行知就走了过来。他看着陆万嫌双眼一眯："郡主又想要什么？"

不是……这样的开场白真的就不奇怪吗？

"王大人，我又不是土匪，见你就要讹你东西？我家里又不是没有。"说着，她鄙视地看了他一眼，这才看见王行知手上拿着一块吃食，白白嫩嫩的，直让人好奇，她不禁开口问，"你拿的这是什么啊？"

"胡乳达，北荣特产。"

"哦，好吃不？"

"好吃。"王行知只说了这两个字，就拉着缪临走进里间。陆万嫌跟在后面直翻白眼，这鸿胪寺卿真的好不会做人，人家问你"好吃不"通常就是想要尝尝的意思，谁是想问你的吃后感了？

一会儿回家前，一定得搞几块这个胡乳达给娘亲尝尝。

王行知本就不喜欢胡作非为的陆万嫌，得知缪临跟她的事，更是觉得缪临被鬼迷眼了，早就想劝。但缪临每每打断他的话头，不让他非议陆万嫌，这次当事人还一起来了，他更是不好劝说。

缪临说道："北荣皇帝如今身体状况不佳，他们二皇子和大皇子夺嫡正酣，这次二皇子竟然亲自随使团前来，不知用意何为？枢密院很是重视此事，让你们小心应对。"

王行知点头道："我自是很小心的，他们一行十七人，入住时也知礼节，并未挑事。二皇子还拿了很多特产相赠，鸿胪寺人人有份，

第十三章 事出反常

人看上去还挺正常。"

"正常？你管这叫正常？正常你个辣子鸡啊！"陆万嫌本不想插嘴，但实在听不下去了，于是凑过去坐到了他们桌边，认真道，"北荣大皇子是嫡出，占尽先机。我要是这二皇子，头都得愁秃了，必定天天盯着我这哥哥，寻找他的破绽，好在夺嫡之争中取胜。"

陆万嫌一把将王行知手中的胡乳达抢过来，边吃边说："这样的时机中，他还有闲心出使？就没有想过万一他前脚一走，后脚北荣老皇帝两腿一蹬，大皇子直接就继位了，这可得不偿失呢。"

"嫌儿，你思路很清晰。"

"废话，有全天下最聪慧的清流在我身侧，我想思路浑浊也浑浊不起来啊。"她嘻嘻地笑了一下，又舔了舔嘴，看向王行知，"这个胡乳达好好吃，奶香奶香的，还有没有，多给我点。"

王行知直接当作没听到，视线依旧落在缪临身上："这么说来，事出反常必有妖。"

"的确，行知，你要小心应对。遇事暂且忍耐，先保障两国条约的稳定签署。他们人在岐国，我们万不能理亏，不然让他们借此生事，影响两国和平。"

"王大人，如果那二皇子随后挑三拣四，处处挑衅，不讲道理，你知道要如何应对吗？"陆万嫌似是想传授点自己的独门经验。

王行知悠悠地看了她一眼："郡主放心，我有经验。"

喂喂喂！能不能不要当着缪临的面给她难堪啊，这眼神，这话里话外的，生怕缪临听不出来他是觉得岐国郡主比那个北荣二皇子更棘手吗？

接下来几日，鸿胪寺如临大敌，备了完美的应对之策。鸿胪寺卿上下安排礼数周到，让人根本挑不出错处。原以为这样便能安稳地续签条约，可到了那前一日，该来的还是来了。

一夜之间，北荣使团遭人下毒，除二皇子和三四名护卫中毒较轻以外，其他人尽数暴毙。当夜，陆万嫌正潜入鸿胪寺偷胡乳达，二皇子那边就开始叫嚣,他要回北荣,要发兵南下!

陆万嫌一怔,怎么会是这个时间点。外祖父和一些将帅因昊龙口旧事贬的贬,流放的流放,倘若此时开战,朝廷根本无可用之将!北荣借此想挑起战事,也就是根本不想续签条约,依旧想与岐国一较高下,难道这就是他们的计划?

鸿胪寺卿王行知拦住二皇子的去路,这个时候肯定不能让他们就这样就走。他劝说对方冷静,要查出下毒真凶给他们一个交代,但二皇子二话没说,便拔剑刺向王行知。王行知腰腹中剑,虽不是要害,还是痛得面无血色,他继续挡在门前,想让二皇子顾虑两国百姓,不要冲动行事。

可那二皇子一概不听,指使手下开始屠戮,这几名护卫武功高强,鸿胪寺都是一群文官,哪里挡得了?不过须臾,鸿胪寺变作一片血海,众人纷纷抵抗,不愿退让。

陆万嫌深吸一口气,她知道这二皇子留不得了。若放他回去,他定会借此发兵,而北荣大皇子性情温润,是主和派。为了两国百姓不再受战乱之苦,她今夜必须除掉二皇子,到时亦可以用一百种理由将事情传给北荣大皇子。大皇子夺嫡胜出,不见得就会追究。

她将一把细直的匕首塞入袖中,开门就想迎上去。一股淡淡的血腥味传来,陆万嫌根本来不及反应,一只沾血的冰冷手掌掐住了她的脖颈,用力将她推入门中,压在了门背后。

她说不出话来,被掐得青筋直冒。只听这人对着门外下令道:"这里没人,继续搜。"

"是。"门外的脚步声远去。

他的声音早已没了往常的虚弱,陆万嫌浑身的血液都冲入脑中,牙缝里终于吐出了几个字:"徐……庚寅!!"

"嘘。"他微微俯身,对着陆万嫌的耳际小声道,"是我。今夜鸿胪寺谋害北荣二皇子,他们容不得,必要屠尽此处,随后回国起兵,你拦不住的。"

他人出现在这里,下那种命令,难道陆万嫌此时还看不懂吗?

第十三章 事出反常

她艰难地一字一句地说道:"徐庚寅,我早就该猜到。栾树有如此高超的弩箭技艺,为何偏偏接连三箭都射不中你的心脉,唯一的解释就是他故意为之,这是你们联手演的苦肉计。"

"很好,继续说。"

"那弩箭上的毒也是用来转移我们的注意力,降低我们的警惕的,让我们只去想解毒的事,而忽略刺客做事的漏洞。你筹谋这一切,不仅是想利用我们替你翻案,还想在朝廷无将可用之际,联合北荣二皇子挑起两国战事。二皇子若是打败了岐国,正好靠此功绩争储成功。他许了你什么?你竟然为敌国效命!"

"你话太多了,我不喜欢。"徐庚寅冷冷一笑,陆万嫌顿觉毛骨悚然。下一刻徐庚寅就松开了掐她脖颈的手,猛地点了她的哑穴。

她出招去打,但被徐庚寅轻易化解。谁能想到,神医口口声声说着旧疾难愈、命不会长的徐庚寅,竟然功法了得,招招狠戾,她根本打不过……

鸿胪寺遍地血迹与尸身,二皇子竟还有脸留下了告知书,估计写的也都是鸿胪寺毒害北荣使团,他无法受此屈辱,要回国发兵云云。他的愤怒好像跟真的一样,但陆万嫌只看见了他明晃晃的笑容。

北荣二皇子坐在马上,手下均在马前等待号令。徐庚寅拽着陆万嫌上马,二皇子的视线轻轻瞟来:"徐将军,你怎么还带了个女人走?"

徐庚寅淡然地道:"回二皇子,她是我未婚妻子,理应带走。"

二皇子琢磨起来,在想这番言语的真实性:"哦,想起来了,是有暗探来报,你接了一个岐人女子的绣球。我当时还以为你只是掩饰身份之举,想不到你竟然来真的。"

徐庚寅笑了一下,陆万嫌却恶狠狠地盯着二皇子。二皇子有些不耐烦,用屈起的长鞭指了指她:"怎么?她口不能言?"

"她不听话,我点了她哑穴,正在调教。"徐庚寅张口就来。

北荣二皇子点点头:"是,早就跟你说过,北荣女子才乖巧。你们岐人都有病,竟然允许女子入学、做官、为将,这不是胡闹吗?"

说完,他轻蔑地一哼,夹了一下马腹,就此离去。徐庚寅和那些护卫也紧跟着离去。

陆万嫌坐在马前,心中思虑百转千回,没关系,就跟着他们走,在路上不怕没有时机宰了这个二皇子,当然,还要宰了这个利用她的心机男徐庚寅!

行了一夜,快到天明时,这队人马才停在林中,稍作休整。他们点燃篝火,猎来野鹿烤食。陆万嫌靠树坐着,双手被捆在背后,盯着这些人,眼睛都快要喷火。

徐庚寅却端着碗,施施然地向她走来:"郡主。"

陆万嫌一听,恶心得瞬间别过脸去,不想再看他。徐庚寅一笑,不以为意道:"不喜欢我叫你郡主,那我叫你嫌儿可好?或者叫……夫人?"

陆万嫌立即又把头扭了过来,死死地瞪他。

徐庚寅拿着勺子,舀出一勺鹿肉羹,举到陆万嫌嘴边:"野鹿肉有点腥气,我在坛中放了米,煮成鹿肉羹给你喝,你尝一尝?"

陆万嫌自然是不肯张嘴。只听徐庚寅又道:"我还记得当时在牢中,你一勺一勺喂我,那感觉很好,从没有人这样对我。还有你之前给我煮的……挂面,我也记得。"

什么叫恩将仇报,这人真的是变态,好不要脸!他是怎么好意思还拿之前说事的!

徐庚寅坐在了她身旁,与她并肩,抬头遥望,接着轻笑一声:"你被点了哑穴,是不是一直在心里骂我呢。"

这还用说?难不成还要夸你这个叛国贼吗?

"要怪就怪命运吧。如果屈夫子没有将蜂蛇印鉴交给你,也许我也不会对你出手,你拿了我的东西,我总得拿回来。"

陆万嫌心知不妙,难不成印鉴已经……

徐庚寅一手端碗,一手随意地在胸怀中一掏,就那样自然地拿出了蜂蛇印鉴:"我已经拿到了,我受伤住进你府中,就是要拿它。"

徐庚寅重新起身,单膝跪在陆万嫌面前。她还没反应过来他要做什么时,下颌就突然被捏住,一碗羹顶着她的嘴就往下倒,眼前的男人毫无怜香惜玉之情。

陆万嫌被呛得直咳嗽,眼眶都开始发红,徐庚寅伸手揩了一下她眼角的湿意,又淡淡地道:"你可以骂我,可以盼着我去死,但是你不能不吃东西。你要活着,才能看到我的结局,不是吗?"

是,他说得可太对了,她倒要看看,这作茧自缚的叛国贼最后能有什么好下场!

岐国国都是汴梁,北荣国都被唤作神都。陆万嫌踏上神都的土地后,心中万般思绪都不知道从何理起。北荣人明明不信神明,却妄称这里是神都,何其可笑。

她被安排进了二皇子的府邸,一群侍女将她好好装扮了一番,衣裙都被换成了北荣的样式,又轻又薄,便是岐国勾栏中的女子也没有这么穿衣服的。她的额心还被描上了一枚淡淡的金色花钿,显得仙姿清艳。

徐庚寅进门看到她这副模样,便愣怔了一下。他犹豫了片刻,才将自己的外袍脱下,围在了陆万嫌身上:"你这样我都快不认识了。"

陆万嫌举了举被捆缚的双手,想试试徐庚寅愿不愿意给她解开,万一他就昏了头呢?心里刚这样想着,徐庚寅还真就抬手给她解了。

陆万嫌一时愣了,甚至忘记第一时间揍他。

只见徐庚寅又点了一下她的哑穴,陆万嫌捂住喉咙,咳了两声,接着就把徐庚寅的外袍往地上一扔,一拳就挥了出去:"徐庚寅,你找死!"

徐庚寅抓住了她的拳头,带着她一旋身,便将她压在了墙上。

他并不介意她的暴躁,仿佛这样才是他熟悉的那个她:"好了,别将时间都花费在挣扎上,都是徒劳无功。你饿不饿?我叫她们传膳?"

她被按住动弹不得,恨恨地道:"你对不起我们的信任!"

"嗯,我对不起。"

"我对你很失望!"

"嗯,你应该失望。"

他面色毫无波澜,甚至还噙着一抹笑意,陆万嫌更觉得很是屈辱,她咬牙道:"缪临会来救我的。"

这时徐庚寅却不赞同了,他逐渐贴近她,就快要与她鼻尖碰鼻尖:"你在期待缪临救你?为什么呢,待在我身边,看着我死,不好吗?"

陆万嫌屈起膝盖,将他猛地顶开。她真的是对他无语了,这个死男人,都没命活了却还要搞事,他怎么就不能好好地去死!

"徐庚寅,两国开战,必将生灵涂炭,血流漂杵,你收手吧。"她真心想让徐庚寅回头,想着再劝劝他,别让事态恶化难以回转。

她继续说道:"现在还来得及,我们去刺杀二皇子,让主和的大皇子继位,续签两国和平条约。我们是岐人,怎么能帮助敌国来攻打自己的国家?这是徐老将军想看到的吗?"

"你别提我父亲!"徐庚寅一脚将身旁的矮案踹翻,嘶吼道,"谁不曾一腔热血,为岐人的身份自豪过?但是现实呢,我因为朝中暗斗死父死友!枉死的父亲还被冤枉扣上了叛国的罪名!尽管现在沉冤得雪,但是他们都回不来了!回不来了啊陆万嫌!"

徐庚寅的怒火与他复仇的执念是不会被轻易消除的。陆万嫌早该明白。

他还在继续质问:"你是不是以为我不知道,那都是谁的手笔?是官家要除掉徐家军!岐国从上到下没有一个好东西!昏聩无能,贪腐暴政,还有无数的蛀虫在啃食民脂民膏。陆万嫌,你眼里还能看得见好人吗?"

"可是,你若真被仇恨遮掩,就真的如他们所愿成为人们口中的叛国罪人了啊。"

"我不在乎。"徐庚寅冷冷地瞥了她一眼,"昏君为主,残害忠

第十三章 事出反常

良,你焉知百姓就能过上好日子?这样烂到根的岐国,不如就让它倾覆!"

"徐庚寅,国不是一人的国,它也是我们大家的。遇见不平,看见黑暗,我们可以携手去改变它,我们生来是岐人,世间再险恶,人性再不堪,岐人绝不能失去信念啊!"

"的确,你和缪临这些人,见过世间险恶,却仍能保持赤子之心,这难能可贵。"徐庚寅转身离去,接下来的话语也破碎地散在微风中,"只可惜,我不愿要这赤子之心,我已经投身黑暗……"

她被关了起来,她没有说动徐庚寅停手。

北荣老皇帝身体越来越不行了,但还是强撑着非要过寿,也许是要在寿宴上宣布继位人选,所以举国上下都很紧张。陆万嫌仍被关着,靠着自己强大的社交能力,从前来送饭的几名侍女处听得了这个消息,也知道了准确的寿宴日期。

她当然要去给这老皇帝"贺寿",心中有目标,就没有什么能锁住她。她在暗暗想办法筹备时,却发现徐庚寅行为怪异,他每天都会来她房间,锁上门。在她满心防备,以为徐庚寅见色起意时,他却只是来和她聊天。

他总会先问陆万嫌今日有没有吃饱,然后讲一些圣人典故,聊一些野史逸闻。陆万嫌先前不想搭理,只是敷衍地应上几句,但在他多次将某个典故说错时,她实在忍耐不住地开口:"徐庚寅,我纠正一下哦,你说的那个人骑的是青牛,不是玄龟,出的是函谷关,不是玉门关,我要是你的夫子,绝对会被你气死!"

徐庚寅却看着她笑了,陆万嫌立即知道自己被耍了,她抿上唇别过脸去,徐庚寅却道:"还以为你不想搭理我了,看来我多虑了。"

"我本来就不想搭理你的!"陆万嫌重新转过头来看他,试探着问,"北荣老皇帝寿宴之日,你带上我去吧,我也想去看看。"

"你还是要暗杀二皇子?"他挑眉。

"你管我要暗杀谁!"陆万嫌起身抬起脚就踹,"今天就先杀你!"

不识郎君真面目

这一脚是朝着徐庚寅有旧伤的心口处踹去的,他用手挡了一下,陆万嫌没踹成功,就想收回脚,不料徐庚寅却双手将她的脚按住了。

她一蒙,还以为徐庚寅要扭断她的脚脖子,但他没有,他只是卸去了她的力度,重新将她的脚放在他的心口处,抬眼看着她:"陆万嫌,你陪着我好吗?不管是生是死。"

"你若是我的朋友,同生共死自不用你说,我也会为了你拼命。但现在你配吗?难道要让我同情一个叛徒吗?"她的脚没有移开,反而是朝他心口用了点力。

徐庚寅疼得闷哼一声,但他并没有躲。是他将她的脚对准自己的胸口贴上来的,他虽痛但也很享受,仿佛这些痛感才能证实他生命的鲜活,他不是死气沉沉、只图复仇的那个人了。

"你之前用弹弓射下了我养的蜡嘴雀,你得赔给我。"他缓缓道。

陆万嫌心想这人有病,真的有病,现在还提起这个?

"你的蜡嘴雀就在下面,我这就送你下去陪它。"

说着,她的脚又加了些力度。徐庚寅没有躲,只是那样直直地看着她,就像一个乞食的小孩,他痛得额上都溢出汗珠,嘴上却还在说:"你得赔我。"

不知为什么,陆万嫌觉得他好可恨,但也好可怜,她蓦地抽回脚,再也不发一言。

徐庚寅不带她参加皇帝寿宴,她自然有自己的办法,她趁送饭的侍女不备,将其打晕,换上了侍女的服饰,隐于人群,一同去宴席上侍奉。

她看到了北荣老皇帝坐于高位,形容枯槁,而大皇子和二皇子坐于台下,身边皆有美人相伴。徐庚寅的席位离二皇子很近,身侧也有美人正在给他斟酒。陆万嫌翻了个白眼,岐人出席寿宴身边携的都是家眷,他们北荣可好,全带着舞女,还真是洒脱不羁呢。

二皇子想必是已经编排了一套有理有据的说辞,看老皇帝的言语,是想要顺势发兵南下的。大皇子出言劝了几句,只得到了老皇帝

第十三章 事出反常

的斜眼,他好像并不得帝心。

陆万嫌心想,怪不得这个二皇子能够随意发疯,他切中了自己父皇的本意——就是很想将岐国拿下。

寿宴正在热闹之际,却有军情来报,顿时让场子全部安静了下来。"报——岐军、岐军……"

老皇帝睨视座下一眼:"岐军如何了,速速报来。"

传令兵禀报道:"岐国以'二皇子为了夺位,杀北荣使团嫁祸岐国,破坏两国和平'为由,又顶着'郡主被掳''屠戮鸿胪寺'的名头,发兵北上,已经打入边境了。"

嗯?竟是岐国先发了兵?陆万嫌眉头一皱,端着酒壶的手指紧紧捏起。

二皇子很是意外,自己的棋怎么被岐国先走了一步:"岐国不是没有可用之帅了吗?是谁带的兵?"

传令兵道:"带兵的好像是个女将,姓于,没有什么世家背景,也不知道是哪儿冒出来的……"

二皇子顿时笑了,毫不在意:"父皇你听,可不可笑啊,那岐国真的是没人了,现在连女人都能冲锋陷阵了。我们还不快点迎战,给那女将军上一课,若真想过好日子,就应该嫁来我们北荣,岐国男人太窝囊了。"

老皇帝也一笑:"吾儿言之有理。"

传令兵垂着头,继续禀报:"他们随军的军师很厉害,走的路线绕过了我们好多关隘,直奔神都而来……"

大皇子立即起身行礼,出言建议:"父皇,岐军绕路而行,不与我军交手,还直奔神都而来,此事蹊跷。不如派使者前去沟通,许能解开误会,避免战事,还百姓安定。"

老皇帝没怎么听得进去,随意摆了摆手,不想让大皇子再说,他看向传令兵问道:"那军师叫什么?"

传令兵道:"没有查到,好像是出自枢密院。"

老皇帝点了点头:"枢密院的啊,不错……寡人惜才,那些岐国女将军、军师啊什么的，留一条性命。若他们能归顺北荣，不就正说明了北荣才是神之国度，大岐呀，留不住人。"说着，还看向了徐庚寅，"徐将军，你说是吗？"

徐庚寅脸色不好，刚想起身，就被身旁的侍女用胳膊肘压了一下肩膀。侍女绕到他侧面，为他斟酒，徐庚寅抬眼一看，便认出这是陆万嫌。他怕陆万嫌暴露，一把搂住她的腰，将她揽到自己腿上，另一手又端起酒，遥敬北荣皇帝："陛下的用人之术，岂是徐某可以点评的。"

"听说你从岐国带回来一个姑娘？"老皇帝眼神阴恻恻地看过来，"徐将军风流不羁，可万万不要被女人拖了后腿。女人嘛，多的是，你怀里的这个若是喜欢，寡人就赠予你了。"

二皇子也道："父皇说得有理，来人啊，去将徐将军带来的岐女带上来，我们这就帮徐将军断孽缘！"

见有士兵领命下去，二人发现危机已经避不可避。陆万嫌垂着头，从徐庚寅腿上起来，面对着北荣皇帝跪下磕头："陛下，奴婢生在北荣，心中只有陛下。任这岐人再了不起，奴婢也不愿伺候，便是陛下要了奴婢的命，奴婢也绝不愿跟他。"

"哦？"老皇帝没见过这样不怕死的奴婢，一时间还有点高兴，他带着审视的目光朝陆万嫌招手，"小东西，你上前来，叫寡人好好摸摸你这身反骨。"

陆万嫌起身，垂着头上前，来到了老皇帝身边，从案上拿了一颗葡萄，作势就塞进老皇帝口中。老皇帝乐见于此，将她一把拽入怀中。徐庚寅顿时手指攥拳，想要起身，但陆万嫌却轻飘飘地瞥了他一眼。

徐庚寅这个时候怎么会不知道陆万嫌想干什么，她胆子太大了，她竟然比他还要不怕死！

二皇子皱起了眉，感觉那女人有点眼熟，却又想不起来在哪儿见过。正在此时，士兵来报，徐庚寅房中的那个女人不见了，他立即起身，大喊一声："父皇小心！——"

可为时已晚，陆万嫌袖中的细剑已经顶在了老皇帝咽喉，她笑了

第十三章 事出反常

一下，竟如妖女一般不疾不徐地说道："你们欣赏岐国的人才，怎么不选我呢？我也是岐国的好官，绝对是可用之才。"

大皇子在下面急忙劝道："姑娘，切莫一错再错，快放开我父皇，我们保你不死！"

二皇子怒目瞪着徐庚寅，骂道："徐将军，这就是你带回来的夫人？你怕是假意归顺，想要祸乱我北荣时局！"

徐庚寅起身，他明白自己已经失去了信任，陆万嫌和他二人孤军奋战，是必死之局了。但是他眸光一闪，突然抬手射出一枚毒针，毒针插入老皇帝眉心，老皇帝登时便双眼瞪圆，咽了气。

事情来得太快，徐庚寅还对二皇子说道："二皇子，徐某是您的人，所做一切都是为了您的大业！此时不争，更待何时？"

二皇子本要为老皇帝报仇，但经这一句话的提点，焉能不知眼下正是夺位的好时机。他一个眼神，手下便纷纷涌出，朝着大皇子等人杀去。嘴上的话自然也是合情合理："大皇子竟敢联合大岐暗探谋害父皇，我对天起誓，必定斩杀逆党，为父皇报仇雪恨！"

他把一切锅都甩给了大皇子。但大皇子身为嫡出，手下怎会没有能人辅佐，众人也一声怒吼地冲上去迎战："保护大皇子！——"

北荣政变，在眼前瞬息间发生。

陆万嫌还没反应过来，就被一只手拽着手臂，将她火速带离。

二皇子的人自然也没有放过徐庚寅，对他们穷追不舍。在花园庭院时，徐庚寅一个闪身，将她拉入假山夹缝。他居高临下地看着她，她此时心头也是难以平静。

"他不该动你的。"徐庚寅轻声道。

原来这就是他杀老皇帝的动机，他的突然转变，竟然只是因为这个。"徐庚寅……你不该……不跟我商量……"陆万嫌嘴上喃喃半晌，却也说不出内容。

"是，我不该，我千不该万不该，以为自己可以全身而退，我恨整个大岐上下，恨那高位者和百官，恨你们这些明明知道国家黑暗却依旧爱它的人；我还恨你，陆万嫌，是你让我连自己都管不住！"

追兵已经搜查到周围，脚步声和他们的口令都响彻耳际。徐庚寅此时的眼神随性又慵懒，他伸手帮陆万嫌把乱了的鬓发别到耳后，又道："和你在一起的日子，我觉得我像是在梦里，我乐在其中。可是梦醒之后我却对自己憎恨无比，恨我为什么也会陷入感情困局，明明这是不单纯的接近，为什么我仍会被你左右心境？我恨你。"

徐庚寅沉默了很久，闭上了眼睛，痛苦无比地接着说："我也爱你，陆万嫌。"

他闪身出了假山夹缝，陆万嫌急忙伸手去抓，却没抓住，徐庚寅已经和外面的北荣士兵打了起来。在漆黑的夹缝中，她的听觉更加灵敏，她听得见徐庚寅的每一招每一式，听得见他护着大皇子与人拼命，也听得见他中剑受伤的闷哼声，她都听得见。

但后来，她又听不见了，泪水遮蔽了她的双眼……

"嫌儿，嫌儿！"

她被人救出来时，摇醒她的人是缪临。

"缪临，你终于来了——"陆万嫌扑入缪临怀中，哭得乱了方寸。

于今也带着小队人马加入战局，将大皇子安稳送出，而徐庚寅为了阻止二皇子兵变，以命相阻，二皇子死了，徐庚寅也……

到了最后一刻，徐庚寅还是收手了。他乘势而为，挑动北荣夺嫡内乱，颠覆了北荣政权，他不是叛国贼，他是维护两国和平的英雄。

陆万嫌听闻徐庚寅倒下的事，几乎是连滚带爬地跑了过去，扑在了他身上。

徐庚寅满身是血，此时仰望着天空，嘴唇微微颤抖，像是在自说自话："我差一点就碰到月亮了……可惜，天亮了……"

他缓缓转头，祈求般地瞧着陆万嫌，眼中闪着有些温润的光泽："等到汴梁落雪，我们再聚……我带你去喝上好的神仙醉，一定要骗你多饮几杯，瞧一瞧你的醉态。我还没看过呢，真的……很想看……"

陆万嫌泣不成声地答应："好，我一定陪你喝……"

第十三章 事出反常

徐庚寅那双浅色的眼眸终于在一瞬间失去了光亮,突然熄灭。

"徐庚寅!徐庚寅你别死!你不是叛国贼!你不是——"

众人在陆万嫌的痛哭声中悲痛不已,缪临伸手,替徐庚寅合上了双目。

那名被她曾经打晕换装的侍女小心翼翼、充满胆怯地走上前来,递出一个信封:"这……这是徐将军的遗物,说要……要等他死后,我再交给你。"

陆万嫌颤抖地拆开信封,里面有一张退婚书,还附赠了一封信,信上写着:

> 如有来生,但愿我没有这满腔仇恨,能够满心欢喜地接住你的绣球,做你一世的夫君,对你好一点,再好一点。原谅我,所有相欠,我来生再相还。

她眼前仿佛出现了徐庚寅瘦弱的身影,他仰望着天空,嘴唇微微颤抖:"我差一点就碰到月亮了……可惜,天亮了……"

至此,国境飘雪,塞外来风。

天光乍亮。

尾声
心之所向

北荣之乱结束,大皇子登基,续签了两国的和平条约,还将曾经侵占的城池,也就是徐家军全军覆没都没能守住的那座城池相还,以表诚意。岐军也如约退兵,国威尽显。相信自此之后,两国百姓安乐,通商联姻,会再现和平盛世。

翟不缚在一切尘埃落定之后又来缪临耳边叽叽喳喳:"缪临,你还好吗?有传闻说阿嫌为小徐将军之死情绪沉郁,你被她忽视许久,心都要碎了。"

缪临只是淡淡地回应:"不要轻信传闻。"

"可我信了。"

缪临一听,果然沉默了。翟不缚一脸满足,还故意没事找事道:"哎哟,那你要怎么办啊?"

他原本就是随口一问,并没有想听回答。可缪临还是回答了他:"面对非常女子,心碎在所难免,不过也不是没有破解之法。"

"是什么是什么?快告诉我!"

"偏不说。"

光风霁月的缪大人跟纨绔子弟混久了,怎么都变得这么坏了?不过,只要他能让阿嫌振作起来,做什么都行。

尾声 心之所向

缪临前去郡主府，建章王见他到来，不禁幽幽地叹道："嫌儿目光短浅，做事全凭心意，心浮气躁，定力不强。我曾教她很多识人之术、保命之技，希望她能独当一面，不再依赖任何人。但现在，好像都没用上。"

"王爷，在您不知道的地方，嫌儿已经将平时所学都用上了。我为她骄傲。"

"哦？是吗？"建章王再度上下打量缪临，突然抽剑道，"我不喜欢油嘴滑舌的人，你今天想见嫌儿，就先赢过我再说。"

于是缪临就又被建章王拉着比剑，他以前知道掌握分寸，可这次不赢便不能进去，他怎么可能不拼尽全力。

所以，当陆万嫌睡醒，看见缪临满头大汗、坐在她床边饮茶时，还是不禁纳闷："缪临，你的手怎么在抖？"

缪临话里话外带着一丝不悦，但也含着一股小小的撒娇之意："王爷在外面打我，你睡得倒香，真是没心没肺。"

"你说谁没心没肺，我的心肺不都搁在你身上了。"她自然知道回来的这些时日，自己情绪不佳，没能好好跟缪临说话，是她冷落了他。于是她拉起缪临的手，慢慢靠近，就想要吻他。

二人嘴唇都快要贴上之际，缪临却突然问道："成亲吗？"

这话当即如一盆冷水泼下来，陆万嫌赶紧松手，连身子都哆嗦了一下。她没忍住斜了缪临一眼。只见这人面上已经是挂满笑意，清隽的眉眼都弯了几分，甚至于他洁白的牙齿都快要刺痛陆万嫌的双眼。

她苦着脸骂人："缪临，你是鬼吗？当真是破坏气氛的一把好手。"

"你就当我是魔鬼吧。"缪临又把她拉近，"我原以为我有耐心等，甚至可以等到我们白首，但现在我改变了看法。我没有安全感了，我需要一个保障。"

"啊？"

"你当时为什么有胆量去刺杀北荣皇帝？是因为徐庚寅在，你觉得他能护住你，还是你想跟他一道死在北荣？"缪临知道自己不该这么问，但这就是他这些天不安的来源，他需要知道答案。

不识郡主真面目

陆万嫌明白了缪临的心,双手捧住他的脸:"我不是觉得他能护住我,也不是要跟他一起死。我那么做,只因为我是岐国官员。食君之禄,忠君之事,岂能贪生怕死,我不能愧对我这身份。"

她终于落下吻去,缪临欺身上榻,将她置于身下,一室的旖旎终于换来了缪临的一句话:"我早就知道胡作非为的惜缘郡主、每日都在立志气死上级的廷尉司陆典簿,并非纨绔。"

"哦?那我是什么呢?"

"你是我的心之所向,所以,成亲吗?"

—正文完—

番外
情愿被缚

陆万嫌收到姬雀来信的这天,还没拆信,就知道大事不妙,因为送信家仆头顶上悬浮的愁云都快要下雨了。她怕自己一人承受不住未知的恐惧,于是赶忙拉上缪临一起看信。

这不看不知道,一看陆万嫌的脑中就浮现出了无数银铃般的脏话,句句都直敲翟不缚的脑壳,恨不得敲出他十八个包来。

原来姬雀即将临盆,而翟不缚这个死鬼却离家出走了。姬雀来信是想问问陆万嫌知不知道他的去处,如果知道,就快去劝他悬崖勒马,回头是岸,早些回家,罪行减半。

陆万嫌自己的小日子过得蜜里调油,好久都没有联系翟不缚了,只是隐约听说,他婚后和姬雀原本相处得挺和谐,但自打姬雀怀了身孕,他俩就不知道为何三天两头闹矛盾。

缪临还是一派君子端方、温润如玉的模样,他一看完信,就教育自家夫人别去插手别人的家事。但陆万嫌听了可不依,她若不出马管上一管,万一姬雀气得动了胎气,这可就牵扯人命的问题了。她能眼睁睁地看着自己的好兄弟犯下不可挽回的大错吗?

她不能。

当然,最主要的原因是,第六感告诉她,此处应有什么蹊跷。好久没有八卦听的陆万嫌心里直犯痒痒,好奇心都快要炸掉。她特地喊上了同样闲着的于今做打手,打算一起去抓翟不缚。

两姐妹刚出门,正讨论着应该先打翟不缚哪边脸时,就见缪临也跟了上来。于今心里顿时有些吃味,这个缪大人平日里怎么总跟阿嫌难舍难分的,至于吗?连她们小姐妹的相约他都要插上一脚,枢密院的工作量会不会也太少了?

缪临明明看见了于今眼里的不满,仍是犹如微风拂面一般,劝导二人先不要去大海捞针般地找离家出走的翟不缚,而是应该去看看姬史官,好好听一下他们夫妻的矛盾所在,如此才能更好地解决问题。

这不仅仅是一句话而已。这叫什么?这简直就是灵音灌脑,洗涤人心。

于是一个想要听八卦看热闹的陆万嫌和一个手痒想要打人的于今,齐齐被缪大人感化,瞬间放下了那点点小私心,决定跟缪大人一起去散播和平。

这三人赶到姬雀家时,她挺着快要临盆的孕肚正在庭院里散步,心情很是郁闷的样子,连手中拿着的苹果都似没有味道。

"姬雀——"陆万嫌率先发出一声亲切的长鸣。

姬雀回首,立即开心起来,把苹果往身后随手一抛,就朝陆万嫌疾步而去。

"阿嫌、于今,你们怎么来了?"说着,姬雀还对缪临行了个礼,"缪大人,抱歉,我的琐事麻烦到你了。"

曾经满心满眼都是缪临和钱的姬史官,人生中已经有了别的重要的人以及烦恼。她此时此刻恍然间觉得有些物是人非的滋味,但更多的是有一丝不好意思。

缪临摇头,安抚道:"无妨,还是要当心身子。"

陆万嫌眼尾一挑,轻轻撞了撞姬雀的胳膊,问出了一个离奇的问题:"杀了?"

姬雀秒懂,一脸无奈地推开:"胡说什么呢。"

番外　情愿被缚

陆万嫌小声道："别怕，告诉我埋哪儿了，毕竟翟不缚经常在法度的边缘徘徊，出什么事我都能理解。"

于今没说话，但头点得飞快，都差点出残影了。

陆万嫌轻轻拍拍姬雀的肚皮，神秘兮兮地道："你现在可是带货状态，有我和于今在一天，我们都站在你这边，替你瞒天过海。"

姐妹们的聊天就是很离谱，越扯越远，姬雀都被转移了注意力，还认真地问道："真的假的，你连这方面知识都有涉猎？"

"那必须的，我之前看过一本书——"

陆万嫌还没说完，缪临就忽然上前，强势插入到三个女人之间，抬手制止："各位，禁止交流犯罪经验。谢谢。"

陆万嫌和姬雀同时努了一下嘴，颇有默契。

姬雀也拉了一下于今的手，于今宽慰道："我来之前查了一下，鉴于这两日汴梁没有上报的命案，可以初步确定翟不缚尚在人间，你别担心。"

姬雀洒脱一笑："我不担心，只要能把人找出来，当场再送他上西天都不要紧。走，我们进屋说。"

众人一起进入待客厅。茶水刚被端上来，至今还没有放弃相亲大业的恨嫁狂魔于今都顾不得喝茶解渴，就不由得感慨起来："姬雀，我本以为你会与心爱之人度过余生，真不知道发生了什么，你们会变成今日这样……"

矛盾吵架，离家出走，这样的字眼在于今的婚姻概念里是不复存在的。结婚嘛，就理应过上幸福的没羞没臊的日常生活，她哪里能接受这些日常生活里还有更加离谱的事情在发生呢。

姬雀无奈地抚了抚自己的孕肚，叹气道："我创作过太多故事了，只有我知道，有情人终成眷属并不是故事的终点，只是个起点。"

陆万嫌不禁打断道："姬雀，你不要瞎煽情，赶紧说一下重点！"

"问题是我也找不到重点啊，别人的男人还算是好懂，翟不缚却总是莫名其妙。"姬雀一脸迷茫。

不识郎君真面目

于今误解了什么，瞬间站起来，撸起袖子问道："那个死男人是不是打你了？！"

陆万嫌一把将于今按坐在椅子上："冷静点，翟不缚才不敢动手，他手一扬起来就是要出殡了。"

缪临听了，赞同地点了下头。

姬雀又叹了口气："我其实清楚，女子为官，汴梁一般的男人都会望而却步，能和翟不缚成亲，也是我瞎猫碰上了死耗子，是幸运的。"她伸出双手，对众人展示，"你们看我这双手，除了本职工作和会写痴男怨女的狗血故事，它是做不了女红，煮不了羹汤，也持不了家的。娶我就相当于娶了一个野人，不会幸福的。"

陆万嫌摇了摇头："不不不，你和野人是有不同之处的。"

姬雀道："你就别安慰我了。"

陆万嫌接着说："我是想说，如果翟不缚骂野人，野人可能因为语言不通，不会搭理他。但他若对你说一句重话，你就会立马下药毒死他，趁热埋了他，绝不会多忍一秒留他过夜的。说不定后续还要编写好几个男主人抛妻弃子离家出走的话本，给他扣上一个帽子。"

于今点头道："阿嫌说得对，这就是娶你和娶野人最大的不同。"

姬雀无奈了："姐妹们，我说出以上那些话的目的，是要让你们反驳的，不是让你们添油加醋的。"她求助般地看向缪临："缪大人，你觉得呢？"

说实话，缪临也是第一次这么深入地加入她们的聊天，他实在不知道是该帮翟不缚说话，还是该帮着姬雀骂他。但涵养使然，缪临还是开口了："姬史官已经不同于汴梁其他女子了，你不用妄自菲薄。既然成亲，你们之间便是有缘，出现问题，好好解决，别第一念头就是否定这段婚姻，否定彼此。"

陆万嫌不由得看向身旁闪着光的男人，天哪，他怎么这么会说。

有问题解决问题就是了，没必要想着解决对方，这不就是她心里想说的话嘛，竟然让缪临率先说了出来。不愧是缪氏麒麟子，理智兼并感性,真是越看越觉得顺眼。

陆万嫌给缪临续了杯茶,示意姬雀继续说。

姬雀又开始讲起来:"我和翟不缚婚后其实过得很快乐,虽然偶尔也有争吵,但我们觉得只要相爱,一切都不是问题,直到我有了身孕……"她摸摸肚子,叹息了一下,继续道:"矛盾也随之而来,全家人都理所当然地觉得我是坚强的,我一声苦痛都抱怨不得,撒个娇都会受到翟不缚的耻笑。"

陆万嫌抚摸了一下姬雀的肩头,作为安慰:"他贱,我知道。"

"我发现这个家潜意识里都是在要求我,成了母亲就要变成强人,我既要能尽职地处理工作,还要处理好府中各种事件;要生养子女教育他们,不言辛苦;生育后还要貌美如花,不然就拴不住自家相公。"

"你是嫁了一头驴吗?还需要拴着?"于今怒拍一下桌,桌腿差点应声而裂,要不是陆万嫌手疾眼快一把扶稳,缪临的茶杯可就要摔落在地上了。

缪临一针见血地道:"我算是明白了,翟不缚对你要求太高,你受不了。"

姬雀淡淡地摇头:"也不是要求太高,他倒是想体谅我——"

姬雀还记得那一日,她挺着孕肚走在棋亭外,而翟不缚坐在亭中石桌前削着苹果,看见她后就忙招了招手:"夫人,快来吃为夫亲手给你削的爱心苹果!"

姬雀笑着走到桌边坐下,接过苹果啃了一大口。结果却听翟不缚说:"你看这苹果削的,是不是和你一样白白胖胖?"

他倒不如不长嘴呢。姬雀立即笑容凝滞,瞬间将一口苹果原封不动地吐出来,不爽道:"你欠削?"

翟不缚没有察觉到气氛不对,而是从背后提了一个满是绣样和针线的篮子放到了姬雀面前,说道:"我想好了,我们的孩子一出生就得穿上我们的新衣,夫人,你抽空绣一个肚兜怎么样?"

"你怎么不绣?"

"你是女人啊。'慈母手中线，游子身上衣。'从来没说过慈父要捻针穿线的啊。"

"女人怎么了？我不会，有问题？"

他那时一定以为自己说的是玩笑话吧，还笑得很慈爱："哎呀，不会可以学嘛，为母则强，学学就会了。"

姬雀一点都控制不住自己的脾气，她愤怒地道："为什么要为母则强？为什么当娘了就要有这么多要求来考量我？宽以待爹，严于律娘，你这什么思想？"

"就……大众的思想啊……"

翟不缚还没有意识到自己踩到了什么雷点，姬雀就怒掀了篮子，所有针线绣样全扣在他的头上。他一脸蒙，想起了曾经被女人口脂颜色支配的恐惧。

"我告诉你翟不缚，老娘想做什么样的人就做什么样的人！想示弱就示弱！想甩锅，你翟不缚就得接锅！"姬雀看向远方天际，攥起了拳，"我要是成为这样一个处处要求贡献的母亲，那简直就像是给祖宗牌位泼洗脚水一样，对不起我的过去！我都后悔成亲了！"

翟不缚没听懂其他话，只在意这最后一句："你再说一遍？你后悔了！"

那就是最后一次吵架，姬雀讲完后，陆万嫌和于今同时拍桌，感受到了姬雀的愤怒。

姬雀问道："他可能就是因为听到那句话才离家出走了，难道我说错了吗？"

陆万嫌和于今异口同声地说道："没错！"

陆万嫌又补了一句："是他太敏感！"

于今也跟了一句："是他想太多！"

反正一切的一切都是翟不缚那张破嘴惹的祸，更气人的是，他的三观和大众的三观太过一致，他自己都不知道错在哪里。

三个女人眼中都燃起了熊熊烈火，恨不得现在就逮到翟不缚，好好教一下他做人家丈夫的道理。

缪临尽量灭火，徐徐地安抚道："也许是翟不缚忽然当爹，还没有经验，他也不是故意忽略孕妇的情绪……"

姬雀道："他把嘴贱当有趣，还经常调侃我的身材变化，取笑我能吃，更有甚者还问我生完以后恢复不了怎么办。每日都如此，我们之间不吵架是不可能的！"

"他怎么能说出那样的话，用他烫火锅我都心疼汤底！"

陆万嫌说完，于今赶紧摇头："阿嫌，你这话过分了。怎么能只心疼汤底呢，漏勺和筷子一样值得同情！"

"唉……"缪临双手扶额，感觉自己真的插不进去话。

陆万嫌听其口吻，总觉得他有点别的意思："怎么，我的缪大人，你难道有异议？"

她斜来的这一眼，带着十足的威慑力，缪临只好无力地道："不是……我只是感觉一不小心误入了你们姐妹间的私会。我确实不该跟来的。"

"不算误入，我们带你一个，俗话说得好，夫妻处久了都是兄弟，也是姐妹！"陆万嫌竖起了兰花指，戳了一下缪临的脸。

缪临拨开陆万嫌的手："不好意思，我拒绝跟你称兄道弟，请夫人自觉。"

好好的夫妻谁要跟你处兄弟啊，真的是……

这个夜里，陆万嫌和缪临也不由得有感而发，探讨起人生来。她靠在缪临的胸膛上，右手食指打着圈玩着他的发尾，幽幽地道："知道姬雀怀孕后发生了这么多糟心事，我都有点怕怀孕了。"

缪临轻声道："如果你没有做好准备，我不介意再等等。"

"真的？"她听了果然开心，"你比翟不缚可好太多了。以后他呀，注定只能喝西北风了。"

缪临伸手将陆万嫌不安分的后脑勺再压低了些："我怀疑他不是你朋友。"

"我也时常这样怀疑。"

缪临换了一个姿势,突然起身置于她上方,双眸就像被覆盖了一层糖浆一样,看谁谁就能渗出蜜来。他语音低沉:"嫌儿,这个时候就别说他了。"

他又停顿了一下,意有所指地问道:"你会色诱之术吗?"

"会。这是我的必备技能之一。"她胸有成竹。

"好,教教我。"

最后一个字落地无声,就像一片飘荡在天地间的雪花,想要将人带到另一种只有二人的私密氛围中。

但是陆万嫌接下来却说了一句非常正确的废话:"首先,你得有色。"

缪临无奈,看来这旖旎的氛围还没有营造起来,就又被这个不解风情的女人破坏掉了。她的心思明显还没有放在他身上,这让缪临有一丝隐隐的挫败感。

难道自己对她的诱惑力真的不足吗?

陆万嫌继续抛出一些致命的选择题,试图从缪临的口中寻找安全感,她问道:"如果,现在有两种类型的母亲可供选择,你是会选'爱自己'型,还是选'奉献家庭'型呢?"

缪临神色沉凝:"我能选'睡前话少'的那一型吗?"

陆万嫌一哽,心想你小子也没那么会说话啊:"请你注意,是要你选择,不是要你作答,要注意题目。"

缪临淡淡地道:"那我选择——"话还没说完,他就勾起嘴角,用被子将他俩兜头盖住。

于是被翻红浪,满室柔情。许久许久,陆万嫌在沉醉之间浮浮沉沉,只听缪临接上了那句话:"——你这一型。"

那我选择,你这一型。

陆万嫌又愉悦地觉得,自家夫君还是挺会说话的。

次日一早,陆万嫌带着缪临走在街头,于今也准时出现,陪着他们一同找人。她有点不解:"阿嫌,我们找人,为什么不叫上当事人一起?"

陆万嫌道："你看姬雀那个肚子，能跑得动吗？我们先找人，找到以后进行一番教育，再放他回去，这样一定能够收获和谐的家庭！"

身旁的缪临忽然身子一斜，靠近陆万嫌耳际道："那你看看后面。"

陆万嫌回头，只见姬雀躲到了一个卖包子的摊边，还拿起两个包子遮住了双眼。

陆万嫌若无其事地将头又转回来，吐槽道："她怎么跟来了？我们特地起了个大早，不就是为了不带她。"

缪临笑了一下："姬史官在岗位上经常熬夜奋战，不要说起大早了，你让她熬通宵她都不怕。"

陆万嫌转身朝姬雀躲藏的方向走去。姬雀缩在一根门柱后躲闪，不想根本遮不住自己的肚子。陆万嫌有点无语，这女人怀孕怎么把脑子怀没了。

"喂，姬史官，你暴露了。"

姬雀像是揣西瓜一样揣着肚子，表情傲娇道："你们倒是再走快点啊，出来找人怎么和逛街一样磨磨叽叽的，害我时走时停，娃说不定都晕了。"

"倒怪起我们了，我们也没让你跟踪啊。"

最后还是变成了四人行。

街上人来人往，看不到翟不缚的身影。他们经过了一家按摩馆，那门口站了一组热情洋溢的伙计，对着所有路人进行着微笑服务。缪临只不过下意识瞥了一眼，那些伙计就立刻热情地拉客起来："客官你好，请问几位？"

陆万嫌挡在了缪临身前，礼貌地回绝："我们只是路过。"

伙计们笑容不减，一齐侧首对着按摩馆里喊："路过四位——"说罢，还一齐对着他们鞠躬，斜摆双臂："欢迎下次路过！"

这按摩馆的老板有点东西，陆万嫌不得不佩服，甚至特别想要去找老板学一学生意经。路过糕饼铺时，她又转移了注意力，拉着缪临的手兴奋道："快看，应季的茶点！我要吃，不然过了这几天就没处卖了！"

缪临无奈地问:"我们不是来找翟不缚的吗?"

"急什么嘛,就让他再多活一刻呗。"为了拉人站在自己这边,陆万嫌游说于今道,"于今,你知道吗?这家点心特贵,我一直都没吃过。"

于今蹙眉道:"为什么不吃?"

接着陆万嫌就开始胡扯了,边扯边朝着缪临乱飞眼:"唉,我现在是那种就算吃一口肘子都要给自己打气说'宝贝你值得'的女人。没办法,婚姻改变了我,我相公不给我吃。"

于今一脸不信:"此话若有半句假,往后余生必守寡。"说完,像是察觉到什么,她又抱歉地对缪临笑笑,"我不是针对你啊缪大人,你别紧张。"

这些姐妹情里面怎么全是发誓和诅咒,还总带伤及旁人的?不过缪临没有放在心上,直接进了糕点铺打包了四盒糕点出来,不彰显一下宠妻本色,陆万嫌又要在外面乱造谣了。

买完糕点,陆万嫌逛街的热情依旧没有减退,她停留在一个手工艺品摊子前,东摸摸西看看,最后端起一个精美的瓜子盒,又开始对缪临眨巴眨巴眼道:"相公——"

缪临:"……"

摊主为了招揽生意,浮夸地介绍道:"客官摸得好,摸得妙,摸得太精准了!这一个瓜子盒是酥记炒货请发明大家翟公子设计的,纯手工打造,全国限量八套,特大容量,分格众多,完美容纳各种不同口味的瓜子,要不要来一个?"

翟不缚的名字出现在这里,还真是恰到好处地勾起了陆万嫌的食欲。

她拉了一下缪临的胳膊,用着快要夺人性命的假嗓子撒娇道:"相公,买一个吧!虽然我们这样做仿佛是给翟不缚搞了创收,但是当他看见我们一边苦口婆心地规劝他,一边又用着他发明的瓜子盒时,肯定会觉得我们才是真心的朋友,这样说不定他会更听我们的话。"

"……你自己听听你说的话像话吗?"缪临真的快拿她一点办法都没有了。

摊主继续道:"公子有所不知,我们老板踮起了脚尖才与翟公子攀上了交情，这才能一起做这个盒子。这个盒虽然叫瓜子盒，但实际上装金装银、装灰装土甚至是装水，它都不会漏。看您长得帅，给您打九折，折后价四十九两，再加一两银子可以附赠三斤瓜子。"

"一个瓜子盒要四十九两？！"缪临话音不由得提高。

众人也一致以为是自己的耳朵出了什么毛病。

陆万嫌扁了扁嘴，故意抱起双臂："啧啧，这瓜子盒可以说是真的很贵了，就是那种我相公死也不会给我买的贵。"

"你别来这一套。"虽是这样说着，但缪临还是掏出一袋钱重重地砸在摊子上。

在这一瞬间，缪临在陆万嫌心中的形象和地位骤然又拔高了十几丈，伟岸得令人热泪盈眶。

缪临又看了看她，贴心为其加深记忆："夫人，我送你的东西，要是敢弄丢，你可知道后果的。"

"不会丢的，我要是弄丢，你就打断我的腿好啦。"陆万嫌开心地捧起瓜子盒欣赏着，"啧啧，真好看，这哪里是瓜子盒，这就是我的腿。"

姬雀对着于今一笑："近一年，阿嫌把骄奢淫逸的一套毛病完完整整地传授给了缪大人呢。"

于今点点头："是啊，阿嫌好手段，她真是缪大人的克星。"

陆万嫌白了她们一眼："不要胡扯好吧，我分明就是遇难成祥、逢凶化吉的福星。"

"呕……"姬雀不由得干呕，在陆万嫌朝她看过来时，她又摆了摆手，"不好意思，孕吐孕吐，并不是嫌你恶心。"

"你最好是。"陆万嫌甜甜地挽住缪临的胳膊，两人走在了前方。

缪临一手提着四盒糕点，一手拿着"谁买谁是冤大头"的瓜子盒，身旁的陆万嫌故意扭腰摆臀走路，还显摆地撩了一下鬓发。

跟在那两人身后的姬雀不禁微笑，甚至有点羡慕："他们可真幸福。我曾经也和翟不缚一起买过这家的糕点，我们也一起在街头秀过恩爱……"

于今侧头问:"你触景生情,是想他了?"

姬雀忽然变脸:"谁想他了!我只想把他从汴梁挖出来,拉回家鞭尸!"

陆万嫌笑嘻嘻地正跟缪临聊着天,突然就注意到了不远的道路转弯处,翟不缚和一个妖娆女人并肩而行。陆万嫌一惊,和缪临对视一眼,小声道:"我是不是眼花了?"

缪临沉吟道:"没花,我也看到了。"

原来不存在什么吵架离家出走,而是那死男人在外面给姬雀戴了绿帽子。陆万嫌想了一下,赶紧抢过缪临手中的糕点和瓜子盒,折回来到姬雀和于今面前,交代道:"于今,你和姬雀先回家一趟,把这些物品提回去。提着东西不方便找人。"

姬雀摇头:"我不回。"

"听话,你身子重,走了这么久了,实在需要多休息。接下来找翟不缚的事情,就交给我和缪临吧。"陆万嫌摸了摸姬雀的肚子,姬雀想了想只能点头答应。

姬雀刚走开一会儿,脚步就一顿,心中有了思索。陆万嫌这么急着甩开她,一定是发现那个臭男人的踪迹了,不行,她得跟上去。

为了不打草惊蛇,姬雀借口要吃糖葫芦,让于今去帮她买,于今前脚刚走,姬雀就原路返回了。

街上行人熙熙攘攘。陆万嫌和缪临急匆匆地前行,而姬雀默默地跟在后方不远处。

等重新看到翟不缚的身影时,他已经和身边的小娘子进了名为小秦宫的勾栏,缪临抬手一指:"他在那儿。"

陆万嫌看到小秦宫的牌匾,气得就快冒烟了。以前未成亲前,翟不缚在勾栏瓦舍里乱窜,还可以当他还没成熟。现在都快有孩子了,还敢来这里,真是不想过好日子了!

"跟上去,我倒要看看他到底作什么妖!他若真的背叛了姬雀,我就让他当场变阉人!"陆万嫌咬牙切齿地握拳。

番外　情愿被缚

二人刚走到小秦宫外，就有小娘子热情地迎了上来："客官，你们怎么才来呀？快进快进！"

缪临看了陆万嫌一眼，不解道："为什么小秦宫的女郎……都喜欢捏着嗓子说话？"

陆万嫌说："你是不是听惯了我的嗓音，别的声音都入不了耳了？"

缪临摇头："我对声音没有要求，只是喜欢自然不做作的人。"

陆万嫌拉着缪临走向一边，小声道："翟不缚在上面，但是面斥不雅，我们堵他，走，去后门。"

"为什么不在前门堵？"

"因为他什么德行我清楚，他向来不走寻常路。"

姬雀的跟踪保持着距离，她远远看到了陆万嫌和缪临绕开小秦宫去了后门，还有点疑惑，但她再抬头一看，就不疑惑了。

因为她清楚地看到翟不缚正优哉游哉地坐在二楼临窗的座位上，好像还端着酒壶饮了一口。

姬雀攥了下拳头。之前她脑子里全是难缠的线，都可以织成九千九百九十九件毛衣了，但当现在亲眼所见时，那些思绪织成的毛衣突然就被付之一炬。原来事情竟是如此！

她忽然拦住一个过路的少年："小兄弟，帮我给那个楼上的男人送个东西吧。"

少年抬头一望，顺着姬雀的视线看过去，满脸疑问："哪个？"

"看上去贱贱的那个。"姬雀道。

少年瞬间点头："懂了。"

于是不久后，少年就出现在了翟不缚的面前。翟不缚当时还摇头晃脑地享受着音律，突然就接到了一张字条。

他看了少年一眼，有些不确定："给我的？"

少年说道："对，给你的。"

翟不缚不明所以，打开字条一看，上面竟然画着一个上吊的小人，小人浑身中箭，嘴角流血，好一副惨相。

这是谁给他的诅咒？翟不缚一个激灵站了起来，紧张地左顾右盼。而眼前的少年伸出手来："二两。"

翟不缚一把推开："小兄弟，这恐吓信谁给你的？"

少年不言不语，只是摊开手掌示意。

翟不缚只好从荷包拿出二两给了他。少年这才徐徐道："对方说自己只是一个路人。"

翟不缚纳闷："路人？"

"没错，是你的黄泉引路人！"姬雀的声音震耳欲聋。翟不缚侧头看去，发现姬雀犹如鬼魅般站在那里和他对视，吓得他一个哆嗦，差点就腿软跪下了。

翟不缚反应过来，一把推开少年就跑下楼梯，想走后门，可不承想楼梯刚下了一半，陆万嫌就站在楼梯下堵着他。

翟不缚倒吸一口凉气，立即想要翻越楼梯扶手，却又看到缪临抱臂在下面抬头盯着他。他只能讪笑着收回腿，正要开口时，陆万嫌就抬起手掌怒斥："你胡说八道！"

翟不缚无奈地道："我还一个字都没说呢……"

陆万嫌冷哼一声："从你的眼神往我这里瞟的那一瞬间，你就已经'此言差矣'了！"

"为什么啊？"翟不缚见今日也逃脱不得，心知不妙，忙拍起马屁来，"咦，阿嫌，你近日看上去气色不错啊，又漂亮了很多。缪临是不是给你买新的胭脂啦？"

陆万嫌简直想一拳头抡过去："别说这些屁话！"

缪临这时走上了楼梯，和陆万嫌一起夹击着翟不缚，那股气势逼得翟不缚频频后退，说话声音都放软了好多："呵呵，阿嫌、缪临，你们找我有事吗？传个口信我就过去了，你们怎么还亲自来了？"

陆万嫌活动着手腕和脖颈："当然要亲自来，能自己动手的，我们绝对不借外人之手。"

翟不缚赶紧转头，想要另寻出路，避免挨揍，但姬雀又挺着肚子步步朝他紧逼而来。楼下花厅内不知何时弹奏起琵琶曲《十面埋伏》，

番外　情愿被缚

曲声阵阵，危机四伏，翟不缚觉得自己完了，怕是今日要小命不保。

最终审判的地点换到了房间中，陆万嫌、缪临和姬雀呈三堂会审的架势坐在翟不缚面前。姬雀攥着拳头，也按捺着自己没先动手，她想说什么，但她一时心累，什么都不想说了。

"说吧，原因？"陆万嫌审问道。

翟不缚垂着头，舔了舔嘴唇："你们别误会，我出现在此，是因为我有个朋友得了绝症，临死前想……"

陆万嫌拍着桌子打断："翟不缚，你不要给老娘无中生有！好好交代！抗拒从严！"

翟不缚只能将求助的目光投向自己夫人："姬雀，雀雀……一切都是误会，你要相信我啊。"

姬雀沉声道："你看着我的眼睛再说一遍。"

于是翟不缚只能看向姬雀的双眼。这不看还好，一对视上姬雀就勃然大怒："你怎么还有脸看我的眼睛！"

翟不缚无语，赶紧别开脸。

姬雀点着桌子，清算起来："翟不缚，你抛妻弃家，到这种地方鬼混，还编这种鬼话来唬我？我看你是在家闷坏了，想去黄泉路兜兜风吧？是不是想和离？"

翟不缚难以置信，重复了一下："和离？"

姬雀当他也是如此想，更加气愤："好，我可以立即写休书休夫！不劳你翟公子动脑！"

翟不缚立即站起身，耿起脖子，嘴硬道："开什么玩笑？你休我？！我告诉你，你要是非想离，休书必须我来写！"

姬雀瞪着双眼："你再说一遍！"

"姬雀，你说句实话，是不是一直把我当成了拼床的兄弟，根本就没当夫君？"他语气带着几分阴阳怪气，竟然还古怪地笑了，"呵呵，你早就想甩掉我了吧？"

姬雀一拍桌，站了起来："放屁！如果是兄弟，那睡的应该是上下铺！"

不识郎君真面目

陆万嫌赶紧搀扶住姬雀,生怕她动了胎气:"姬雀你别急,我这就把这厮抓回去,要杀要剐随你高兴!"

姬雀高声道:"陆万嫌,纸笔伺候,我要休夫!"

缪临也开口:"姬史官……"

"谁劝都不好使!"姬雀的情绪到达了顶点。

而翟不缚也怒火中烧地喊道:"之前你说后悔成亲,我只当你是怀了孩子,情绪不稳定。没想到你来真的?算我翟不缚看错你了!"

"你自己出来喝花酒,还理直气壮?"

"我没有喝花酒,我是来办正经事的!"

"呵呵,来这种地方办正事?那我不耽误你了!休书我寄给你!"

姬雀强忍着眼泪没有让它流下来,猛地一把将翟不缚推开。翟不缚后退时将桌上的花瓶茶碗都撞落在地,满地碎片,就如同他的心。等他回过神时,姬雀已经离去。

陆万嫌猛地踹了翟不缚的屁股一脚,怒其不争道:"猪吗你?还不快追?想什么呢?!"

翟不缚彻底清醒,连滚带爬地追了出去。陆万嫌也想要追,但被突然出现的老板娘堵在了门口。老板娘气呼呼地发飙:"客官,我大堂里挂着的大字你们看不到吗?上面明明写着'要打出去打',你们为什么要打架,为什么要摔我的花瓶啊……"

陆万嫌忙将老板娘推到了缪临身前:"你跟我相公说。"说完,她就撒丫子跑走了,边跑还边回头嘱咐,"这里的烂摊子就交给你了哈——"

所以……这烂摊子为什么就要交给他呢?这难道就是他出现的目的?缪临看着陆万嫌离去的背影,满脸无奈。

老板娘盯着缪临上下打量,表情不禁有些荡漾,纵使她见过各式各样的男人,但这般身姿端正、眼眸含星的俊秀儿郎还是不多见。他置身于风尘场所,却仿佛不染尘埃,像刚刚临凡的仙人。

"小郎君,你是继续玩,还是结账?"

"结账吧。"

"别急啊,我这里的招牌春菊娘子古筝弹得可好着呢,你就不想看看?"老板娘抛着媚眼说道。

缪临却道:"我夫人不仅会弹古筝,还会舞剑,我看多了。"

他明明在胡说八道,却说得那么认真,竟然都让人有点叹服了!老板娘一脸遗憾地收了缪临支付的赔偿,轻轻地叹了口气,吐槽道:"唉,现在的男人都是怎么了,一个一个英年早婚,还都宠妻无度,来我这小秦宫啊,动机一个比一个匪夷所思。"

"你是说,刚刚离去的那个男人,不是来喝花酒的?"

得不到人,得到钱也是好的。老板娘搓搓手指,意有所指。于是缪临又掏出一锭银子放在她的手心,只听她徐徐讲道:"事情是这样的……"

姬雀独自奔走在街道上,耳边仿佛只能听见风声,眼前的一切都变得有些模糊,那是因为被泪水打湿了眼睛。即便身子笨重,她还是走得风风火火,头也不回。

逛街的路人看见这个如风一般的孕妇,都怕她是出来碰瓷的,于是自动给她让路。姬雀的前方畅通无阻,她走得更快了。

翟不缚追得格外辛苦,不停地在后面大叫:"姬雀!你走慢点,我追不上你了!"

姬雀不加理会,两夫妻在街头你追我赶,但渐渐她脚步慢了下来,表情有些不对。

翟不缚紧赶慢赶总算追了上来,他气喘吁吁地道:"可算追上你了,不得不说,你的身体素质真的是好……"

他还在说废话,但姬雀渐渐弯腰,弓起身子。

翟不缚赶紧搀扶住姬雀,还在犯着傻,说出另一句废话:"你怎么了?终于知道累了是不是?我早说过让你不要——"

他突然闭了嘴,因为他看见地上好像洇开了一摊水迹,一抬眼,姬雀的裙子好像也湿了。

翟不缚非常震惊,他可是补过课的,书上说,部分孕妇在怀孕后期，会失去一些控制能力……也就是漏尿。

不会这么惨吧，姬雀就是其中一个？那她可太辛苦了！

翟不缚很是心疼，但还是试探性地确认道："你这是……尿了？"

他还有一百句安慰人的话要说，却突然挨了姬雀十分没有力道的一拳："尿什么尿！我羊水破了你个蠢货！"

"哦……"

他赶紧将姬雀打横抱起，正在此时，陆万嫌也紧赶慢赶追上了他们，一看眼前这情况，陆万嫌担忧道："不会吧？这是要生了？现在？"

姬雀痛得一把抓住了翟不缚的头发，翟不缚头猛地后仰，脚步却没停。姬雀痛得又拧住了翟不缚的耳朵。

陆万嫌跟在旁边小跑，不停地加油鼓劲："坚持住，坚持住！"

翟不缚痛得龇牙咧嘴："你是让她坚持住，还是让我坚持住？"

这时，姬雀又一口咬住了翟不缚的肩头，翟不缚抱着她突然加速，很快就将姬雀带回了家。她躺在床上一直呼痛，丫鬟们进进出出端盆打水，却始终不见稳婆前来。

陆万嫌担忧地陪在床畔，翟不缚的头发被抓得像个鸡窝，整个人狼狈不堪，他不停地朝外看，焦急地说："稳婆怎么还不来？到底在磨蹭什么？"

一个小丫鬟跑进来，都快要哭了："主子！之前定下的稳婆不在家，联系不上了！"

翟不缚："什么？"

陆万嫌："快去，去医馆找大夫来！"

丫鬟点头正要跑走，翟不缚却叫住了她："我去吧，我腿脚快！"他回身替姬雀擦了擦鬓边的汗珠，语气安抚道："别怕，等我……"

"翟不缚……"

"夫人，我不会再叫你坚强了，之前都是我的错，你想做什么样的母亲都可以。你现在就想一想骂我的词，想点其他的事，我马上就回来！"说罢，他火速离去。

姬雀还在翟不缚最后这几句话的震撼下回不过神，陆万嫌就抓住了她的手:"姬雀,我会陪着你的,等这娃生出来,我替你打他。他竟敢害娘亲这么痛苦,真是坏宝宝。"

"你敢打我孩儿,我就只能打你相公当报仇了。"

"你敢打我相公,那我就只能吊打翟不缚了。"

两姐妹同时笑了起来,姬雀的疼痛渐渐缓解了些许。

当翟不缚风风火火地在街上寻找医馆时,缪临正好也在路上看见了他。翟不缚不想说废话,赶紧开门见山地道:"缪临,姬雀要生了!稳婆跑路了!我来请大夫!"

缪临稍作思考,便有了决断:"我知道离我们最近的一家医馆在哪儿,跟我来。"

仁医馆的确离他们最近,当他们冲进去时,一个年轻的女人正坐在桌子后面看医书,口中念念有词道:"斑蝥水蛭及虻虫,乌头附子配天雄……"

翟不缚连拍了好几下桌子叫人:"大夫呢?!仁医馆的大夫在不在?我夫人要生了,十万火急!"

女子看了翟不缚一眼:"我就是。我能接生。"

翟不缚顿时控制不住地露出了怀疑的表情:"你这么年轻,不像是会接生啊,你行不行……"

缪临一把捂住了翟不缚的嘴,动作快到都要出残影了:"翟不缚,你不要再随便给人扣帽子了。姬雀生气的原因你还不知道吗?"

翟不缚:"……"

"对啊,这位公子,你不要以貌取人好伐?我可是专业的,年纪轻就不能医术好啦?告诉你,从我行医以来,这城西的孕妇产妇没有哪个不经过我手。"女大夫指了指身后的墙上,那里挂着数面锦旗。

翟不缚扒开缪临捂他嘴巴的手,双眼直勾勾地盯着一面锦旗,不可置信地念出声来:"谢神医妙手仁心,救我狗命?"

女大夫解释道:"哦,那是有户人家的狗难产,我亲自接生的,一胎十二个,全部存活。要是没有我,那就是一尸十三命。"

翟不缚还是语气担心道:"那不是兽医的工作吗?你到底专不专业啊?"

女大夫拿出两本医书拍在桌上,一本《伤寒杂病论》,一本《抱犊集》,帅气地说:"不好意思,我人兽都治。"

"走吧走吧,就你了!你一定要保我夫人平安啊!回头我也给你送锦旗!"

翟不缚猛地抓住女大夫的手腕,一个躬身,瞬间就将人扛起来撒腿就跑。女大夫没反应过来"啊"地大叫了一声,惊吓过后,她又很快沉静地喊道:"药箱,没拿药箱!"

"我来!"缪临拎起桌上的药箱,也快步跟了出去。

姬雀痛苦的叫声响彻整个翟府上空。众人都在门外守候,陪产的丫鬟们进进出出,一会儿端空盆,一会儿端热水,忙得不可开交。

翟不缚顶着一张浓油赤酱的脸,来回踱步,心底瞬间演练了无数遍今后的生活画面:一种是他变成了老头,子孙承欢膝下,他紧紧握住身边老伴的手,感谢她陪自己走了这段完美的人生旅途;还有一种是他变成了一个孤寡老头,在街上要饭,路人偷偷议论他当年妻子难产离去,从此再没人爱,只等了却残生。

想着想着,翟不缚都快要哭了。

而陆万嫌两眼发着精光,一直在找机会踹翟不缚两脚,但他走来走去,目标不定,她也怕自己一脚踹空,闪了腰。

没一会儿,翟不缚他娘就从马吊桌上撤退回来了,她边说着就要往里冲:"我进去看看儿媳妇怎么样了!"

翟不缚立马拽住了他娘的胳膊:"娘,大夫让我们在外面等,你就不要进去碍事了。"

似乎明白进去也帮不上什么忙,他娘于是换了一个话题,问道:"儿子,我今天听牌友说,你去喝花酒了,是不是真的啊?"没等对方回答,她又看向陆万嫌,问道,"阿嫌,你知道这事吗?快跟我说说。"

不提还好,一提陆万嫌火气就又上来了,她刚想告发,翟不缚就忙叫道:"哎呀娘,这都什么时候了?你问这个干吗?"

他娘自然是理直气壮,语气舒缓但是非常有力地道:"当然要问了,儿媳妇现在忙着生孩子,没空打你,事情要是属实,我替她动手!"

"老夫人,您得排个队先。要揍翟不缚的人太多,我站第一个。"陆万嫌摩拳擦掌,靠近翟不缚,"你知道的,我陆万嫌向来帮理不帮亲,这件事你要是肯低头认错,念在你我朋友一场,我可以帮你向姬雀求情——"

翟不缚抬头看陆万嫌,脸上有些感激的神色:"阿嫌,还是你对我好。"

陆万嫌继续接话道:"我会求她给你留个全尸。"

翟不缚:"……"

他也很想现在解释,但是真的说来话长,而且很没心情啊!稍有不慎,他就要变成孤寡老头了却残生了,这些人为什么不能理解一下他的心情啊!!

缪临这时将陆万嫌拽回自己身边,想要替翟不缚解释一下:"先不要激动,其实事情没你们想得那么龌龊,事情是这样的……"

话还没说完,女大夫就走了出来,她擦擦脸上的汗,神色焦急:"产妇家人过来一下。"

翟不缚浑身一震,双腿发软,脸色惨白。大夫这么急,难道大事不好了,难道他孤寡老头的担忧就要从此成真了?

翟不缚几乎每一个字都在颤抖:"大夫,你可千万不要让我做选择!"

女大夫皱眉:"什么选择?"

"我保大。"他把头点得坚定,"无论如何,我都不能没有我夫人,你一定要救救她性命,我不想今后孤寡!"

女大夫白了翟不缚一眼:"你在说什么啊?产妇现在生得没力气了,家属快去给她煮点红糖水,补充下体力,缓缓再生。"

翟不缚这才松了口气,但还是有些抱怨:"大夫,产妇没事的话,你这一脸焦急的样子不太好吧?看把我给吓的!"

女大夫说道:"人有三急,我要去趟茅房都不行啊?这段时间你们家属去喊喊话,让她保持体力,不要睡过去,记得声情并茂一点。"

翟不缚他娘立刻领了煮红糖水的任务,匆匆离去。翟不缚用手抹了一把脸,提起一口气,过去敲门问道:"姬雀,你听得见吗?"

屋内半天没有回响,他终于忍不住,提脚踹门闯了进去。屋内的丫鬟见状,连忙阻拦:"主子,血腥之地,男子不宜入内啊!"

"我翟不缚向来不走寻常路,除了西天我不去,哪里我都去得,闪开!"

翟不缚推开丫鬟,快步来到了床畔。只见此时的姬雀面色发白,发丝都被汗水浸湿,看着非常虚弱。他心疼地摸了摸姬雀的脸,拉起了她的手,眼眶瞬间就红了:"对不起,让你受苦了。"

姬雀二话不说,抽出手,一把薅住了翟不缚的头发:"都怪你!"

"怪我怪我。"

"你混蛋!"

"对对,我混蛋。"翟不缚一脸抱歉,"对不起,姬雀。那夜我一时冲动离家,没有什么名目又不好意思回去。我也想通了不能对女子有刻板印象,比如绣工这种活儿不应该只让母亲做,于是我问遍全城布坊绣庄,最后得知小秦宫的春菊娘子绣工最好,便去找她学绣花……"

姬雀一愣,疼痛突然减轻了不少,但她还是有点狐疑。

"怎么,你不信?"

翟不缚顿时从胸口掏出了一个绣样,塞进了姬雀手心。姬雀一看,上面绣的是三口之家,眼睛顿时一热。

竟然……是这样……

疼痛感再度袭来,她撑着床想要坐起来:"不行了,翟不缚,我要死了……我有几句遗言要交代……"

"你不要胡说!什么遗言不遗言的,大夫说你没事的!"翟不缚说着说着就泫然欲泣。

"如果孩子在,我没了,待他长大要告诉他,不要见什么就往嘴里放。不要吃雪,不要吃剩菜…………还有,宁可捡垃圾,不要写话本……"

番外　情愿被缚

姬雀有气无力地交代着，完全将气氛带成了临终告别，翟不缚被戳得心痛，哭着回应："好好，你说什么就是什么。"

姬雀又操心道："对了，还要帮我给于今带句话，以后，能动脑解决的事情不要动手……相亲遇到合适的男人，不要挑三拣四，要打开心扉接受他……再转告陆万嫌，让她珍惜缪大人，不要欺负他……"

翟不缚突然又不想哭了，只觉得自家夫人的"临终遗言"有点离谱，怎么说来说去都没有要跟他交代的？

"不要说了，你省点力气吧。"

姬雀终于谈论到了眼前人："翟不缚，我死了不要埋，让我烧成灰，把我的骨灰随身带着……遇到危险你就扬了它，顺风，我去迷了对方的眼，救你一把……逆风，就是天意，你下来陪我。"

很好，终于没有忘了他。翟不缚稍有些感动，紧紧抱住了姬雀的肩膀："你说什么我都答应你。"

"好……记得不要……不要医闹。"

屋内伤感的气氛顿时一滞。

屋外，陆万嫌一脸诧异地看着缪临："……你说的都是真的？"

缪临点点头："嗯，城北绣工最好的绣娘叫春菊，就在小秦宫，是一个以刺绣闻名的红牌，那里的老板娘方才就是这么跟我说的。"

陆万嫌一脸好奇："她还说什么了？"

缪临说道："她说翟不缚前天夜里去了小秦宫，点了春菊，让她陪着教了一宿的苏绣，接下来两天也不放过人家，春菊的黑眼圈都快能拧出墨来了。"

"这年头钱可真难挣。"陆万嫌感慨地朝屋里一望，"原以为翟不缚是花心了，没想到他竟然也学会了滋润女人的心田。"

"真诚地道歉，应该会收到姬雀的谅解吧。"

缪临话音刚落，女大夫就走了过来。她双手上举，两指间夹着一个刀片，要从陆万嫌和缪临身边经过。陆万嫌一把拽住了女大夫的后衣领，紧张道："等等大夫，你拿刀干什么？不是要剖腹吧！"

"哦，产妇说，让我顺手给她刮个眉。"

"一个上边，一个下边，这也能顺手吗？！"

"只要产妇有需求，医者仁心，你们懂的。"女大夫单眨了一下左眼，一副胸有成竹的样子。

翟不缚这时一边在喂姬雀喝刚熬好的红糖水，一边还在和姬雀磨磨叽叽说着什么，女大夫用胳膊肘将翟不缚杵开，问道："夫人，现在体力有没有恢复一点？"

"好多了，感觉很有劲儿。"

女大夫又踢了踢翟不缚的鞋，头往外晃了晃，无声地示意了一下。

翟不缚有些不明所以："怎么了，大夫？"

"你不出去吗？我们要开始生了。"

"我才不出——"

他话还没说完，就被姬雀打断："你出去。"

翟不缚瞬间哑火离开，还从外面将门关好，乖得就像一条忠诚的老狗。

一炷香之后，婴儿的啼哭声清亮地传了出来。陆万嫌进了房间，姬雀正靠在床上，怀中抱着婴儿。陆万嫌一边做着鬼脸逗弄着婴儿，一边对她起了悄悄话："如果以后忍无可忍想要弄死翟不缚，就给我飞鸽传书，我知道能埋他的地方，可以神不知鬼不觉……"

"哎呀不用你，我也知道能埋他的地方。"

翟不缚忽然进门，两只眼睛里充满了怨念。

姬雀嗔怪地看了他一眼："偷听人家姐妹间的悄悄话，你要脸不要？"

翟不缚上前捂住婴孩的耳朵，不爽道："拜托，你们的悄悄话好大声。不过我还是要劝上一句，请你们二位不要在犯罪的边缘游移了，我们是要好好过日子的！"

陆万嫌拍拍姬雀肩膀："辛苦了，矛盾已经解决，你们有了三口之家，那我和缪临就回去了。"

姬雀点点头："谢谢你了阿嫌，没想到关键时刻还是你关心我。

以后空了再来啊。"

陆万嫌笑了笑,正要离去,翟不缚就忽然开口道:"阿嫌,你怎么不跟哥哥说再见,好没有礼貌哦。"

陆万嫌瞬间折返两步,抬脚踹上翟不缚的屁股:"我警告你翟不缚,你对姬雀好一点,不然我不会放过你!"

翟不缚可怜巴巴地道:"阿嫌,请你注意一下,你是我最好的朋友。为什么总是向着她?"

"因为你人嫌狗厌!"陆万嫌做了个吐舌头的鬼脸,转身离开。

翟不缚和姬雀对视一眼,一齐摇了摇头,笑了。

街道上,陆万嫌挽着缪临的胳膊,絮絮叨叨地说着自己的感悟,二人经过上次那家按摩馆时,门口伙计依旧热情不减地大喊了一声:"路过两位——欢迎下次路过——"

陆万嫌停下脚步,还真的有点好奇,她喃喃道:"也不知道这里的按摩到底能有多爽?"

缪临自然是事事满足她:"好,那就试试。"

"放心,我们今天功成行满,我自掏腰包请你享受。"

陆万嫌与缪临一入内,就见这满室灯火通明金碧辉煌,众伙计站成两排,露出微笑,对他们鞠躬欢迎。

不错,很有礼貌。

这时有个妇人出列,笑容甜美,她手一抬,伙计们就推着两个木制轮椅过来了:"两位贵宾请上座。"

"哈?"陆万嫌顿时露出了惊诧的表情。缪临虽然不像她那样表情外露,但也明显能看到他的睫毛颤了一颤。

陆万嫌忙问道:"怎么还要坐轮椅?"

妇人回答:"是啊,客人只要一进门,瘫着就可以,除了眼神,什么都可以不用动。

放心,我们会看客官您的眼色行事,请体验一下。"

陆万嫌率先坐上轮椅,缪临也慢慢坐了上去。两名伙计推着两辆轮椅，妇人跟在身侧，又问道："两位客官需要什么服务？普通的，还是特殊的？不用说话，给我个眼神就行。"

缪临说道："我们还是用语言沟通吧。"

妇人带着一成不变的笑容点头："随您心意。"

缪临又问："那么请问普通的是指？"

妇人眨眨眼："就是在普通的房间，很普通地躺在那普通的床间，听着普通的乐曲。"

陆万嫌摸着下巴想了一会儿，就做出了坚定的选择："我俩都选特殊的！放马过来吧！"

几人推着轮椅穿过走廊，两侧分成许多隔间，隔间内时不时传来客人接受按摩发出的各色叫声。陆万嫌又侧头询问，语气中带着一点新奇和紧张："他们为何在吊嗓子？"

妇人解释道："客人，我们是暹罗国人，在汴梁凭此技艺扬名已久，那些客官是舒服得已然放松身心，飘飘欲仙。"

缪临深沉地接了一句："我还是比较想留在人间。"

陆万嫌狂点头，也表达了相同的意思。最终二人被推进一个包房中，他们躺到并排的两张睡榻上，随即便从外面进来了四个女郎，两两分组开始伺候。

陆万嫌正要伸手拿旁边桌上的茶水，其中一个女郎立即有眼色地把茶水端起，插了根竹管进去，又将管子送到陆万嫌嘴边："客官请喝。"

陆万嫌试探性地尝了一口："有点烫。"

女郎又立即拿起桌边的小蒲扇对着茶水扇了好几下，那样子真的令陆万嫌都不禁感慨一声："你们这服务周到得有点过分了吧？"

"的确是名副其实的瘫痪式服务。"缪临也不由得给予了高度的评价。

女郎笑言："按摩师傅马上就来，供您挑选。"

陆万嫌无时无刻不在被震撼："这还能选？"

番外　情愿被缚

　　话音刚落，一队人就穿着同样的服装走了进来。陆万嫌指着其中壮硕的女技师说道："我要最厉害的！最好是让我见识一下暹罗国的按摩有什么不同。"

　　缪临怕夫人吃醋，只能随手点下了一名男技师。其余人离开后，按摩正式开始，陆万嫌被壮硕女技师当成面团一样揉搓拉押，她根本控制不住，发出各种怪叫。而缪临趴在床上，男技师正踩在他的背上，缪临闷哼一声，侧头看向陆万嫌。

　　陆万嫌眼角飙泪，还坚强地询问着夫君的感受："如何？"

　　缪临的声音都有些低沉了，缓了好几下才道出五个字："果然很特殊。"

　　"疼中带爽，对吧？"

　　"一言难尽……"

　　这次的人生体验太特别了，特别到最后两人根本就站不起来。缪参政和夫人在府中苦等着孩子们回家，生怕他们在外面野太久遇见刺杀或者什么不好的事情。当缪临和陆万嫌被木质轮椅推着回来时，缪参政慌得摔了茶盏，猛地扑了过去："我的儿！我的临儿啊——是谁害得你——"

　　陆万嫌赶紧安抚："爹，我们没事，我只是带缪临去按了个摩。"

　　缪参政顿时双眼喷火，大吼一声道："又是你害我儿！陆万嫌！你个毒瘤！"

　　陆万嫌不仅身上痛，耳朵痛，心里更痛，他爹怎么身体还那么好，中气还那么足，怎么就能开骂一炷香的时间，用词都不带重复的呢？

　　这一晚，缪府如同往常一样，鸡飞狗跳，骂声如雷，延绵不绝。

　　但陆万嫌却在这样吵闹的背景中挽住缪临的胳膊，甜甜地笑了。这就是她想要的烟火尘世、热闹人间。

―全文完―